贾平凹研究资料汇编
编委会

学术顾问（按姓氏笔画排序）

丁 帆　李敬泽　吴义勤　陈思和

陈晓明　孟繁华　谢有顺

主　　编　韩鲁华　王春林　张志昌

副 主 编　张文诺　张亚斌　杨　辉

总 策 划　刘东风　范新会　王思怀

编辑统筹　王新军　马英群　郭永新

贾平凹研究资料汇编

主　编　韩鲁华　王春林　张志昌
副主编　张文诺　张亚斌　杨　辉

《山本》研究

韩鲁华　郭　娜　编

陕西师范大学出版总社

图书代号：WX22N0603

图书在版编目（CIP）数据

《山本》研究/韩鲁华，郭娜编. — 西安：陕西师范大学出版总社有限公司，2022.5
（贾平凹研究资料汇编/韩鲁华，王春林，张志昌主编）
ISBN 978-7-5695-2722-3

Ⅰ.①山… Ⅱ.①韩…②郭… Ⅲ.①贾平凹—小说研究 Ⅳ.①I207.42

中国版本图书馆CIP数据核字（2021）第271323号

《山本》研究
SHANBEN YANJIU

韩鲁华 郭娜 编

出版统筹	刘东风 郭永新
责任编辑	陈柳冬雪 王雅琨
责任校对	张 佩
封面设计	张潇伊
出版发行	陕西师范大学出版总社
	（西安市长安南路199号 邮编710062）
网　址	http://www.snupg.com
印　刷	陕西龙山海天艺术印务有限公司
开　本	720 mm×1020 mm　1/16
印　张	20
插　页	1
字　数	278千
版　次	2022年5月第1版
印　次	2022年5月第1次印刷
书　号	ISBN 978-7-5695-2722-3
定　价	62.00元

读者购书、书店添货或发现印装质量问题，请与本公司营销部联系、调换。
电话：(029) 85307864　85303629　传真：(029) 85303879

总　　序

　　自1978年《满月儿》引起当代文坛的关注，贾平凹的文学创作，已走过了四十余年的历程。四十余年来，贾平凹始终保持着旺盛的艺术创造生命力，特别是在《废都》之后，几乎每两三年出版一部长篇小说，业已是当代文学史上的一个奇观。也许是一种历史宿命，贾平凹的文学创作与对其的研究，呈一种互动的、正向的发展态势。自1978年5月23日《文艺报》刊发邹荻帆先生关于贾平凹文学创作的评论文章《生活之路——读贾平凹的短篇小说》之后，也特别是《废都》之后，有关贾平凹的研究与探讨，已然成为当代文学研究中作家研究方面富有典型性的一个显学案例。当我们对贾平凹文学创作与研究进行历史性梳理后发现，不论是贾平凹的文学创作，还是贾平凹研究，与中国改革开放这四十余年，产生了一种感应性的脉动或者律动，从中可以探寻到当代文学创作与研究的历史走向。

　　这并非一个虚妄的判断，因为既有贾平凹千余万字的文学作品呈现在读者面前，更有数千万字的研究文章、专著摆在了那里。

　　从当代文学研究来看，资料文献的整理与研究，越来越受到学界的关注与重视，并且进行着卓有成效的研究实践，取得了累累硕果。学术研究从某种意义上来说，是一种历史的沉淀，也是一种历史的总结与发现。在学术研究的发展过程中，沉淀了许多资料文献，到了一定历史阶段，自然也就需要进行历史的归纳总结，而立足当下，从中也会有一些新的发现。对某种文学现象的研究资料进行收集整理，以期为后来的研究提供某种方便，本就是一项重要且不容忽视的基础性研究工作。就对当代作家研究资料整理而言，毫无疑问，贾平凹应当是其中一个极为重要的对象。

于是，我们便组织编辑了这套"贾平凹研究资料汇编"丛书。

贾平凹的文学创作研究，已经形成了一个具有独特意义的文学研究现象。不仅研究成果丰硕，而且涉及面也非常广阔，体现出了作家个体研究的水准与高度，其间所涉及的问题，也是当代文学研究中所遭遇的境遇之命题。可以说，贾平凹的文学创作研究已经构成了一部作家个案研究史，而这部作家个案研究史，在某种程度上，亦显现着新时期文学研究历史的脉象。

从历史纵向来看，贾平凹文学研究确实有一个肇始、发展、丰富深化的历史进程。这个历史进程，大体可分为初期、中期和近期三个时段。这三个时段的划分，是以《废都》和《秦腔》研究为节点的。初期研究，就对文学体裁的关注而言，主要集中在散文与中短篇小说上，诗歌研究也有，但很少。这也是与贾平凹的文学创作情景相契合的。贾平凹前期的文学创作，致力于散文与中短篇小说，这也正是他们那一代作家在文学创作上由散文、短篇小说而中篇进而长篇的发展路数。20世纪90年代，更确切地说，自《废都》之后，贾平凹的长篇小说创作，成为研究者关注的一个极为重要的焦点。值得注意的是，贾平凹几乎每出版一部长篇小说，都有一批研究文章问世，而且直至今天，关于《废都》等长篇的研究成果仍然不断出现。这个时期，对于贾平凹文学创作整体性的研究著作与论文，也逐渐多了起来；贾平凹的文学创作，更成为硕士、博士论文的选题对象。进入21世纪，尤其是《秦腔》出版并获得茅盾文学奖之后，长篇小说研究、整体研究与比较研究、传播影响研究，成了贾平凹研究中几个重要的理论视域。当然，在这四十余年间，贾平凹的散文研究成果虽不如小说研究成果丰富，但始终延续着。另外，他的书法绘画作品，也受到了研究者的关注，出现了一批研究成果。这方面的研究虽然并不是很多，但书法绘画乃至收藏等方面的研究，尤其是文学与书画艺术的互动研究，拓宽了贾平凹研究的视野与维度，是贾平凹研究中不可或缺的有机构成部分。

关于贾平凹文学创作研究，可以从如下几个方面加以归纳总结。

贾平凹文学创作整体研究。这一研究，不仅着眼于贾平凹文学创作的整体特征，而且往往是将其创作置于整个中国当代文学背景之下加以论说的，从中可以看出贾平凹文学创作与当代文学历史建构的息息相关与内在关联性。不过，早期的研究文章主要以评论家的主观感受、心理映照为主，多侧重于贾平凹文学创作阶段的划分，厘清不同阶段的创作特色。近期的研究文章，则呈现出更加宏观和多元的研究视域，更为全面深入地从批评史的角度来讨论批评与创作的互动关系，不仅打通了贾平凹文学创作的时间关节，而且试图对贾平凹创作不断走向历史化和经典化的进程加以学理性的归纳探究。在这一背景下的研究中，需重点提及的是陈晓明《穿过"废都"，带灯夜行——试论贾平凹的创作历程》一文。其梳理了贾平凹1980年至2013年的小说创作，勾勒出贾平凹三十多年来文学创作的风格、特色变化，肯定了贾平凹对当代中国"新汉语"写作的杰出贡献，对贾平凹的文学创作，给予了具有文学史意义的评价判断。此外，李遇春《"说话"与贾平凹的长篇小说文体美学——从〈废都〉到〈带灯〉》一文，以中国传统文学中的"说话"体小说为视角，从贾平凹小说创作对传统小说的继承、化用等方面，分析了贾平凹自《废都》至《带灯》以来的长篇小说文体美学特征，指出贾平凹对中国古代"说话"体小说的现代性转化及对中国传统"块茎结构"艺术的创造性转化，认为贾平凹在继承中国传统文学"史传"与"诗骚"传统基础上富有卓见地创造了以意象支撑结构的日常生活叙事方式。对于贾平凹以意象为其艺术建构核心的论说，笔者在《精神的映像——贾平凹文学创作论》，以及系列论文中有比较充分的论说，此处不再赘言。

贾平凹文学创作的艺术风格、审美特征研究。这方面的研究，已深入作家文学建构的潜心理层次。早期这方面研究，如丁帆《谈贾平凹作品的描写艺术》一文，指出贾平凹对作品人物的塑造是抒情性的，表现出对新生活的向往、对美的追求，其人物具有"姿""韵"兼备的美学特点，认为贾平凹的文学创作具有诗美特质及生活美感复现的特点。王愚、肖云儒《生活美的追求——贾平凹创作漫评》一文，对贾平凹早期文学创作的艺术风格进行细致、具体的探讨与挖掘，认为贾平凹创作的艺术特色在于着重表现社会变型期普通百姓的生活美和深居乡土的乡民的心灵美,具有诗的意境。刘建军《贾平凹小说散论》一文,开篇指出贾平凹小说的艺术特色在于汲取传统小说资源的同时具有强烈的表现欲和浓重的主观色彩,渲染着诗的意境和情绪,是散文化的小说,认为贾平凹文学创作的艺术实质在于真实和主观抒情性。笔者《审美方式:观照、表现与叙述——贾平凹长篇小说风格论之一》一文,以历时性的描述、分析、研究对贾平凹小说的美学风格作了比较准确、精当的界定,认为贾平凹的小说创作追求一种清新优美、空灵飘逸的美学风格,并从审美观照视角、审美表现方式、具体的叙述结构形式等方面详细阐释。

从整体上把握、宏观上研究的论文大多以文学史的发展为背景,出现了一批视角独特、观点新颖的评论文章。对贾平凹文学创作的内在美学风格的观照与作家审美个性、审美心理的把握作出精准的判断,则令始于90年代的贾平凹研究得以进一步深入,并使这种研究具有当代文学普遍意义上的阐发。

贾平凹文学创作的比较研究。这是指研究者将贾平凹的文学创作与东方文学中不同时代、不同作家的作品进行比较论说,或者是将贾平凹的文学创作与西方文学中不同时代、不同作家的作品进行比较探析。一般而言,贾平凹文学创作的比较研究大致可分为影响研究和平行研究两类。

影响研究又可分为三类:

一是中国传统文化思想对贾平凹文学创作的影响。如栾梅健《与天为徒——论贾平凹的文学观》一文,较为全面地论述了贾平凹文学观的形成原因,认为传统文化资源中的"天道"、自然观是形成贾平凹文学观的基础;而客观的地理环境和主观的个体生理条件、个人气质特色、家庭背景等因素均影响了贾平凹的小说创作。胡河清《贾平凹论》一文,从道家文化思想观念对贾平凹小说创作的影响切入,着重分析了传统文化中阴阳观、《周易》思想对贾平凹早期作品《古堡》《浮躁》《白朗》《废都》等的影响,认为在中国当代作家群中,贾平凹对阴阳观(男女性别)的观照最得中国传统文化色彩的熏染。张器友《贾平凹小说中的巫鬼文化现象》一文,从巫术、鬼神文化等对贾平凹小说创作的影响切入,认为巫术、鬼神等民间文化资源是贾平凹文学建构的重要组成部分,巫术、鬼神等文化现象参与、渗透于贾平凹笔下商州世界的独特人文环境、自然景观，并影响着乡民真实、真切的生活经历和情感变化。樊星《民族精魂之光——汪曾祺、贾平凹比较论》一文，从中国传统文化思想资源对汪曾祺、贾平凹小说创作的影响切入，指出汪曾祺小说世界中表露出的士大夫的幽远、高邈境界在贾平凹小说创作中得到了继承和发扬，认为虽然中国传统文化思想资源对汪曾祺、贾平凹二人的小说创作影响程度不同，但两位作家在复现民族魂、反观社会的多变性与复杂性上是相一致的，承续了中国文学的另一种文脉，对当代文学的历史建构具有特殊意义。

二是西方文化、文学传统资源对贾平凹文学创作的影响研究。有关西方文化、文学传统资源对贾平凹文学创作的影响研究的文章是双向的，也就是说，有的研究文章是从西方文化、文学传统资源对贾平凹文学创作的影响这一角度展开论述，而有的研究文章则是从贾平凹的文学创作这一角度来看西方社会对中国文化、文学的接受程度。21世纪以来，贾平凹的文学创作在欧美、日本等国家的影响力越来越大。《西方读者视角中的贾平凹》以及《欧洲人视野中的贾平凹》等文集中讨论了贾平凹的作品在欧美国家的传播。如韦建国、户思社《西方读者视角中的贾平凹》一文，认为贾平凹的主要作品在国外连获大奖、引起巨大反响的主要原因，是其作品展现了人类文明发展史必经的特定阶段，真实地描绘了社会转型时期人们的复杂心态。姜智芹《欧洲人视野中的贾平凹》一文，从三个方面探讨了贾平凹作品在英语、法语世界的传播：一是国外的译介与影响，二是国外的研究，三是传播与接受的原因。吴少华《贾平凹作品在日本的译介与研究》一文，重点介绍了贾平凹的小说在日本的翻译和研究情况。上述研究、评介文章是从贾平凹的文学创作这一角度，来看西方社会对中国文化、文学的接受程度。黄嗣《贾平凹与川端康成创作心态的相关比较》一文，从创作心态、气质、心理的角度，比较了贾平凹与川端康成在文学建构上的相似性。沈琳《试析加西亚·马尔克斯对贾平凹创作的影响》一文，认为贾平凹继承了马尔克斯作品中的孤独感，指出商州农村的建构与拉美农村存在相似性。笔者《特殊视域下特殊时代的人性叙写——〈古炉〉与〈铁皮鼓〉叙事艺术比较》一文，通过对贾平凹《古炉》与君特·格拉斯《铁皮鼓》的文本梳理，指出中国当代文学本土化、民间化叙事的确立与世界文学整体叙事中的当代性建构有着某种相似性、关联性，认为两位作家在文化差异的背景下虽然有着迥异的艺术个性，但都对人类的某些共同经历进行了有情书写。

三是中国文学思想对贾平凹文学创作的影响。具有代表性的研究如雷达的《心灵的挣扎——〈废都〉辨析》、陈晓明的《废墟上的狂欢节——评〈废都〉及其他》，他们都指出《金瓶梅》《红楼梦》《西厢记》等世情小说对《废都》创作的影响。而李陀《中国文学中的文化意识和审美意识——序贾平凹著〈商州三录〉》和李振声《商州：贾平凹的小说世界》，则共同指出贾平凹"商州系列"小说的艺术特质带有明显的明清笔记体小说的印痕。王刚《论贾平凹小说创作的审美视角与话语建构》一文，指出作家身上具有明显的现代作家（如张爱玲、沈从文、孙犁、川端康成等）审美意识的影响痕迹。

关于贾平凹文学创作的平行研究，多以同一国别、同一民族的作家为比较对象，从同一类型的文本出发，分析其艺术风格、创作个性等方面的异同。有关作家之间地域文化差异性研究，如赵学勇《"乡下人"的文化意识和审美追求——沈从文与贾平凹创作心理比较》一文，认为沈从文对湘西世界的建构是其审美理想的总体表征，含蓄朴素的文字风格、淡化人物的主观情绪及对意境的创造，是沈从文独特的审美追求；而构成贾平凹笔下商州的审美境界，是一个静达、高远、清朗的世界，其审美追求是对沈从文笔下营造出的古朴、旷达的湘西世界独特审美意蕴的发展与延续。李振声《贾平凹与李杭育：比较参证的话题》，从贾平凹小说创作对西部文化资源的承袭与李杭育小说创作对吴越文化资源的承袭进行比较论证，认为贾平凹、李杭育为繁荣、壮大地域文化书写作出了卓越的贡献。梁颖《自然地理分野与精神气候差异——路遥、陈忠实、贾平凹比较论之一》一文，对西部作家的杰出代表路遥、陈忠实和贾平凹的创作进行比较，指出三位作家所处的不同自然地理环境对其创作产生了不同程度的影响，认为路遥的小说建构带有陕北高原刚毅与悲凉的色彩，陈忠实的文学创作具有关中地区厚重与朴实的因子，贾平凹的文学创作则具有陕南地区灵秀与清奇的特色。李吟《莫言与贾平凹的原始故乡》，认为莫言的创作追求的是放纵的情感表露，由野向狂，追求狂气、雄风和邪劲，而贾平凹则是有所节制的吟唱，由野向雅，雅俗相得益彰。

有关贾平凹文学创作的研究，还体现出跟踪式研究的特点。而这一方面主要是对于贾平凹长篇创作的跟踪研究，相比较而言，关于《废都》《怀念狼》《秦腔》《古炉》《带灯》《老生》等的研究又比较集中。毋庸置疑，《废都》研究已经成为中国当代文学研究中一个标志性的案例。《废都》是当代文学，甚至当代社会，必然要重提的一个话题。无论谁，是致力于文本探析，或者工于当代文学史的建构，是对当代文学给予充分肯定，还是予以严厉批评，都难以绕过《废都》，也不能无视它的存在。倘若不是如此，恐怕中国当代文学的文本建构，就会留下一个明眼人一眼便看得出的空白，而进行历史叙述，也会留下一个令人惋惜的缺憾。所以，你赞成也好，批评也罢，甚或是给予枪炮似的批判，你都在阅读《废都》，都在审视《废都》。

整理包括作家作品研究在内的文学研究资料的价值意义，自不必多言。就现当代作家的研究资料汇编而言，已有几种丛书问世了。但是，就某位作家文学创作研究的资料整理来看，多为选编，全编性质的少之又少。而对于一位还健在的作家，对其研究资料进行整理、编辑和出版，似乎要更难一些。因为作家的创作还在进行着，亦有新的研究成果不断涌现，又何以给出定论的评价呢？但是，作家创作有终结的时候，而对作家作品的研究却没有终结的时候。当然，这一持续性的研究，是建立在作家文学创作所具有的文学史价值意义基础之上的。换一种角度来看问题，要对某位作家研究资料进行整理汇总，则要看其是否具有文学研究史料的价值意义。毫无疑问，贾平凹是一位具有文学史价值意义的作家，贾平凹研究亦是具有支撑当代文学研究史料价值的存在。

接下来要面对的问题是：全编还是汇编。从收集资料的角度来说，自然是尽可能全面地将收集到的资料，统统纳入，不论文章长短，见解看法深浅，以期给人一幅完整、全面的研究景象。如此下来，且不说那些见于报纸及网络上的浩瀚资料，更不说成百上千的学位论文和研究专著，仅就刊于学术期刊的文章而言，研究成果就已有五千余篇。单就字数来看，研究文字是贾平凹文学创作的数倍。鉴于此，似乎还是需要作出某种选择，而编辑一套研究资料汇编则更为切实可行。

故此，编者在对贾平凹文学创作研究及其与之相关联的学术研究成果，进行全面系统的收集、梳理基础上，又有所权衡取舍。原则上，各类媒体的新闻报道类文章不入选，有关贾平凹研究的博硕论文亦不入选，仅于研究总目中稍作体现，而研究专著，只作极个别的节选。遴选时，编者尽可能选择那些兼具学术严肃性和科学性的文章。无论学术上持肯定还是否定观点，只要是具有建设性意义的文章，都是对于学术研究、学术生态的一种积极建构，乃至对于作家的文学创作，也是具有积极意义的。学术研究的多元化与多样性，是学术研究应有的状态，只要是从学术层面研究探讨问题，言之有理有据的各种观点、思路方法，都应当受到尊重。即便某些文章在理论视域等方面有不成熟的地方，也没有求全责备，有一定的创新和开拓性即可。

最后，说明一下丛书的编选体例问题。大体上，按照论说对象进行分类编选，如创作整体研究、长篇小说研究、中短篇小说研究、散文研究、书画研究等。其中，由于长篇小说文章甚多，研究成果凡能独立成卷的，均独立成卷。各卷整体上按自述与对话、综合研究、思想研究、比较影响研究等几个大的板块进行编选，但是，具体到各卷，则在此基本思路下，根据具体情况进行增删调整。因此，丛书在总体统一的体例下，又保持了各卷的差异性特征。

对一位作家的研究作多卷本汇编，本就是一种尝试，由于编者学识有限，不足、不妥之处在所难免，敬请专家学人、广大读者批评指正！

韩鲁华

目　　录

自述与对话

002　《山本》后记 / 贾平凹

006　天地之间：原本的茫然、自然与本然
　　　——关于《山本》的对话 / 贾平凹　韩鲁华

028　究天人之际：历史、自然和人
　　　——关于《山本》答杨辉问 / 贾平凹　杨辉

045　声音在崖上撞响才回荡于峡谷
　　　——关于长篇小说《山本》的对话 / 贾平凹　王雪瑛

052　贾平凹：写作是需要纯粹的 / 贾平凹　傅小平

文本分析

060　历史旋涡中的苦难与悲悯 / 王春林

080　秦岭传奇与历史的幽灵化
　　　——评贾平凹的长篇小说《山本》/ 孟繁华

085　贾平凹的内心是有悲哀的 / 谢有顺

090　文学版图的新拓展
　　　——谈贾平凹长篇小说《山本》/ 陈思广　李雨庭

096 "念头"无数生与灭

　　——读《山本》/ 郜元宝

107 最具"中国性"的个人写作如何同时面对两个世界 / 宋炳辉

112 原本的茫然

　　——《山本》阅读札记之一 / 马英群　韩鲁华

124 关于《山本》的阅读笔记 / 王　尧

133 俊逸　疏朗　传奇

　　——论贾平凹《山本》的艺术特色 / 栾梅健

145 山之本相，史之天窗

　　——论《山本》/ 张晓琴

156 历史叙事与写意山水

　　——《山本》论之一 / 吴义勤　王金胜

175 《山本》的死亡叙事及其文学史意义 / 韩　蕊

184 论《山本》中声音的混响与和鸣 / 张英芳

192 论《山本》的动植物描写及其文学意义 / 王　菊

201 写出"一地瓷的碎片年代"

　　——贾平凹长篇小说《山本》的叙事结构 / 杨剑龙

206 论贾平凹《山本》中的神秘主义叙事 / 程娟娟

214 《山本》：意象建构与空间书写 / 吉　平　胡晋瑜

宏观研究

224 试论贾平凹《山本》的民间性、传统性和现代性 / 陈思和

247 历史主义抑或自然主义：评贾平凹《山本》的叙事史观 / 谷鹏飞

264 民间化历史叙述中的"感伤" / 王光东

269 以山为本：作为一种象征的晚期风格 / 杨　扬

274 随物赋形与晚期风格 / 王宏图

278　素材如何进入小说，历史又怎样成为文学 / 刘　艳

285　回归中国叙事传统的诸种可能

　　——论小说《山本》的文化追求 / 江腊生

299　附录：研究总目

自述与对话
ZISHU YU DUIHUA

《山本》后记

贾平凹

这本书是写秦岭的，原定名就是《秦岭》，后因嫌与曾经的《秦腔》混淆，变成《秦岭志》，再后来又改了，一是觉得还是两个字的名字适合于我，二是起名以张口音最好，而志字一念出来牙齿就咬紧了，于是就有了《山本》。山本，山的本来，写山的一本书，哈，本字出口，上下嘴唇一碰就打开了，如同婴儿才会说话就叫爸爸妈妈一样（即便爷爷奶奶，舅呀姨呀的，血缘关系稍远些，都是撮口音），这是生命的初声啊。

关于秦岭，我在题记中写过，一道龙脉，横亘在那里，提携着黄河长江，统领了北方南方，它是中国最伟大的一座山，当然它更是最中国的一座山。

我就是秦岭里的人，生在那里，长在那里，至今在西安城里工作和写作了四十多年，西安城仍然是在秦岭下。话说：生在哪儿，就决定了你。所以，我的模样便这样，我的脾性便这样，今生也必然要写《山本》这样的书了。

以前的作品，我总是在写商洛，其实商洛仅只是秦岭的一个点，因为秦岭实在是太大了，大得如神，你可以感受与之相会，却无法清晰和把握。曾经企图能把秦岭走一遍，即便写不了类似的《山海经》，也可以整理出一本秦岭的草木记、一本秦岭的动物记吧。在数年里，陆续去过起脉的昆仑山，相传那里是诸神在地上的都府，我得首先要祭拜的；去过秦岭始崛的鸟鼠同穴山，这山名特别有意思；去过太白山；去过华山；去过从太白山到华山之间的七十二道峪；自然也多次去过商洛境内的天竺山和商山。已经是不少的地方了，却只为秦岭的九牛一毛，我深深体会到一只鸟飞进树林子是什么状态，一棵草长在沟壑里是什么状况。关于整理秦岭的草木记、动物记，终因能力和体力未能完成，没料在这期间收集到秦岭二三十年代的许许多多传奇。去种麦子，麦子没结穗，割回来了一大堆麦草，这使我改变了初衷，从此倒兴趣了那个年代的传说。于是对那方面的资料，涉及的人和事，以及发生地，像筷子一样啥都要尝，像尘一样到处乱钻，太有些饥饿感了，做梦都是一条吃桑叶的蚕。

那年月是战乱着，如果中国是瓷器，是一地瓷的碎片年代。大的战争在秦岭之北之南错综复杂地爆发，各种硝烟都吹进了秦岭，秦岭里就有了那么多的飞禽奔兽，那么多的魍魉魑魅，一尽着中国人的世事，完全着中国文化的表演。当这一切成为历史，灿烂早已萧瑟，躁动归于沉寂，回头看去，真是倪云林所说：生死穷达之境，利衰毁誉之场，自其拘者观之，盖有不胜悲者；自其达者观之，殆不值一笑也。巨大的灾难，一场荒唐，秦岭什么也没改变，依然山高水长，苍苍莽莽，没改变的还有情感，无论在山头或河畔，即使是在石头缝里和牛粪堆上，爱的花朵仍然在开，不禁慨叹万千。

《山本》是在2015年开始了构思，那是极其纠结的一年，面对着庞杂混乱的素材，我不知怎样处理。首先是它的内容，和我在课本里学的、在影视上见的，是那样不同，这里就有了太多的疑惑和忌讳。再就是，这些素材如何进入小说，历史又怎样成为文学？我想我那时就像一头狮子在追捕兔子，兔子钻进偌大的荆棘藤蔓里，狮子没了办法，又不忍离开，就趴在那里，气喘吁吁，鼻脸上尽落些苍蝇。

我还是试图着先写吧，意识形态有意识形态的规范和要求，写作有写作的责任和智慧，至于写得好写得不好，是建了一座庙还是盖个农家院，那是下一步的事，鸡有蛋了就要下，不下那也憋得慌么。初草完成到2016年年底，修改已是2017年。2017年是西安百年间最热的夏天啊，见到的狗都伸着长舌，长舌鲜红，像在生火，但我不怕热，凡是不开会（会是那么多呀！）就在屋里写作。写作会发现身体上许多秘密，比如总是失眠，而胃口大开；比如握笔手上用劲了，脚指头却疼；比如写那么几个小时了，去洗手间，往镜子上一看，头发竟如茅草一样凌乱，明明我写作前洗了脸梳过头的，几小时内并没有风，也不曾走动，怎么头发像风怀其中？

漫长的写作从来都是一种修行和觉悟的过程，在这前后三年里，我提醒自己最多的，是写作的背景和来源，也就是说，追问是从哪里来的，要往哪里去。如果背景和来源是大海，就可能风起云涌、波澜壮阔，而背景和来源狭窄，只能是小河小溪或一潭死水。在我磕磕绊绊这几十年写作途中，是曾承接过中国的古典，承接过苏俄的现实主义，承接过欧美的现代派和后现代派，承接过建国十七年的革命现实主义，好的是我并不单一，土豆烧牛肉，面条同蒸馍，咖啡和大蒜，什么都吃过，但我还是中国种。就像一头牛，长出了龙角，长出了狮尾，长出了豹纹，这四不像的是中国的兽，称之为麒麟。最初我在写我所熟悉的生活，写出的是一个贾平凹，写到一定程度，重新审视我所熟悉的生活，有了新的发现和思考，在谋图写作对于社会的意义，对于时代的意义。这样一来就不是我在生活中寻找题材，而似乎是题材在寻找我，我不再是我的贾平凹，好像成了这个社会的、时代的，是一个集体的意识。再往后，我要做的就是在社会的、时代的集体意识里又还原一个贾平凹，这个贾平凹就是贾平凹，不是李平凹或张平凹。站在此岸，泅入河中，达到彼岸，这该是古人讲的入得金木水火土五行之内，出得金木水火土五行之外，也该是古人还讲的看山是山看水是水，看山不是山看水不是水，看山还是山看水还是水吧。

说实情话，几十年了，我是常翻老子和庄子的书，是疑惑过老庄本是一脉的，怎么《道德经》和《逍遥游》是那样的不同，但并没有究竟过它们的原因。一日远眺了秦岭，秦岭上空是一条长带似的浓云，想着云都是带水的，云也该是水，那一长带的云从秦岭西往秦岭东快速而去，岂不是秦岭上正过一条河？河在千山万山之下流过是自然的河，河在千山万山之上流过是我感觉的河，这两条河是怎样的意义呢？突然省开了老子是天人合一的，天人合一是哲学，庄子是天我合一的，天我合一是文学。这就对了，我面对的是秦岭二三十年代的一堆历史，那一堆历史不也是面对了我吗，我与历史神遇而迹化，《山本》该从那一堆历史中翻出另一个历史来啊。

过去了的历史，有的如纸被糨糊死死贴在墙上，无法扒下，扒下就连墙皮一块全碎了；有的如古墓前的石碑，上边爬满了虫子和苔藓，搞不清哪是碑上的文字哪是虫子和苔藓。这一切还留给了我们什么，是中国人的强悍还是懦弱，是善良还是凶残，是智慧还是奸诈？无论那时曾是多么认真和肃然、虔诚和庄严，却都是佛经上所说的，有了罣碍，有了恐怖，有了颠倒梦想。秦岭的山川河壑大起大落，以我的能力来写那个年代只着眼于林中一花、河中一沙，何况大的战争从来只有记载没有故事，小的争斗却往往细节丰富、人物生动、趣味横生。读到了李耳纳的话：一个认识上帝的人，看上帝在那木头里，而非十字架上。《山本》里虽然到处是枪声和死人，但它并不是写战争的书，只是我关注一个木头一块石头，我就进入这木头和石头中去了。

在构思和写作的日子里，一有空我仍是就进秦岭的，除了保持手和笔的亲切感外，我必须和秦岭维系一种新鲜感。在秦岭深处的一座高山顶上，我见到了一个老人，他讲的是他父亲传给他的话，说是，那时候，山中军行不得鼓角，鼓角则疾风雨至。这或许就是《山本》要弥漫的气息。

一次去了一个寨子，那里久旱，男人们竟然还去龙王庙祈雨，先是祭猪头、烧高香，再是用刀自伤，后来干脆就把龙王像抬出庙，在烈日下用鞭子抽打。而女人们在家里也竟然还能把门前屋后的石崖、松柏、泉水，封为××神、××公、××君，一一磕过头了，嘴里念叨着祈雨歌：天爷爷，地大大，不为大人为娃娃，下些下些下大些，风调雨顺长庄稼。一次去太白山顶看老爷池，池里没有水族，却常放五色光、卍字光、珠光、油光，池边有着一种鸟，如画眉，比画眉小，毛色花纹可爱，声音嘹亮，池中但凡有片叶寸芥，它必衔去，人称之为净池鸟。这些这些，或许就是《山本》人物的德行。

随便进入秦岭走走，或深或浅，永远会惊喜从未见过的云、草木和动物，仍还能看到像《山海经》一样，一些兽长着似乎是人的某一部位，而不同于《山海经》的，也能看到一些人还长着似乎是兽的某一部位。这些我都写进了《山本》。另一种让我好奇的是房子，不论是瓦房或是草屋，绝对都有天窗，不在房屋顶，装在门上端，问过那里的老少，全在说平日通风走烟，人死时，神鬼要进来，灵魂要出去。在《山本》里，我是一腾出手来就想开这样的天窗。

作为历史的后人，我承认我的身上有着历史的荣光也有着历史的龌龊，这如同我的孩子的毛病都是我做父亲的毛病，我对于他人他事的认可或失望，也都是对自己的认可和失望。《山本》里没有包装，也没有面具，一只手表的背面故意暴露着那些转动的齿轮，我写的不管是非功过，只是我知道了我骨子里的胆怯、慌张、恐惧、无奈和一颗脆弱的心。我需要书中那个铜镜，需要那个瞎了眼的郎中陈先生，需要那个庙里的地藏菩萨。

未能一日寡过，恨不十年读书，越是不敢懈怠，越是觉得力不从心。写作的日子里为了让自己耐烦，总是要写些条幅挂在室中，写《山本》时左边挂的是"现代性，传统性，民间性"，右边挂的是"襟怀鄙陋，境界逼仄"。我觉得我在进文门，门上贴着两个门神，一个是红脸，一个是黑脸。

终于改写完了《山本》，我得去告慰秦岭，去时经过一个峪口前的梁上，那里有一个小庙，门外蹲着一些石狮，全是砂岩质的，风化严重，有的已成碎石残沙，而还有的，眉目差不多难分，但仍是石狮。

2017年10月13日夜

（选自《山本》，作家出版社2018年版）

天地之间：原本的茫然、自然与本然

——关于《山本》的对话

贾平凹　韩鲁华

《山本》就是写山的根本、人的根本

韩鲁华　蒙你信任，予我《山本》手稿复印件，已读了两遍，读第三遍时作家出版社已出版《山本》。年前年后你事一直很多，今天终于有空谈谈这部新作了。话题还是从作品名开始。你在后记中就山本之深层含义说了一句话：山本，山的本来，写山的一本书。为便于读者了解作品的寓意，你可否对这个名字再作更为详细的解释。

贾平凹　这本书的名字问题，我在后记中也谈过，一个是不愿意，原来叫"秦岭志"，因为以前写过一个《秦腔》再弄一个《秦岭》，害怕存在一个重复问题。再有我从口语上，在那个撮口音开口音上考虑。一个要保证名字不重复；再一个就是保持名字的一贯性，原来名字是俩字，你突然变成三个字、四个字，好像自己也不是特别喜欢这种名字。还有一个最重要的点，你也谈到过，我在后记中也说过，山本是山的本来，写山的一本书，理解这个"本"，就像一本书，课本、书本、账本，就是记账的这个东西，上课用的一个本子。主要强调这个"本"，山本就是写山的这本书。为啥我有这些想法？因为它并不局限于秦岭。在这本书中，我主要写中国的山，也可以说写秦岭的这本书，不要把它局限在秦岭中，只是把秦岭当作一个山的概念。而再扩大一下，就是我主要写中国的东西。不把它局限于一个区域、一个时间里，当然最终能不能突破这种局限的东西，还得由读者自己去判断。你说写中国的一个山，或者中国的一个故事，但是最起码在我写作的过程中，是我心向往之的。我的想法是那样。写成写不成是另一回事。

当然我想的是：我认为任何作品实际上都是在写自己。写自己的焦虑、恐惧、怯弱、痛苦和无奈。为啥说是写自己？因为你写作的这个对象，你肯定要写到人，你肯定要写到物，作品都是写人和物的本性的。你要抓住这个人，抓住这个物本来的面目、本来的能量、本来的东西。你把它写透，就可以说这本书可能就写好了。但是怎样才能写出你面对的这个人和物的本性呢？这就看写这本书的作家的见识。所以从这个角度来讲，其实作品都在写自己，写你的见识。你对这个事或者物你看不到，你把它这个原来的这个本性没有充分地写出来，你这本书，或者说你的见解就不行。你的见解不行，你的这本书肯定就不行。如果你能充分地通过这个人、物，把人或物的本性完整写出来，那是你的鉴赏能力高了你才能挖掘出来的东西。你鉴赏能力不高肯定写不出来，所以说写任何一本书甚至写作，说到底都是写自己。这是从这个角度上来谈的。

韩鲁华 由书名自然想到写的对象问题。你说写秦岭是你的一种宿命，在我看来你的生命之根源就在商州，就在秦岭。作家的写作是不能离开自己的根的。就此而言可以说《山本》是你写的一部你的根源之作。

贾平凹 因为有句老话，叫"你生在哪里就决定了你"。那里的山水，那里的风土，那里的人情世故、风俗习惯，就决定了你是咋样一种人。以前我写作的地方主要在商州，商州就在秦岭里面，整个商州区域就完全在秦岭里面。而陕西这么多地市，完全在秦岭里面的只有商州。汉中这个地方有巴山，而且一部分是平原。所以说商州地域就在秦岭里边。后来说到秦岭，以前没有说到秦岭，只是说到商州。后来就是慢慢扩大，扩大了一下。扩大就变成秦岭了。这方面咱有意的是想把商州这个行政区域变成一个更大的地理区域。从这个角度来说的。对于这个区域，写作上也是慢慢渗透的，就像一滴墨在水中滴下去以后，慢慢要晕开一些东西。实际上后来写商州的创作，也基本是写秦岭里的事情。只是没有更明显地把秦岭这个字眼提出来。这秦岭可以说是生命的根之所在，而且自己比较熟悉。当然这个秦岭特别大，我仅仅是把这个商州地区里的秦岭或者秦岭里的商州，也就是这个秦岭东部写出来了。秦岭西部都到甘肃去了，关中甘肃一直过去。再就是秦岭东端，它到河南交界，伏牛山那个地方。伏牛山基本就是交界的地方，是东秦岭。

韩鲁华 你说原来曾经想写秦岭的植物志与动物志，后来因为听到的有关秦岭二十世纪二三十年代的传奇故事，使你不能释怀，便写了这部《山本》，我觉得事情恐怕不是这么简单,这中间还应当有你更深入的思考。过去咱们聊天时提到过陕南游击队的一些事情,《老生》后记中也提到你姨父曾是解放军驻扎金盆村部队的团长。这都表明这些历史记忆可能在你很小的时候就有了。这童年记忆与《山本》所叙写的内容有着密切关系。在我看来,你这些童年的记忆,不仅对理解你写这段历史有帮助,而且对了解你的人生历程也是有帮助的。

贾平凹 你谈到写秦岭这个植物志和动物志,后来因为牵扯到秦岭二十世纪二三十年的故事,就写了《山本》。过去这个《老生》后记中也谈到我姨夫是解放军游击队团长,这些记忆是小时候就有了。这个严格讲,就涉及对小说的理解问题了。小说,我也写了十六部长篇,大部分是写现实的,也有部分是写历史的。在我理解上的小说,所有小说在我心目中就是梳理历史、梳理现实,通过小说来梳理中国的历史和中国的现实的。《老生》这本书其中有一部分是作了对过去年间,特别是对二三十年代的那段历史的一个写作尝试。也就是从《老生》那个时候起真正地打开了那种记忆。除过《老生》以外,以前的作品大都是写"文化大革命"以后,或者是扩大到中华人民共和国成立以后的现实生活。对于历史的记忆,基本上就是《老生》写了以后,突然打开的那种记忆,一旦打开这种记忆以后就一发不可收拾了。在我的理解里,要写好现实就得梳理历史,因为任何一种东西都不是一种孤立的现象,现在发生的任何事情,都在历史上可以找到对应的东西,都有它的来源或出处。所以说只有梳理历史才能够更好地写好现实。当然,要写好现实就更要梳理历史,知道我们是什么样的文化基因,知道我们是什么样的生命基因,而且知道这种基因的密码,还有这些密码是怎样的密码,从这个角度考虑。所以说《老生》写完以后,这种记忆就收拾不住了,一旦碰上这个话题,在了解秦岭的过程中,写到这个植物志和动物志,从咱的写作欲望来讲吧,它马上就打开更多的东西。就把小说渠道的或者民间传说的、亲戚给你转述过来的东西,或者历史书等其他资料上给你传输到的一些东西,一股脑的都来了。

梳理历史,就是要挖掘中国文化的根性与人的本性

韩鲁华 写这段历史是比较难的。为了写小说,你前期肯定是要做大量的资料方面的收集梳理工作。除了你听来的历史以外,你肯定还需翻阅一些历史资料,记得有天晚上偶然与你一块走路,你就在让人寻找有关井岳秀兄弟的资料。

贾平凹 可以说这本书真正的写作是一年时间，开始有了想法以后，记忆一旦打开，有了兴趣，有了欲望以后，收集梳理是两年多时间，时间长得很，这段历史毕竟不是我经历的。你比如说我写《古炉》是我经历的，我坐在房子里，睡在床上，那些记忆就马上活了，因为是我亲身经历过的。二十世纪二三十年代这段历史，自己没有经历过，只是听别人谈，听亲戚谈，听老年人谈，而这些东西，谈的，给你讲的，都是故事，你必须知道这个故事为什么在那个年代发生，那个时期树是怎么长的，房子是怎么盖的，那个时期衣服是怎么穿的，人吃的什么饭，这个故事的前因后果具体是咋回事。还有那细节、环境、背景，这就需要翻大量书。那两三年，我走访了好多人，哪儿有人讲得好，就口若悬河地讲那段历史，有人专门研究这段历史，他知道这个事情，咱就去，这就大量收集了一些材料。基本上就把属于二十年代以后，就是孙中山之后的闹革命的一直到中华人民共和国成立前的所有历史，我能收集到的基本收集到了。从文史馆查找，各县整理了一些东西。《山本》中主要的一些事件，或者说里面发生的那些杀人、牺牲的情节，百分之八十，都是有真实材料作参考的，要不然我想象不来那些东西。因为我没有经历过，也没有作过战。要不为啥我在后记里面说过一句话，大规模的战争实际上没有故事，只是场景大。收集到的具体的一些事情，那故事就丰富起来了。我在《山本》里面写到的不管是井宗秀怎么保卫这个镇子，或者县上怎么抢枪，或者是到另一个镇子收粮过程中发生的怎么打仗、怎么死人、怎么古里八怪的那些事情，包括游击队里发生的那些你打我我打你的那些事，都有故事来源。因为我看到那些的时候很兴奋，我觉得他那些原型，有的是人叙述的，有的是材料记叙的，它就写得特别有细节。比如里边有一个人，这个人还不是特别坚强的人，就是一个一般强的人，里边写到他被人发现以后，几个人来打他，他就势从窗台上拿了个镰，就打，也杀了好多人。但打杀着，这个镰断了，那几个人上来就拿刺刀把他捅死了。这个在历史上，就咱看的那个年代的小说、影视中，对一些主要人物，或者英雄人物的牺牲，刻画得壮烈得要命。现实生活中，就我接触，大量的人物死亡，包括一些小人物、一些大人物，死亡面前人人平等，死亡往往是不壮烈的，尤其是战乱年代，很轻而易举就死了，你看轰轰烈烈的突然就死了，这个大人物本来应该死的非常壮烈英勇，实际上死的很窝囊，不经意地就叫人误伤了，或者是叫手下人把你弄死了，倒不是说两个伟大人物在那斗死的。所以这里边死亡没有一个壮烈的，都是很轻易的就死了。这都是根据材料收集到的一些情况。

韩鲁华 看陈思和文章谈到井岳秀这个陕西现代史上的人物,而井宗秀身上确实有着井岳秀的历史痕迹,陆菊人也有着陕西某个历史人物的影子。但这是需要进行艺术转换的,因为文学毕竟不是历史。

贾平凹 包括陆菊人的故事,参考过寡妇周莹的故事。寡妇周莹的故事,这我专门写过呼呼的东西。因为十多年前,我一直劝好多改编影视的人去写一下周莹,这是个好题材,但没人写,后来我去做过几次了解。一个是出身,当然这个出身不是指周莹那个时期,后来陆菊人辅助井宗秀办茶厂,筹集资款基本是周莹的,怎么经营这个茶社,经营茶社的故事基本都是真实发生的故事。写他们两个人,就写一个互相关注的,互相注视的,又没有任何性爱的,互相羡慕的,很干净的,这是符合那代人的,但是默默支持他,作为精神支柱的这方面。我觉得这几个主要人物都有主要原型。当然不是说把原型全部用过来,也改造了好多,所有的大事件都曾经发生过,都是在现实生活中,不管是哪个阵营的人都是这样。那个时期包括现在说的国民党军或者说政府军,那个时候说政府军或者游击队或者刀客和这个逛山,这我基本上没有实写。因为刀客实际上不是秦岭上的,他是黄河滩上的。我就把他借用过来,借用过来以后作为一个背景。那时特别乱,那时所有的部队,不叫部队,是武装力量,都在筹集资款,都是到一个村庄,看这个村庄门楼子高的,院墙高的,就翻进去开始抢了。那个时候也没有人供给粮草,你就靠自己在那弄,你看里边,不管谁,都是那样,都是草莽式的。那时候那些军阀都是土匪,大了以后就叫军阀,军阀弄成了就更大了。所以说大的军阀也是土匪,今天你俩打我,后天我俩打你,这就像现在国与国的交往一样,只是利益结合,小土匪都想谋算成大土匪,大土匪都想谋算成军阀,大军阀都想统治一下这个地区,统一别的军阀,都是这种路子。不管是咋回事它都符合中国性质、中国文化的基因。为啥我大量写这,就想刨中国这个人、中国这个民族的根。

韩鲁华 就我所了解,你写陕南1949年以前历史的作品,有《五魁》等一批中短篇小说,《病相报告》中写了地域范围更大的革命史,再就是《老生》中第一部分,写到了陕南游击队的故事,年假间我又把《老生》这部分看了一下。《山本》显然是整体写陕南革命历史,而不是穿插于更长的历史之中。这里很显然就有个如何把握的问题。

贾平凹 因为我的整个创作，有两个很奇怪的现象。一个是从这个故事的大小长短来说，《废都》当时是四十多万字，《废都》写完就开始写这个《白夜》，《白夜》写完后写的是《土门》，《土门》写完后写的是《高老庄》《怀念狼》《病相报告》，这后面都是二三十万字，接着就开始写这个《秦腔》，《秦腔》也有四十多万字，后面开始写《高兴》《老生》《极花》，这又是二三十万字，还有一个《带灯》。往往就是写一个大部头，故事庞大的一个作品，接下来就是结构相对小的一批东西，然后再写。这种是从容量上来谈这个奇怪的现象。再一个就是写到《废都》，写完《废都》以后是《白夜》《土门》，下来是《高老庄》《怀念狼》《古炉》，这个现象就是要么是往前了写一写，要么是倒后了写一写，就把这历史阶段前移和后移。整个脉络上就是写这段历史就把这段历史拉长，往前说或者往后拖，就是把这段历史写出来。写的时候先写这段历史，这段历史基本上是百年历史，就把百年历史翻来覆去地写。这是一个写作过程中无形中形成的东西，因为写到这一段以后就觉得应该再写写前一段的故事，写到后面就整个来调整，所以就延伸到了更远的二三十年代。基本上二三十年代的没有完整的写过，四十年代中华人民共和国成立前后的，特别是"文化大革命"的写过，改革开放以后的写过，但这个是写的完整的二三十年代，就把历史往前推了好多。因为写到后面的时候，一方面就是那个记忆没打开，再一个方面就是写的时候，写这一段的时候，就漫溯开来，就无形中的追溯前边到底是个啥样子的，就那样写下来。不管之前写的《病相报告》《老生》等，中短篇《五魁》写的也是那一段生活，但它的格局小，它都穿插到里边，这次是想彻底写这个东西，彻底写这个东西就能更看清我们是怎么走过来的，原来我们老说我们是怎么走过来的，基本上是说的从改革开放以后一直走到现在，现在思考的是中国的文化问题、中国的人性问题、中国民族性的问题。那就要走得更远一点。原来是改革开放的优点、缺点、不足、困难、矛盾，从这个角度思考问题的时候，就要看改革开放前是啥样子或者"文化大革命"前是啥样子，怎么走过来的。但是当你脑子里涉及的是一个国家、一个民族的文化、人性时，你必然要追溯得更远一些。

作家的视野，是目前中国文学极为重要的问题

韩鲁华 重新叙写历史，尤其是革命史，这实际上从 20 世纪 80 年代后期就有了。比较典型的是莫言，比如《红高粱》及后来的《丰乳肥臀》等。从《山

本》看，你似乎要超越过去一切包括革命史的叙写模态。这里实际上有个历史观、价值观、世界观的问题，也就是如何看待历史，看待世界，以及作家本人对于万事万物的一个基本评价的问题。在这里，我们不从意识形态角度谈，也不从具体的历史事件看，而从更为长远的历史发展视域角度，从文学创作构想角度谈谈你的思考。

贾平凹 我这个写作，写到一定时间和一定程度以后，越来越觉得视野问题是一个特别重要的问题。尤其到现在，全球化的视野，怎么建立自己的全球化视野。有了全球化视野就可以更看清好多东西，作家视野对中国目前的作家来讲，我觉得是极其重要的一件事情。任何事情一旦放入历史的长河中去看的时候，这些历史时间是一瞬间，特别渺小，就能看出它的性质，看出它的形态，看出它生灭的原因，各方面的原因都能看得清。不说从历史角度看一些事件，就说在日常生活中咱过日子发生的一些事情，有些事把你能气死，有些把你还兴奋得不得了，但是换个角度，你马上就不是那么生气了。有好多事情我经常给孩子也讲，世界上有些事情你看不懂的时候你可以把它当成大的事情，可以看成一些大的事情，你就能看懂了，你对一些大的事情熟悉，而一些小的事情你看不清的时候，就可以把它往大了看，它就容易看清了。对一个作家来讲，面对一些题材、材料的时候，不管哪些材料，都要放在一个大的视野下，为什么说有些人水平高有些人水平低，实际上不是说谁水平高谁水平低，是他面对的情况不一样。你比如说省上的领导他面临的是全省的问题，生产队的干部考虑的是一个生产队的事情，生产队队长这个思维慢慢形成以后，和省上领导看问题的角度不一样，生产队上发生的事情能把生产队队长气死，比如谁在生产队拔了一个萝卜，为什么要拔萝卜。你当上省长以后看问题就不一样了。当个国家主席你看问题就又不一样了。所以这个视野问题一定要建立起来，大起来以后，汇集材料，对这个材料怎么用，角度和看法就发生变化了，你就能看出这个事件到底是啥性质，事件形成的形态究竟是个啥，它怎么生的怎么灭的。这样你就能很准确、客观地发现这个问题的本质，这时候你的见识问题就建立了。然后你在叙事过程中就心平气和了，你就不会带着一种暴戾之气，把你写得急的，把你写得气的，那肯定写不好。你就不可能带着那种狭隘的思想性，把这个人写得多好，那个人写得多坏。为什么那个时候能产生革命样板戏那些高大全的人物，那就是没有视野，就是站在一个国家的政治体制视野下，这个人要么是好人要么是坏人，要么是高大的要么是卑恶的，它必然产生那种叙事，它不管，写成那种人物在舞台上表演，死得特别壮烈，生得特别伟大，你的动作是大动作。那些反面人物都是瘸子，拱个腰，畏畏缩缩的那样子，贼眉鼠眼的那样子，这就把你决定了。小说叙事和舞台叙事是一样的，这样以后你就能心平气和地叙事，自己把见识的东西渗透到里边去。为什么说不能当宣传的传声筒，这就是视野问题、见识问题，必然带着这种东西。

韩鲁华 这就是如何重叙历史的问题。重叙历史，这里还有一个问题，那就是叙事的视角问题。对于历史、人类，以及世界宇宙的审视，有人说是天人合一。我觉得你是将天地人神融为一体，来审视叙写这段历史生活的。

贾平凹 这方面我是这样来考虑的。这个宇宙、地球的构成，以及整个人类社会的构成，基本上说是天地人神，它是融为一体的。到这个维度这个层面的话，看问题就能看得更远一些，更高一些，更清一些。当然我在后记中也谈到天人合一是老子提出来的，老子之所以是哲学家，天人合一是他的哲学，是他对整个世界、整个人类的一种看法，但是它的构成是一种哲学观念。文学离不开哲学，但哲学不是文学，文学强调的一定是个人要接触，所以我说天我合一才是文学。世界上发生的这些东西，如果我见识以后，我的处理办法肯定和你不一样，必须要强调我，我和世界万物构成的是一种什么关系，而你韩鲁华经历以后，韩鲁华的世界构成不同的东西。而老子这个天人合一是一个大的哲学概念，可以灌输给我也可以灌输给你，但一旦涉及文学方面就变成我和你的事情。例如倪云林是一个大的画家，那个时候他是一个山水画家，他就强调他的画怎么形成的，我是和真正的山水相遇之后，我见到这个山水然后咱两个发生化学反应，化学反应就是生命交会，就我和你之间产生了一种感情、一种关系，然后我才能创作我的作品，很多画家都是这种观点。山水画家都是和山水发生关系了，就是我和山水发生的关系，说好一点就是我和你相遇了，突然碰到这儿，突然见到你了。这里边也有一个很神奇的东西，为什么我不见别人？再一个就是天地人神之间发生化学反应。突然看见你以后产生一种感情，产生感情以后我画出来的当然也是你这个山水，但绝不是原搬、一丝不动的那种山水，是我心中的山水，是我创作的山水。看的还是这个人，但具体又不是这个人，这就是你说的这个天地人神，天地是客观的东西，人是主观的东西，神是人和天地发生的一种化学反应。我是这样理解的。

历史一旦变成传说，就成为一种文学

韩鲁华 你这谈的还好，这些都是从大的艺术思维方面谈的。具体到这部作品，就有个历史又怎样成为文学的问题。这是你在历史题材叙事上非常重视的一个问题，印象中你在《老生》后记中也思考过这一问题。在你看来或者你在具体创作中，必然是要思考如何处理这一问题的。

贾平凹 说到历史怎样转化成为文学，我还有些自己的思考。现在有好多关于这方面的书，但有些你觉得它是很好的文学书，有些你就感觉写的不是文学，它还是历史。记录历史的一种文学书，怎样使这个历史进入小说？当然历史上有《三国志》和《三国演义》，这是最具体的东西，你看它里边的变化，从它里边的变化你也能知道这个历史和文学之间的一些关系。但是在具体写《老生》的过程中，在我理解，历史一旦变成了一种传说，变成一种农村人说的每天晚上给孩子讲的古今，这本身就是一种文学，因为这个传说或者古今，我说给你你再说给他，在这个过程中，已经渗透了我或者你的见解和情感在里边。为什么说中国的小说是从说书来的，说书都说的是历史事件，包括《三国演义》，那是罗贯中后来归纳总结的，起源都是大家在不停地说，讲过去的一些事情，在讲的过程中就慢慢变成了文学。这个过程，你可以理解成有一定的感情在里边了，经过多少人，把他的东西，他体会到的东西，他对这个事情的感情，渗透到里边，又讲述出来，就慢慢变成了文学。这就是历史一旦变成文学的时候，就像古董的包浆。瓷器和古董没有这个包浆，就不值钱了，就是新的东西，大家就把那不认为是古董，古董一旦成为古董，走上市场的时候，它有包浆，讲究包浆的多少、厚薄，我理解的包浆就是经过几代人，许多的人触摸，岁月中触摸，吸收了人的气息，它才叫古董，才变成了文物。当然这个古董是我在给你回答的时候突然想起的，应该是这样，这样回过头来就可以清晰，为什么小说来自于说书，说书是怎么说的，是每一个人根据他的理解来给你讲的。

韩鲁华 你的创作就是你触摸到历史后所产生的新的包浆。从具体的文学叙事方式来说，《山本》依然延续的是生活叙事。我曾把它叫作日常生活漫流式叙事。在《山本》你是将历史事件纳入更为日常的长远的生活之中来叙写的。这里边也就必然遇到如何处理日常生活叙事与革命历史关联性问题的。

贾平凹 这个在我个人理解，历史是发生在日常中的，任何历史事件实际上就是过去的日常，也可以这样理解，任何历史事件都是日常生活的反映。就是有些事件，之所以能形成事件，就是日常中形成的那些强烈的冲突点、爆发点，就是历史事件，没有这个事件的时候，它就是日常，过去的日常就是过去的历史，现在的历史就是现在的日常，这样理解，它整个都是日常的。《山本》中主要还是写日常，因为你这样理解历史的时候，写到历史你肯定要写到日常，日常中的环境变化、人性变化，突然爆发就产生了情节，这就像河水在流，河水在流的时候，画面平缓的都是河流，但也有浪花，浪花下面肯定有石头，或者有漩涡、暗流，如果下边没有这些东西，没有人性或者环境突发的一些事情，它就不可能出现浪花，它还是日常地流，缓缓地流，它是这种关系。

小说就要写出变中的不变、不变中的变

韩鲁华 人们都习惯于从作品的具体题材来审视，但我注意到，不论是现实生活还是历史生活，你都要谈到作家主要是从人本身、人的情感、人的生存状态，尤其是从人的本性等方面进行思考。这里实际上就是超越了具体的历史或者意识形态，而是从人为本质的角度，从更广阔的视野来审视自己的写作对象，不被具体的一时一事的历史事件或现实生活所局限，而是从更为超越的视域来看待。

贾平凹 这个在我理解中，就是世上任何事情千变万化，但不变的是人的感情。世上改朝换代，不管你经历的是任何社会制度，不管你发生了何种天崩地裂的变化，人的感情永远不变，或者是变化特别少。人和人的交往，人的奸诈、虚伪、善良，大家对啥比较认可、赞美、厌恶、反对，对亲情、爱情、父母、儿女、朋友，这一系列的东西，伦理范围的这种感情它是不变的，确实是不变的。这就是说整个在写作过程中，小说要写变化中的不变，要把千变万化中不变的东西写出来，或者在永远不变的东西里寻找变的东西，这样就能写好多东西。因为我写了那几句诗，就说世事是荒唐地过去了，留下的是飘零的爱，爱是不变的，人和人之间的感情交往是不变的，不管是战争年代还是和平年代，不管发生啥事情，不管爱情最后是紊乱的凄凉的残酷的还是幸福的，不管它咋飘，爱还在那，基于这个，才在《山本》里写了那么多残酷的现实，又写了那么紊乱的爱情，为什么要写到这种爱情？感觉它是不变的。

韩鲁华 这是在寻求一种永恒的东西，从流动的历史中写出亘古不变的东

西。这种亘古不变的东西，在我的理解中，可能就是你曾说过的木材燃烧时的火焰。这就把作品的意深化升腾起来了。就那段历史来说，你在后记中谈道：那年月是战乱着，如果中国是瓷器，是一地瓷的碎片年代。大的战争在秦岭之北之南错综复杂地爆发，各种硝烟都吹进了秦岭，秦岭里就有了那么多的飞禽走兽，那么多的魑魅魍魉，一尽着中国人的世事，完全着中国文化的表演。

贾平凹　因为从这个中国历史发展来看，你能看到中国人的特点、中华民族的特点。比如说分分合合、合合分分，三十年河东三十年河西。或者说都希望有一个强有力的统治者，都希望有一个英雄，都渴望英雄，而且是每次改朝换代以后，都是破坏性的，都是把前头的推翻掉重来一套，它没有延续性，而且有那么多的强者，有那么多的阴谋家。包括战国时期那么多的游说者、纵横家、诸子百家、那么多国与国的理论，一直到后面各个历史阶段的，咱还把这么多的阴谋叫智慧，其实智慧不是阴谋，它观念里面还是胜者为王，败者为寇。而且是一富就温柔了，一穷就凶残了。这些咱平常理解的中国文化的东西，就是在历史上慢慢积累形成的。所以说历史发展到《山本》所写的那段历史的时候，国家是乱的，是军阀割据，到处战乱，"城头变幻大王旗"，在那个年代，秦岭南或者北发生硝烟，肯定都在秦岭里边，秦岭就有那么多的飞禽走兽，那么多奇奇怪怪的鬼邪。各种人物在那表演，都是表演的中国的世事，中国的世事就是分分合合、合合分分，你打我我打你，你杀我我杀你，就是一直这样过来的，你破坏我我破坏你，都完全按着中国文化表演，因为这一切都是中国的文化产生的。

还要看到，为什么中国人有时候和这个西方人处理问题的思维不一样，看问题不一样，就是它有中国的文化。中国的文化有优秀的文化，咱现在继承的是传统优秀的东西，换句话就是中国文化中还有不优秀的东西，不管好的东西还是坏的东西，统一构成了中国的文化特点。因此，也就有了你说这个人他勤劳他勤劳，说他善良他善良，说他狡猾他狡猾，说他懒惰他懒惰，说他不诚实他不诚实，就是啥优点啥毛病他都有。而且现代社会为什么出现贪污腐败，为什么人人为己，为什么一当领导权力就那么大，这都与中国文化有关。为什么对咱不信任，就是你说话老不信，没有契约关系，咱是以德论事，所以德的空间就特别大，伸缩性就特别大。法是直的，你不得过去就不得过去。咱是人情，因为以德论事以后就必然产生人情、面子。说起来人人都懂，渗透到日常生活中就是文化的东西。人尤其是在有秩序的社会情况下，人性还有约束，社会秩序乱了以后，人性没有约束的时候，恶的东西就全部出来了。为啥我当时要在小说中这样说，就说中国人就是这样过来的，中国的文化、环境培养了中国人这样的性格、行为处事方式、思维方式。

《山本》就写在天下混乱中发生了一二十年的故事。从这段故事里看我们的任何行为，不管是革命的，不革命的，还是反革命的，他的行为归结是啥，他为什么会发生这种事情，以此来反思我们的文化、我们的人性。在这写这个东西时，倒不是说我想歌颂个啥东西，贬损个啥东西。它是将这个民族的文化以秦岭为舞台为平台，揭示出来，引起大家的注意。但这点，一般人也不理解，好多人不管这个事情，不看这个东西，只是在看热闹。读者也有认识，各种层面的认识都有。现在把我写的归结到意识形态、制度等，产生不满，进行批判，慢慢写一写就觉得这都肤浅得很，这都是针对这一时期。当然需要有人去对这个社会进行批判、鞭挞，但是这个社会太短了。就是一个家族，他老老爷还活着，他重孙子还活着，站了一长队的时候，你老打那一个人，对这个长队没有啥危害性，没有啥影响。你现在是说从老老爷一直到你重孙子，你这一群人的行为方式为啥从这一条路走过来，要寻这根子。要寻这根子的时候这个作品才有含量，所以你就盯着某一个重孙子行为不正、不听话，或者是胡闹事，把他拉住打一顿，当然周围的人觉得打一顿也好，但是从大的方面来看毕竟还是局部的东西，所以在写到一定程度的时候，原来咱所谓的对文学评论的深刻是说你里面批判了多少东西，突破了多少东西，现在看，还是小，那不叫深刻，那叫你尖锐，勇敢，突破禁区，敢说话，主持道义，你是个斗士，仅仅如此。但是年纪大了以后，从历史的长河着眼，视野开阔了以后就觉得那也应该但不是完全，我是这个观点。

韩鲁华 可能正因为有这样的想法，这样的认识，你才更注重历史的亘古性，从中寻找更本质的东西。这是否也是一种刨根溯源？你在后记中说：我提醒自己最多的，是写作的背景和来源，也就是说，追问从哪里来的，要往哪里去。如果背景和来源是大海，就可能风起云涌、波澜壮阔，而背景和来源狭窄，只能是小河小溪或一潭死水。就这部作品来说，它自然也有着自己的背景与根源。

贾平凹 这个背景和来源就我理解的是每一个作家的谱系，或者他受到的思想影响。我里面举例到，有革命文学、红色文学，中华人民共和国成立以后十七年的红色文学，有人继承这，学的是"十七年文学"的写法，我也写过这，比如说《浮躁》就是这种写法。也有19世纪的现实主义写法，里边还有自然主义，当时强调那些东西，后来我也吸收过一些那些东西。学的最多的就是那个时期欧洲的或者俄国的一些东西，当然也有后来的19世纪、20世纪、21世纪的现代文学，或者后现代文学。

韩鲁华 你这是在总结自己的承续问题。说到这，我忽然想到，有人在微信上发的《山本》后记中的这段话，用的是"现代源""后现代源"，我反复看手稿，应当是现代派和后现代派。

贾平凹 他提到这个现代源，其实不是源，我当时原话是现代派文学，现代派文学和后现代派文学，他把这弄错了。我都不知道现代源是个啥。还有一次是说继承的中国传统，继承中国传统实际上好多人继承的是明清以后的东西。我的意思是不管受的影响是"十七年文学"的认识观还是它的写法，还是19世纪现实主义的认识观还是它的写法，还是现代派或者后现代派认识观和它的写法，还是传统文化的认识观和写法，我觉得千万不要单一，更多的是说，如果你受红色文学的影响，你肯定有它的局限性，你学传统的，你仅仅学到明清的，它也不行。因为中国最传统的、最强盛的、最主要的是汉唐那个时候，以前的东西能更强盛一些，更好一些。就说现在好多作家的知识谱系和受到的观念都是某一个时期的，谁是谁的传人，这样就都带有一定的局限性，发展到现在的时候应该要扩大，一定要扩大视野，这是我在前头强调过的，一定要扩大视野。谈这个问题的时候实际上是我给我自己警告的，说一定要扩大自己的视野，死守着那个东西它可能限制着你的思维，就是这个意思。

你说到现代的两大传统问题，现在这两年有。那么换个角度来讲，一个方面，学习鲁迅的社会认识观，也就是骨头问题，和对西方的文学认识的观念是一样的。对于沈从文的那种叙述方法，对中国传统的那些东西、审美那一套，我觉得应该要继承。追溯到早年，我对中国传统和西方文学的认识是一样的，都没有说是单一的，只是说这个阶段注重的是这些东西。因为越到后面，每写到一定程度，文学创作的认识，它不是个技巧问题，不是个语言问题，是一个胆识问题、见解问题。最后比的是见解，比的是能量，也就是说，越写到最后，才写的是一些对过去的生命价值观及文学的认识。也就是说，写到一定程度上，对于鲁迅那种对社会的观察，对社会的认识，那种人生观、生命观，其对作品的重要性，这是在后面才能体会到的。开头人说的都是艺术上、表现上，沈从文、周作人呀，表现得很优美，说话、审美情绪很高，容易从这入手。但写到一定程度上时，就需要有骨头的东西，例如谈对象，开头都是他的风度、长相、打扮、首饰、衣饰啊，但往后再接触，就是他的脾性、见识、修养，后面就是强调内在这个东西，道理和这是一样的。

韩鲁华 看来你为写这部作品，做了大量的查阅走访工作。从《山本》中可以看出，你是要"从那一堆历史中翻出另一个历史来啊"。在你心里是想在《山本》中叙写怎样一种状态的历史？

贾平凹 从《山本》这本书来讲，是我对那一段历史的看法，对那段历史的叙写。正如我之前看过的一个瑞典作家写的一本关于一战的书，这本书很厚，名字叫《美丽与哀愁》，在战争年代，就不该出现这样的书名，但他就这样命名了。《美丽与哀愁》写的不是正面的一战，就写一战在各个方面的日常表现，这是翻出这种历史。《山本》从那一堆历史翻出现在我写出的这一本书里面的那种历史，就写那个时候那一段历史，现实是怎样的，这里面又发生了什么，人性是怎么变化的，里面又出现了多少委婉的东西，人的感情问题。然后再进一步追问中国文化是什么，应该揭示、批判一种东西，我们这个民族就是这样过来的，发生这样一个乱象，根源到底是啥，这种根源对以后有什么启示，就从这个角度来考虑，翻出这一历史。

韩鲁华 在作品气息弥漫下，你似乎进而还要写出人的品性。对于品性可否这样理解：就是要开掘人、民族文化的根性。其实在你以前的作品中也都在做着这方面的探索。在《山本》里，你不仅要写出根性，还要写出人的品性来。

贾平凹 对于品性我是这样想的。在我的初想里面就是中国社会维系的各个点、线、面上，中国社会历来是怎么维系的，它那几条线具体都是啥东西，每个线上都有一个点，设计人物或人物的品性，这是一点。这个是人性的各个方面，有几个点。例如《西游记》，全书写的是一行人怀有真诚、诚心、信仰去取经，但是达到你的信仰，你必须有强大的力量，你才能把信仰建立起来，才能把你想得到的东西得到，它主要写这样一个故事。但是它把人性分开来，有唐僧、孙悟空、猪八戒、沙和尚、白龙马和各路妖魔鬼怪，这几个点组合起来，把人性的各个点分担。唐僧是慈悲的、掌控全局的、很正义善良的，他有这些东西，孙悟空又敢冲敢打但又是不好控制，猪八戒那种贪、那种懒，懒惰但是也能出力且善良，沙和尚那种吃苦耐劳、不吭不哈，小龙马那种聪明。妖魔鬼怪那就更多了，把各种邪气都表现出来了。就把人性里面的各个方面分散开来。其实设计每个写的人物也是这样，你不能全写同一种类型的，那没人看你的东西。

作家在你的国土上发出你独特的声音

韩鲁华 这些可以说都是你通过作品所要达到的想法，作家的一切想法最终还需落实到作品的具体叙写上。比如首先就得面对作品的整体结构布局问题，在这方面也是要费很多思量的。从我阅读的感觉来讲，对于《山本》的整体结构布局，你是费了不少神。这中间肯定是有让你很费事的地方的。

贾平凹 费事呢。这个故事线索、情节、文章成了之后，是各个故事、各个环节处，就这个故事和那个故事起和灭之间过渡，其实是你最难布置的地方，最需要下功夫的地方。从这个故事的这个情节到那个情节怎么转换，这个事情起来了又灭了怎么写，那个事情起来了又灭了怎么写，这个起灭间的关联很重要，很费事。再就是这些已经都有了，就是整个的起、灭，时间的生发、灭，整个的结束，叙事结构是保证全书最重要的东西。但是如何能沉稳，要沉要稳还需要利落，不能说沉稳和平缓就是四平八稳，进度太慢也不行。这本书区别于别的书，它里边有利落的东西，转换很快，该平稳的地方平稳，该转换的地方也转换很快，叙述上比以前更硬、更热烈、更极端，写得更狠一点，以前更柔一点。现在写得狠，这是年龄所致，因为这个老年人的通病就是老年之后做事容易出格，反而无所畏惧，他敢说别人不敢说的话，敢做别人不敢做的事，这是老年现象。我看在台湾说老年作家有这种现象，就是他突然就心硬了。这本书比较硬朗。

韩鲁华 这本书是比较硬朗的，有股子豪气，但其间仍然有着温馨的东西。说到这我又想到，在你的叙写中，很善于用闲笔。记得你说过作品一定要能够升腾起来，就像柴火燃烧，一定要有火焰。在这部《山本》中你用了个形象的说法，叫开天窗。这开天窗与人们常说的闲笔，有什么不同？

贾平凹 这应该从两点来谈。当然提到这个开天窗，在叙述故事的过程中，小说不能只讲故事，没完没了的说故事。过去说书还有个尽兴，说一会就停下看听众有没有打瞌睡，有没有谁走神，或者可以和外面听众交流，再根据外面的风声雨声、环境变化的各种声音,把它加到里面,其实它有这个作用。刚才提醒大家的是文本上的、结构上的,现在就是在叙述故事的过程中,要写到人生智慧的地方。作者对世事的看法问题上,在故事的环节处理及环境描写上,这时就不妨把故事先放下,先考虑这些事情,这样能增加作品的厚度或它的趣味。厚度是人生智慧在这里闪发的东西,又或是闪发着人生的智慧,对人生的某种看法。又或是作者借助某某环境或者某某人物对世事的议论,或者是用这个精神、环境,风啊,雨啊,鸟啊,树啊,从另一个角度来表达自己对这个的看法,我当时指的是这个意思,不是为了增加而增加这些东西。这东西就像蒸馍一样,气足了馍就不是死疙瘩,它是虚的,笼一打开热气腾腾的、虚的那个样子。

韩鲁华 这里可能就涉及了一部作品的思想内涵的深度、厚度、高度、广度等问题。说到这,我想到你在过去的后记也常谈到要有现代意识、人类意识等等。在这部作品后记中你说到"现代性,传统性,民间性",显然是你在文学创作上所追求的一种目标。在你的心目中,这"现代性,传统性,民间性",以及它们之间的关系,应当是怎样一种样子?

贾平凹 我这么多年一直强调的是,现代性实际上就是一个视野问题,就全球看问题,从整个人类或者大多数人类的角度来看问题。当然这个说起来容易,但建立起来是很难的,要突破好多:你从小长大的那种思维习惯,要突破那些标杆。全球视野实际上就是现代性,就是考虑问题是大家思想的。现在咱们这里坐了五六个人,我考虑问题一定要考虑大家,今天吃饭谁吃啥谁不吃啥,做个啥饭,我不能只考虑韩鲁华吃甜的我就专门做甜的,这不行。作品如果没有现代性就写不成作品,就没办法写也没人看,也发表不了。

传统性主要是讲传统审美。这个民族之所以能形成这个民族,是因为保存下来它的一套审美观,它这一套审美观就是它认为什么是漂亮的,什么是不漂亮的,什么是正确的,什么是不正确的,什么是可以越过的,什么是雷池不能越过的,像这种审美才能表现你是中国人,你就该是中国的。现代性和传统性的结合就使你已经明白你是中国人,你就该在中国。同时你要广泛吸纳整个世界上的优秀东西,然后进行你独立的思考。在你的国土上,用你国家的资源,国家的那些素材,发出你自己独特的声音,写出你的文章。

而为什么又要强调民间性?因为自己本身就在社会基层。而民间性又是生动性，实际上它是传统的延伸，今天的现实就是明天的传统，它是传统文化的延伸。因为它是现在发生的，民间它有一种生动的东西，它可以推动、更新，尤其是推动传统和适应现代性，用力量来推动，把现代性和传统性在民间进行验证一样，挥发在民间，然后民间再进行反推。这样它既继承了你的现代和你的传统，它就是活的，而不是死的。

韩鲁华 说到中国古代的审美传统，中国古代讲文章要有气，要气韵生动。这实际是文章的内在气理。人有生命的气理，自然也有生命的气理。结合《山本》的叙写以及你后记所谈到的，你谈到秦岭的"生命气理"，扩而大之，实际上就是对一地域"生命气理"的把握问题，是对整个世界生命气理的把握问题。对今天的人来说，气理好像还是比较抽象的，其实它是包含着丰富内涵的。

贾平凹 在我的意思里是这样的，当然不一定准确，它就是营造一种氛围、一种气氛。因为写的是整个秦岭，要把秦岭早上或者下午雾气那种热气腾腾的样子，它的山、它的水、它的树木、它的草或者它的风景，天上飞的、地上跑的、水里游的这一切东西构成一个新的世界。它这个生命体就是一切都要有生气，一切气息要配合，配合起来构成一个整体。小说严格来说就是再生的自然，自己编造的一个再生的世界，在这个世界里，你就要让它生动起来，山，水，人，各种东西活起来，就像地里这儿种苞谷，那儿种黄豆，那里又种菠菜，各种东西互相影响看起来就生气勃勃的。

韩鲁华 这就是说生命气理是融会在整个作品之中。同时也要考虑到，生命气理的融会贯通，不是悬空的，而是要落实到具体的叙述之中的。说到这，我就想到作品从另外一种角度来看，它实际上是离不开时空的。在《山本》的创作中，实际上这也是无法避免的一个问题。具体到《山本》，就是如何在空间中推衍时间，也就是文学叙写中的时空处理问题。

贾平凹 因为这些东西，如果体现在具体的写作中，在我的理解里，就是线和团的关系，也就是叙写和描写的关系。在写作中，主要的功力要用在团上。比如在《山本》里，保卫战保镇子，这是一个团，要把气氛渲染起来。又比如说打县城，它是一个团。而事件和事件中间是一个线的关系。线其实也就是时间问题，这个时间为什么产生那个事件，它是一个时间问题。到团里头，就是一个空间问题。实际上，原来的中国小说，线的东西特别多，都是顺着时间的推移，一步一步顺过来，说故事。这样当然有它的优点，也有它的缺点。它的审美也是在线性叙事中形成的审美，比如容易产生空间感、隐喻、象征、话外之话、虚拟、意象等这些东西。西方小说主要是团块结构，就是一个场面一个场面把这连起来，过渡时两笔就过渡了，这样就有一种推动力，读起来有震撼力。故事能推动起来，强调特别外向的东西。但现在就是把两方面结合起来，实际上就是有线，线可长可短，有的可隐可显，可续可断，就像古人说的那个东西，不会转换的人就半天拧不过来，就交代不清。很快就要交代，交代就是一种叙事，团块描写那个环境，故事发生的环境就是一种描写。

把所有人物都拉在一个平面上

韩鲁华 好，这方面的问题就先谈到这，下面想就几个人物形象塑造方面聊聊。首先是女主人公陆菊人。在我的印象中，你过去长篇小说中的人物，虽然丰满，但是性格发展逻辑不够明显清晰，一般是横向展开，纵向深入发展的人物不多。而陆菊人很明显有着一个发展的过程，是塑造得很成功的一个典型人物。在我看来，对于人物的塑造，不仅要写出人物的丰富性、多侧面性，还要写出人物性格的发展性。这就形成了横向拓展与纵向深入发展的融合。另外，陆菊人在塑造的时候是否也有着参考的原型？

贾平凹 这个陆菊人刚才没讲，她肯定有写作原型。因为对这个写作原型产生了兴趣，才产生了写作的欲望。首先是对这个人物我有了兴趣，我觉得这个人与众不同才产生了写作的欲望。因为在陆菊人身上我觉得正好含纳了中国妇女身上最基本、最好的那些因素、那些成分。比如说她的善良，她的能干，她的见识。原来是说上得了厅堂，下得了灶房，陆菊人有这本事。大理上能把握住，出去也不畏畏缩缩，大大方方的。该我说的我说，不该我说的我不说，在骨子里还有一种正义感。但她毕竟是那个时期的一个农村妇女、普通妇女，她还要守妇道，要看重她的名声，虽然丈夫不好，但还要对丈夫关心，对公公还得孝敬，对邻居还得友爱。但是同样的，她得有她的精神寄托。她的精神实际上就寄托到她丈夫的这帮子朋友身上，从小长到大的朋友身上。看到井宗秀能成事儿，是个人物，她就默默地、暗中地、或明或暗地来支持他。支持他的过程实际上也就是在寄托自己的精神。要不很要强、很能干的女人，在那个时代她怎么活下去？又得不到更多的幸福，你说她怎么活下去？她就把她的精神、向往的东西寄托到这个人身上，盼望着这个人成事。当然在这个过程中，她对他抱有极大的希望,但她也不祈求于他啥东西,她连他的手摸都不摸,不产生别的啥事情,只是暗中支持。支持以后,一方面是得到了精神寄托,井宗秀成功了她觉得她也成功了;另一方面,随着时间的推移,发现这个人就不是她想象的那个人,她就感到了失落,尤其是那天晚上她在架子上坐了一夜,她看到那些环境、那些场景,实际上她就是那种伤感、那种无奈、那种凄凉。那一段叙述就是我在写作中有意要写出的一种现代意识,作为一个人,精神的一种失落感,那种无处依托的凄凉感。她本来满怀信心地来支持一个人,却觉得这个人又不行,但她又没办法阻止人家、矫正人家,她就有了很无奈的那种意识,这就是现代人对于自身生命的一种意识吧。她区别于过去的一些妇女就是嫁鸡随鸡嫁狗随狗,男人哪怕是傻的都得依附上,最后哪怕是坏人我也得跟上。她和这是不一样的,这个女的有现代意识,所谓现代意识实际上是最接近本质性的东西。西方人比咱更接近,咱就把那叫作西方的。西方就现代咱就落后?那不是的。现代这个词就是现在人对生命、对人生的一种看法。作者是通过这个人物,表达对人生、人事、生命的这种看法。要没有这些看法,我还写它干啥?现在世上的故事多得很,写那没意义,对吧?

韩鲁华 说到陆菊人自然就联系到井宗秀这个人物。在我看来,井宗秀是《山本》中塑造得最为成功的另一个典型人物形象。这也是一个性格发展逻辑非常清晰的人物。他和陆菊人一样其性格有个发展的过程。但似乎又是不同的。陆菊人于坚守中向更好的方面发展,井宗秀是反向发展。

贾平凹 因为过去在写作品的时候,大多数是一出场这个人就定性了,只是截了这一段,他定性这一段,没有写这个发展过程,写定性的。从小到大的发展过程他就是另一种写作方法,就是叙述性的,拉得很长,有故事连贯性的,但是这种写法我过去是很少用过的。这次是要包括井宗秀、陆菊人,都是发展型写法,刚开头和后来都不一样。随着环境的变化,随着事情的发展以及自己经历得多了以后就变了。这是个发展人物。当时写这个,就是为什么要写这个人,这个人怎么从一个本分的普通的人,怎么就一步一步发展成后来的这种样子。这是环境,外部对他的影响激发了他内心的东西,他那些精干的、勇敢的英雄气质。其实他身上是有这些基因的,没有这些,外部也激发不起来。但是怎么激发?怎么消退?又怎么升起来怎么灭下去?这里面贯穿一种思想,对于这个人就想写成一个呼啸而来呼啸而去的秦岭人。再个为什么把作品中的颜色处理成黑色的？黑衣黑旗黑裤子，秦人基本是这样。秦人那时候崇尚黑，灭六国的时候快得很，很快就灭了，但它很快又灭亡了，又很快的退下来了。后来包括陕北的一些人物，像陕北的李自成都是这样的人物，都是这种呼啸而来呼啸而去，就是发展得很快，一下子起来了一下子又退下去了。我心目中是这种想法。就像白雨过沙滩，就像这个意象。就想把人物塑造成这样一个人物。

韩鲁华 郎中陈先生，庙里的地藏菩萨式的宽展，塑造的也是成功的。陈先生这一形象，很容易让人想到你此前作品中同类型的人物形象，比如《古炉》中的善人，《极花》中的老老爷，甚至《老生》中的唱师，等。宽展是你作品中很有创新性的人物形象，与过去此类女性形象很不相同。

贾平凹 实际上《古炉》里面的善人和《极花》里面的老老爷与陈先生是一个类型。为什么要写这个？因为当你写一个镇子，要写镇子的全部生活的时候，我想了想，还是不能脱离这个人物，还是要把中国农村、中国农村社会自我维系自我发展的那种形态写出来。就我刚说怎么维系这个社会的发展。这个民族五千年它用啥控制，除了每个朝代当权者控制以外、权力控制以外，它自我控制部分，有权力线，有经济线，有宗族线，有教育线，用这几条线来连结这个社会。这个团体才慢慢发展、延续到后来。在农村，除过权力、政治、经济以外，控制这个村庄，以及这个村庄的人怎么活下来、延续下来？一个是宗族，一个是宗教。宗族就是祠堂、族人、族长这一套以及涉及的亲戚关系等，宗教就是佛、道等。为啥说宗教方面？你看陆菊人他们吵架了都去庙里发誓，为什么死了要超度呢，有个啥东西都要信神呢？就是起维系他的精神的作用的。所以这个人就保留下来了。

这就牵扯到宽展师父，意思就是从佛教的眼光看待镇上的世事，看镇上的芸芸众生。对镇上的世事以及芸芸众生的状况来产生一种慈悲。陈先生他是道教对生命的解释，在对认识社会、认识事物的智慧上给予陆菊人的启示。而宽展对陆菊人的启示就在于慈悲方面。比如说她要超度好多人，不论好人坏人，给你树牌子，生死牌子，不管是正面的反面的。她从慈和悲方面，就都给你这树个牌子，就给你超度，超度所有人。所以就有人说陆菊人怎么就能形成这种性格，我说她有整个社会教育，除过她本身是一个不错的人以外，还有宗教信仰、陈先生、宽展师父以及井家兄弟对她的影响，才形成了她这样一种性格。

韩鲁华 在这部作品中，花生虽然着笔不是很多的，但也是一个很有特色的女性形象。但比起陆菊人、宽展来，就我的感觉，她的塑造要单一些。

贾平凹 花生这个人物比较起宽展师父、陆菊人当然要单一些。塑造这个人物的想法是啥？不是特别想塑造这个人，这是从陆菊人角度来写的一个人，是为了表现陆菊人。陆菊人为了对井宗秀好就专门给他找了个漂亮女孩子，培养着。这种故事就发生过，世间还真有。有个画家就是那样，他到城里去了，他老婆不愿意跟去，说她年纪大了，就给培养一个小女娃，精心安排这个小女娃，培养说丈夫的生活习惯是个啥，爱吃啥，爱穿啥，要注意啥，培养了三年后给送过去了。这画家对大老婆特别尊重特别欣赏。谁来拜他，当他的学生，先给他的大老婆磕头。大老婆后来是一直没到城里去。实际上就是从陆菊人的角度写花生，通过写花生来表现陆菊人的美丽、善良、体贴和温柔。陆菊人与花生其实是陆菊人的两面，写花生由陆菊人培养着送去给井宗秀，就有这种意思，这是从这个角度来写的。

韩鲁华 你在作品中常常设置些特异的人物，像狗剩与蚯蚓这两个人物，看似不重要，但却是贯穿性的人物。在阅读中，这两个人物让我联想到狗尿苔、引生等。我甚至觉得这两个人物是一个人物的两个方面。

贾平凹 狗剩与蚯蚓也有一些狗尿苔、引生的影子，都是一些小人物，但都是一些特别有趣的人物，这俩人都有趣，尤其那个蚯蚓。你看戏剧舞台上，为什么要有老生，有小生，有花旦，有丑旦，有刀马旦，这都是正面人物，还必须要有丑角。丑角一方面就是人生百态，他从另一个角度来演绎一个故事、一个人生体会。再者就是从舞台效果上，他要把这个抖开。就像和面，要揉。就靠那些人物糅合，故事要生动就要靠那些人。要没有那些人，故事就是个板结，就死板得很。蚯蚓实际上也起这个作用。当然狗剩还有另一点，就是你看像这样的人物，这么好的人后来这样成了残疾，从这个角度来写，还有那个意思。但蚯蚓的作用完全是要把这个故事抖起来，活泛起来，有趣味。

韩鲁华 谈到这个作品中的人物，就不得不提到平川县的县长，这也是一个非常富有意味的人物形象。他似乎是你此前作品中极少见到的。你设置这一人物使人感慨知识分子于战争年代的无奈。但于无奈中却又完成了秦岭植物志和动物志。

贾平凹 当时确实是，也就是你说了在那个战乱年代知识的无用、知识的无奈，知识分子的无用、知识分子的无奈，主要是写这个东西。关键时候知识分子起不了作用，就是从这个角度来写的。但是一个社会最基本、最根本的东西还得靠这些人。在战争年代、动乱年代他就是无可奈何。

韩鲁华　《山本》塑造的人物形象很多，而且只要有名有姓，几笔就勾勒出其性格的基本特征。我注意到，在塑造这些人物时，你都或明或暗地开掘其性格形成的生活逻辑。如果要按类型划分人物，有涡镇人物系列、红军系列、国军系列、土匪刀客系列等。于整体人物结构布局上，你是怎样考虑的？或者说在人物形象处理上最令你思考的是什么？

贾平凹　实际上，我当时考虑把所有人物都拉在一个平面上，都是一样的，不管你参加哪个集团、哪个组织，所有在那个时代的人的思维都是一样的，就是谁有枪谁就能弄死人，都是为自己的利益，都是拉在同一个盘子上，都是一视同仁，没有说你是革命者就把你塑造得高大上，你是反动的，你是国军系列就把你写得一无是处。他作为人，都有他的人性、他的弱点、他的各种东西吧，只是后来发展发展变了，有些人更正义，有些人更龌龊。

（原载《小说评论》2018 年第 6 期）

究天人之际：历史、自然和人

——关于《山本》答杨辉问

贾平凹　杨　辉

杨　辉　先从题目谈起。在后记中，您开宗明义地写道：《山本》意为"山的本来"，是"写山的一本书"。这山就是秦岭。而"关于秦岭，我在题记中写过，一道龙脉，横亘在那里，提携着黄河长江，统领了北方南方，它是中国最伟大的一座山，当然它更是最中国的一座山"。关于它的故事，自然也可以被读解为中国故事，其中包含着的寓意，也自然指向中国。不知您是如何动念写作这样一本关于"山"的作品的？

贾平凹　有话说，生在哪里，哪里就是你的"血地"。我是商洛人，商洛在秦岭之中，写惯了商洛，扩而大之，必然要写到秦岭。六十岁后，生命和经历都有了一定的资本，你才可能认识秦岭，看待秦岭的表情自然与以前不一样。其实，秦岭也就是我眼中的人间烟火所在。

杨　辉　《山本》所写的，是二十世纪二三十年代发生在秦岭的故事和传说。这些故事和传说虽流传已久，但因无人整理，往往散逸在各处，不成系统。在写作之前，您作过材料上的准备吗？

贾平凹　不是为了写《山本》而去作材料准备，是获得了许多材料后才萌生了写《山本》的想法。那些材料来源于各种渠道，记录者和讲述者因角度不同，非常杂乱，但能感觉到它的价值和有趣，一下子刺激了我。犹如一块石头丢进水潭，水面上泛起涟漪，我才知道我心中早有涟漪。像怀孕一样，胚胎慢慢生长。在生长之期，我才有意识去做更多的材料的收集，比如各地方武装形成的原因和过程、各类枭雄的生与死、那时的风物习俗以及人的吃住衣行。等到《山本》的人事开始鲜活，我都相信这一切一切全是真实的事情，就开始把它摹写下来。

杨　辉　在后记中，您提到2015年开始构思《山本》时，面对这一时段的历史材料，一时不知以何种方式切入。"历史如何归于文学"，仍是您思考的重要问题。这一问题，在《老生》后记中您也曾提及。从《老生》到《山本》，您对这一问题的思考有何变化？

贾平凹　身在庐山难以识得庐山真面目，任何事情，回过头来，或跳出来，或往前朝后看，就不至于被一些先入为主的、观念性的东西影响。历史也是这样。一段历史摆在那里，将如何变成小说？我指的是远期的历史，这可以看看《三国演义》《水浒传》是怎样产生的。它是说书人说出来的，经过一代一代的说书人以自己的理解说出来，历史变成了故事在流传，最后再有人整编成册。其实我们写现实题材的小说，何尝不又是一种近期的历史？所以不必强调历史的远期与近期，那只是写作小说的材料，小说的完成就宣布那是历史了，这如同用布裁做衣服，我们说穿了件衣服，而不说穿了块布。

杨　辉　有论者认为，如果仅从"民间写史"或历史的新的叙述的角度理解《山本》，可能会形成对《山本》丰富意义的"窄化"。因为"民间"或者"野史"往往被放置在"正史"的对立面，但显然《山本》呈现的"历史"要更为复杂。请问您如何看待这种说法？

贾平凹　解读小说是有不同的角度的，有的小说可能结构简单些，从一两个角度就能说清。或许《山本》要复杂些，"正史""野史"说到底还是历史，而小说，还是那句大家都知道的话，是民族的秘史。这个秘史，不是简单地从"野史"和"正史"对立的角度说，而是说它还包含着更复杂的生活的信息。比如人的日常生活中的衣食住行、自然风物，以及二者之间的复杂关系等等这些历史顾及不到的细节。它们可能呈现出历史更为复杂的状态。

杨　辉　《山本》故事的基础是发生在二十世纪二三十年代的秦岭及其周边的历史事件，但在写作中您并没有在某种特定的历史观念中对历史进行处理。如您在后记中以破碎的瓷片比喻当时的总体性的历史状况，《山本》写的是一种"前历史"的状态，即在历史叙述未定之时的混乱、无序。因此，在《山本》中，一种混同的、非逻辑的故事从容展开。各种力量基于不同目的展开了你死我活的斗争，你方唱罢我登场。这种状态，其实是对历史的"未定"状态的"还原"，即还原到历史发生最为原初的现场。在这里，历史可以生发出多种解释的可能。不知您在写作过程中，对此是如何考虑的？

贾平凹　正因为这样，我要模糊许多东西。我在后记中写道："这里虽然到处是枪声和死人，但它不是写战争的书。"表达的就是这个意思。

杨　辉　您在《山本》后记中谈到，在四十余年的创作历程中，承接过"中国的古典""苏俄的现实主义""欧美的现代派和后现代派"，以及"建国十七年的革命现实主义"。但"我要做的就是在社会的、时代的集体意识里又还原一个贾平凹，这个贾平凹就是贾平凹，不是李平凹或张平凹"。这种创作风格的转变，在《山本》中是如何表现的？

贾平凹　这是指这几十年来中国作家的承接问题，有的承接的是"苏俄现实主义"，有的承接的是"欧美的现代派和后现代派"，有的承接的是"建国后十七年的革命现实主义"，有的承接的是"中国的古典传统"，各种侧重点的承接，使几十年来中国的小说呈现出不同的面貌。我主张承接要宽泛广大，尤其在当下。一个国家一个民族的作家写作，都是要认清自己，认清自己的写作与世界文学的关系，竭力把"特殊性"变为"普遍性"，而遇到了更多的标准时，则从"普遍性"又回到"特殊性"，再竭力从"特殊性"变成"普遍性"，如此循环往复，方能大成。

杨　辉　陆菊人从纸坊沟带来的三分胭脂地引发了涡镇如此惊心动魄的世事，但"吉穴"却未如传说中的那样灵验。这样的处理，让人联想到《美穴地》。柳子言踏了一辈子吉穴，最后为自己精心堪舆的却是一处假穴。他的儿子后来并未做成大官，只能在戏台上扮演。在《山本》中，纸坊沟的这一处吉穴以及其之于井宗秀、井宗丞的意义一再被提及，但最终，兄弟二人均未成为最后的赢家。这样处理，不知有何深意？

贾平凹　小说里的任何情况处理，尤其结尾，多义性最好，由读者各自去理解。《山本》中的胭脂地吉穴，是一个由头，起着鼓动和带给井宗秀和陆菊人雄心和希望的作用，但世事无常，人生荒唐，才导致了最后人与镇的毁灭。

杨　辉　《山本》大量的笔墨，是在写历史事件发生之际普通人的日常生活。无论世事如何变化，他们还是日出而作日落而息，随着四季转换而演绎着自己的喜怒哀乐、悲欢离合。您在历史的宏大叙述之外，详细铺陈日常生活细节用意何在？

贾平凹　人生就是日子的堆集，所谓的大事件也是日常生活的一种。写日常生活就看人是怎么活着的，人与人的关系，人与万物的关系。人类之所以能延绵下来，就是因为有神，有爱。

杨 辉 在《山本》的结尾处，涡镇几乎被炮弹炸成废墟。"陆菊人说：这是有多少炮弹啊，全都要打到涡镇，涡镇成一堆尘土了？陈先生说：一堆尘土也就是秦岭上的一堆尘土么。陆菊人看着陈先生，陈先生的身后，屋院之后，城墙之后，远处的山峰峦叠嶂，以尽着黛青。"人事与自然，最终融为一体。这样的结局，似乎别有深意？

贾平凹 在这个天地间，植物、动物与人是共生的。《山本》中每每在人事纠葛时，植物、动物就犹如一面镜子，呈现着影响，而有互相参照的意思。

杨 辉 《老生》以《山海经》为参照，超越就二十世纪论二十世纪的历史的狭窄视域，而有更为宽阔的历史参照。而以千年的历史兴废为总体性的视域，则关于二十世纪历史与人事变迁有全然不同的理解。《山本》故事所涉，虽为二十世纪二三十年代发生于秦岭的故事。这些故事不可避免地与该时段宏大的历史存在着内在的关联。但《山本》显然意图跳出既定的历史视域，而有更为宏阔的眼光，也试图表达一种独特的思考。

贾平凹 大地的伟大，在于它的藏污纳垢却万物更生，秦岭里存在战乱、灾害等，但依然莽莽苍苍，山高水长。人应该怎样活着，社会应该有着怎样的秩序，这永远让人自省和浩叹。

杨 辉 《老生》在关于一个世纪的叙述中，四个故事指涉之时代虽不相同，但历史及世道人心根本性之运行逻辑并无变化。"眼看他起高楼，眼看它楼塌了"，此消彼长，此起彼伏，如是循环不已。《古炉》亦是如此，"春""夏""秋""冬"四时转换与人事转换互为表里。夜霸槽的"破坏"行为，与支书朱大柜年轻时并无二致。孙郁甚至发现，在夜霸槽和阿Q之间，存在着某种相似性，这种相似性表征的当然是历史的延续性，或者历史的同义反复。而在《山本》中，井宗秀与不同时期身处不同阵营的阮天保之间的矛盾冲突，也并不关涉民族大义，而是个人利害恩怨的翻版。阮天保投诚之后，其行事与井宗丞似乎也并无二致。其他如逛山、五雷的各种势力，其运行逻辑似乎也并无不同。如是处理，不知有何深意？

贾平凹 天地间自有道存在，不管千变万化，总有永远不变的东西。恋爱中找对象，其实找的是自己，别人的死亡，其实是自己的一部分死亡，孩子的任何毛病其实都是自己的毛病。光照过去，必然会折射过来，等等等等。古人讲，月落仍在，又讲，太阳下无新鲜事。我们曾经的这样的观念、那样的观念，时间一过，全会作废，事实仍在。历史是泥淖，其中翻腾的就是人性。

杨　辉　《老生》出版之后，您曾提及，面对历史，要写出"大荒"的境界。此种境界，颇近于冯友兰所说的"天地境界"，亦与王国维《〈红楼梦〉评论》所指陈之"超越了家国、民族、阶级甚至历史的界限，属于无始无终无边无际的大宇宙"，且"又超越功利、道德和人造的种种理念"的"宇宙境界"相伯仲。请问这种境界在《山本》中如何体现？

贾平凹　我只是有这种意识和向往，但我能力有限，我们或许能成为"飞天"，但我们在世上吃的东西太杂太多，太笨了，飞不起来，这是我们和社会的可悲处。

杨　辉　如果不在"五四"以降的启蒙思想视域中看《山本》，而是从中国古典思想及审美方式论，便可以发觉《山本》所敞开的世界，包含古典思想意义上的"天""地""人"三个层次的。不仅如此，儒、道、释三家思想及其在混乱的世道中的表现也有涉及。比如陆菊人、井宗秀、井宗丞等，自然有类似儒家的精进一面；130庙和宽展师父则无疑体现着佛禅的意趣；陈先生所融汇着各种民间智慧，但其核心仍属道家。它包含着各色人等及其所代表的各种文化，也便有更多复杂的意蕴。意义既然维度多端，也就有了多样的可解性。

贾平凹　这要看各人怎样理解。我觉得只要言之有理，都是可以的。照我的意思，你要观照这个地方，起码你要有一些特别的眼光和特别的理解。因为这个地方本身就有着中华文化的东西隐含其中，有各种人文结构，有它流传已久的各种生活观念，来维系着社会的正常的运转。有破缺，自然也有自我修复。就精神层面而言，有宗教，也有种种民间信仰。有政治的线索、经济的线索和文化的线索。基本上将这几条线索把握住，就抓住了基本的东西。就总体而言，一个时代是受各种力量相互制约影响的。为什么我说《山本》不是在写某一个单一的方面，就是说从政治、经济、文化等等构成的总体上看，上一代人是如何从那个时代过来的。或者换句话说，我们这个时代是从什么样的状态过来的？是基于哪种土壤？哪种思维？哪种环境？从哪样的状态走过来的？小说写政治、经济、文化，但却不是搞一些概念化、宣言式的东西。比如说，你去读《红楼梦》，它到底给了你什么启发？这是比较复杂的东西。但咱们现在习惯在一本书里表达一种观念，也从这一种观念出发来解释它。追问这本书揭示了什么，批判了什么。有人说少不读《水浒》，老不读《三国》。好多人在读《水浒传》《三国演义》《红楼梦》这种名著的时候，都是在吸收怎么活人的道理，而不是想解释目前社会上发生了什么问题。这种思路都是有局限性的，很短时间段的、很狭窄的。观念过一段时间就没有用了，但是发生的那一套事情还在。梁山上的那一套故事永远在流传，关于梁山的曾有的解释，却已经发生变化。读小说，有些人只是看热闹，有一些人却是在看一些生活的智慧。小说是小说，它和一般的用概念性的东西解释世界，还是存在着差别的。

杨　辉　从"五四"以来，小说在处理故事时，大多数已经习惯于将视野局限到人和社会、人和人的关系。但在中国古典小说中，视野却并不如此狭窄。写作者们往往将历史人事放置到和自然同一的大的环境里，来考量种种关系。自20世纪80年代初有心接续中国古典思想传统以来，您就在尝试打开更为宽广的小说世界。如从这个角度理解，则《山本》的意义会因之丰富。

贾平凹　"五四"以来的很多作品都是写人和社会、人和政治之间的关系。比如写之前的社会如何是吃人的社会，因此要民主，要自由。这些当然都是正确的。但是如果只关注这些，就把小说局限到了一个狭窄的视域中。我估计像《三国演义》《水浒传》这样的小说，都是把民间说书人讲的、舞台上演的英雄故事写下来。它并不一定有更多的别的含义，没有说要推翻朝廷，背叛朝廷。它并不重视所谓的倾向。《红楼梦》我估计也是这样。曹雪芹就是把经过的事情写了出来，不一定给它赋予了多少意义。但我们后来在分析的时候，便要说这是反映了清王朝由兴盛到衰落的过程。实际上他可能只是写了曾经的繁华，追忆曾经的故事。原来最早是世情小说，从世情的角度写。王国维用中国的传统思维，还套用了西方的一些思想。当然，现在叔本华的观念还在流行。在他之前，没有人用那样的观念来看《红楼梦》。我以前看过与《红楼梦》同时期的很多风情小说，有些纯粹就是在写乱七八糟的故事，在胡编乱造。那些作品应该属于当时的地摊文学。大家只是为了热闹，为了赚钱而写。《红楼梦》则不同，它写的不仅仅是这些，所以就保留下来了。

杨　辉　所以说到底还是小说观念的问题。有何样的观念，便有与之相应的小说作法及评判的标准。

贾平凹　每一个时代，每一个时期，社会对小说观念影响很大。它以种种力量强迫着去改变某些东西，最后就离小说的初衷越来越远。你要是不忘初心，要追问小说最初是怎么出来的，就会发现不同时期观念的差别。现在我有时还在想，关于走路，人天生就是会走路的。但是你如果要说怎么走路，先伸出左手再迈右脚，再收回左脚和右手。这样来教的话，谁都不会走路了。小说也是这样子，它是必然发生的，就像吃饱了要打嗝一样，是很自然的事情。但是咱们受的教育，咱们说的写作过程，社会对你的要求，你慢慢地就放松并开始变化了。社会的力量带来的影响是很大的。

杨　辉　在混乱的世道中，涡镇出了井宗秀、井宗丞，也出了阮天保。他们在混乱的世道中与世道一同混乱着。未见出井宗秀、井宗丞有更为宏大的抱负，阮天保行事也以个人利害为准则。他们杀伐决断，并无常规，彼此均分享着暴力与血腥的历史逻辑。他们都可以称得上是乱世中的"英雄"。但涡镇出了井宗秀，却并未得到安定，反而在乱世中愈陷愈深，终止于沦为一片废墟。因此，陈先生以为，啥时没英雄，世道就好了。这似乎有道家"绝圣弃智"的意思。不知陈先生的这一说法有何深意？

贾平凹　你已经替陈先生解释了。

杨　辉　如您所说，井宗秀和井宗丞皆有原型。但原型人物的本事（史实），却与虚拟世界中的人物并不能一一对应。不知井氏昆仲与其原型之间，存在着什么样的差别？这样处理有何用意？

贾平凹　现在一些读者有兴趣考证井宗秀和井宗丞的原型，其实是不必的。井宗秀和井宗丞是有原型的，但仅仅是攫取了原型极小极小的一些事，而最大的是通过那些历史人物了解那一时期政治、军事、经济、民生等一系列的社会情况，可以说从原型出发，综合了众多，最后与原型相差甚远。

杨　辉　原型人物的本事在具体进入作品的时候，您是如何处理的？

贾平凹　拿井宗秀的原型井岳秀来说，我其实只是用了一点关于他的材料。比如他晚上在别人家门上挂马鞭，这家人就得把女人送到他那里。但这个材料在用到写井宗秀时，已经有一些变化。将井宗秀处理成因受伤而导致的"无能"，就是改变之一。包括关于他的死亡，有几种说法。由于史料的缺乏，这些说法孰是孰非，已经难以辨认。我是专门采访过三个当事人的后人的。一个就是当年去抓杀害井勿幕的凶手的那个人的后人。后来他给我说了井岳秀之死，有好几种版本，有的人说是配枪走火胸部中弹而亡，有的人说其实是被人暗杀，但是说不出凶手是谁。事情发生后，有人跑到后院了，发现树底下有几片叶子。凶手就在树上蹲着呢,然后把他揪下来。剥皮的事情,他当时跟我说的时候,我基本上已经写完了。关于这件事情说了很多次,太暴力了。里面有一个情节是井岳秀把杀害他弟的凶手剥了皮,用人皮做了个马鞍。他们后来巡逻的时候,他骑一匹马,旁边另一匹马马鞍上放着他弟的照片。他坐在人皮做的马鞍上面巡逻,是有这样一个事情。但小说处理的时候,还是有一些变化。

杨　辉　关于井岳秀之死,还有另外一种说法,但是这个也没有办法判定真伪。就说是当时根本不是配枪走火。井岳秀被打死之后,当时马上就来了一个卫兵,叫井继先。井继先来了以后,发现配枪枪机就没有打开。然后就发现了您刚才提到的那个细节,树底下有落叶,还有房上的几片瓦被人踩落了。而追随井岳秀多年的解春卿根据当时的形势判断,暗杀行为的幕后主使有可能是蒋介石。考虑到方方面面的情况,却不知这件事情应该怎么处理。如实上报肯定不行,因为当时在双十二事变前,因各种原因比较敏感。井府于是给于右任打电话商议此事。于右任建议以被共产党暗杀上报为好。"一可取悦蒋介石,崧生(井岳秀)受表彰,二可保亲属和子弟的安全。"这样处理,就等于把这个问题完全转化了。

贾平凹　这些都是民间的传说,可靠与否难以辨识。还有说旬邑游击队,陕南游击队,把人点天灯。天气大多冷得很,把人衣服剥下来后再杀了。《山本》中写到的游击队的重要事件,没有一处不是有依据的。还有在树林子里迷路那一段,那是陕北的刘志丹的家属的回忆。据说就是他逃难的时候的经历。他在树林子里跑了,迷失了方向等类似这样的细节,都是乱七八糟凑起来的。你看有好多个传说,都是关于安吴寡妇,就是周莹的,《那年花开月正圆》中的主角。我没看这个剧,但用了一些关于这个人的民间传说。比如说她是金蛤蟆变的,她从路上走过去,确实有很多人在她走过的地方挖金子,当然是什么也挖不到,但仍然有人相信这个传说。还有一个细节,就是她在院子里登高台,以便于管理。这都是真实发生过的事情。周莹当时弄这个茶叶,我就用了这部分材料。但《那年花开月正圆》中好像没有用这个材料。还有民间传说因为周莹是金蛤蟆变的,所以腰长腿短,能行得很。那些关于掌柜贪污,周莹驯服的事,也都是真实发生过的。在具体了解的过程中,会遇到方方面面的材料。如果全都用的话,肯定是写不下。我看过的材料,有的是回忆录,有的是革命史。革命史基本上都是你回忆一段,他回忆一段,里面会提到各种杂事。还有那个夜线子，是在彬县（今彬州市）和旬邑活动的土匪，也是真实的事。

杨　辉　有论者认为，要写二十世纪二三十年代的历史，尤其是已经有"定论"的历史，是会有一些困难。他们从根本上不认同关于历史的个人书写，认为这是对历史的"想象性"书写。这种思路，是有一定的代表性的。您怎么看待这个问题？

贾平凹　他这个思维是这样的。我想的是当时的历史发不发生。如果站在一个高的地方看待这个，其实就是发生过的事情。但怎样描述，各人的说法或许不一。因为有人已经有了先入为主的观念，认为应当如何如何。在这个问题上，的确会有一些不同的看法。我在写作过程中，是把这些都避开了，闭口不谈这个问题，也避开这种思维方式。我之前表达过这样的意思，长期以来，中国文学里的政治成分、宣传成分太多，当我们在挣扎着反抗着批判着这些东西时，我们又或多或少地以长期以来形成的思维模式来挣扎着反抗着批判着。所以我当时想，谁和谁都参与过这个大的历史事件。但是这些东西最后全都没有用到作品里。所有的故事都局限在秦岭这个地方。好多东西，一旦和大的历史结合起来，就不好处理。不好处理的地方就模糊处理。比如说模糊了时间和各种番号。故事的时间也和历史时间有错位，就是要达到模糊处理的目的。

杨　辉　像作品中对冯玉祥相关史料的处理，就是这样的情况？

贾平凹　不管是冯玉祥，还是那个白朗，处理方法是一样的。人物一旦进入小说，就得符合小说自身的逻辑。这都是创作，不能"实"看。如果非要和史料对应，每一处细节都要考证一番，那就麻烦了，也没有必要。

杨　辉　所以不能把《山本》简单地划归为历史小说，也不能将其归入"野史"的范畴加以讨论。因为在已有的观念中，"野史"和"正史"处于对立的状态。读者也自然会从对立的意义上去理解，这样一来就等于把《山本》原本丰富的内容放在一个比较狭窄的思维框架里了。另外一方面，如果还是用"野史"来理解《山本》，自然会有人以历史史实作为衡量标准，来指陈作品细节的"真实性"。当然，《山本》的确写的是历史。但写历史的目的，不是为了去展示二十世纪二三十年代发生于秦岭的历史的史实，而是在天人之际的意义上考察历史、社会、人性种种方面的复杂的矛盾纠葛。整个作品的气象和境界与普通的历史小说还是很不一样的。也就是说，把历史人事放在一个更大的天地视野里面来看，那就完全不一样了。不按历史的方式来解释历史，也是诸多解释历史的一种方式。如果不局限于简单的思维，不在非此即彼的二元对立的视域中理解《山本》所敞开的世界，那就不难体会到您写作的用心。这个问题，其实您在后记里面已经说得很清楚，但是大家还是从这个思路来看。

贾平凹　大家现在习惯了从一种思维出发去理解问题，就把复杂的东西看简单了。我为什么要写这个题记，就是强调《山本》的目的，不是写秦岭那些历史，而是想从更丰富的状态中去写中国。不是为了纪念什么，反对什么，歌颂什么，而是从人的角度来从这些事件中吸取怎样活人的道理。从已经发生过的事件中，反思怎样活得更好。小说实际上起的是这样的作用，而不是简单地表达什么观念。

杨　辉　陆菊人这个人物在作品中也非常重要，如您方才所说，她的原型是安吴寡妇，但却并不局限于安吴寡妇的真实经历，而是有较多的变化。这个原型的故事，是如何被您编织进《山本》的总体结构之中的？

贾平凹　陆菊人也是如此。可以说细一些，她的身上有陕西历史人物周莹的影子，更有我本家三婶的影子。我在以前多次写过我的这位三婶。三婶是农村妇女，一字不识，但明事理，主意笃定，气质非凡，人也漂亮。记得当年我小妹出嫁到县城时，我三婶作为娘家人去坐席，县城里的那些宾客都以为她是什么老干部。话再说回来，任何作家写任何东西，其实都是在写自己。

杨　辉　陆菊人与井宗秀有着相互参照的意义，彼此虽有好感，但却发乎情止乎礼。陆菊人做了茶总领以后，可以说也介入了涡镇的世事。她似乎比井宗秀、周一山等人更明白通透。井宗秀、周一山、杜鲁成相继死去之后，陆菊人会是涡镇的又一个"英雄"进而担负起涡镇的重担吗？

贾平凹　陆菊人和井宗秀是相互凝视，相互帮扶，也相互寄托的。如果说杜鲁成、周一山、井宗秀是井宗秀这个书中人物性格的三个层面，那么陆菊人和花生就是一个女人的性格两面。我喜欢井宗秀和陆菊人合而为一，雌雄同体。若问陆菊人是否会担负起井宗秀之后的涡镇的重担，我想她不会。我也不让她会，人的种种能力只有在大变革中才可能显露出来。

杨　辉　麻县长渴望有所作为，却终究不能作为，看透这一点后，便把心思用在了收集整理秦岭草木志和禽兽志上；又身患绝症，最终自投涡潭。但他编纂之《秦岭志草木部》和《秦岭志禽兽部》却可能流传下来。这是否在寓意"物"比"人"更为长久？就作品总体而言，如何理解这个人物比较合适？

贾平凹 麻县长是知识分子，这样的人心里明白，也有骨气，但不会长袖善舞，又无搏击风云的翅膀和利爪，他只有无奈，只有哀叹，留一点散乱的文字在世上，这是时代的悲凉。

杨　辉 宽展师父也是《山本》中的重要人物之一。她给陆菊人和花生解释《地藏菩萨本愿经》，说那是"记载着万物众生其生老病死的过程，及如何让自己改变命运以起死回生的方法，并能够超拔过世的冤亲债主，令其究竟解脱的因果经"。而在小说临近结尾处，较多的悲惨事件已接连发生，涡镇也逐日逼近城毁之时，花生给陆菊人念《地藏菩萨本愿经》，赞"愍念众生，长劫沉沦。悲运同体，慈起无缘。常处地狱，冀解倒悬"，这似乎别有深意。不知这个人物以及《地藏菩萨本愿经》，在《山本》中有何寓意？

贾平凹 130庙大殿门口的对联就是寓意，即"地狱不空，誓不成佛""安忍不动，静虑深密"。尺八声就是那个年代的调子。前边说过，人类之所以能绵延下来，就是有神有爱，爱是人间的，中国是泛神的，而佛道是其中最大的神。佛慈悲，讲究因果，它是来匡正的。

杨　辉 借用学者林安梧的说法，陈先生的言语治病的方法，乃是一种"意义治疗"，约略近乎《古炉》中善人的方式。在日渐颓败的环境中，善人的现实作为虽然有限，但对古炉村的精神世界而言，却不可或缺。陈先生在《山本》中的作用庶几近之。为《山本》混乱的世界中设置这样的形象，您有着何样的考虑？

贾平凹 我一直喜欢陈先生这样的人，陈先生和《古炉》中的善人是同一类的。他们首先是医生，又都是道家，做身与心的救治，陆菊人的成长背后就是陈先生。

杨　辉 《山本》中有很多具有隐喻意义的细节。比如井宗秀属虎，请周一山来涡镇，就是取打虎上山的意思。而周一山后来不同意预备旅去平川县，也是考虑到虎落平川被犬欺的忌讳，涡镇在虎山下，自然利于井宗秀的发展。后来因内部矛盾，井宗丞死在了崇村，邢瞎子枪毙他之前，说井宗丞不该来崇村，这是犯了地名，"崇"是"山"压"宗"么。拆平川县钟楼时，因未选吉日，陈来祥就因之殒命。任老爷子的徒弟严松因与涡镇人交恶，便在修钟楼时放进了会给涡镇带来邪气的木楔。钟楼甫一完工，灾难便接踵而至，先是火灾，接着井宗秀被杀，继而涡镇遭到炮轰几成焦土。如是种种，无不说明存在着难于把捉的、与现今的观念全然不同的世界内在的运行规则。这些规则在被称为"前现代"的社会中乃是需要遵循的基本规律，并由之形成了人伦及社会秩序。但随着现代性的展开，如上种种已逐渐无人领会。您的《山本》以及其他作品在此方面上多用笔墨。写这些内容，除了巨细靡遗地呈现已逝的人的生活状态外，是否还有别的用意？比如，像司马迁一样，意识到历史理性之外的非理性的、神秘的一面？有点类似古人所说的"人道"之外的"天道"。

贾平凹　《山本》的故事发生在二十世纪二三十年代的动乱期，又是秦岭之中，种种现代人所谓的神秘甚至迷信的事件，在那时是普遍存在的，是生活状态的一种。正是有那样的思维，有那样的意识，有那样的社会环境，一切动乱的事情才有了土壤。

杨　辉　同样是在后记中，您表示，秦岭中"山"与"谷"的错落，树与树的交错，以及它们与周遭环境的呼应，显现着这个地方的生命气理，由此您安排着《山本》的布局。《山本》的章法，因之也接近于陈思和所说的"法自然"的状态。这种状态，在具体写作过程中，是如何达成的？

贾平凹　我一直热衷写作中大的意象和其实的写实，"法自然"就是让人读了书后坚信这一切都是真的，可温可听可触，而这一切又都是一个大的意象，将读者的思维引向"大荒"境界。但我的能力还是有限。

杨　辉　在《山本》的写作过程中，您曾书写两个条幅：一为"现代性，传统性，民间性"；二为"襟怀鄙陋，境界逼仄"。前者容易理解，后者却叫人颇费思量。不知这两个条幅，与《山本》的写作存在着何样的关系？

贾平凹　书写那两个条幅，"现代性，传统性，民间性"是一种要求；"襟怀鄙陋，境界逼仄"是一种警惕。

杨　辉　以气韵及笔法论，《山本》无疑再度说明您此前提及的从"水之性"悟得文章之道的独特价值。作品气韵生动且文气沛然，大有随物赋形、文理自然、姿态横生之妙。但这部作品表面的"柔性"（水）之下，包含着内在的"刚性"（火）。而后者属"火"一类作品的特征。在《山本》的写作过程中，您是否有融合二者的用心？

贾平凹　写《山本》时我要求"现代性，传统性，民间性"，在写法上试着用《红楼梦》的笔调去写《三国演义》《水浒传》的战事会是怎么样？

杨　辉　在后记中，您提到老庄的区分，在于"天人合一"与"天我合一"

的差异。"天人合一"是哲学,"天我合一"是文学,但语焉未详。您能否对"天人合一"和"天我合一"详细解释一下。

贾平凹 天我合一,是必须要经过我,我的眼,我的心,我的审美。《三国演义》《水浒传》是经过了多少说书人的"我"而成为《三国演义》《水浒传》的。伟大画家的山水画都是山水与其相遇而"迹化"。小说家都是有了"我",才有了"第二自然"。

杨 辉 如果再稍作延伸,便不难发现您融汇不同思潮不同写作方式的用心。比如《山本》中有极为扎实的写实面相,也有由丰富复杂的意象构成的"虚境"。既有现代的观念,亦有基于中国古典思想的思维方式。

贾平凹 我是不满意仅仅去继承单一的思潮和流派的写作方式。如果仅局限于单一的思维,仅以某一类作品作为写作的范本,写作便不会走得远,而且容易钻牛角尖。因为当你学习别人的时候,别人早已经走过去了,这样你永远在别人后面追着跑。而且咱们现在对现代派观念的理解也可能是有问题的。什么是现代派?现在好多人仅仅将现代派落实到写法上,而没有落实在其对整个人类世界的大的思想和观察上。所谓的写法,也就是翻译体的写法,更多的是写心理活动,且把这故意推到一种很极致极端的状态。现代派的背后有复杂的哲学的支撑,并不是简单的写法的革新。如果仅拘泥于写法,便形成后来各种荒诞的、不正常的文字,表述出来时,就会热衷于用变形变态的文字来叙述一个东西。基本上写作就停留在这个状态上。后来很多人对卡夫卡特别推崇,就是觉得他特别荒诞。但如果一味拘泥于荒诞,在中国这个地方,就会遮掩许多对现实生活的真实的观察。不将眼光投向丰富复杂的现实,而开始向壁虚构胡乱编造。现在有些人写虚幻的,天上的东西,写得风生水起,看着很热闹。但你让他具体写一件事情,他一句也写不出来。这最终就导致他的作品完全是用他自己的观念写出来的。

杨 辉 已经形成的思维方式的确会影响到对现实和作品的判断。包括一些写作者也在倡导回归中国古典传统。但稍加辨析,便不难发现他们理解传统的思维,仍然是现代的。因此上,对古典传统中的一些重要的观念及其意义,是没有办法发现和理解的。有些人也在效法《红楼梦》,但却仅止于结构、意象或者语言,对其中所蕴含的中国古典思想及其所开启的世界观察,照例是视而不见的,甚至认为这些思想观念是没有价值的。

贾平凹 《红楼梦》出现前后的那一批人，他们对现实对世界认识得很深。作品在细节上渗进去的那种力量，不是外加的。他们看待世界的目光不一样，说出的话自然不一样。《红楼梦》那一套纯粹是中国思维。中国人那个时候行为处事就是那个样子，所以《红楼梦》里面并不是故意要弄什么思想、意象等等，一切都是自然而然产生的。现在的小说，总想故意往里面加一些什么。实际上小说的产生，你让它自己生长。就像栽一盆花，让它自己生长，而不要给它减一下加一下染一下，以让花更好看，而是让它自然生长。研究者现在认为《红楼梦》有警示意义。曹雪芹在写作过程中，不一定有这样的明确的意识。我是这样认为的，只要你把一个人的本性写足写通，他自然就会生发出那些意义。这是必然有的。但关键是你要把它写通。比如说种庄稼。麦子必须要长到一尺五，才能结大的麦穗子。当把生命活到最圆满的时候，自然会有大的气象。所以你写麦穗的时候，写到一尺五，它必然会结大麦穗子。但是如果气力不够，就会写不透。写不透的原因是没有看到。看不到那一步，自然那一步也就写不透。这个时候，它里面肯定没有什么意义。这个时候他没有办法，只好强加一些东西。

杨　辉 所以就像您曾经谈到的，作品要有扎实细密的写实。而在写实的基础上，去张扬一些意象，从而形成独特的境界。差不多从《废都》开始，您尝试"虚""实"相生的笔法。在《山本》中也是如此。《山本》有扎实细密的写实。无论人物的日常生活，甚至包括自然物色，都有细致的描写。这些描写甚至超过您此前的作品。当然也写到历史，写人与人之间的社会性的关系。但您把历史、社会、人性都放在一个更大的精神空间中。让历史、社会返归至与自然同一的状态，使其互为参照。

贾平凹 其实就像现在人说的，把时空拉长一些，去看任何事情。我经常说，在一个村子看不透的事，放在镇上看就很容易理解。而在镇上看不透的事情，放在县上看，以此类推。把大事当小事看，小事当大事看。国际上的事情弄不清楚的时候，你就把他当成你村子邻里的事情来看待，你就能看出好多东西来。比如说历史，什么叫历史？孔夫子说，逝者如斯夫。这瞬间就过去了。咱现在写小说，实际上就是在写历史。如果说太近了看不清，你就要离远一点看。我们常说每一个人的层次不一样，观点不一样。你整天关心的是你生产队的事情，你肯定就不了解县上的事情。但县长肯定不如省长，省长管的是一省人。省长又不如国家主席,国家主席,关注的是整个国家的事情。站得高了,看到的东西就不一样,注意力也就不同了。比如说我当个村长,每天面对东家长西家短,把你能气死。但县长一看这是些什么事情,不就是鸡飞蛋打鸡毛蒜皮的事,大不了把鸡杀了,也就十来块钱,但对农民来说,这就是天大的事情。所以看问题的角度不同,看到的东西自然也就不一样。你现在看楚汉的故事,不管你怎么评价刘邦项羽,有些人说项羽是个英雄,你不会觉得他有杀头的危险。但当时对那一段历史怎么看,和现在自然是不一样的。视野放宽以后,很多看法自然也就不同。

杨　辉　张新颖先生提过一个观点,大意是说沈从文笔下的世界,要比启蒙思想所指认的世界大。也就是说,沈从文没有把笔下的人物放在"五四"启蒙思想的框架中看,不对生活作所谓的高下的区分。如果局限于启蒙的眼光,则似乎自然地认为,觉醒的人的生活是有意义的,而那些没有觉醒的人,生命一如四季转换,好像一辈子下来没有多少意义。就是出生,成长,劳作,死亡,在此过程中把自己孩子养大,给父母养老送终。但是这样的人的生活也自有其价值。如沈从文所说,"他们那么庄严的生,却在自然上各担负自己那分命运,为自己,为儿女而活下去……他们在那分习惯生活里、命运里,也依然是哭、笑、吃、喝,对于寒暑的来临,更感觉到这四时交替的严重"。如果在更宽广的视域中去看,尽管有一些宏大的历史主题在不断变化,但最根本的一些人的生活仍然周而复始如此终了。《山本》其实也涉及这样的问题。

贾平凹　对着呢!这后面是一个啥症结?为什么古人到一定程度的时候,就天地贯通了。他把好多东西,人生,生命里边或者命运里边,经历的事情多以后,他就看透了,就悟出了好多道理。实际上天地间的道理都是一回事情,他就贯通了。但是咱们现在的社会整体缺乏那一种贯通。以分割的思维去看,很多东西就无法贯通。其实打通以后,你对生命、婚姻、家庭以及人与人之间,或者宗族、姐弟、父母等等,看法就会不同,就彻底放开了。正因为社会要规范,所以有法律呀秩序呀等等多条绳子来捆住你,最终把散乱的社会捆在一起。当突然有人把绳索弄断时,就一下子放开了。但这种放开,和未捆绑之前的散漫是两码事。我们为什么要读《易经》,因为《易经》里面把天地变化的东西都说清了。佛经讲因果关系,易经就是讲变化,依那样的思维,就会把事情想得特别通达。咱们经常说苏东坡人生旷达,实际上他是天地贯通了,在天地间去思考问题，眼光自然不一样。咱们现在只是站在地上思考，从一个团体、一个社会圈子里面思考，没有想到更多东西。举个例子，我经常想咱现在理解的命运的不测到底是什么，不好解释。如果把我变成一个蚂蚁。蚂蚁正在地上走的时候，突然间来了一个什么东西把我压死。人看到了，知道是自己的孩子或者是养的狗压死了蚂蚁。但对蚂蚁来说，就不知道是什么东西将自己毁灭了。或者突然间洪水滔天，把天地都淹没了，如人类经常说的洪荒时期。实际上对蚂蚁来讲是那样，但是人去看的话，原来是泼了一盆水，正好把蚂蚁淹死了。实际上仅仅是泼了一盆水，是谁过去不小心踩了一下。如果这样去想象，人类发生的任何事情，你觉得好像很神秘的东西，其时有时候是有意识的，有时候却是无意识的，其实就是这么简单。以这样的思路，就可以从好多事情中慢慢醒悟好多东西，明白原来天地宇宙是这样构成的。什么灾难呀得失毁誉呀，也就看清看淡了。

杨　辉　所以说从"天人之际"的角度去读《山本》，可能是比较恰切的思路。《山本》写历史写人事，但却并不局限于历史人事的眼光，而是把历史人事放在天地自然的大背景下去描述的。

贾平凹　对！起码我是这样想的。我也不是针对什么，说谁是红的黑的，替谁说话或者反对谁，毫无那种心思，而且那样处理也毫无意义。我只是在里面寻找那种人生智慧，我为什么说不停地开一些天窗，就是开那些智慧的东西，个人醒悟的那些东西。当然不是很多，但一有空我就在里面写这些东西。而作品构思完成之后，自己也开始相信那是个真实的事情，是确实发生过的，确实有那样一个镇子，也确实有那么一些人。你自己都相信了，头脑里有一些成形的画面，然后把它写下来。对我有启发的就是《西厢记》。我觉得《西厢记》好像是真实的。但谁知道是不是真实的，那或许仅仅是个戏，但我觉得那是真实的。还有《红楼梦》，在读的过程中会觉得那是真实发生的事情。比如说看电影，你看的时候确实觉得那是真的，但是电影一关，你面对的就是个银幕么。所以一定要把作品写真写实了，让读者相信这是一个真实的事情，然后才能把读者引入另一个境界，不管是"大荒"的境界还是别的境界，都首先需要读者相信故事的真实性，这样才能进入另一个境界。所以说就"实"和"虚"的关系而言，"虚"是一种大的东西。越"实"才容易产生"虚"的东西。而如果一写就"虚"，境界反倒是"实"的东西，最后就落实到反对或揭露什么东西。目的落到这里，境界就小了。境界一旦"实"，就是小的表现；"虚"实际上是大的东西，无限的东西。比如说天地之间，什么混沌呀，大荒呀，你感觉到的是个洪荒世界，作品应该导向这个境界。而到了这个境界，才能看到生命是怎么产生的。实际上好多哲学，好多文学，等等，都是在教育人怎样好好活，不要畏惧死亡，不要怕困难，不要恐惧，不要仇杀，不要恩怨，都在说这个事情。一个是解除人活在世上的恐惧感，另一个就是激励人好好作贡献。所有的哲学、所有的教育最终都指向这个方向，让人明白自己应该作什么。我觉得小说的最高境界也应该往这个方向走。小说的境界和哲学的境界是相通的，只是表现形式不同。

杨　辉　法国哲学家皮埃尔·阿多有一本书，名字就叫《作为一种生活方式的哲学》，阐发的就是这样的思想。他研究的虽然多是古希腊思想家，但与中国先秦思想的重要一脉也是可以相通的。《论语》《道德经》其实讲的也是这样的道理。首先关涉到的是人的日常（内圣），最后才开出治国平天下的济世情怀（外王），也就是致广大而尽精微。

贾平凹　对！我觉得你从这个角度就挖掘得比较透了，就能解释好多问题。不管关注什么东西，最后终究还要回到人本身，但眼光却是大的高远的。现在的小说，总想着针对谁、颠覆谁或者反对谁攻击谁，目的小了，作品的境界自然也就小了。

（原载《扬子江评论》2018年第3期）

声音在崖上撞响才回荡于峡谷

——关于长篇小说《山本》的对话

贾平凹　王雪瑛

王雪瑛　涡镇不大，它仅是秦岭中的一个点；涡镇又很大，不仅是秦岭中最大的镇，主要是在阅读中感到了涡镇气场的强大。《山本》让我们在涡镇中感悟了天地人之间的关系。天，白天黑夜的更替，斗转星移的轮转，这是天道对人的影响；地，莽莽苍苍的秦岭，千山万壑中无数生灵的繁衍生息；人，涡镇内外的人与人之间爱恨情仇的缠绕，祸福相依的命运之间的交织。

贾平凹　涡镇是秦岭中的一个点，秦岭又是中国的、人间的。我曾经画过一幅画：天上的云和地下的水是一样的纹状，云里有鸟，水里有鱼，鸟飞下来落入水里就变成鱼，鱼离开水跃入云又变成鸟。人在天地之中。人之所以不能如鸟与鱼般飞翔腾跃，是灵魂受困于物欲追求，而为了满足自我的需求去挣扎、恐惧、争斗。人类能绵延下来，凭的是神和爱。神，是人对于天地万物关系的理解；爱，是人对于人与人关系的理解。

王雪瑛　《山本》不仅仅沐浴着秦岭的自然气息，还浸透着中国传统文化的深厚底蕴。在中国传统文化中，你受到哪种文化或思想的影响最大？《山本》中氤氲着庄子的气息？

贾平凹　我一直好爱着佛和道，谈不上什么研究，只是读过一些经典，甚至参照着新旧约全书和《古兰经》读。要说最受影响的，那是《易经》和庄子了。因为受其影响，其思维和意识就不免渗到写作中，这应该是我认识事物的另一个维度，而不是生硬强加的，不是要什么装神弄鬼，它是自然而然的。

王雪瑛　是心灵受到佛和道的影响。在各种势力的角逐中，麻县长在任上难以作为，于是，他留意草木虫鸟，采集多种标本，编撰了两本大书，一本是秦岭的植物志，一本是秦岭的动物志。而你撰写的秦岭志——《山本》，主体是涡镇的人物，时代的激流使人物命运起伏跌宕，你和小说中虚构的人物麻县长，一个是真实的作家，一个是虚构的人物，各自完成着秦岭志，我感到这是一种真实与虚构相互呼应和勾连的方式。你写作的时候，有过这样的考虑吗？

贾平凹　作家写任何作品其实都是在写自己。写自己的焦虑、恐惧、懦弱、痛苦和无奈，又极力寻找一种出口。这样，就可能出现真实与虚构的呼应和勾连。就以书中的人物来说，说穿了，常常是以人的不同面构成一组形象，比如周一山、杜鲁成、井宗秀，就是一个井宗秀；陆菊人、花生，就是一个陆菊人。这一切在写作中仅仅是混沌的意识，就让它们自然发枝生叶。我强调自然生成，不要观念强行插入，如土地具有包容性，它让万物各具形态的肆意蓬勃。

王雪瑛　"涡镇之所以叫涡镇，……两河在镇子南头外交汇了，那段褐色的岩岸下就有了一个涡潭。……接着如磨盘在推动，旋转得越来越急，呼呼地响，能把什么都吸进去翻腾搅拌似的。"你笔下的涡镇，既是水文地理的写实，也是人物命运的隐喻？比如麻县长的自杀，他跳入河水中，最后卷入漩涡，阮天保父母的惨死是因为儿子与井宗秀为敌，牵连到他们，等。在乱世中，人如在激流中飘荡，无法掌握自己的命运。麻县长这个人物设计得意味深长，他记下的草木在秦岭岁岁年年地生长着，而他的生命消失在历史的旋涡中。

贾平凹　时代、社会、世事都是旋涡，任何人都不可避免地被搅进去。这就是人生的无常和生活的悲凉。但在这种无常和悲凉中，人怎样活着，活得饱满而有意义，是一直的叩问。

王雪瑛　《山本》展开的情节和故事，是以秦岭以及陕西二十世纪二三十年代的民国史为背景的。读完全书，感觉到你似乎没有兴趣总结那段历史中各路人马的成败得失，不是梳理历史大事件，而是描述世俗烟火中各自展开的日常人生，思索处于时代激流中的人物命运：个体的渴望与困顿、理性与情感，人性的复杂与黑暗，彼此的争斗与残杀。秦岭不仅仅是《山本》的地域背景，而是你呈现与思索中最重要的价值尺度，秦岭蕴含着生生不息的生命力和恒长不变的价值能量，你似乎是依靠着秦岭，审视和思索历史、人性和命运？

贾平凹　你的提问你已经回答了，回答得十分精彩。历史是历史，小说是小说，它们攫取的素材和处理素材是不一样的。小说中当然有作家的观念，但更大力气的是在呈现事实，也就是它的人物、它的情节、它的语言。不管你这个时期，用这个观念去解释它，还是那个时期，用那个观念去解释它，它始终都在那里。这如有诗说,你走进花园,花开了,你没走进花园,花也开着。小说家的工作是让花开,在这一点上,我一直向往做得好些,但我还做得不好。

王雪瑛 有评论认为,这是你写得最残酷的一本书。《山本》写出了农民和下层民众参与的各种武装力量之间的暴行及残暴的复仇方式,被剥了人皮做鼓的三猫,被开膛剜心的邢瞎子。太多百姓死于无辜。面对你生活着的秦岭上,曾经有过的残杀与暴行,人性中的黑暗与残酷,你的选择是呈现和审视,而不是遗忘与掩饰,你有过犹豫吗?在写作的过程中,有着沉重的心理体验吗?在你痛心的反思中,流露的是深刻的悲悯吗?

贾平凹 《山本》中随时有枪声和死亡,因为这是在那个兵荒马乱的年代,之所以人死得那么不壮烈,毫无意义,包括英雄井宗秀和井宗丞,就是要呈现生命的脆弱,审视人性中的黑暗和残酷。越是写得平淡,写得无所谓,我心里就越是充满着战栗、悲号和诅咒。

王雪瑛 在残杀与争斗中,生命在瞬间被毁灭,意义和价值被消解,这是最让人痛心的。你是一个有着丰富写作经验的作家,你判断一部长篇小说成功的主要依据是什么?在《山本》的创作中,让你感到特别满意的是什么,感觉还有遗憾的是什么?最难处理的又是什么?

贾平凹 年轻时阅读,好技巧,好那些精美的句子,年纪大了,阅读看作品的格局和识见。现在人阅读习惯于看作品讲了个什么故事,揭露了什么,宣传了什么主义,或者有趣不有趣,其实人类最初谈小说,就是为了自己怎么活人,里边有多少值得学习的生活智慧。《山本》是我六十多岁后的作品,我除了要讲一个完整有趣的故事,就是一有机会就写进了我六十多年的生命经历中所感知和领会的一些东西。遗憾的是这一点常常被阅读者忽略。

《山本》中你能感觉某一章、某一节写得特别痛快淋漓,那就是我得意时;而某一章、某一节写得生涩迟滞,那就是我思路不畅或我不熟悉或不愿写又不得不这么过渡时。生活中最难处理的是个人与社会集体之间的关系,作品写生活,也就是写人的关系,也是最难的。

王雪瑛 《山本》的结构方式很独特,全书不分章节,不设标题,仅以空行表示叙事的节奏、内容的转换,请说说为什么采用这样的结构方式?"陆菊人怎么能想到啊,十三年前,就是她带来的那三分胭脂地,竟然使涡镇的世事全变了。"这十三年指的是哪个时间段?

贾平凹　从《废都》始，除了《带灯》和《古炉》外，《秦腔》和《山本》我都采用这种结构方式，这主要是作品都写日常生活，想写出日常生活的琐碎和冗乱。黄河就是这么流的，大水走泥，少有浪花，全是在涌，远望是一动不动，水流下面全是暗涌，而我们的日子更是这样，好像这一天做了许多事，又像什么都没有做，不知不觉天黑下来，这样的一天就过去了。

这样的写法是比较难写的，需要有细节来产生真实感和趣味性，又要保持住节奏。节奏在写作中是极其重要的。至于问到十三年，那当然是指陆菊人当童养媳那一年到涡镇全被毁掉这一年之间。

王雪瑛　井宗秀是涡镇的核心人物，也是《山本》中着墨最多、形象最鲜明的人物，"井掌柜是从来不说一句硬话，从来不做一件软事"。这话，让我过目难忘，这可以概括成井宗秀的个性与为人吗？

贾平凹　嘿嘿，这话是多年前陕西一位学者说我的话，这话也可能是陕西的一句老话，我写井宗秀时用上了。井宗秀在我心目中应该是戏剧里的小生角色。戏台上的小生面白，不挂胡子，发声也与众不同。这种人是阴阳雌雄同体的，最能代表中国人的传统审美。

王雪瑛　井宗秀，有着鲜明的个性和丰富的内涵，小说以他与涡镇的关系来展开他的人生。涡镇是他生命的家园，他与涡镇是彼此塑造的关系，他兢兢业业地守卫着涡镇，但他又因为报仇和残杀给涡镇招来杀身之祸，涡镇最后毁于炮火。也许，在历史的旋涡中，谁也无法守住涡镇，是否因为一切都在动荡中？

贾平凹　有晴天就有阴天，太阳和风雨是日子的内容。不是有句老话：淹死的都是会水的吗？成也萧何，败也萧何么。那个年代的"英雄随草长，阴谋遍地霾"。如果井宗秀算是一个英雄，那是如夏日的白雨，呼啸而来，呼啸而止。

王雪瑛　井宗秀和井宗丞是井家两兄弟，他们是两种不同的人生选择，从地域上看，是固守涡镇和离开涡镇。在小说中的陈先生看来，他们都称得上英雄，相对而言你对井宗秀用笔更多，刻画得更全面更丰满，请你说说井宗丞，他与井宗秀有什么不同？你在塑造他的时候，有怎样的构想？

贾平凹　他们是同而不同，不同而同，是一棵树上的左右枝股，是被打断了骨头还连着筋。人生常常这样，要么不停地寻找对手，要么不停地寻找镜子。《山本》处理这两个人在于人性的复杂，不关乎黑白判断。

王雪瑛 《山本》呈现了在战乱频繁的动荡年代,仇恨点燃着以暴制暴,影响着底层百姓的旦夕祸福。你,以冷峻的笔触揭示了"恨",改写着人的命运,你也细致地叙写着"爱",这是一种强大的能量,会改变人物的命运,比如陆菊人和井宗秀的关系。

贾平凹 我喜欢陆菊人和井宗秀的这种关系,既和谐,又矛盾,他们被虚妄的东西所鼓动,从此有了向往和雄心,而相互关注着,帮扶着,精神寄托着,最后分离。一提到爱,现在的人多想到性爱,而人间却是有大爱存在。

王雪瑛 在《山本》中没有演绎酣畅淋漓的爱情,你笔下的陆菊人与井宗秀的感情,深长、独特、节制。在乱世与困境中,他们彼此相互成就,是生命中的不可或缺,但他们又始终保持着距离。有人认为,他们的感情是传统的"发乎情止乎礼",有人质疑在现实人生中是否有这样的感情?我想,这是不是有着丰富人生阅历的你,在两性情感上有一种期许、一种理想?

贾平凹 还是谈这种"爱"吧!有人说,陆菊人和井宗秀怎能不发生肉体的关系呢?我说,在那个年代,从小都一块长大,发生身体关系是可能的,也是不可能的,而对他俩来说,相互欣赏,又被要干大事的欲望鼓动,应该是不会发生身体关系的。作为男人,我让井宗秀下部受伤了,作为女人,我给陆菊人身边安排了花生,花生是代表了陆菊人的另一种欲望。

王雪瑛 阅读中感受到你的细致安排,你在书写和探寻一种更理性的情感,不是本能的强烈,而是克制的长久,是成熟心灵中生长的"爱",历经现实的磨砺,历经战火的考验,依然留存在彼此的人生中。小说以他们的爱,探寻爱的持久与能量。陆菊人的爱,不是易损的激情,而是将利他放在首位,成就对方,支持对方,这很不容易。涡镇内外炮火与残杀中的人性很暗沉,而他们的情感中透出了理想之光、人性之光。

贾平凹 是呀,你说得很对。

王雪瑛 井宗秀是一个有着理想的亮度、现实的灰度的形象,他有着英勇无畏的明亮,也有着残忍腹黑的灰暗。而陆菊人是透着人性光亮的理想形象,她,与你以往小说中塑造的女性形象不同,她是血腥的乱世中一株身姿挺拔又柔韧的野菊,她是伟岸的秦岭孕育的秀外慧中的女子。他们随着小说情节的展开成长着。井宗秀将在原本属于她的胭脂地里挖出的铜镜送给了她,你这样的情节安排是否大有深意?她的目光注视着涡镇和井宗秀,她是一地碎瓷的年代里，没有碎裂的铜镜。

贾平凹　在我以往的小说中，人物一出场都是定性的，但《山本》里的陆菊人和井宗秀却一直在成长。你看，我曾经写过许多女性形象，应该说陆菊人是特别的，她并不美艳，却端庄大方，主见肯定，精明能干，这是中国社会中男人心中最理想的形象，现实生活中常见到这样的女人。她的原型有陕西清末时期很有名的周莹的部分，更有我家族中三婶的部分。胭脂地里挖出的铜镜，是我写作中的灵光一现，那时就想到她该是井宗秀的镜子，该是涡镇的镜子。

王雪瑛　你在后记中有言，在写作《山本》时，你的书房里挂着"现代性，传统性，民间性"的条幅。我想，小说写的是二十世纪二三十年代秦岭涡镇民间的往事，行文中氤氲着传统文化的氛围，而你认识和审视的目光是现代的，你是否是以现在的思想来认识历史上权力争斗的真相、人性深处的复杂及个体命运的难测？

贾平凹　现在写小说，没有现代性那怎么写？现代性不仅是写法，更是对所写内容的认识。传统性，我主张写法上的中国式叙述。民间性，往往推动了现代性和传统性，它有一种原生的野蛮的却充满活力的东西。

王雪瑛　你原来想写一部秦岭的散文体草木记动物记，而最终写成的是一部视域宏阔内蕴丰厚的小说。一面是以"贾氏日常生活现实主义叙写法"，让读者看见"一堆鸡零狗碎的泼烦日子"；另一面又以灵动而神秘的描摹，展开秦岭的自然生态、动物与植物的传神细节。宽展师父的尺八，陆菊人家里的猫，有龙脉的胭脂地，老皂角树的焚毁，钟楼里的尖头木楔，炮火中纷飞的鸟群，天空中火红的云纹，让读者感受到了万物有灵的意蕴空间。既有日常的写实，又有神秘的迷离，是《山本》的小说美学，还是你对人世间、人与自然关系的理解？

贾平凹　把握一个故事，需要多种维度、空间才可能使故事活泛，让人感觉到它一切都是真的，又是混沌的，产生多种含义。故事的线条太清晰，会使人感觉这是编造的一个故事，移栽树木，根部不能在水里涮得太干净，连着土一块移栽了树才能活。

王雪瑛　《山本》中有两组人物：一组是与以井宗秀为主的涡镇预备团（后升级为预备旅）、以井宗丞为主的秦岭游击队、以阮天保为主的保安队，他们在涡镇内外不停地争斗着，构成了推动情节的紧张关系；还有一组人物，是由陆菊人、目盲的陈先生和失语的宽展师父组成。陈先生在安仁堂，为涡镇的人们疗治着身体的病痛，也为乱世中的众生开启心智。宽展师父的悠悠尺八和诵经，给身处现实困苦中的涡镇人，带来悲悯和超度。陆菊人是这两组人物的纽带，她是涡镇乱世中的铜镜，她体验着，承受着纷繁日子中的冷暖悲欢，她的目光中有着你的注视，她的无奈中有着你的心事，她的仁爱与怜悯中有着你的情感温度，塑造他们的时候，是否流露着你的价值尺度？

贾平凹 你全都说了呀，社会是一个网，生活是一个网，写作中作者是一个蜘蛛吧。

王雪瑛 在一天中，你习惯于在哪一个时间段写作？在《山本》的写作中，最顺利的时候，一天写了多少字？海明威说，在知道接下去会发生什么的时候停笔，第二天就能顺利地接着写下去。你的写作习惯是怎样的呢？

贾平凹 我现在没有整块时间呀，会多活动多，我基本上是有事忙事，没事了就抓紧写。如果这一天没有事，我从早上8点30分可以写到11点，下午3点可以写到5点，这样能写五千字左右。海明威的经验是作家的普遍作法，就是这一天写顺了，万不能一气写完，应是第二天接着写，而不至于写不下去。我通常是每天早晨起来，要在床边坐那么一个小时，想今天要写的内容，不说话，不吃不喝，不允许家人打扰。

王雪瑛 你以这样的方式在心中孕育文思。评论家陈思和对你贯穿当代文学近四十年的创作，有过高度评价：贾平凹既能够继承"五四"新文学对国民性的批判精神，对传统遗留下来的消极文化因素，尤其是体现在中国农民身上的粗鄙文化心理，给以深刻的揭露与刻画；然而在文学语言的审美表现上，他又极大地展现了中国本土文化的力量所在。他在21世纪以来创作的《秦腔》等一系列长篇小说的艺术风格，都是带有原创性的、本土的，具有中国民族审美精神与中国气派。你对这样的评价怎么看？

贾平凹 陈先生是我敬重的大评论家，他的评论文章不是很多，但每有文章，必有重要观点，对文学的影响甚大。他对我的一些评论，给过我相当大的力量。评论和文学创作是共生的，相互影响，起发酵、刺激作用的，光照过去再反射过来，声音在崖上撞响才回荡于峡谷。

（原载《当代作家评论》2018年第4期）

贾平凹：写作是需要纯粹的

贾平凹　傅小平

一

傅小平　参加完《山本》的研讨会后，我惊讶于各位专家围绕小说本身，也能谈出那么多不同的理解。等我自己读完，我就想到他们能有多角度、多层次的解读，是因为这部小说的确给人"横看成岭侧成峰"的感觉。小说写的也是"远近高低各不同"的秦岭，就像你说的，"《山本》的故事，正是我的一本秦岭志"。这是秦岭给了你丰富的启发，还是你追求复杂多义的艺术境界使然？

贾平凹　我看重一部小说能被多角度、多层次的解读，并经得起这样的解读，甚至梦想过，写成了一部小说，能使写的人感觉小说还可以这样写呀，自己不会写了，又能使未写过小说的人感觉这生活我也有呀，想写小说了。我一直在尝试，从《废都》开始，到后来的《秦腔》《古炉》，就是能写多实就写多实，让读者读后真以为这都是真实的故事，但整个真实的故事又指向了一个大虚的境界，它混沌而复杂多义。遗憾的是能力终有限，做不到得心应手。

傅小平　至少从《山本》看，让人读着真实，又觉出它的混沌而复杂多义。说复杂也源于写作视点的转移。视点的转移有赖于你能突破意识形态以及思维惯性的束缚，这也意味着你给自己设置了很大的写作难度。

贾平凹　是有难度，一是怎样认识看待这一段历史；二是这些历史怎样进入小说；三是怎样结构众多的人物关系，其轴动点在哪里。《山本》的兴趣在于呈现人性的复杂，不关乎黑白判断。

傅小平　写作视点转移后，就像王春林说的，以一种类似于庄子式的"齐物"姿态把革命者与其他各种社会武装力量平等地并置在一起。这样一种处理方式，是不是也体现了你庄子式"齐物"的思想？我觉得，这部小说某种意义上也可以看成是你关于秦岭的"齐物论"。

贾平凹 我举例我曾画过的一幅画，回答过类似的问题。天上的云和地下的水是一样的纹状，云里有鸟，水里有鱼，鸟飞下来落入水里就变成了鱼，鱼离开水跃入云里变成了鸟。人在天地之中。人的一生其实就是一直寻找自己的位置，来梳理关系，这关系是人与人的关系，人与万物的关系。当我身处一段历史之中，或这段历史离我们还近，我们是难以看清这段历史的，只有跳出来，站高一点，往前往后看，就可以摆脱一些观念上的习惯性思维。小说当然有作家的观念，但用更大力气的是呈现事实，不管你用哪个时期的观念去解释它，它始终在那里，它就是它。

傅小平 正因为小说在思想上的突破和艺术上的独具匠心，我想知道你这部小说经历了哪些修改？从一些资料里看到，你写了三遍，总字数达一百三十多万字。在这三遍里，你是在总体布局上有调整，还是只作局部或细节的丰富与深化？

贾平凹 构思酝酿是最耗人的，它花去了很多时间和精力，当故事基本完成，我都以为这一切都是真实发生过的事，闭上眼睛，人与事全在活动，我才开始动笔，仅把闭上眼睛看到的人与事写下来罢了。我习惯一遍一遍从头再写，修改三遍，那只是稍作情节调整、丰富细节和精准语言而已。

二

傅小平 说到复杂多义，你首先是写出了人的极端复杂性。可以说，你把革命与人伦亲情之间的矛盾写透了，而如王宏图所说的"价值意蕴的暧昧性"，也给了读者多元化的解读。为何这样设计？

贾平凹 在写作中，有些关系，以及关系所外化的一些情节，并不是刻意设计，仅是一种混沌的意识，就让它自然地发枝生叶。我一直强调自然生成，不要观念强加，这如土地，只要播下种子，就有草木长出来，各有形态，肆意蓬勃。就井宗秀、井宗丞来说，是一棵树上的左右枝股，是被打断了骨头还连着筋。

傅小平 应该说，井宗秀兄弟俩都是英雄或英雄式的人物，但又似乎都是带有宿命色彩的末路英雄。两人都死于非命，且都没有留下子嗣。这像是应了陆菊人与陈先生的对话。陆菊人问陈先生什么时候世道能好？陈先生说没有英雄了，世道就好了。这样的安排，是否隐含了你的某种批判意识？

贾平凹 在那个年代，有了许多被虚妄的东西鼓动起来的强人，才有了兵荒马乱，也正因为兵荒马乱，许多人的存在都是死亡的存在。成也萧何，败也萧何，上山的滚坡，会水的淹死，这也是人生的无常和生命的悲凉。小说的价值不一定须得去歌颂什么批判什么，最重要的是给人活着和活得更好的智慧的东西。

傅小平 井宗秀与陆菊人的爱情，可以说是小说里最动人心弦的篇章。小说中关于两性的描写充满张力，并引发出爱与阉割的主题。在我的阅读经验中，像这样的主题在《秦腔》里也出现过。

贾平凹 人的一生总是在寻找着对手，或者在寻找着镜子，井宗秀和陆菊人应该相互是镜子，关注别人其实是在关注自己，看到他人的需求其实是自己的需求。至于井宗秀失去性功能以及阉割的先例，那是为了情节更合理的处理，也是意味着这种"英雄"应该无后。陆菊人和井宗秀并无身体的性关系，那是身处的时代和环境所决定的，而陆菊人和花生是陆菊人的一个人的两面，花生由陆菊人培养并送去给井宗秀，也正是这个意思。

傅小平 你这样写阉割，或许是想通过一个侧面，深层次写出时代的残酷性。你在这部小说里，以战争写人性，也写得特别残酷。小说里人如草芥，说死就死了。我想，这并不是你刻意把人物往残酷里写，而很可能是艺术地还原了真实。我只是有一点疑惑，你往常写死亡，写人物死亡后的葬礼，都很有仪式感。在这部小说里，似乎不是这样。

贾平凹 是的，死亡得越是平淡、突然、无意义，越是对那个时代的诅咒。

傅小平 或可再展开的是，战争是非常态的，小说却把战争也写得很日常，似乎战争只是日常生活的一部分，而很多小说写战争都会加以渲染。相比而言，你写战争给人有零度叙述的感觉。何以如此？另外，你的作品也凸显了战争的非正义性，其中的人物都不可避免地掺杂着个人私利。

贾平凹 我在后记中写过，《山本》虽然到处是枪声和死人，但它不是写战争的书。在那个年代，兵荒马乱，死人就是日常。写任何作品说到底都是在写自己，写自己的焦虑、恐惧、怯弱、痛苦和无奈，又极力寻找一种出口。正是写着兵荒、马荒，死人的日常，才张扬着一种爱的东西。我曾说过，有着那么多灾难、杀伐，人类能绵延下来，就是有神和有爱，神是人与自然万物的关系，爱是人与人的关系。

三

傅小平 整个小说的结构呈现出随物赋形的特点，不像是经过你精心设计的，而是像草木在秦岭里自然生长出来的，而你作为叙述者，把读者引入秦岭之后，就让他们"跟着感觉走"了。你在小说的结构上有何考量？在你看来，结构对于小说有何特殊的重要性？

贾平凹 我前面已经说过，确定了人物，定好了人物的关系，并找到了一个轴心点，故事就形成了，然后一切呈混沌状，让草木自然生成。秦岭之所以是秦岭，不在乎这儿多一点那儿少一点，而盆景太精巧，那只是小格局。小河流水那是浪花飞溅，玉门关下的黄泥就是大水走泥。

傅小平 还有小说的视角。一开始感觉你用上帝的全知视角，后来又觉得你用了多视角的叙述，而不同视角的冲突与融合，也使得小说体现出多声部的特点。同时，我还看到有读者说，你在小说里用了没多少"政治概念"的老百姓的视角，因此才得以描写出原生态的真实。

贾平凹 我们已经有了太多的启蒙性的作品，应该有些从里向外、从下到上的姿态性的写作。这也是由写日常的内容所决定的。不管怎么个写法，说实在话，我的体会，越是写到一定程度，越是要写作者的能量和见识，而技术类的东西不是那么重要了，怎么写都可以，这样反倒是一种写法。

傅小平 你是怎样做到让小说里众多人物错落有致的？小说里的许多意象，显然是有很强的隐喻性的。这样的隐喻，无疑拓展了小说的叙述空间。

贾平凹 小说如果指向于一种"大荒"的境界，在写作的过程中自然而然就有着不断的隐喻、象征的东西。我在后记中说"开天窗"的话，就包含着这一类内容。

傅小平 这样一种相互映照，不仅使得井宗秀与陆菊人之间，也使得小说的整体构架有了微妙的平衡，尤其是两个人物之间开始是相互吸引，到后来有了分歧，也始终是爱恋着的，这使得叙事充满了张力。要拿捏好他们之间的这种感情关系，实在是有相当的难度，要让在开放的新时代条件下成长起来的读者信服就更难，要处理不好就很容易失真，而陆菊人在你塑造的女性人物群像里，也算得上是非常特别的。你是有意给自己设置难度，还是写着写着就写成这样了？

贾平凹 我以前的小说都是人物一出场就基本定型了，《山本》的人物，尤其井宗秀和陆菊人，他们是成长的。而井宗秀、周一山、杜鲁成其实是井宗秀一个人的几个侧面。井宗秀和陆菊人的关系，我是喜欢的，但并不是我的理想化而生编硬造的，现在的人容易把爱理解成性爱，这里的爱是大爱，是一种和谐的关系。理清了这种关系,用不着刻意设置,自自然然就成这样了。

傅小平 如果说井宗秀与陆菊人相互映照,那么井宗秀与蚯蚓可以说是相互陪衬的。实际上在《古炉》里面,狗尿苔与夜霸槽之间也是相互陪衬的,这让我想到堂吉诃德与桑丘。这样一种搭配,看似不很重要,倒也使得这部看起来特别残酷的小说,多了一些趣味,也使得小说变得张弛有度了。

贾平凹 次要人物一定得有趣味。它是一种逗弄,一种发酵,一种节奏。

四

傅小平 无论是如陈思和所说,《山本》存在显性和隐性两条线,显性体现在井宗秀身上,从他身上看到一部非常具有中国特色的历史,隐性体现在陆菊人、瞎子中医、哑巴尼姑身上;还是如王春林所说,《山本》不仅对涡镇二十世纪二三十年代充满烟火气的世俗日常生活进行着毛茸茸的鲜活表现,而且有着哲学与宗教两种维度的形而上思考。具体到写作而言,引入瞎子中医、哑巴尼姑,体现了你虚实结合的叙事理想,也如有评论所说暗合了《红楼梦》里一僧一道的穿引格局。这当然是值得称赞的,但我还是冒昧问一句,这会不会太《红楼梦》了?

贾平凹 小说需要多种维度,转换各种空间。我爱好佛、道,喜欢《易经》和庄子,受它们的影响的意识,在写作时自然就渗透了。《红楼梦》在叙写日常,《三国演义》《水浒传》在叙写大事件,如果以《红楼梦》的笔法去写《三国演义》《水浒传》会是什么样子呢?

傅小平 便是《山本》的样子了。像陈先生、宽展师父这般超越性的人物形象,其实在你的小说,尤其是写历史的小说里一以贯之。比如,《古炉》里的善人、《老生》里的唱师。这既能表达良善的意愿,也能给小说增加亮色。《山本》结尾,镇子被炸了,很多人都死了,但陆菊人、陈先生、宽展师父都活着,他们活着,或许是如陈思和所说,他们超越了时间、空间,隐含了你"一些故意为之的神话意味"。但这样的"故意为之",会不会多了观念化的痕迹?

贾平凹 陈先生的眼瞎,宽展师父的口哑,并不是观念化,当时写陈先生时只想着他将来和腿跛的剩剩能组合一起,背着剩剩走路,让剩剩在背上看路,但写到后来,把这一节删了。至于宽展师父,我想她有尺八就可以了。我不主张观念写作,这在前边已经说过了。

傅小平 刚谈到《古炉》《老生》与《山本》，我注意到好几位评论家也不约而同指出，三部小说有内在联系。以我的理解，三部小说都写的是相对久远的历史，《老生》写到了四个时间段，其实把《古炉》和《山本》包含在里面了；三部小说都涉及民间写史、写历史记忆，以及诸如此类的问题；三部小说也都涉及时间的命题，但里面写到的故事，都没有写具体的时间刻度，也都体现出了如吴义勤所说的历史空间化的特点，亦如他说的，有时是反时间的，而你写的这个历史，也仿佛是超越了历史本身，具有一种稳定性、恒常性的特征。

贾平凹 《老生》是写了百年里四个节点，第一个节点就是写了二十世纪二三十年代游击队的事，而《山本》则是全部写了那个年代。历史是历史，小说是小说，这是不同的，历史又怎样进入小说？《三国演义》《水浒传》就是民间说书人在说历史，一代一代说着，最后有人整理成册。这里边有两点，一是当历史变成了传奇，二是一代代说书人都经过了"我"而说，这就成了小说。历史变成了传奇，这里边也有民间性，经过了无数的"我"，也即是后记中所说的"天人合一是哲学，天我合一是文学"。有了"民间性"和经过"我"肯定是不拘于时间的，甚至是模糊时间，巴尔扎克说文学是民族的秘史，重点在于怎么写出秘史。

傅小平 你这么说，我就想到了小说里麻县长写《秦岭志草木部》和《秦岭志禽兽部》。读到麻县长留下书稿后投河自杀，我会不自觉想到《百年孤独》，或许是因为，这两本书和马尔克斯小说里的羊皮卷一样，都包含了某种寓言性。

贾平凹 涡镇上的故事包括麻县长，麻县长算是个知识分子，他真正是秀才遇见了兵，他还能做些什么呢？实际的情况是，我一直想为秦岭的动物、植物写一本书，就让他在《山本》里替我完成吧。

五

傅小平 你的小说写到城市，也写到乡土。你写历史的小说，则是以乡土为背景居多的，而在城市化进程展开之前，中国的城镇其实也带有浓郁的乡土色彩。但我从没觉得，你的小说可归为乡土题材或是乡土小说，这或许是因为你并不是为写乡土而写乡土，而是写乡土但超越了乡土。

贾平凹 中国是乡土的，可以说，不管现在城乡的界线是否已经模糊混乱，但中国人的思维还是乡土思维。我过去和现在的写作，写作时并不理会什么题材、什么主义，只写自己熟悉的、感兴趣的，写出来了，名称由搞理论的评论的人去定。

傅小平 如果说《山本》体现了你艺术探索的某种极致，有着集大成的意味，大体是不会错的。你笔下的秦岭充满灵性与神秘是不用说了，你描写了大量动植物的外貌特性，就像有评论说的，读起来颇有《山海经》的意味，平添了更多与天地神灵对话的意境，还有最重要的是，你笔下所有的景物都是活的，感觉你写他们的时候，仿佛是自己幻化成了那些景物。

贾平凹 以天地人的视角看涡镇，涡镇是活的，热气腾腾，充满了神气。你写作得意时，能感觉到你欢乐的时候，阳光都灿烂，你沮丧的时候，便风雨阴暗，那花是给你开的，那猫叫起来是在叫你，而一棵树或一只鸟的死去，你都觉得是你自己失去了什么。

傅小平 你在很多小说里都写梦，像是能钻到人物的潜意识里去，看着玄妙，仔细推敲一下，又合乎情理。梦与现实呈现不同逻辑，让两者自然衔接，很有难度。在小说里写闲话也是，看似容易写，但要写不好，闲话就会变成废话，你的确做到"闲话不闲"了。

贾平凹 这我倒没觉得怎样，写作时没有刻意用什么词和不用什么词，语言是写作最基本的东西，写作这么多年了，又过了训练期，就像写作时忘记了还有笔的存在一样。只是注意着，小说就是说话，准确地表达出此时此刻你所要说的物事的情绪，把握住节奏就是了。

傅小平 王宏图引萨义德理论说，《山本》体现了你的晚期风格。相比你以前的一些作品，从这部小说里的确能读出更多"不可调和的复杂性"。也因此，我倒是有些疑惑了，难道以你的通透，看世界还看得不甚明白？或是正因为你看得太过明白，看很多问题反而是更能看出复杂、深邃来了？从这个意义上，倒是想知道你对以后的写作还有怎样的期许？

贾平凹 世事越解越是无解啊，就像看大魔术师在一阵表演之后，给观众解开一些魔术的秘密，解着解着，却又将观众带入迷惑更多的魔术中。就像看着敦煌壁画上的飞天，想为什么我们不能飞翔，是我们物欲太重了，身子太胖了，只能留在人间，只能处于恐惧、惊慌、痛苦、烦恼之中。以后的写作对于我是什么，那就等着灵感的到来，守株待兔吧。

（原载《文学报》2018年6月14日）

文本分析

历史旋涡中的苦难与悲悯

王春林

一

贾平凹在后记中说:"《山本》是在 2015 年开始了构思,那是极其纠结的一年,面对着庞杂混乱的素材,我不知怎样处理。首先是它的内容,和我在课本里学的、在影视上见的,是那样不同,这里就有了太多的疑惑和忌讳。再就是,这些素材如何进入小说,历史又怎样成为文学?我想我那时就像一头狮子在追捕兔子,兔子钻进偌大的荆棘藤蔓里,狮子没了办法,又不忍离开,就趴在那里,气喘吁吁,鼻脸上尽落些苍蝇。"

这里,在交代小说的最初构想源起于 2015 年这个时间点的同时,贾平凹实际上更主要的是在以一种特别形象生动的语言强调着这一题材的书写难度。然而,在具体讨论这一题材的书写难度之前,我们首先关注的,乃是这部作品在酝酿构思过程中所发生的方向迁转。

据贾平凹自己说,他最早的创作构想,其实是试图要完成一部以故乡秦岭为书写对象的草木记、动物记,"没料到在这期间收集到秦岭二三十年代的许许多多传奇。去种麦子,麦子没结穗,割回来了一大堆麦草,这使我改变了初衷,从此倒兴趣了那个年代的传说"。由于这样或者那样的原因而改变写作初衷,进而使得创作发生根本的方向性迁移,这并不只是发生在贾平凹一个人身上,但这样的一种情形发生在贾平凹身上,无论如何都是一件憾事。因为贾平凹同时兼擅小说与散文,甚至于,在一些不无文体或审美偏执的读者那里,至今都认为贾平凹写得最为得心应手的文体,并非小说,而是散文。试想,以贾平凹的那样一种生花妙笔,以他那样一种悠然自如的心态,再加上不无细致深入的实地田野调查功夫,完成之后的秦岭草木记与动物记,又该是怎样炫目的锦绣文章呢。

但是，且慢。一方面，贾平凹确实在酝酿构思的过程中发生了方向性的迁移，另一方面，他其实并没有彻底放弃为故乡秦岭撰写一部草木记与动物记的写作志向。只不过，这种写作努力是以变相的方式潜隐体现在了这部后来被作家自己更名为《山本》的历史长篇小说之中的。我这里的具体所指，就是那位在《山本》中具有相当重要性的平川县麻县长。

麻县长是一位很有一些抱负的文人县长，他在民国年间来到地处秦岭深处的平川县任职，原本很有一些想要造福一方的雄心壮志。然而，一方面因为自己没有强劲后台，另一方面，更因为身处二十世纪二三十年代那样的乱世，偏又先后遭逢了如同史三海、阮天保以及本书男主人公井宗秀这样一些手握兵权的强势人物侧旁掣肘的缘故，麻县长空有一腔抱负但根本就无从实现。也因此，满腹不平之气的麻县长，才会与井宗秀发生这样一番暗藏机锋的对话："麻县长说，我记录记录。井宗秀说：记录草木？麻县长说：既然来秦岭任职一场，总得给秦岭做些事么。井宗秀说：县长满腹诗书，来秦岭实在也是委屈了你。麻县长说：倒不是委屈，是我无能为天地立心，为生民立命，为往圣继绝学，为万世开太平么，但我爱秦岭。""麻县长说：秦岭可是北阻风沙而成高荒，酿三水而积两原，调势气而立三都。无秦岭则黄土高原、关中平原、江汉平原、汉江、泾渭二河及长安、成都、汉口不存。秦岭其功齐天，改变半个中国的生态格局哩。我不能为秦岭添一土一石，就所到一地记录些草木，或许将来了可以写一本书。"明明是因为包括自己在内的一众强梁的掣肘而使得麻县长的一腔抱负最终付诸东流，但井宗秀却偏偏不无反讽地要恭维满腹诗书的麻县长来秦岭任职是受了极大的委屈。而麻县长，则不仅借机一吐怨气，而且还进一步表明了自己既然难以在政治上有所作为，所以只能退而求其次地转为以手中之笔对秦岭具有地域特色的草木有所记述的志向。但也正是巧妙地借助于麻县长之口，叙述者不无精当地对秦岭在中国地理意义上的重要性，进行了恰切到位的评价。只有理解了这一点，我们也才能够进一步理解作家为什么要在小说题记中给予秦岭如此之高的一种评价："一条龙脉，横亘在那里，提携了黄河长江，统领着北方南方。这就是秦岭，中国最伟大的山。"在我的记忆中，为一部长篇小说写题记，在贾平凹，还是第一次。他对这部长篇小说的重视程度，由此即可见一斑。借助于这个题记，以及麻县长在对话中对秦岭重要性的强调，贾平凹给出的，事实上就是自己要创作这样一部发生在秦岭深处的历史长篇小说的原因。

尽管作家在酝酿构思的过程中已然发生了创作方向的迁移与转换,但他曾经预先设定的试图为秦岭撰写草木记和动物记的初衷,实际上也还是得到了相当程度的实现。

既然造福一方的抱负无法实现,那满腹诗书的麻县长,也就只好把自己的志向转换为对秦岭各种草木与禽兽的考察与记述。等到小说结尾处,面对着战火遍地满目疮痍的涡镇,极度失望的麻县长在跳涡潭自杀之前,留给蚯蚓的竟然是两部珍贵的手稿,"账房拿过来看,一个纸本封皮上写着《秦岭志草木部》,一个纸本封皮上写着《秦岭志禽兽部》"。就这样,现实生活中贾平凹自己没有完成的秦岭的草木记和动物记,到了小说《山本》里,却颇有几分巧妙地假借麻县长之手完成了。

《山本》中往往会出现一些关于秦岭的草木和禽兽的描写文字。比如:"释放时,麻县长是站在窗前,窗前下有十几盆他栽种的花草,有地黄,有荜菝,有白前、白芷、泽兰、乌头、青葙子、苍术,还有一盆莱菔子。他喜欢莱菔子,春来抽高薹,夏初结籽角,更有那根像似萝卜,无论生吃或炖炒,都能消食除胀,化痰开郁。"这是关于植物的。比如:"有一种熊,长着狗的身子人的脚,还有一种野猪牙特别长,伸在口外如象一样。但熊和野猪从来没有伤过人,野猪吃蛇啖虺的时候,人就在旁边看着,而熊冬季里在山洞里蛰着,人知道熊胆值钱,甚至知道熊的胆力春天在首,夏天在腹,秋天在左足,冬天在右足,也不去猎杀"。再比如:"这一夜醒来得更迟些,知道树上是两只山鹧,一只在发出滴溜声,尾音上扬,一只在发出哈扑声,尾音下坠,听着听着,好像是在说着井宗秀和阮天保的名字。"这是关于动物的。所有的这些文字,和不时地穿插在文本之中的那些与秦岭的地理、文化习俗沿革相关的文字结合在一起,再加上作为小说主体故事存在的那些发生在秦岭山区二十世纪二三十年代的人与事,《山本》给读者留下的第一印象,恐怕就是一部"秦岭的百科全书"。在小说的创作过程中,贾平凹之所以曾经一度将作品命名为"秦岭"或者"秦岭志",其中一个不容忽视的主要原因,恐怕正在于此。

二

然而,必须注意到,创作方向发生迁移后,贾平凹《山本》的根本题旨却很显然并不在此。或者说,贾平凹事关秦岭的那样一种"百科全书式"的书写,只是在为作家更大规模也更为深入的一种历史书写作必要的动植物、地理以及文化等方面的铺垫而已。这样一来，我们的话题自然也就返回到了那个曾经一度令贾平凹纠结不已的如何才能够将一堆看似"庞杂混乱"的历史素材转换为有机的小说作品的难题。正如贾平凹自己已经明确意识到的，问题的关键在于，"它的内容，和我在课本里学的、在影视上见的，是那样不同，这里就有了太多的疑惑和忌讳"。

实际上，只要我们把《山本》所主要书写的内容纳入贾平凹的小说创作谱系里，就不难发现，这部作品其实与作家此前那部时间跨度极大的长篇小说《老生》之间存在着某种内在关联。《老生》一共讲述了发生在四个不同的历史关节点的故事。其中第一个历史关节点，就是二十世纪二三十年代，老黑、雷布、匡三和李德胜等人如何组织成立秦岭游击队的故事。换言之，也是关于革命起源的故事。到了这部《山本》中，同样也在讲述着当年秦岭游击队的故事。只不过，第一，秦岭游击队代表性人物的命名方式转变了，由当年的老黑、雷布、匡三司令、李德胜变成了《山本》里的蔡一风、李得旺、井宗丞他们，当然，也还有后来加入其中的阮天保。第二，如果说在《老生》中，秦岭游击队的故事只是发生在第一个历史关节点，那么，到了这部《山本》中，秦岭游击队的故事就变成了活跃于二十世纪二三十年代历史舞台上的众多武装力量之中的一种。这里，有一个特别重要的问题，恐怕就是叙事聚焦点的根本上的一种转换与迁移。事实上，贾平凹在后记中所一再感叹着的"它的内容，和我在课本里学的、在影视上见的，是那样不同"，只要联系一下中国当代文学史，我们就可以知道作家所具体指称的，乃是在"十七年"期间曾经一度蔚为大观的以《红旗谱》《红岩》《青春之歌》等一批作品为代表的"革命历史小说"。

"革命历史小说"是"'在意识形态的规限内，讲述既定的历史题材，以达成既定的意识形态目的'，它主要讲述'革命'的起源的故事，讲述革命在经历了曲折的过程之后，如何最终走向胜利"。更进一步说，"关于'革命历史'题材写作的文学史上的和现实政治上的意义，当时的批评家曾指出：对于这些斗争，'在反动统治时期的国民党统治区域，几乎是不可能被反映到文学作品中间来的。现在我们却需要补足文学史上的这段空白，使我们人民能够历史地去认识革命过程和当前现实的联系，从那些可歌可泣的斗争感召中获得对社会主义建设的更大信心和热情'。以对历史'本质'的规范化叙述，为新的社会的真理性作出证明,以具象的方式,推动对历史的既定叙述的合法化,也为处于社会转折期的民众,提供生活准则和思想依据——是这些小说的主要目的"。这里的一个关键问题,就是因为这批"革命历史小说"的写作者,在创作过程中自觉地接受了来自主流政治意识形态的规训。而贾平凹所竭力追求的一点,乃是对某种先验的政治意识形态立场的挣脱,所以他才会感到某种空前的困惑与迷茫。

但贾平凹毕竟是贾平凹,只有在意识到写作难题存在的前提下,想方设法破局的人,方才称得上真正的大勇者。具体来说,贾平凹的艺术智慧,就突出地表现在叙事聚焦点的选择上。如果说那些"革命历史小说"的聚焦点都落脚到了类似于秦岭游击队的一边,那么,贾平凹《山本》的聚焦点却落脚到了以井宗秀为代表的似乎更带有民国正统性的地方利益守护者的一边。这样一来,整部长篇小说的思想艺术格局也就自然而然地发生了根本性的变化。

故事发生的那个时代,是一个"有枪便是草头王"的战乱频仍的动荡年代。具体到《山本》所集中表现着的秦岭地区,那里既有秦岭游击队,也有一会儿属蒋介石,一会儿又属冯玉祥的国军69旅(后改编整合为六军),有井宗秀隶属于69旅的涡镇预备团(后为预备旅),还有保安队,身为土匪的逛山与刀客,以及如同五雷那样可以说还不成气候的小股乱匪,端的是"城头变幻大王旗"者是也。实际上,大就是小,小也是大。真正的明眼人,既可以在大中看出小来,也可以从小中看出大来。从某种意义上说,小说是细节的艺术,作为优秀的小说家,贾平凹只能以小见大,见微知著地在"小"上作大文章,通过井宗秀、阮天保、井宗丞这样一些那个时候活跃于秦岭地区的历史人物故事,把当时那样一种大的历史境况,以小说艺术的方式细致深入地表现出来。这其中,贾平凹一个了不得的创举,就是没有如同既往的"革命历史小说"那样把聚焦点落在革命者身上,而是以一种类似于庄子式的"齐物"姿态把它与其他各种社会武装力量平等地并置在一起。正是凭借着如此一种艺术处置方式,贾平凹方才比较有效地摆脱了来自于政治意识形态的困扰与影响。

然而,必须注意到的一点是,虽然革命者的主体地位已然不存,但这却并不就意味着这一种力量在历史过程中的缺失。事实上,从艺术结构上说,整部《山本》共由两条时有交叉的故事线索编织而成。其中,不仅作为通篇的聚焦点,而且也作为小说主线存在的,是关于井宗秀与陆菊人在涡镇的故事。与这一条主线相比较,相对次要但却不可或缺的另外一条线索,就是出身于涡镇的井宗丞介入其中的秦岭游击队即革命者的故事。如果说贾平凹在《老生》中的第一个历史关节点上已然对中国现代革命进行着相当深入的反思，那么，到了这部《山本》之中，贾平凹很显然继续推进着他对"革命"的理解与思考。具体来说，作家这种进一步的深入反思，集中体现在井宗秀的兄长井宗丞这一人物形象身上。井宗丞最初参加革命的行为，本身就带有某种反人性的特点。小说开头不久，就浓墨重彩地写到了井宗秀父亲井掌柜不幸死亡的情形。身处乱世，为了应付有可能发生的特殊情况，秉持着一方有难、八方支援的基本原则，井掌柜他们共计联络了百多户人家集资，搞了一个带有互助性质的互济会。互济会第一批共集资一千多块大洋，全部由身为会长的井掌柜保管。但不知道为什么走漏了风声，结果井掌柜在去收购烟叶时被绑架，惨遭勒索。虽然从表面上看井掌柜是不慎坠入粪窖溺亡，但实际上他的死亡却与他惨遭无端勒索之后的精神恍惚紧密相关。事后，人们才从消息灵通的阮天保那里了解到，原来井掌柜被绑架，与自己在县城读书的儿子井宗丞存在脱不开的干系："阮天保就说共产党早都渗透进来了，县城西关的杜鹏举便是共产党派来平川县秘密发展势力的，第一个发展的就是井宗丞。为了筹措活动经费，井宗丞出主意让人绑票他爹，保安队围捕时，他们正商量用绑票来的钱要去省城买枪呀。"

这一天，井宗丞率领他的部下，来到秦岭东南处的山阴县马王镇，准备与驻扎在这里的红十五军团会合。没想到，尚未抵达马王镇，就有人迎上来，要求井宗丞单人独骑先去崇村报到参加会议。就在井宗丞刚刚抵达崇村的时候，叙述者以不小的篇幅描写了一种叫作水晶兰的花："这簇水晶兰可能是下午才长出来，茎秆是白的，叶子更是半透明的白色鳞片，如一层薄若蝉翼的纱包裹着，蕾苞低垂。他刚一走近，就有两三只蜂落在蕾苞上，蕾苞竟然昂起了头，花便开了，是玫瑰一样的红。蜂在上面爬动，柔软细滑的花瓣开始往下掉，不是纷纷脱落，而是掉下来一瓣了，再掉下来一瓣，显得从容优雅。井宗丞伸手去赶那蜂，庙前有三个小兵喊了声：井团长来了！跑下来，说：你不要掐！井宗丞当然知道这花是不能掐的，一掐，沾在手上的露珠一样的水很快变黑。但蜂仍在花上蠕动，花瓣就全脱落了，眼看着水晶兰的整个茎秆变成了一根灰黑的柴棍。井宗丞说：这儿还有娇气的水晶兰？小兵说：我们叫它是冥花。"这里看似斜逸横出的一段文字，细细想来，最起码有三种作用。其一，这毫无疑问属于麻县长一直在努力的秦岭植物志的一个有机组成部分。其二，正所谓"文武之道,一张一弛",眼看着被蒙在鼓里的井宗丞步步惊心地走向自己的悲剧终端,叙述者忽然跳身而出不无细致地描述介绍生来品性娇贵的水晶兰,很明显是在放缓过于紧张的叙事节奏。其三,所谓"冥花",自然就是地狱之花的意思。就此而言,叙述者对水晶兰的这一番精描细绘,其实有着无可否认的象征与暗示意味。果然,井宗丞一踏入山神庙,就被早已埋伏在这里的阮天保他们擒获了。同样被关起来的,还有级别更高的红十五军团政委蔡一风。枭雄一世的井宗丞根本预想不到,到最后,自己竟然会莫名其妙地冤死于阮天保的警卫邢瞎子之手。"邢瞎子说:崇字是一座山压你宗啊!你先下,手抓牢,脚蹬实了再慢慢松手。井宗丞便先下去,说:山压宗?头正好就在了邢瞎子的身下,邢瞎子把枪头顶着井宗丞的头扣了扳机,井宗丞一声没吭就掉下去了。"不得不强调的一点是,军团长宋斌只是要抓捕并关押井宗丞,真正一心一意要借机公报私仇置他于死地的,是阮天保。细细推想中国的现代革命,除了革命本身的合理性一面之外,在革命的过程中,也同样存在着很多问题。能够将这一点不无犀利地揭示出来,正说明贾平凹《山本》对革命的反思较之于《老生》又深刻地向前推进了一步。

三

然而,正如同秦岭游击队这一条线索,仅仅是《山本》中的一条次要结构线索一样,对于现代革命的批判性反思,也仅仅只是《山本》丰富思想意涵的一个侧面。这部规模篇幅相对巨大的长篇小说的根本意旨,乃是要在更为阔大的历史视野里观察表现苍生的生命苦难并寄托作家真切的悲悯情怀。作家之所以没有将叙事的聚焦点集中在秦岭游击队身上,而是集中在了涡镇,集中在了井宗秀和陆菊人身上,其根本意图显然在此。

《山本》所主要关注的是二十世纪二三十年代的秦岭地区,用小说里的描述来说:"那年月,连续干旱着即是凶岁,地里的五谷都不好好长,却出了许多豪杰强人。这些人凡一坐大,有了几万十几万的武装,便割据一方,他们今日联合,明日分裂,旗号不断变换,整年都在厮杀。成了气候的就是军阀,没成气候的还仍做土匪,土匪也朝思暮想着能风起云涌,便有了出没在秦岭东一带的逛山和出没秦岭西一带的刀客。"在那样一个混乱的时代,各种势力纷纷在涡镇这个为作家贾平凹所虚构而出的历史舞台上登场亮相。其中以井宗秀的预备团（后为预备旅），井宗丞置身于其中的秦岭游击队，以及阮天保曾经在其中待了很长一段时间的保安队这三支武装力量最引人注目。或许与这部长篇小说主要描写战争有关，作品的很多艺术设计，都与罗贯中的那部古典名著《三国演义》存在着不同程度的契合之处。且不说三支武装力量的对峙与碰撞让我们联想到魏蜀吴三国鼎立，预备团（预备旅）领导层中的井宗秀、周一山与杜鲁成他们三位，让我们联想到刘关张"桃园三结义"，虽然说其中的周一山，其实更具有如诸葛亮般足智多谋的特点。除此之外，井宗秀他们把麻县长硬生生地从平川县城挟持到涡镇，显然也就是曹操的"挟天子以令诸侯"，而杨钟带着井宗秀专门前往煤窑那里延请周一山的故事情节，与三请诸葛亮有相似的意味。当然，我们之所以要把《山本》与《三国演义》进行各方面的比较，最重要的，恐怕还是借助于如此一种比较来发现贾平凹所持的基本历史观。

我们注意到，在后记中，贾平凹曾经写过这样一段颇有几分禅意的话语："过去了的历史，有的如纸被糨糊死死贴在墙上，无法扒下，扒下就连墙皮一块全碎了，有的如古墓前的石碑，上边爬满了虫子和苔藓，搞不清哪儿是碑上的文字哪儿是虫子和苔藓。这一切还留给了我们什么，是中国人的强悍还是懦弱，是善良还是凶残，是智慧还是奸诈？无论那时曾是多么认真和肃然、虔诚和庄严，却都是佛经上所说的，有了罣碍，有了恐怖，有了颠倒梦想。秦岭的山川河壑大起大落，以我的能力来写那个年代只着眼于林中一花、河中一沙，何况大的战争从来只有记载没有故事，小的争斗却往往细节丰富、人物生动，趣味横生。读到了李耳纳的话：一个认识上帝的人，看上帝在那木头里，而非十字架上。《山本》里虽然到处是枪声和死人，但它并不是写战争的书，只是我关注一个木头一块石头，我就进入这木头和石头中去了。"明明是一部书写战争的长篇小说，但贾平凹却为什么要刻意强调这并不是一部"写战争的书"呢？说"上帝不在十字架上"，而是"在那木头里"，那么，到了《山本》里，这个"木头"又究竟在哪里呢？又或者说，作家自己所一再强调的那山之"本"，究竟在什么地方呢？

事实上，正如同《三国演义》展现在广大读者面前的，乃是若干政治集团彼此之间打打杀杀的历史图景一样，贾平凹《山本》所呈现给广大读者的，也是二十世纪二三十年代一部打打杀杀的历史景观。关键的问题在于，如此一番你死我活的争斗，结果却必然是赤地千里生灵涂炭，是把广大普通民众置于万劫不复的苦难境地。

说到这里，也就必须对贾平凹笔下的涡镇这一主要的故事发生地作一番解说了。"涡镇之所以叫涡镇，是黑河从西北下来，白河从东北下来，两河在镇子南头外交汇了，那段褐色的岩岸下就有了一个涡潭。涡潭平常看上去平平静静，水波不兴，一半的黑河水浊着，一半的白河水清着，但如果丢个东西下去，涡潭就动起来，先还是像太极图中的双鱼状，接着如磨盘在推动，旋转得越来越急，呼呼地响，能把什么都吸进去翻腾搅拌似的。"唯其因为黑河与白河这两条河水交汇并形成了一个旋转性极强的涡潭，所以，这个坐落在秦岭深处的镇子，就被叫作了涡镇。但千万请注意，贾平凹《山本》中对于涡镇这一主要故事发生地的设定，其实带有突出的象征隐喻意味。某种意义上说，作品所集中描写着的那些诸如预备团（预备旅）、秦岭游击队以及保安队这些武装力量，也都如同那一条条黑河或者白河一样，从四面八方汇聚到涡镇这个特定的历史舞台上，上演着某种程度上其实亘古未变的一出出历史与人性大戏。在这一过程中，一方面充分地暴露出了那些枭雄人物人性的善恶，另一方面却也格外真切地表现出了底层民众所必然遭逢的苦难命运。唯其如此，我们方才要特别强调本文的标题为"历史旋涡中的苦难"。这里的"历史旋涡"云云，正是从涡镇这一地名演绎而出的直接结果。具体来说，作家关于这一思想命题的思考与表达，主要是通过主人公井宗秀这一人物形象表现出来的。

小说开头处，井宗秀的父亲井掌柜在被儿子井宗丞策划绑票身亡的时候，井宗秀尚且还只是一位初通人事的青年。家中突遭如此之大的一场变故，井宗秀虽然内心不无慌乱，但却依然在有板有眼地处置着父亲突然弃世后的一应家事。既包括想方设法安顿早已六神无主的母亲，也包括如何在地藏菩萨庙即130庙里依照习俗暂且浮丘了自己父亲的棺木。井宗秀的最初起家，应该说与邻居开寿材铺的杨掌柜家的童养媳陆菊人存在着很大的关系。却原来，这位陆菊人出嫁时从娘家陪来的三分胭脂地，竟然是一块格外难能可贵的风水宝地。按照那两个赶龙脉的人的说法，如果以这块地方做穴，将来是能够出官人的。没想到的是，这块风水宝地却被不知内情的公公杨掌柜慷慨地送给了井宗秀，好让井宗秀把一直浮丘着的父亲早日埋葬。也许一切都是命中注定，等到陆菊人因为坐月子而半个月后才知道真相的时候，一切早已成为定局，井掌柜已被井宗秀安埋在了那块风水宝地里。或许与明显带有神秘色彩的所谓风水宝地一说有关，更或许与贾平凹其实是要借助这样一种带有神秘色彩的情节设置为井宗秀提供一位强有力的助手有关，反正井宗秀最终成为盘踞在涡镇的一方霸主，与女主人公陆菊人之间存在着无法剥离的关联。

这里，需要稍加展开一说的，就是井宗秀与陆菊人之间的很难简单厘清的复杂关系。之所以要特别强调这一点，乃因为在我所看到的作家出版社关于单行本《山本》的宣传材料中，曾经把他俩之间的感情定位为发生在战争时期的"绝美爱情故事"。在我看来，虽然不能说井宗秀和陆菊人之间就不存在丝毫的爱情因素，但就总体而言，与其说他俩之间的感情是一种绝美的爱情，莫如说他俩是惺惺相惜彼此相知的精神知己更准确些。唯其因为他们是精神知己，所以你才会发现，在井宗秀异军崛起的过程中，陆菊人作为最主要的辅助者，曾经发挥过至关重要的促进作用。比如，就在井宗秀因为意外地拥有了岳掌柜家的资财而一度扬扬自得、准备给父亲迁坟的时候，是陆菊人及时出面阻止了他："陆菊人说：那穴地是不是就灵验，这我不敢把话说满，可谁又能说它就不灵验呢……既然你有这个命，我才一直盯着你这几年的变化，倒担心你只和那五雷混在一起图个发财，那就把天地都辜负了。"应该说，正是因为有了陆菊人这一番不计个人与家庭私利的肺腑之言的激励，井宗秀方才彻底坚定了自己一定要在涡镇成就一番大事业的决心。具体来说，已经成为涡镇乡绅的井宗秀，之所以会拿定主意联络麻县长，最终与保安队以里应外合的方式端掉盘踞在涡镇的土匪五雷，并在此基础上成立预备团，与陆菊人的这一番激励，很显然存在直接的关联。事实上，也正因为他们是难能可贵的精神知己，所以陆菊人才会千方百计地要把自己相中的刘老庚家的女儿花生说给丧妻的井宗秀做媳妇，而且还总是要在各方面照顾好井宗秀。至于井宗秀，也正是因为对陆菊人有着毫无保留的信任，所以他才会把预备团（预备旅）的茶行委托给陆菊人这样一位寡妇去管理经营。

吊诡之处在于，虽然井宗秀成立预备团的良好初衷的确是要试图保涡镇的一方平安，但即使是井宗秀自己，恐怕也都无法预料到，他们到最后竟然会彻底蜕变为严重的扰民者。这一点，集中通过井宗秀一意孤行地非得要在涡镇建造戏楼这一细节而表现出来。明摆着刚刚经过百般努力才好不容易建起了钟楼，但井宗秀却忽然又心血来潮地要建戏楼。面临资金的严重短缺，井宗秀以改造街巷的名义要求镇上的每家每户都必须参与集资。如此一种横征暴敛，自然遭到民众的坚决抵制与反对，西背街的赵屠户，宁愿被关禁闭也坚决不交。对此，陆菊人给出的评价是："赵屠户要知道交钱还要修戏楼，那他就不是闹事，还真敢拿刀子杀人呀！"陆菊人专门找出当年的那个老铜镜让花生带给已经刚愎自用的井宗秀，"菊人说：人和人交往，相互都是镜子，你回去就原原本本把我的话全转给他，他和他的预备旅说的是保护镇人的，其实是镇人在养活着他和他的预备旅哩"。很多时候，人走着走着就会走到自己的反面。井宗秀和他的预备团（预备旅）在涡镇所走过的，实际上也是这么一个过程。一旦井宗秀走到了自己初衷的反面，他人生的悲剧性也就必然是注定的了。在井宗秀雄起之前，包括他本人在内的涡镇普通民众因为被各种武装力量的不断骚扰而难以安居乐业。正因为如此，包括他自己在内的普通民众，都对由他主导的预备团（预备旅）的出现满怀希望，希望他的称霸一方能够给涡镇带来相对安稳的生活。预备团（预备旅）的成立，虽然也一度给涡镇带来过相对安稳的生活，小说中段涡镇繁荣市景的形成，就可以被看作是这一方面的明证所在，但很快的，伴随着井宗秀逐渐坐大后权欲的极度膨胀，他已经不再关注和思考普通民众生活的安稳与否。依循此种逻辑，如同修建戏楼这样一种扰民行为的出现，也就自是顺理成章的结果。张养浩曾有言云："兴，百姓苦；亡，百姓苦。"贾平凹在《山本》中所描写的在井宗秀雄起前后涡镇普通民众的生存状况，完全可以被看作是张养浩此言的一种形象注脚。笔者此文标题"历史旋涡中的苦难"，其具体所指称的，实际上也正是这种情况。

同时，贾平凹对井宗秀这一具有相当人性深度的乱世枭雄形象的刻画与塑造，也特别引人注目。一方面，或许与20世纪80年代一度出现过的小说创作"去人物化"极端美学观念的潜在影响有关，当下时代的一些作家或多或少存在轻视人物形象塑造的问题。另一方面，很可能与作家艺术表现能力的欠缺有关，即使是那些看重人物形象塑造的小说作品，其中的很多人物形象也都带有性格凝固化的特点，从头至尾我们很难感觉到其性格的发展变化。相比较而言，《山本》的一个难能可贵处，就在于作家以格外鲜活灵动的笔触，写出了井宗秀这样一位性格处于发展变化状态中的乱世枭雄形象。要特别说明的一点是，这位井宗秀，其实是贾平凹所特别钟爱的一个人物形象。之所以这么说，主要因为作家曾经借助于叙述者之口，数次交代说井宗秀"从来不说一句硬话，可从来没做过一件软事"。据我所知，这是贾平凹特别喜欢的一句话。他能够把这句话用在井宗秀身上,便可以见出他潜意识对这一人物形象的钟爱。依照作家的描述,初始登场时的井宗秀,"长得白净,言语不多,却心思细密,小学读完后就跟着王画师学画,手艺出色了,好多活计都是王画师歇着让这个徒弟干的"。那个时候的井宗秀,就已经表现出了精明能干、心思缜密、特别有眼色的人物特点。王画师一共带了三个徒弟,其中却只有井宗秀最后取得了他的不传之秘,就是因为井宗秀的机灵与善于观察。明明知道师父在关键处刻意回避徒弟,但井宗秀却不仅以"偷窥"的方式窃得王画师不传之秘,而且还硬是迫使师父将全部技艺都传授给了自己。又其实,他的基本性格特征,早在麻县长要求他说出三种动物,同时再给三种动物下三个形容词的时候,就已经被作家巧妙地揭示出来了。当时,井宗秀给出的三种动物分别是"龙、狐、鳖"。过了很久之后,麻县长给出的解释是:"第一个动物的形容词是表示你自己对自己的评价,第二个动物的形容词是表示外人如何看待你,自我评价和外人的看法常常是不准的,第三个动物的形容词才表示了你的根本。你那天说的第一个动物是龙,形容龙是神秘的升腾的能大能小的,第二个动物是狐,形容狐媚,聪明,皮毛好看,第三个动物是鳖,形容能忍耐,静寂,大智若愚。大致是这样吧?我那时就觉得你不是平地卧的,怎么能屈伏在县政府里跑差?果然你就有了今天!"具体来说,龙不仅指井宗秀"能屈能伸",而且还寓指他最终登上高位,飞黄腾达。狐,指的主要是他精明能干。鳖,指的是他的大智若愚与善于隐忍。事实上,井宗秀之所以能够最终成为称霸一方的乱世枭雄,与他这三个方面的性格特征存在着内在关联。

尽管井宗秀初出场时只是一位心地相对单纯、拥有小富即安心态的涡镇青年,如果不是有精神知己陆菊人给他讲述那三分胭脂地的奥秘并时时加以鞭策鼓励,他根本就不会生出要成为一方霸主的远大抱负,但要想在那个空前动荡的年代成为真正的乱世枭雄,如果内心没有几分狠毒也绝对成不了事。这一点,其实早在井宗秀暗中察觉到妻子和匪首五雷的奸情,并不动声色地巧妙设计,最后制造出妻子坠井而亡的假象的时候,或者更早一些,在他巧妙设计,挑拨五雷杀死岳掌柜,进而把岳掌柜的家产据为己有的时候,就已经初露端倪了。但请注意,或许与他尚且在雄起的过程中有关,我们发现,最起码,一直到井宗秀主动出兵攻击阮天保之前,他对于陆菊人的规劝和意见,都还是能够接受的。具体来说,他俩之间最早的分歧,出现在陆菊人因为井宗秀起意要杀阮氏十七位族人而发出谏言的时候。"井宗秀说：事情已到这一步了，杀了他们，就一了百了。陆菊人说：这怎么能了？杀一个人，这人父母儿女、兄弟相好、亲戚朋友一大群就都结了死仇呀！井宗秀说：好了，这事咱不说了，到坟上替我也给杨伯磕几个头。骑上了马，往街上去了。"对陆菊人来说，自打和井宗秀成为精神知己后，这还是井宗秀第一次没有听完她讲话就拂袖而去。这一细节的出现，乃表明伴随着地位的提高以及权欲的极度膨胀，越来越以自我为中心的井宗秀，已经刚愎自用到连陆菊人的话都不愿意听的地步了。此后，无论是以挂鞭子的方式随意征召镇人尤其是青年女性去为自己服务，还是执意要剥掉叛徒三猫的人皮去蒙鼓，抑或是暗中神不知鬼不觉地处死前去与红十五军团联络的孙举来，也包括最后为了修建戏楼那不管不顾的横征暴敛，所有的这一切，都充分说明这个时候的井宗秀，不再仅仅是刚愎自用，已经干脆就蜕变成了一个丧心病狂的独断专行者。虽然内心里特别钟爱井宗秀这一人物形象，但贾平凹最终还是把他塑造成了一个为满足私欲不惜残害苍生的乱世枭雄。能够做到这一点，作家其实还是需要相当大勇气的。更进一步说，在井宗秀这一乱世枭雄身上，实际上凝结着贾平凹很多年来的深入观察与思考：植根于一种极权文化的深厚土壤中的一位原本是要造福一方的理想主义者，是如何一步一步地走向了自己的反面，如何一步一步地渐次堕落为无端生事扰民的独夫民贼的。

四

"兴，百姓苦；亡，百姓苦。"既然无论兴亡百姓皆苦，既然苦难在某种意义上可以被视为与生俱来的生命本质之一种，既然涡镇的普通民众无论如何都难以摆脱苦难命运，那么，他们又该以怎样一种方式来应对必然的生命苦难呢？陈先生、宽展师父、陆菊人他们这几位人物形象，以及作家浓墨重彩地描述过很多次的还有安仁堂、地藏王菩萨庙这两个具体处所，也就在这个时候才能够派上用场。

第一，是陈先生和他的那座安仁堂。陈先生一出场，就天然地携带着哲理，给读者以非常特别的感觉。他明明是个什么都看不见的瞎子，却要求杨掌柜一定要按时点灯。"杨掌柜说：你眼睛看不见，还要点灯？陈先生说：天暗了就得点灯，与看得见看不见无关。"在《山本》中，作为郎中的陈先生，一方面固然是在为涡镇的人们疗治着身体上的各种疾患，另一方面却更是在以其特别的智慧启发着芸芸众生该如何去应对人生各种迷茫,开悟人生哲理。"陈先生给人看病,嘴总是不停地说,这会儿在说:……可谁在人堆里舒坦过?不是你给我栽一丛刺,就是我给你挖一坑。每个人好像都觉得自己重要,其实谁把你放在了秤上,你走过来就是风吹过一片树叶,你死了如萝卜地里拔了一棵萝卜,别的萝卜又很快挤实了。一堆沙子掬在一起还是个沙堆,能见得风吗,能见得水吗?"毫无疑问,陈先生所谈论着的这些,使我们能够立刻联想到《红楼梦》里那两位时隐时现的"一僧一道"。其世外高人的感觉,是显而易见的一种事实。其他人且不说,最起码在陆菊人,只要遇上人生难题,就会跑到安仁堂找陈先生请教。说到陈先生,一个饶有趣味的现象就是,贾平凹竟然把他设定为一位目不视物的盲人。正所谓"目迷五色",或者"五色令人目盲",在把陈先生设定为目盲者形象的过程中,贾平凹很明显受到老庄道家思想的深刻影响。我们不妨设想一下,一众的明眼人在那里你死我活地胡乱折腾来折腾去,唯有陈先生这位目不视物的医者以局外人的姿态不仅冷"眼"旁观着,而且时不时地以其别具智慧的话语化解着人生种种难解的苦厄。其他的不说,单只是贾平凹的如此一种设定本身,所透露出的就是作家那非同寻常的艺术智慧。

第二,是宽展师父和她的地藏王菩萨庙。或许是为了与陈先生的目盲相对应,宽展师父在《山本》中被贾平凹设定为哑巴。请看宽展师父的初始出场:"宽展师父是个尼姑,又是哑巴,总是微笑着,在手里揉搓一串野桃核,当杨钟和陆菊人在娘的牌位前上香祭酒,三磕六拜时,却从怀里掏出个竹管来吹奏,顷刻间像是风过密林,空灵恬静,一种恍如隔世的忧郁笼罩在心上,弥漫在屋院。"《山本》中,与宽展师父这一人物形象紧密相关的,有两种事象,一是地藏王菩萨庙,二是尺八。"地藏王菩萨庙也就一个大殿几间厢房,因庙里有一棵古柏和三块巨石,镇上人习惯叫130庙。"在佛教的谱系中,地藏王菩萨本就是一位"我不入地狱,谁入地狱"的具有自我牺牲精神的"地狱不空,誓不成佛"的菩萨,他种种言行的主旨,皆在于普度众生,度尽人间的一切苦厄。正所谓"众生度尽,方证菩提。地狱未空,成佛无期"者是也。贾平凹之所以要在涡镇安放这么一座地藏王菩萨庙,其用意显然是要借此超度涡镇的苦难。所谓尺八,是一种竹制的传统吹管乐器,以管长一尺八寸而得名。在《山本》中,宽展师父用尺八吹奏那苍凉如水一般的乐曲给读者留下了深刻的印象。唯其如此,叙述者才会从陆菊人的角度这样写道:"而去了130庙,当宽展师父坐在那里诵经，样子是那样专注和庄重，她和花生也就坐在旁边，稳稳实实，安安静静，宽展师父的嘴唇在动着，却没有声音，但她似乎也听懂了许多，诵经完了，宽展师父就一直微笑着，给她们磨搓着那桃核做成的手串，给她们沏茶，然后吹起尺八。"也因此，如果说陈先生和他的安仁堂给苦难中的涡镇提供了一种更多带有佛道色彩的哲学维度的话，那么，宽展师父和她的地藏王菩萨庙以及尺八，为深陷苦难境地中的涡镇普通民众所提供的，就是一种特别重要的带有突出救赎意味的宗教维度。大约也正因为在这个多情而苦难的世界上，迫切需要有如同陈先生和宽展师父这样的人物来安抚人们受难的心灵，贾平凹才会在后记中作如此一种特别强调："作为历史的后人，我承认我的身上有着历史的荣光也有着历史的龌龊，这如同我的孩子的毛病都是我做父亲的毛病，我对于他人他事的认可或失望，也都是对自己的认可和失望。《山本》里没有包装，也没有面具，一只手表的背面故意暴露着那些转动的齿轮，我写的不管是非功过，只是我知道，我骨子里的胆怯、慌张、恐惧、无奈和一颗脆弱的心。我需要书中那个铜镜，需要那个瞎了眼的郎中陈先生，需要那个庙里的地藏菩萨。"

第三，我们终于有机会可以来专门谈论一下《山本》中最重要的一位女性形象陆菊人了。

无论如何我们都必须承认，在这部长篇小说中，陆菊人这一女性形象其实具有很多功能。小说一开头，就是从陆菊人写起的："陆菊人怎么能想得到啊，十三年前，就是她带来的那三分胭脂地，竟然使涡镇的世事全变了。"毫无疑问，这是一个带有明显预叙功能的开头。很大程度上，正是因为井宗秀一个偶然的机缘，把父亲井掌柜安葬在了三分胭脂地这块风水宝地上，才有了他后来乱世枭雄的一生，也才有了《山本》全部故事情节的最终生成。到小说的结尾处，眼看着登场的大多数人物差不多都以非正常死亡的方式离开了这个多灾多难的世界，陆菊人却是极少数的幸存者之一。"陆菊人说：这是有多少炮弹啊，全都要打到涡镇，涡镇成一堆尘土了？陈先生说：一堆尘土也就是秦岭上的一堆尘土么。陆菊人看着陈先生，陈先生的身后，屋院之后，城墙之后，远处的山峰峦叠嶂，以尽着黛青。"依照女娲抟土造人的传说，人乃是从土中来。依照贾平凹在《山本》结尾处的描写，在涡镇被炸毁成一堆尘土的同时，那些曾经日日夜夜生存于此地的绝大部分涡镇人都化成了尘土。从这个角度又可以说，人最终都要变为尘土。从土中来，到土中去，人生其实也不过是完成了一个不无悲凉且不无荒诞色彩的循环而已。这样看来，由陆菊人偕同陈先生为《山本》作结，一种悲剧性苍凉意味的生成，就是无可置疑的一种文本事实。一部长篇小说，从陆菊人始，以陆菊人终，这一人物形象对于文本完整性所具重要结构性功能，就是一种显而易见的事情。

与此同时，《山本》中的陆菊人，还是一位毁誉参半的女性形象。从涡镇一般人的世俗眼光来看，她是一位多少带有一点妨"主"色彩的命硬女性。先是杨钟该圆房的时候，婆婆竟然害病死了；待到正式举行过仪式，成家生下唯一的儿子剩剩没几年的时间里，丈夫杨钟和公公杨掌柜先后死于非命；儿子剩剩又不慎从马背摔下来因没有得到正确的医治而跛了一条腿。如果转换一个角度来看，陆菊人却又是一位生活能力超群，很是成就了一番事业的"女强人"。首先，是她在杨家的那种顶梁柱地位。杨钟成天浪荡在外不着家，杨掌柜年老力衰，如果没有陆菊人的存在，很难想象杨家的寿材铺如何能够支撑下来。其次，是她在接受井宗秀的委托成为茶行总领掌柜之后，大刀阔斧改造旧的经营方式，建立了一整套行之有效的管理机制，最终使得茶行获得了前所未有的经济效益。再次，也是很重要的一点，她有着类似于地母那样宽厚的胸怀，最终辅助井宗秀在涡镇成就了一番霸业。无论是她最初利用所谓胭脂地而对井宗秀的激励与鞭策，抑或是在井宗秀雄起过程中适时给出的关怀与谏言，都给读者留下了深刻的印象。因为她对井宗秀有着太多的了解与关切，所以，在她骤然得到井宗秀死讯的时候，才会是这样的一种心境与表现："陆菊人站在井宗秀尸体前看了许久，眼泪流下来，但没有哭出声，然后用手在抹井宗秀的眼皮，喃喃道：事情就这样了宗秀，你合上眼吧，你们男人我不懂，或许是我也害了你。现在都结束了，你合上眼安安然然去吧，那边有宗丞，有来祥，有杨钟，你们当年是一块耍大的，你们又在一块了。但井宗秀的眼睛还是睁得滚圆。"

这里，关于陆菊人与井宗秀之间的情感关系，特别值得展开一说。一方面，陆菊人是井宗秀发小杨钟的妻子，陆菊人和井宗秀作为日常交往相对密切的街坊邻居，他们俩的交往一直停留在"发乎情，止乎礼"的层面上。另一方面，他们之间的情感明显地超过了一般的街坊邻居关系，彼此之间有着很深的牵扯与关心。首先，是井宗秀对陆菊人。当陆菊人要给井宗秀介绍媳妇的时候，他们之间有过这样一段对话："陆菊人说：人不少。你告诉我，想要个什么样的？井宗秀说：就像你这样。陆菊人说：我给你说正经事！井宗秀说：我也是正经话，我找你这样的那不可能了。陆菊人倒一时没了话。"由此可见，井宗秀的内心深处，其实一直有着对陆菊人的某种迷恋与牵挂。其次，是陆菊人对井宗秀。这一方面，有一个最典型不过的例证。井宗秀到陆菊人家里吃饺子，先是非得等井宗秀到来后才煮饺子，后是陆菊人从井宗秀手中夺过碗，因为那是杨掌柜和剩剩包得不太好的，给了他另一碗。再是在井宗秀吃完一碗后，陆菊人不由分说地硬塞给他一碗。就这样，仅只是这一处场景，陆菊人对井宗秀发自内心的那种牵挂就已经溢于言表了。既不是夫妻，也不是情人，但两者之间却有着极深的情感关联。说实在话，类似于陆菊人和井宗秀这种有着丰富内涵的情感关系有很大的写作难度，需要作家在描写时拿捏好尺度与分寸。贾平凹很好地做到了这一点，这个难能可贵。由陆菊人与井宗秀的情感关系进一步延伸开去，就是陆菊人这一女性形象在贾平凹小说创作中的独特性存在。一方面，陆菊人当然有着极强的持家与经营能力，但在另一方面，她却是一个恪守传统伦理道德规范的女性形象，《山本》中的陆菊人，所客观呈示出的，正是中国传统女性某种本然的生命形态。她在日常生活中所表现出的善良、忍耐、友善乐观向上等等特征，及她对井宗秀的那一腔情愫，皆出于她的一种本能。但就是这么一位传统女性形象却不幸被迫置身于那样的一个乱世。因此，她的悲剧性遭遇就是不可避免的。从这个意义上说，小说临近结尾处关于陆菊人坐在井宗秀专门为她搭建的高台上似真似幻的那一处梦境描写，所真切展示出的正是一种悲凉如水的人生况味，读来直要催人泪下。那个时候端坐在高台上的陆菊人，眼前闪过的其实都是一幕幕经历过的人生，其中不仅有自己进入涡镇之后所经历过的那些风风雨雨，更有井宗秀自打在涡镇起家，一直到最后又彻底败落的整个过程。正所谓"眼看他起朱楼，眼看他宴宾客，眼看他楼塌了"。实际上，也正是借助于井宗秀的人生过程以及涡镇芸芸众生生命历程的描摹与展示，贾平凹在《山本》中真切呈现出一幅"乱哄哄你方唱罢我登场"，到头来却是"白茫茫一片大地真干净"的具有强烈虚无色彩的生命状况，而作家关于陆菊人和井宗秀之间复杂丰富情感关联的描写，却又让我们联想到李泽厚的"情本体"哲学。进一步说，也正是依凭着这种强烈执着的感情，贾平凹的《山本》方才得以实现了对于历史苦难的超越，实现了一种本体意义上的生命救赎。

事实上，也正是由陆菊人对井宗秀最后的安妥，才进一步牵扯出了她在

《山本》中最重要的一种身份功能,那就是如同陈先生和宽展师父一样,陆菊人是一种人道主义悲悯情怀的承担者与体现者。这一方面,除了叙述者已经明确交代过的陆菊人有事没事总爱去安仁堂和地藏王菩萨庙这样的细节外,还有一个暗示特别明显的细节不容忽视。那还是在井宗秀尚未成为预备团团长的时候:"井宗秀和陆菊人对视了一下就全愣住了。陆菊人赶紧拉了剩剩,说:你咋是见啥都要哩!井宗秀系好围巾,看着陆菊人,说:刚才我看着你身上有一圈光晕,像庙里地藏菩萨的背光。"毫无疑问,在人物的对话中刻意把陆菊人与地藏菩萨联系在一起,其强烈暗示的,就是陆菊人与地藏菩萨在普度众生的悲悯情怀方面具备一种共同性特征。在这个意义上,陆菊人其实可以被看作是现世生活在涡镇的一位活菩萨。我们注意到,在作品中,作家曾经专门写到这样一个对话场景:"陆菊人又说:我还有个想法,不知对不对?这几年镇上死的人多,死了的就都给立个牌位,钱还是我掏。宽展师父微笑点着头,让陆菊人提供名字。陆菊人就掰指头:唐景、唐建、李中水、王布、韩先增、冉双全、刘保子、龚裕轩、王魁、巩凤翔……一共二十五人。"当陆菊人进一步提出还要给另外的那些无名死者超度的时候,"宽展师父想了想,就在一个牌位上写了:近三年来在涡镇死去的众亡灵。写完了,牌位整齐地安放在了往生条案上,宽展师父就在地藏菩萨像前磕头焚香"。很显然,之所以是陆菊人,而不是其他的人物形象,出面在地藏王菩萨庙与宽展师父一起安妥涡镇的这些亡魂,正是为了充分凸显她那样一种难能可贵的人道主义悲悯情怀。

五

论述至此,我们不妨转换一个角度,从虚实结合的方面来考察一下《山本》。我们都知道,贾平凹是一位在小说创作过程中特别注重虚实结合或者说虚实有机转换的作家,这一点在《山本》中的艺术处理可以说非常得当。一方面,涡镇普通民众柴米油盐酱醋茶的日常生活情景,以及井宗秀的预备团(预备旅)、井宗丞和他所隶属的秦岭游击队、阮天保曾经长期居于其中的保安队三种武装力量之间的合纵连横彼此争斗,所有的这些,构成了小说中异常扎实的形而下层面,此之所谓"实"的层面。另一方面,陆菊人和她的三分胭脂地,陈先生和他的安仁堂,宽展师父和她的地藏王菩萨庙以及尺八,古墓里挖出的那枚铜镜,那只随同陆菊人陪嫁过来的猫,以及涡镇等地名突出的象征意义,这些所构成的就是小说中的形而上哲思层面,即所谓"虚"的层面。虚与实,两者之间,融合到了差不多称得上是水乳交融的地步。很大程度上,贾平凹的如此一种艺术处置,可以让我们联想到曹雪芹的《红楼梦》。《红楼梦》中的荣宁二府的日常生活,显然是形而下的写实层面,而包括"太虚幻境"、顽石不得补天、神瑛侍者与绛珠仙草等,则毫无疑问属于形而上的哲思层面。说实在话,当下时代的长篇小说中,能够如同贾平凹这样把虚实关系处理到水乳交融相得益彰程度的,还是非常罕见。

《山本》是一部事关秦岭的"百科全书",却也有着对于现代革命的深度反思,它在对涡镇二十世纪二三十年代充满烟火气的世俗日常生活进行鲜活表现的维度上,却也分别依托于陈先生和宽展师父而有着哲学与宗教两种维度的建立。更进一步地对《山本》作总体的归结,它既是一部遍布死亡场景的死亡之书,也是一部与打打杀杀的历史紧密相关的苦难之书,但同时却也更是一部充满超度意味、别具一种人道主义精神的悲悯之书。不仅有着堪称精妙的双线艺术结构的编织,而且还有着众多人物形象成功的刻画与塑造。再加上,对于虚实关系有极其巧妙的艺术处理。

在这里,我们不妨进一步思考一下,贾平凹为什么要把自己的这部长篇小说命名为《山本》。在后记中,贾平凹曾经专门谈论过小说的命名问题:"这本书是写秦岭的,原定名就叫《秦岭》,后因嫌与曾经的《秦腔》混淆,变成《秦岭志》,再后来又改了,一是觉得还是两个字的名字适合于我,二是起名以张口音最好,而志字一念出来牙齿就咬紧了,于是就有了《山本》。山本,山之本来,写山的一本书,哈,本字出口,上下嘴唇一碰就打开了,如同婴儿才会说话就叫爸爸妈妈一样(即便爷爷奶奶,舅呀姨呀的,血缘关系稍远些,都是撮口音),这是生命的初声啊。"结合整部小说文本,细细揣摩贾平凹的这段话,我们就基本上可以断定,所谓"山本",也就是试图最大可能地写出历史和人性的复杂真相来。《山本》能成为一部别有艺术含蕴的厚重的历史长篇小说文本,自然也就是毫无疑义的一种客观事实。

对了,还有一点不能不提及的是,贾平凹在《山本》中展示出一种非常出色的绘景能力,作家虽然只是不经意间很简单的三言两语,却以一种形象无比的笔触把种种大自然的景象传神地表达了出来。比如:"天上正上云,黑云从虎山后像是往外扔黑布片子,把天都扔满了。"这是在写天上的黑云漫布。比如:

"近处的白河黑河先还是一片子玻璃,一片子星光,后来就成了丝的被子在抖,绸的被子在抖,连远处的山峦也高高低低一起跳跃。"这是在写景色随着骑在马上的井宗秀的视觉而发生的跳跃变化。比如:"没想到第二天一早,刚上到塬,忽然起了大风,从来没见过有那么大的风,人必须伏地,不抱住个大石头或抓住树,就像落叶一样飘空,而有的村民在放羊,羊全在地上滚,滚着滚着便没了踪影。"这是在写风之大。举凡《山本》,类似于这样绝妙的写景文字,其实还很多。对于这一点,明眼人不可不察。

(原载《收获》2018年长篇专号春卷)

秦岭传奇与历史的幽灵化

——评贾平凹的长篇小说《山本》

孟繁华

《山本》是贾平凹的第十六部长篇小说,也是迄今为止他最复杂、最丰富的一部小说。按照贾平凹自己的说法,山本的故事,是他的一本秦岭之志。它不是村志、不是县志,村志县志只要写与之相关的人与事即可。但秦岭是一个巨大的存在,在贾平凹看来,它"提携了黄河长江,统领着北方南方。这就是秦岭,中国最伟大的山"[①]。这是作家写作这部小说的缘起,也是我们理解这部小说的"引言"和向导。在后记中,贾平凹又说:"那年月是战乱着,如果中国是瓷器,是一地瓷的碎片年代。大的战争在秦岭之北之南错综复杂地爆发,各种硝烟都吹进了秦岭,秦岭里就有了那么多的飞禽奔兽、那么多的魍魉魑魅,一尽着中国人的世事,完全着中国文化的表演。"

我之所以先推出贾平凹后记中的有关说法,是为了让我们先了解贾平凹创作《山本》的初衷,也就是他为什么要写这本书,这本书和什么有关。而不是凭着只言片语或个别的人与事,或夸大或误解。

《山本》是以涡镇为中心,以秦岭为依托,以井宗秀、陆菊人为主要人物构建的一部关于秦岭的乱世图谱,将乱世的诸家蜂起,血流成河、杀人如麻,自然永在、生命无常的沧海桑田以及鬼怪神灵等,集结在秦岭的巨大空间中,将那一时代的风云际会风起云涌以传奇和原生态的方式呈现在我们的面前。因此,《山本》是正史之余的一段传奇,是从"一堆历史中翻出的""另一个历史"。小说起始于故事讲述时的十三年前:陆菊人她爹有一块地,这块地被两个赶龙脉的人认为是能出官人的好地方。陆菊人十二岁一过,她爹要送她去杨家当童养

[①] 贾平凹:《山本》,作家出版社2018年版。本文所引《山本》内容均出自此版本,不再一一列出。

媳时，她向爹要了这块地，算是爹给她的一块胭脂地。但这块地阴差阳错地埋了井宗秀的爹，于是"涡镇的世事全变了"。这种风水文化、鬼魂文化以及神秘文化等的渗透，是贾平凹中国"魔幻现实主义"的创作实践。而小说历史讲述的废墟化、情节的碎片化和叙事推进的细节化，又使《山本》呈现了明显的后现代主义特征；但是，从人物的塑造和场景、景物描写的真实性而言，现实主义创作方法又是它的基础和前提。

现代小说对于历史的书写，最高的奖掖就是"史诗"。这一文学观念，在西方是以从黑格尔到斯宾格勒建构的历史哲学作为依据，然后作家用文学的方式构建起他们认知、理解和想象的历史，比如《战争与和平》。在中国，明清之际的世情小说原本是："极摹人情世态之歧，备写悲欢离合之致，可谓钦异拔新，恫心戳目。"（笑花主人《古今小说序》）但也因此地位不高，于是便"攀高结贵"。手段之一就是将历史小说化，比如《三国演义》《创业史》等。《创业史》被誉为"经典性的史诗之作"，这个时代文学知识分子的地位，几乎达到了最高峰。他们对世界和历史的认知具有指导性和前瞻性，因此他们也是未来的先知，一种价值观的构建者和引领者。但同时也有另外的情况发生，就像《创业史》中的梁生宝一样，历史并没有沿着他的道路前进多久，尽管如此并不妨碍《创业史》仍然是一部伟大的小说。作家在社会地位最高的时代，只不过是将一种语言学机制构建出来的关于历史发展的认知与理想主义的想象镶嵌于对未来的组织之中。后来，叙事学揭示了历史与叙事的关系，揭示了这种文学历史观对文学的历史叙述的宰制和压制。《山本》以传奇方式对秦岭的书写，恰恰是被历史删除的那部分，是没有被讲述过的部分。对历史叙事秘密的揭示，利奥塔在《后现代状况：关于知识的报告》中说了这样一段话："简化到极点，我们可以把对元叙事的怀疑看作'后现代'。怀疑大概是科学进步的结果，但这种进步也以怀疑为前提。与合法化元叙述机制的衰落相对应，思辨哲学的大学体制出现了危机。叙述功能失去了自己的功能装置：伟大的英雄、伟大的冒险、伟大的航程以及伟大的目标。"

元叙事遭遇质疑后，被压抑的处在边缘的历史叙述有了可能。于是，在秦岭深处涡镇的陆菊人、井宗秀等，方有可能登上历史的前台。井宗秀的出现，是在他父亲井掌柜去世后。按涡镇的习俗，亡人殁的日子不好，犯着煞星不可及时入土安埋，但陆菊人的公公杨掌柜，将陆菊人陪嫁的三分胭脂地给了井宗秀才使其葬了父。井宗秀知道真相是他乘人之危住进岳家大院之后，陆菊人路遇井宗秀时告诉他的：

> 我就给你说了吧。陆菊人看了看四下，悄声把她当年见到赶龙脉人的事说了，再说了她是如何向娘家要了这三分胭脂地，又说了当得知杨家把地让给了井家做坟地时她又是怎么哀哭过。井宗秀听着听着扑通就跪在了地上。陆菊人忙拉他，他不起来，陆菊人拧身再要走，井宗秀这才站了起来。陆菊人说：那穴地是不是就灵验，这我不敢把话说满，可谁又能说它就不灵验呢？井宗秀只是点头。

经陆菊人一说，井宗秀说知道自己该怎样做了，待陆菊人要离开时，他一连给陆菊人磕了三个响头。过后便送了铜镜给陆菊人。自此，井宗秀与陆菊人的情感关系，一直是扑面而来的游丝般的不即不离的关系——亲密、亲情、暗恋、暧昧似乎都有，但两人又未越雷池一步。两人的关系一直悬浮于小说之上，即便后来经陆菊人牵线井宗秀娶了花生，两人的关系仍然没有改变，这也是小说中韵味最为悠长的部分。井宗秀后来做了预备旅旅长，但最后还是因阮天保死于非命。井宗秀是乱世英雄，但他和花生结婚后被爆出了一个惊人的秘密：他是一个"废人"。这个隐喻也从一个方面暗示了作家对井宗秀的评价：他的先天缺陷预示了他终是一个匆匆的过客而已，他不是那种改天换地的大人物。陆菊人是小说中地母般的形象，除了善良、坚韧，还深明大义。井宗秀是她人生的寄托，内心也有尚未言说的对井宗秀的爱意，但她恪守传统女人的妇道。她是涡镇和秦岭世事沧桑巨变的见证者，是另一种历史的目击者和当事人，是秦岭民间健康力量的体现者。

《山本》对秦岭历史的讲述，混杂着多种因素。这里有民间的英雄、能人，但更多的是普通民众。在过去的历史叙述中，是演员为公众表演，而秦岭二十世纪二三十年代的历史剧中，民众自己就是演员。因此这里才有"一尽着中国人的世事，完全着中国文化的表演"的可能。比如阮天保，他不具有对价值观的判断能力，他身份的几经变化非常正常。但他却有自己的处世智慧。他杀了史三海后，麻县长因惧怕给了阮天保十个大洋让他逃跑。阮天保却说："他是辱骂你我才杀了他，我跑了我就是犯罪，还牵扯了你，我不跑我就是立功，你也是除暴安良。你让我把他取而代之，谁也动不了我，更动不了你。"于是阮天保就做了保安队队长。阮天保后来参加的队伍在正史叙述中充溢着救民众于水火的凛然正气，他们是国家民族的未来。但是，任何一支队伍和族群，从来就不曾固化为一成不变统一体。叛徒、败类乃至汉奸都会滋生。就如同当下，权力拥有者也会滋生腐败一样。那个并不具有先进革命意识的阮天保，最终也只是一个专注家族恩仇混迹于革命队伍的、带有草头王性质的另一种刀客而已。

风水、鬼魂等神秘文化，构建了国人对外部世界的认知方式和情感方式。《山本》中的神秘文化在贾平凹的创作中并非突如其来，他以往的作品中一直贯穿着对这一文化的书写。虽然"毁誉参半"，但在我看来，这一内容却也构成了贾平凹小说"中国性"的一部分。他写完《秦腔》后曾说："当我雄心勃勃在2003年的春天动笔之前，我奠祭了棣花街上近十年二十年的亡人，也为棣花街上未亡的人把一杯酒洒在地上，从此我书房当庭摆放的那一个巨大的汉罐里，日日燃香，香烟袅袅，如一根线端端冲上屋顶。我的写作充满了矛盾和痛苦，我不知道该赞歌现实还是诅咒现实，是为棣花街的父老乡亲庆幸还是为他们悲哀。那些亡人，包括我的父亲，当了一辈子村干部的伯父，以及我的三位婶娘，那些未亡人，包括现在又是村干部的堂兄和在乡派出所当警察的族侄，他们总是像抢镜头一样在我眼前涌现，死鬼和活鬼一起向我诉说，诉说时又是那么争争吵吵。我就放下笔盯着汉罐长出来的烟线，烟线在我长长的呼气中突然地散乱，我就感觉到满屋子中幽灵飘浮。"

鬼魂在内的神秘文化，也弥漫于《山本》的字里行间。从陆菊人的风水三分胭脂地，到蚰蜒精、花生上坟；猫抓剩剩来阻止他去，但他去了，回来骑马骨折了；井宗秀要陆菊人帮助经营茶坊，陆菊人心里说，院门口要能走过什么兽她就去，镇上能有什么兽呢？但她偏偏看见了陈皮匠收到的豹猫、狐狸和狼的皮；还有陆菊人的"命硬"说法；游击队第一次进秦岭不懂对山神的敬畏，在山神庙撒尿、在山上乱讲滚字，遂跌进山崖摔死或被山上乱石砸死，夜行不打草惊蛇被蛇咬死，等等。这些无法解释的事物，在《山本》中占有很大的比重。秦岭本身就是一个神秘的存在，人们对未知世界难以作出解释时，神秘文化便应运而生。这一文化的延续，也自然有其合理性。但更重要的是，即便这些并不科学、不能证伪的事物，在小说中也能够用合理的方式作出表达。这样一方面强化了小说的想象力，正如拉美魔幻现实主义一样；另一方面，井宗秀的死亡，使陆菊人神秘文化中期待的那个"官人"彻底落了空。在这个意义上，贾平凹对神秘文化灵验的肯定是有很大保留的，这个文化并不是万能的，他甚至是怀疑的。同幽灵、鬼魂的对话是小说或其他艺术形式内在结构方式之一种，它也并非自贾平凹始。在莎士比亚那里，哈姆雷特的行为方式都来自于幽灵的驱使。"在德里达看来，鬼魂的出现开启了一个关于复仇和正义的戏剧，如果没有鬼魂的出现，后面的一切事件都不可能，因为正是'闹鬼'带来了指令，而发出指令也就是'闹鬼'的内容，鬼魂与指令，形式与内容，两者的结合，给哈姆雷特的心头压上了沉甸甸的责任，让他认识到，事情没有完结，历史没有终结，希望则在未来，但是行动迫在眉睫，鬼魂将会一直萦绕下去，成为一个永久的精神，敦促和激励自己尽早将指令付诸实施。"

"巨大的灾难，一场荒唐，秦岭山脉也没改变，依然山高水长，苍苍莽莽，没改变的还有情感，无论在山头或河畔，即便是在石头缝里和牛粪堆上，爱的花朵依然在开"。观念的逻辑与生活的逻辑相比较，当然是生活的逻辑更有力量。无数的观念都曾在秦岭表演过，贯穿过，但时过境迁，生活之流还是按照原来的轨迹前行。观念变了，生活依然故我。因此，小说结尾的这段话应该就是《山本》的主题吧。

> 又一颗炮弹落在了拐角场子中，火光中，那座临时搭建的戏台子就散开了一地的木头。陆菊人说：这是有多少炮弹啊，全都要打到涡镇，涡镇成了一堆尘土了！陈先生说：一堆尘土也就是秦岭上的一堆尘土么。陆菊人看着陈先生，陈先生的身后，屋院之后，城墙之后，远处的山峰峦叠嶂，以尽着黛青。

（原载《当代作家评论》2018 年第 4 期）

贾平凹的内心是有悲哀的

谢有顺

一

离开了地理上的商洛和棣花镇，贾平凹的写作更见从容。

《山本》的叙事还是如此密集，但明显多了不少闲笔，显得精微而繁茂。秦岭雄浑，写秦岭的《山本》自然也要写得大而广，既要衬托大的历史背景，也要写好生活的细节和末梢。

这是一种写作心态上的变化。

小说里麻县长这个角色的设置就意味深长。这个安分的人，在各种势力的角逐中，施展不了自己的抱负，于是，他品茗，结识花草，为秦岭写风物志。"他差不多记录了八百种草和三百种木，甚至还学着绘下这些草木的形状。近些日子，他知道了秋季红叶类的有槭树、黄栌、乌桕、红瑞木、郁李、地锦，黄叶类的有银杏、无患子、栾树、马褂木……知道了曼陀罗，如果是笑着采了它的花酿酒，喝了酒会手舞足蹈。知道了天鹅花真的开花是像天鹅形，金鱼草开花真的像小金鱼。"这种旁逸斜出式的文人旨趣，不仅使地理意义上的秦岭变得生动、丰赡，也有效舒缓了小说的节奏。

也许，贾平凹无意写什么百科全书式的小说，但《山本》在物象、风情的描写上，确实是花了心力，小说的叙事也就不是单线条地沿着故事往前推进，而是常常驻足流连、左盼右顾。

这种曲折和多姿，昭示了作者的写作耐心，也是《山本》在叙事上的新意所在。

二

秦岭并不仅仅是《山本》的背景，它就是小说的主角。要写真正的秦岭志，秦岭的一花一草、一木一石，就都是角色，它们才是秦岭的肌理和血肉；而生活于山里的人，反而是过往云烟，他们或强悍或懦弱或善良或凶残或智慧或奸诈，终究本于尘土而又归于尘土。小说的最后写道，"这是有多少炮弹啊，全都要打到涡镇，涡镇成一堆尘土了！陈先生说：一堆尘土也就是秦岭上的一堆尘土么"。

这就是"提携了黄河长江，统领着北方南方"的秦岭，中国最伟大的山脉。它无声地接纳着一切，包容着一切，它抚平人心的沟壑、历史的褶皱，当春天来临，百花盛开，太阳照常升起，万物生生不息。秦岭是一切生命的舞台，也是如上帝般的观察者，人与物的荣辱兴衰，尽在它的眼底。

《山本》写出了一座大山的肃穆、庄严与敬畏，所谓悲悯，正是由此而来。

麻县长以他的风物志，表达了他对秦岭中那些渺小生物的有情，多少人忙着革命、斗争、夺取，而他只为这些默然的生命立言。在历史的洪流中，这样的立言，有点像文人在乱世的际遇，更多是一种无奈、一种软弱人生的余绪而已，但它使无名者留名，于无声中发声，反而体现了秦岭的胸襟和气象。

沈从文曾说，"对人生'有情'，就常和在社会中'事功'相背斥，易顾此失彼"。与麻县长的"有情"相比，更多的人追求"事功"，确实，连绵的战争带来生灵涂炭，权力的追逐免不了漠视生命，那些丰功伟绩、英雄主义的背后，是百姓的疾苦，是人性悲剧的盛大演出。一个苦难过去了，另一个苦难又接踵而来；为制止一次由权欲泛滥所带来的杀戮，迎来的往往是更大一次的杀戮；这边刚刚尘埃落定，那边又开始暗潮汹涌。历史总是在重蹈覆辙，普通小民却如波涛中的一叶小舟，不能掌握自己的命运，只能随着世事的浮沉而颠沛、寂灭。

麻县长对那些无辜生命的凭吊，寄寓着作者面对历史的伤恸之情。

《山本》里的这种哀矜和悲悯是深沉的。革命的纷乱，涡镇的兴亡，人事的虚无与实有，是一种生活常态。但贾平凹也看到，历史中有多少善美，就有多少丑陋；有多少坚韧的生，就有多少罪恶的死。他不再简单地写乡土的质朴、重义，更不会轻信传统文化的救世情怀，而是很早就看穿了人世破败的真相。

《山本》之前的《老生》，以四个故事呈现百年乡土社会的变局，从乡绅阶层的落寞，贫苦大众翻身做主，到最后，乡村在改革浪潮中发家致富之后又沦为空村——传统和现代的价值观都显露出了自身的乱象。更早以前的《古炉》，写的也是乡村，村民从丢钥匙这样的小事，到"破四旧""文革"，他们的起居生活及思想意识都被迫卷入政治运动的旋涡之中,如小说中的善人所说,维系人与人、人与自我,社会、国家的纲常伦理已经失序,乡村也就不复有一种正常运转的经纬。

《古炉》《老生》都写到,一群小人物在历史的动乱中,或隐忍慈悲,受尽欺侮与伤害,仍倔强地活着;或被自己都还不甚了了的各种革命理念所劫持,拔刀向更弱者砍去,以善的名义不断制造新的恶。

以暴力和恶来推动的历史,只会产生更多的暴力和恶,历史的荒谬正在于此。

三

《山本》也多是写小人物的群像,重在以小民的生活史来考辨历史的事功与情义。但比之以前的小说,《山本》还塑造了井宗秀这样的乱世枭雄。以井宗秀、井宗丞、阮天保为代表的这几种武装力量之间的争斗,也是小说叙事的重要线索。井宗秀成长的故事,原本是一个英雄的故事,他坚忍、能干,不断做大自己,梦想造福涡镇。应该说,他身上寄托着作者的某种理想,但权力、财富、美色使一个英雄失去了魂魄,人性失去了光彩,他终究成了另一个人。

井宗秀崛起和坠落的过程,体现的正是人性的复杂和悲哀。他并非全然的恶,他多方示好,他心念兄长,善待县长,尤其对女性知己陆菊人更是敬称为"夫人"。只是,这点残存的善念已经无法拯救他朽坏的灵魂,最后落个死得不明不白的下场。他死之后,陆菊人在井宗秀尸体前看了许久,默默地流泪,然后用手去抹井宗秀的眼皮,喃喃道:"事情就这样了宗秀,你合上眼吧,你们男人我不懂,或许是我也害了你。现在都结束了,你合上眼安安然然去吧,那边有宗丞,有来祥,有杨钟,你们当年是一块耍大的,你们又在一块了。"井宗秀的眼睛还是睁得滚圆。他有不甘,但权力和英雄的神话终究还是破灭了。

陆菊人与井宗秀是有对照意味的。

他们之间无关情爱,她是一个男人成长与衰败的见证者,也是他的哀戚者。这个女人宽阔、平静、有智慧,承受着生活的重负却毫无怨言,认命但又不屈从于现实的安排。在井宗秀面前,她独立,有自尊,常常牺牲自我来成全他,这份隐忍的大爱,暗藏着她对家族、对一个男人的美好想象。本着这种善良和慈悲,她将茶行打理得井井有条,将花生调教成理想中的样子后许配给井宗秀,鼓励、培育井宗秀,希望他造福百姓;她也屡次谏言井宗秀,对预备旅的暴行表达不满；她心系苍生，对人常怀体恤之情，她是《山本》里的奇女子，一个光彩夺目的人物。

四

对陆菊人的理想化，可以看作是贾平凹为中国文化、为自己生于斯长于斯的土地点亮了一盏小小的灯火。

这也是贾平凹不同于其他作家的地方。他写这块土地如何藏污纳垢，写历史背后的罪与恶时，总是对人性怀有一种良善的企盼，对寻常巷陌的烟火气有一分亲近感，对小老百姓向往安宁生活的愿望感同身受。不管革命或战争如何侵扰人心，恶与暴力如何摧毁美善，贾平凹的笔下总会有这么几个人物，他们不屈或高洁的精神如同灯火，在那些晦暗不明的岁月里闪烁。如《带灯》里的带灯，《古炉》里的蚕婆、善人，又如《山本》里的瞎眼郎中陈先生、庙里的地藏菩萨，他们都像是《山本》里写到的那面铜镜，照出历史的荣光，也照出历史的龌龊，照出人性的丑恶，也照出人性残存的光亮。

作者看着这一切的发生，痛苦着，怜悯着，茫然，彷徨，有一种无所适从，但也不知该归罪于谁，不知该审判谁。

在《秦腔》里，他说，"我的写作充满了矛盾和痛苦，我不知道该赞颂现实还是诅咒现实，是为棣花街的父老乡亲庆幸还是为他们悲哀"，又说，"我没有恨白雪，也没有恨夏天义"——"不知道"和"没有恨"，这种写作伦理，可谓是饶恕一切、超越一切；《老生》里一面是山水，一面是人事，各自的脉络清晰可见，而又浑然一体，追求海风山骨的气韵下也不避人性的凶险；《古炉》察看人性如何裂变或坚守，叙事调子上是压抑而哀凉的。

相比之下，《山本》在精神省思的力度上，是进了一步。看得出，《山本》在一种文化命运的思索上、一个民族精神根底的理解上，更为自觉而深切。所以，《山本》已不止于一种乡村日常的描摹、散文式的叙叨、地方风物的展现，而是追求在一个更宏阔的背景下揭示小镇革命的纷纭变幻，展示人物命运的跌宕起伏。里面有历史演义，亦有人性拷问，而关于中国人该魂归何处的精神思辨，则透着一种过去不太有的文化气象。

作者在后记里说："《山本》里虽然到处是枪声和死人，但它并不是写战争的书，只是我关注一个木头一块石头，我就进入这木头和石头中去了。"书写一种精神的来与去，辨析历史中的人过着怎样的日子，有怎样的灵魂质地，这背后又蕴含着多大的悲怆和代价，这才是贾平凹写作《山本》的真正用意。牟宗三说，一个有文化生命的民族，不顾其文化生命，是一种悲哀，但一个民族如果有其最原初的最根源的文化，而我们又不信，也无从信，则是另一种悲哀。

《山本》没有掩藏这种悲哀，它还告诉我们，在废墟之上思索和相信，远比空泛的悲哀更有意义。

（原载《松江报》2018 年 5 月 10 日）

文学版图的新拓展

——谈贾平凹长篇小说《山本》

陈思广　李雨庭

贾平凹是当代文坛中少有的几位横贯新时期且至今仍勤奋追梦的文学大家，也是一位笔耕不辍、不断创造文坛神话的文学奇才。也正因此，他的每一部作品（特别是长篇小说）出版后都会引起文学界的强烈反响，也因之被称为"贾平凹现象"。2018年4月由作家出版社和人民文学出版社同步出版发行的长篇新作《山本》，是他奉献给读者的第十六部长篇小说，也是他酝酿多年立志要写的"秦岭志"。小说的出版自然引发了人们的强烈关注。在这部作品中，作家不仅浓墨重彩地书写了秦岭这方水土养育的子民们平凡、神性而又略带英雄色彩的山民性格，也细致入微地展示了秦岭一带山川草木、虫鱼鸟兽等奇异景观，令人眼界大开。小说以亘古苍茫的秦岭深处一个叫涡镇的地方为中心，以童养媳陆菊人的三分胭脂地为引子，以涡镇枭雄井宗秀和女杰陆菊人"英雄爱英雄，叔阳爱管仲"的惺惺相惜又渐行渐远的人生经历和命运结局为中心线索，在历史的动荡与沧海巨变中，将普通人的大志向演绎成平凡人生与命运的多重交响曲，亦由之勾连起秦岭腹地人事自然的纷繁变迁，显示出作家非凡的艺术才能。而作家在这场动荡的风云变幻中展现的秦岭儿女所特有的性情和气概，如陆菊人的睿智善良、郎中陈先生的圆融通达、地藏菩萨庙师父宽展的悲悯仁慈等，使小说在表现成王败寇的永恒定律中透出一种人道主义的温度和悲悯情怀。

自20世纪80年代开始，一些与贾平凹同时代的作家开始逐渐由关注城市转向回归故土，并诞生了一大批优秀的乡土小说，如莫言的"红高粱家族"，张炜的"芦青河系列"，叶兆言"秦淮河小说"，贾平凹的"商州系列"，等，其中贾平凹的商州书写成为当代文学版图中一道温润而古朴的文学风景。虽然商州只是秦岭的一个点，但秦岭却是横贯中国中部且东西走向的大山脉，被尊为华夏文明的龙脉。受秦岭庇佑的陕西人，更是自恃为龙脉的正统后裔。出生于秦岭深处的贾平凹自然对这一龙脉及其风情情有独钟，其也被他不断地写进《商州》《浮躁》《怀念狼》《秦腔》《古炉》《老生》《高兴》等一系列作品中。通过对秦岭风土人情的深入摹写，贾平凹对秦岭的刻画和感情亦越来越深入、成熟，越来越清晰、敬畏，并最终写就了这部细致、厚实，堪称全面展现秦岭人物山水、鸟兽虫鱼、神鬼礼俗的"秦岭百科全书"。《山本》不仅表现出秦岭人家的自然生态、经济营生，更表现出一种对人事、对历史的新认知，为当代文学的版图开拓了新疆域。具体而言，我们认为，其突破意义至少体现在如下三个方面：

首先，用平淡冷静的笔调表现了身处秦岭山区地带的英雄人物的庸常生活，真实表现了出入于平凡日子的英雄的生与死，拓展了英雄人物描写的新视阈。"英雄"历来在人们心目中生得伟大、死得壮烈，也多是一种"神"一般的超凡存在。新时期以来，英雄开始由"神"回归到"人"，"凡夫俗子式"的英雄书写成为文学的常态。如莫言《红高粱》中的余占鳌、苏童《米》中的端白、余华《许三观卖血记》中的许三观等等，都以各自的人格样态去生存、去抗争，不卑不亢，表现出虽有英雄气概但仍不失为凡人的英雄品格。贾平凹对"英雄"的书写，也是遵从生活的本相，以回归历史现场的姿态书写英雄的成长足迹。无论是《浮躁》中不畏权势巧妙斗争锐意进取的金狗，还是《废都》中白手起家奋斗立足城市后被名利腐蚀的庄之蝶；无论是《古炉》中生于荒村而立志于出人头地的夜霸槽，还是《高兴》中以拾破烂为生却自诩比城里人高贵的刘高兴。贾平凹笔下"英雄"的血性和烟火气越来越接近于普通人、身边事，越来越体现出英雄的平凡生活和庸常点滴。到了《山本》，贾平凹更注重用基层生活的磨砺来表现"英雄"的成长，在现实生活与七情六欲的日常细节中表现英雄的生存样貌，将"行动着的人"与"人的行动"表现得凡俗而朴实。作家用平淡的笔调书写秦岭深处的涡镇英雄井宗丞、阮天保和井宗秀，用日常的爱怨情仇、名利争夺来表现井宗丞、井宗秀等英雄的成长过程、人生选择与与众不同的性格气质，可谓真实自然。如，为筹集游击队的经费，井宗丞让队友绑票自己的父亲，而自己却在成为威震一方的游击队领导之际被阮天保的护卫邢瞎子一枪毙命；井宗秀在龙脉护佑的心理暗示下步步为营成为涡镇最大的掌权人，为了巩固地盘和势力，他拉拢麻县长、火烧阮家宅、攻打保安团、建钟楼改造涡镇，正值事业稳定之际又被阮天保打死，死得悄无声息，甚至有些窝囊；而阮天保事事趋利避害，善于钻营，被井宗秀打散后投靠井宗丞，借游击队的势力保存壮大自己的实力，在除掉井宗丞后，又利用井宗秀疏于防范结束了其性命，反成为涡镇沧桑巨变中的最大赢家。阮天保成为最后的胜利者，实在出人意料却又在情理之中。整个过程作者没有任何铺垫和伏笔，让一切变得自然而又平常。正是这种"英雄"的平淡结局，强烈地冲击了读者既有的英雄观念，解构了英雄必然轰轰烈烈的生与死的"历史必然"。作家让英雄回归到历史现场和生存本相中来，将他们视为与普通人一样都只是滚滚历史大潮中的一粒尘埃，与大自然的草木鸟兽一样，实实在在且又平平常常。这种回归本真的人生观、英雄观，还原了人在大千世界中的本来面目，也将生活的本相原原本本地呈现在人们的面前。对此，贾平凹坦言，如此处理是因为现实生活也往往是这样，很少有人死得轰轰烈烈，大多是死得偶然。贾平凹自觉地将英雄人物还原到历史和生活的本然状态，用新的历史观、英雄观来重新建构历史生活中的英雄，具体而精微地展现现实生活中的人性百态，可以说，作家已经进入到对人事书写"看山还是山看水还是水"的至高境界。掩卷体味，《山本》实为"人本"，小说中的英雄人物的生死和秦岭的草木鸟兽一样，普通而又自然，而人生平平淡淡的终结何尝不是真真切切的生活样态呢？

其次，用大量琐碎的日常生活细节，构成对历史的叙述与阐释，将宏大历史消解于鲜活生动的民间记忆中，拓展了文学的审美形态。贾平凹在《山本》中对历史和人物的叙述，完全不同于传统小说中宏大历史视野里的帝王将相，也不同于新时期稗官野史的个人主义，而是关注历史的空隙与人物庸常琐碎的小细节，用活跃在历史小舞台上的非凡人与普通人的鸡零狗碎来表现中国动荡不安的大历史，使之成为整个中国二十世纪二三十年代现代政治变幻的历史缩影。历史的崇高理想也就在这里化为生活的琐碎与庸常，成为一出出人生常见的正剧、喜剧，甚或悲剧。阮天保的保安队抢走了预备团的12头骡子，镇上居民都找陈来祥索要损失，陈来祥却像贼一样躲着不见，于是山民们也不在北门口抬石条垒门洞了，反都到皮货店来，有的拿皮子，有的搬家具，更多的人则说，"陈掌柜，我们知道你拿不出钱来赔，我们也不强取硬夺，但我们就靠骡子过活的，现在没骡子了，就只能在你店里"。这里，没有同仇敌忾时的慷慨无私，只有各自为己的生活的法则与现实的诉求。保安队押着人质喊井宗秀投降，人质的家人承受不了，咆哮大闹，几个妇女还拦着陆菊人要求她去给井宗秀说情，否则她们也不活了要同陆菊人一起死。这里，同样也没有大敌当前时的同心同德，有的只是每个人的私情与诉求。对改变涡镇世事的陆菊人的爱情、人生的书写，作家同样处理得稀松平常：父亲因为还不起杨掌柜的棺材钱将她嫁给杨家做童养媳，丈夫少不更事大大咧咧，陆菊人在失望哀叹中生下儿子剩剩，后来丈夫在诱骗阮天保时大腿中枪流血而死，儿子又从井宗秀的马上摔下来成了跛子后做了药店的学徒。她一心认为龙脉能成就井宗秀的人生，处处维护他的威严，为了让花生能配得上井宗秀，陆菊人教花生怎么做女人，怎么做饭，怎么行、走、坐、站，怎么对待男人，服侍男人的衣食起居，苦口婆心，事无巨细，简直就是秦岭地区的"女戒"代表。贾平凹用平实的观念，表现人物在世态人情、吃喝拉撒中的日常纷争，将历史的大事融解于鸡零狗碎的泼烦的小日子中，让时间在琐碎的细节中凝滞，而宏大的时空和历史事件则被具化为涡镇人为日常的生活诉求而引发的争权斗利的计较之气与生活场景。于是，所有的崇高与伟大、渺小与卑微，都是血肉之躯的喜怒哀乐与生活本相。《山本》以一种反史诗、反英雄的姿态，借助个体的生命体验和民间的认知记忆来表达对通常的历史观念和政治意识的灌输与反叛，表达了别样的历史的真实。所以，《山本》没有读者一贯所能感受到的那种宏大、震撼的历史和鲜明的性格与特殊的人物命运，他们只是涡镇五谷杂粮养育的平凡子民，纵然有强大的时间磨砺和命运之神的观照，也只能以一种平淡的、自然的本能存立于世，生死如草芥如蝼蚁。作者将记忆中或知识库里的内容都汇集在小说中，命运、时机、神谕、地利等等，很难说清是哪种力量主导人物的命运转折和历史的发展进程，或许这些都不是（就像龙脉也保护不了井宗秀一样），一切偶然就是必然，一切必然也就是偶然。从《秦腔》《古炉》《老生》到《山本》，贾平凹用日常细节激活被遮蔽的民间力量，重新唤起那个鄙陋又强大的民间本相，朴素而自然。正是作家对生命的存在与消亡、对政治历史风云变幻有了一种来自民间的大朴素和大悲悯，尘埃落定后，英雄与凡人的是非成败都是"转头空"，才使我们对历史有了新的认识，有了新的体味。这才是真实的历史，也是作家欲意给我们复现的秦岭的真实的历史。贾平凹写出了对历史的新感悟，当代文学也因之呈现出新的审美形态。

第三，对秦岭山水、鸟兽、花草、习俗等的详细书写，扩大了当代文学表现的文学版图。自20世纪20年代由鲁迅开拓乡土文学以来，在乡村风情的展现上，自成一脉又各具特色。如沈从文倾心于对边城人性自然朴素的野趣描画，赵树理侧重于对山西民间俗谚俚语的艺术转化，而汪曾祺钟情于"最后一个"的民间技艺的铺陈铭记，叶广芩、迟子建醉心于乡土风情与人物的性情交融，等等，都为中国乡土文学增添了别样的风景。而贾平凹对乡土的书写"立此存照"的意图十分明确，他用文字记录乡土在城镇化现代化进程中的衰落和消亡，尤其是那些被现代文明和科学渐至遗忘的民间艺术和信仰，在贾平凹的笔下开始复活起来。《山本》小说的构思与命名就是他为秦岭书志的欲望再现。因此，小说中关于秦岭的一草一木、一鸟一兽，作者都尽量详其物态、性状以及掌故传说，尤其是秦岭所独有的物种，作家更是不厌其详。作家痛惜痒痒树濒临灭绝，于是让它长在了陆菊人的院子里；可以洗衣服的皂角树成了"涡镇之魂"；饱含民间智慧和艺术的彩绘成了涡镇枭雄井宗秀的拿手绝活；预兆吉凶的蝙蝠和水鸟成为起承转合人物命运的先知神谕；等等。作家不惜笔墨地予以展示，甚至不惜以大量的无关于情节发展的风物介绍作为闲笔，备忘录式地详细记录并且反复点染其奇特之处，使其成为斑窥秦岭博大深邃的文学窗口。可以说，贾平凹对秦岭的细致书写不仅记录了大山的地情地貌，更勾画了其独特的山水特色与风土人情。这当然关涉作家对秦岭地域特性发自内心的喜爱和铭记，关涉小说叙述艺术甚至文学创作问题。他已不是纯粹为了写作而写作，而是想把自己几十年积攒下来的对人生、命运的感悟融入小说。我们能够明显地看出，这部近五十万字的《山本》似乎就是其对生命认知的一个总结：菩萨一样的寡妇、画匠、奋斗者、"阉割"者、智慧的民间星相大师，及对未知世界的敬畏、对濒临灭绝的树木习俗的铭记等，尽现其中。丰赡的细节尽量照顾到方方面面，即便庞杂而琐碎也在所不惜。为使秦岭的风貌显得更为真切，他甚至用地方性土话语词、句法结构来体现秦岭儿女的一种生命情态。秦岭作为陕西人日常生活的特定性背景，成为贾平凹作品最容易辨识的身份印记，成为当代文学最为鲜明的身份印记。我们也因之可以说，《山本》是最秦岭、最民间、最中国的小说。

《山本》将二十世纪二三十年代风云激荡的历史充分具象化、细节化，以广袤的秦岭为背景，用琐碎的日常和普通人构成小说的血脉温度，以一种专注于细节的修辞姿态，摹写出秦岭世界的人间世象，挑战了既有的叙事思维和表现方法，实现了文学版图的新拓展，作家对历史和英雄的反传统书写不仅颠覆了人们的惯常认知,而且对历史的叙述展现出新的途径和审美性开拓。这无疑是贾平凹对当代文坛的新贡献。不过,我们也看到,在《山本》中,一些看似丰富的文学细节却有着似曾相识的感觉,人物的个性亦淹没在过于详细的日常叙述和无关紧要的人物闲笔中,这多少冲淡了主要人物即典型人物的描写。在叙述过程中,叙述者"抢话"甚至代替故事人物说话,语言不符合人物身份的干扰痕迹也时常出现,而作品中一些语言过于粗鄙化,更大大妨碍了读者审美趣味的进一步生成。我们认为,这些出现在《山本》创作中的创作问题,也当引起贾平凹先生的充分重视。

(原载《小说评论》2018年第4期)

"念头"无数生与灭

——读《山本》

郜元宝

一

《山本》全书过半,写20世纪30年代初蒋冯阎中原大战时期,井宗秀统率的涡镇地方武装,从名义上隶属蒋军的预备团升级为隶属冯军的预备旅,兵强马壮,百废俱兴,遂拜陆菊人为"茶总管",掌管全镇经济命脉。陆氏一直在幕后支持井宗秀,这时需要走到前台,生怕做不好,举棋未定,就征求公公杨掌柜的意见。

杨掌柜说:"好不好你没做呀。我当年开寿材铺有个念头就开了,这不一开就十几年。他井宗秀没想过当旅长,如今还不成了旅长。陆菊人没再吭声。"①

陆氏又向神医陈先生讨主意。陈先生似乎隔空接过杨掌柜的话头,帮陆氏看清她最大的"念头"便是井宗秀。既如此,何不帮他?陆氏这才走马上任。

表面上陈先生敦促陆氏作了最后决定,其实杨掌柜的话更关键,看似随口说出,却点中要穴,陈先生不过进一步挑明杨掌柜的意思而已。杨掌柜的话既启发陆氏做事先须"有个念头",有了"念头"便不妨大胆去行,同时也揭示了涡镇上下男女老幼共同的生存奥秘:他们都有一些主宰性的"念头",将其汇聚起来,共同成就一番惊天动地的事业。

《山本》记录这一事业的始终,也描绘这些"念头"的生灭。

事实证明,所有"念头"皆"妄念",不管执念之人起初何等决绝,何等殷勤,到头来都会适得其反,最后只落得"白茫茫大地真干净"。就像如日中天的

---

① 贾平凹:《山本》,作家出版社2018年版。本文所引《山本》内容均出自此版本,不再一一列出。

涡镇,在毫无防备的时候突然化为灰烬。

长篇小说《山本》犹如莽莽苍苍一座大山,读者可以从不同路径进入。比如中原大战期间各路武装部队、民间自发的武装(涡镇预备团)错综复杂的关系;比如似志怪小说的各种奇闻逸事的记述;比如秦岭地区的博物学知识;比如现代中国历史特有的地方性叙事(像井掌柜发起的"互济会"那样的民间团体);比如川、陕、豫交界茶、烟、盐等重要物资的商贸往来;比如该地区特有的交通、宗教、习俗、山川地貌和气候特征;比如小说中几乎无处不在的那只黑猫神秘的注视。这所有一切对理解《山本》都是必要而有益的。

相比起来,杨掌柜看似随意拈出的"念头"二字更关键。《山本》的"世界",成也因为这些"念头",败也因为这些"念头"。"世界"的兴废系于"念头"的生灭。抓住涡镇人"念头"的生灭,才算取得打开《山本》大门的钥匙。《山本》是历史的演义,是人物的传奇,是一个接一个战争叙事的连缀,是博物学的炫耀,是宗教习俗和方言土语的大展览,是现代中国地方性知识的大聚会,但在这一切之上,《山本》更是始终关怀人物的心理世界,努力"显示出灵魂的深"以及"在高的意义上的写实主义"。

二

杨掌柜的"有个念头",开了十几年棺材铺,临死却没给自己留下一副棺材。

他儿子杨钟有个"我要飞"的"念头",不问家事,沉湎于"轻功"之类驳杂的武艺,令妻子陆氏大失所望,他本人也因这"念头"死于非命。

阮天保怀揣无论如何也要出人头地的"念头",总是不安其位。他从涡镇预备团出走,靠着心狠手辣做了县保安队队长,反过来围攻涡镇,惨败后摇身一变,又成了红军游击队的指挥官。他处心积虑谋杀井氏兄弟,像巨人踢平小孩积木一样轰毁"固若金汤"的涡镇,为被驱逐的阮氏一族报了血海深仇。小说并未交代阮天保结局如何。他全家被杀,即使像《老生》里的匡三那样做了军区司令员,他也不过是孤家寡人,活在别人的传说中。

被架空的麻县长无所事事,起了"念头",在兵荒马乱中写成了《秦岭植物志》《秦岭动物志》。但涡镇毁于战火,覆巢之下岂有完卵?麻县长只好丢了精心结撰的两本大著,葬身于黑白两河交汇而成的无底漩涡。

喜欢给人相面的赖筐子恭维井宗秀的干将巩百林,"你这圆胖脸好,我就跟着你！巩百林说，圆胖脸咋个好？赖筐子说：这话不能说，反正前途无量。巩百林知道赖筐子的意思，嘴里说这话你不敢再胡说了，心里却从此有了想法"。因别人随口一句话（或自以为得到某个征兆），"心里却从此有了想法"，涡镇这样的人岂止巩百林一个？巩一贯好勇斗狠，最后也死于无情的炮火。

土匪逛山也有"念头"："逛山们手上都少一根指头，是经巫师念了咒用刀剁的。巫师有三人，都是神灵附体，能看天象，能抬轿。抬轿也就是用木头做成一个小轿状的箱子，两人闭了眼抬起来，把轿的一只脚不停地在一桌面上敲打画字，谁也看不见画的是什么字，但抬轿人知道，一个字一个字念出来，旁边的另一个人记在纸上，竟然都是顺口溜。他们凡是有什么人生病，神就开药方，凡是有重大决策，神就下指令，他们从来深信不疑。"

所谓抬轿，大概就是扶乩吧。这样的"念头"来历不纯，但逛山们"从来深信不疑"。他们会被这样的"念头"引向何处？不问也罢。

陆菊人并不供奉固定的神，但她敬畏瞎子陈先生和哑巴尼姑宽展师父，凡事都向他们请教。她自己也很神道，往往会在心里临时设个局，比如看街上经过的人穿什么颜色的衣服，以此占卜吉凶，解决疑难。虽然觉得这做法可笑，但事到临头还是这么做。她的神祇就在疑信之间发挥着奇妙的作用。

促使陆菊人接受井宗秀的邀请，毅然担任"茶总管"，表现出"王熙凤协理宁国府"的杀伐决断，除了杨掌柜、陈先生的启迪，还有一个"念头"很重要：她听人说自己是金蟾化身，能招来财运。这说法并非空穴来风。小说开头第六节就写到陆菊人生下剩剩，"显得有些腰长腿短"，暗自琢磨"是不是我越来越要长得像个蟾蜍呀？"草蛇灰线，伏脉千里，等到井宗秀拜她做"茶总管"，自然又会想起先前那一闪念，似乎跟金蟾蜍果真有了几分瓜葛。

另外，悬壶济世、冷眼观世的陈先生有他的"念头"。哑口无言、唯以尺八抒怀的宽展师父也有她的"念头"。小男孩蚯蚓崇拜井宗秀，立志要做他的随从警卫，他就受此"念头"驱使，整天围着井宗秀打转。涡镇人靠这些不同的"念头"活着。他们需要这样的"念头"。没有"念头"就没有生活的动力和方向。各种各样的"念头"，才是《山本》实际的主人公。

三

陆菊人最大的"念头"，还是被陈先生说中的她对井宗秀的那份执念。

陆菊人怎么能想到啊，十三年前，就是她带来的那三分胭脂地，竟然使涡镇的世事全变了。

小说开头第一句话，覆压全篇，可为全书之冠。

当然，改变涡镇世事的并非陆菊人陪嫁的那三分胭脂地，而是"赶龙脉"的风水师在这块地上所做的试验。"这地方好，能出个官人。"她不愿给杨钟做童养媳，然而从爹手里要到这三分胭脂地做陪嫁之后，便心系一处，坦然嫁入杨家，希望风水师的话应在杨钟身上。

杨钟的所作所为很快令她绝望，她就寄希望于"骑门生"的儿子剩剩。不料就在她坐月子时，杨掌柜竟自作主张，将那三分胭脂地无偿让给"老交情"井掌柜的儿子井宗秀，让他埋葬一直浮丘着的父亲！

陆菊人知道公公大错铸成，无力回天，懊恼欲死，但慢慢还是给自己转过了弯子。她认定杨家和这"好穴"缘分浅。轻易转给井家，乃是命中注定。于是索性听从命运的安排，把希望从杨钟、剩剩身上挪开，移向杨钟的发小井宗秀。从此以后，陆菊人心全系在井宗秀那里了。

但她舍不得立即将秘密和盘托出，起初只肯暗示井宗秀，那"可不是一般的地"，"以后就看你的了井宗秀！"直到最后才将谜底揭开。

由此也就开启了陆菊人与井宗秀之间奇诡别扭的一段情缘，这也贯穿《山本》全书。他们不是夫妻，但感情的牵扯胜似夫妻，然而又发乎情，止乎礼，行动上从不越雷池一步。维系他们的不只是普通男女之情，更是对关乎涡镇生死存亡却又不可泄露的天机的共同守护。

但陆菊人毕竟是善于怀春的少妇，她心系井宗秀，固然是对命运的顺从，却也难免产生男女的情爱。每次想到井宗秀，或听到他的消息，总是禁不住心跳加速，脸红耳热。得知井宗秀迎娶孟家女儿，她甚至产生了一阵难以遏制的嫉妒之心。为了摆脱这种危险关系，她不得不回过头来正视自己与杨钟的夫妻情谊，尤其在杨钟死后不断提醒自己其实也是爱丈夫的，而丈夫也是爱自己的，并且丈夫确有几分可爱之处。她在井宗秀设计谋杀了孟氏长女之后，很快就为他物色到美丽纯洁的花生，用今天任何一个女权主义者都会气歪鼻子的男性中心主义的一套哲学精心加以调教，最后一手安排他们成亲。"花生"者，化身也。既然自己的化身做了井宗秀合法的妻子，陆菊人也就可以金蝉脱壳，彻底走出她和井宗秀那种随时可能越轨的危险境地。他们之间终于成功地定格为乱世英雄与红颜知己之间一种超脱性爱的男女情谊。

井宗秀也是钟情少年，起初因为只得到一点朦胧暗示，总是懵懵懂懂，徘徊于差一点就要捅破窗户纸、差一点就要向陆菊人表明心迹的边缘。但他毕竟灵性过人，知道自己在陆菊人眼里绝非凡品，也模模糊糊知道陆菊人所望于他的并非普通的男女私情，于是就强迫自己转移方向，频频从别处感知和验证他的超凡脱俗。比如他的男生女相，白面无须，背靠虎山，天生属虎，后来还得了一个能预知前事、听懂禽言的"神人"周一山做军师，愈发觉得自己不同凡响。等陆菊人将三分胭脂地的谜底和盘托出之时，他反而觉得已经没有什么可惊讶的了。

井宗秀果然凡事顺利，如有神助。涡镇百姓渐渐也认定他是神人下凡，是他们日思夜想，感动上苍，特派来保护他们的"官人""背枪的人"。

战乱频仍、民不聊生的涡镇期待井宗秀这样的"英雄"统领一方，保境安民，虽不比犹太人盼望弥赛亚降临，也不比《孟子·公孙丑下》所谓"五百年必有王者兴，其中必有名世者"那种巨大的"悬念"，但约略近之。

通过陆菊人和井宗秀的不懈努力，他们共守的"天机"终于成为全涡镇人"念头"隐秘的核心。无数"念头"围绕这个核心聚集起来，化作伟大的意志，果真令涡镇辉煌于一时，俨然独立王国。

但这个"念头"的集合，既将井宗秀抬上神坛，也让他悄悄走向自己的反面。他变得越来越阴鸷、冷酷，越来越疑神疑鬼，越来越高调张扬，越来越刚愎自用。他滥用酷刑，铺张浪费，连陆菊人的话也听不进去，最后竟然发展到随便将马鞭挂在人家的门环上，强迫涡镇女子像嫔妃侍候皇帝那样侍候他；更是理直气壮以保境安民的名义横征暴敛，稍遇抵抗，便痛下杀手，毫不宽容。他就这样被自己的"念头"带领着，一步步从涡镇的保护神演变为涡镇独立王国的暴君。

这个独立王国由陆菊人的"念头"催生，也在陆菊人眼中轰然倒塌。小说结尾陆菊人对井宗秀的尸首喃喃自语：

> 事情就这样了宗秀，你合上眼吧，你们男人我不懂，或许是我害了你。

这与开篇第一句话相呼应。并非"成也陆氏，败也陆氏"，而是井宗秀及其伙伴们在涡镇揭竿而起的事业，因陆氏带来的那个为官做英雄的"念头"而轰轰烈烈的开展，也因这个"念头"的驱使而慢慢背离初衷。既然以井宗秀为首的涡镇人所要完成的惊天事业起于一个女子的"念头"，一旦该女子从她自己的"念头"觉醒过来，所谓惊天动地的伟业必然烟消云散，就连承载这"念头"、为这"念头"奔波厮杀的无数生命，也要来于尘土，归于尘土，只有"以尽着黛青"的秦岭，永远显现着它无言的存在。

看《山本》，最吃紧的一点是作者毫不吝啬笔墨，巨细无遗地书写无数"念头"的兴起与消散。哪怕短暂如朝露、几分钟后就要奔赴黄泉的芸芸众生，只要各显示其"念头"，都会恭恭敬敬一笔一画写下他们的名和姓。

无论作者怎样静心静气认真繁复地书写这一切，最后也要无情而迅捷地将它们一笔勾销。涡镇"世界"建造的用心与毁灭的随意对比越强烈，人生和历史的况味也就越是深厚。

四

英雄如何在红颜知己的注视中兴起于草莽，创下功业，又如何在红颜知己的注视中无可奈何走向失败，这种叙事模式在中外文学史上屡见不鲜。

已婚女子不在乎自己的丈夫，心心念念着另一个已婚男人，却又并不发生肉体接触，甚至并无一般男女私情，而仅止于彼此的好感与互相的关切，这种现象过去也有不少作家写过，比如李劼人《死水微澜》里天回镇杂货铺老板蔡兴盛的妻子邓幺姑（蔡大嫂）与袍哥小头目罗歪嘴就是这种关系。

但陆菊人与井宗秀的关系，同邓幺姑与罗歪嘴的关系只是表面相似，内容完全不同。陆菊人与井宗秀的男女关系是贾平凹的独创。一定要为这种独特的男女关系的描写寻找类似的作品，也不必舍近求远。贾平凹1983年创作的中篇小说《鸡窝洼的人家》就有非常近似的男女关系的设置。那个让回回和烟峰、禾禾和麦绒两对乡村年轻夫妇重组家庭的原因也是他们各自所怀的"念头"。烟峰对丈夫回回的发小禾禾的信任，麦绒对丈夫禾禾的发小回回的钦佩，很像陆菊人对井宗秀的情愫，只是《山本》写得更饱满，更酣畅恣肆。

贾平凹还有一个短篇小说《美穴地》，写风水先生柳子言一生为人找"好穴"，办法也是插根竹子来验证，差别在于《山本》中"赶龙脉的"看竹子冒不冒泡，柳子言则看竹子是否发芽。柳子言、姚掌柜、四姨太和土匪苟百都之间的故事，到了《山本》也被大幅改写，根本不可同日而语了。但一人怀着"念头"

对另一人寄寓希望,这"念头"和希望又来自某个不可泄露的天机,仅此而言,《山本》和《美穴地》也可谓一脉相承。

　　表面的相似也就到此为止。《山本》的可贵在于它显示了作者独特的历史意识,这种独特的历史意识是《鸡窝洼的人家》和《美穴地》所不具备的。因此,最好还是拿同样写历史的《古炉》《老生》跟《山本》比较,才更能看出《山本》的特点。

　　《山本》书写的历史时间集中于20世纪30年代,空间收缩于秦岭南麓一个虚构的小镇,主体是小镇居民以及他们的子弟组成的地方武装。这就和专写乡村"文革"的《古炉》区别开来,也不同于从《老生》展开了一百多年的历史,《山本》则将历史时间压缩为短短的几年。但《山本》和《老生》的内容毕竟有部分的重叠,因此不妨多说几句。

　　《老生》的第一个故事,讲老黑、李得胜、雷布、匡三等陕南(秦岭)游击队员的往事。这些人大多在残酷战争中牺牲了,只有匡三活下来,到了延安,官至军区司令,并一直活到新世纪初。匡三在第二、第三、第四个故事中很少出场,但他在人们的传说中魅力无人能及。匡三及数十家与他有关且执掌大权的亲戚下属发挥着巨大的社会影响,因此匡三成为革命和后革命时代所有传奇故事的主角和全书的灵魂性人物。

　　第二个故事讲秦岭南麓岭宁县城一度迁移到方镇,后来败落成村,叫老城村,中华人民共和国成立后跟匡三有亲戚关系的农民白河的儿子白石做了副乡长,随意任命游手好闲的马生做农会副主任,另一个符合"既年轻又穷"这条标准的洪拴劳做了主任,老城村在这两人领导下,上演了一幕幕土改闹剧和惨剧。主角马生劣迹斑斑,胜过《古船》中那个凶狠的赵多多。

　　第三个故事讲三台县过风楼镇(后改公社),由全县闻名、"工作能力强"的老皮做书记,他带领酷爱政治动员的宣传干事刘学仁、唯老皮马首是瞻的棋盘村村长冯蟹、变相劳改单位砖窑场负责人阎立本一干人等,以匡三司令曾率部在本地作战、本地属革命老区、"咱们都是游击队的后代"为名,将过风楼公社"统治"得严严实实,也上演了许多闹剧和惨剧。

　　第四个故事讲当归村的村民祖祖辈辈挖药材为生,都是"半截人"(腿短且罗圈的侏儒),其中有个匡三的旧战友摆摆在游击队初期战死,一直未被追认为先烈,儿子乌龟做了一辈子皮影戏签手。乌龟的儿子戏生这一辈时来运转,得到匡三司令亲戚、镇干部老余的帮助，以"老区"和"革命后代"的名义不断争取政策扶持，千方百计脱贫致富。可惜其心术不正，方法不当，屡战屡败，屡败屡战。

相对于《老生》写秦岭一百多年大历史的宏愿，《山本》只写了相当于《老生》"第一个故事"即"陕南（秦岭）游击队"中一小部分的故事，主角也从游击队（红军）置换为涡镇村民自发组织的预备团（后扩大为预备旅）。历史时段的压缩和历史主体的置换，直接大幅度拉开了文学和历史的距离，让文学挣脱历史的束缚，作者因而可以放开手脚，尽情探索历史深处的人性。

《老生》写终成正果的匡三司令员及其庇荫下的革命后代如何坐镇一方，治理一切，好比《史记》写王侯将相发家史的《世家》以及与之连带的《外戚列传》。这样的书写指向明确的历史事实。《山本》则将井宗丞的游击队仅仅作为背景和陪衬，腾出手来主要讲述轰轰烈烈起事、最终又无可奈何失败的涡镇"英雄"井宗秀及其同伴们的传奇，类似《史记》记录秦汉之际一个关键的英雄失败故事的《陈涉世家》。《山本》关注的只是虚构世界那些男女老幼在历史长河中一闪而过的无数"念头"，恰似陈涉的"鸿鹄之志"及其伙伴们的"燕雀之志"的生与灭。

倘若把历史比作疾驰的列车，《老生》写的是这列列车的钢铁外形和乘客们的喜怒哀乐，《山本》则不仅写到历史列车的钢铁外形和更多乘客的悲喜故事，还进一步写到这列列车如何以乘客们无数的"念头"为烧料，日夜焚烧，熊熊烈火驱动着历史车轮滚滚向前。

换言之，《山本》不仅描绘了历史的巨大身躯，以及在历史中扮演各种角色的大量旋生旋灭的人物，还为历史发展找到了如黑炭一样燃烧过后即灰飞烟灭的人性与精神的能源。

五

既然由《山本》牵出了《鸡窝洼的人家》《美穴地》《古炉》《老生》这四部作品，不如索性再说说近二十余年来贾平凹基本的创作轨迹，从这个背景再来看《山本》。

1993年《废都》掀起轩然大波，贾平凹本来可以一鼓作气，继续书写他的都市体验，但围绕《废都》的争议使他陷入徘徊和犹豫。《怀念狼》《病相报告》

《高老庄》就是在这段徘徊犹豫期创作的苦苦纠缠于城乡之间的作品。这以后他似乎摆脱了城与乡的纠葛，不打算再去正面描写自己生活于其中的都市，也不打算再去正面描写自以为居于历史潮头与社会中心的都市人了。

唯一例外的是《高兴》，让拾破烂的故乡"楱花人"走街串巷，登堂入室，一瞥都市的光怪陆离。但也不过一瞥而已，主角不再是都市和都市人，而是偶尔来到都市却又注定要离开都市（或死在都市）的农民。

《高兴》之后，贾平凹终于坚定地将目光转向故乡以及跟故乡一样落后荒僻的中国其他乡村的现实与历史，交错地陆续写出《秦腔》《古炉》《带灯》《老生》和《极花》。

在现实题材方面，既有《秦腔》那样直面乡村社会矛盾又注重乡村历史的结结实实的"大长篇"，也有本着"不妨把自己的作品写成一份份社会记录"的想法而创作的《高兴》《带灯》《极花》等基本围绕某个单一事件展开、紧贴现实却又简捷轻灵的"小长篇"。

历史题材方面，则一浪高过一浪，连续推出专门叙说乡村"文革"的《古炉》，见证20世纪30年代"陕南（秦岭）游击队"到土改、土改之后以及改革开放以至当下的《老生》，再就是最近这部《山本》。

贾平凹《废都》之后上述九部现实题材的长篇和三部历史题材的长篇构成一个巨大的文学存在，读者（包括长期跟踪贾平凹创作的学者批评家）实在不容易将这巨大的存在放进中国当代文学整体框架来从容打量。中国当代文学似乎因为贾平凹的存在而发生严重撕裂。面对文化传统与现实生活，历史传说与当下社会，正在消失的穷乡僻壤与似乎凯歌行进的都市，贾平凹执拗地抓住前者，断然无畏地任由后者遗落在视线之外。从这点可以看出，他的性格诚如他本人所说，"不大了解的以为是温顺，其实很犟的"[①]。

贾平凹这种"很犟的"选择意味着什么？

他果真只挂怀于中西部的穷乡僻壤，对"东南沿海"城市现代化漠不关心？

他果真认为商洛、秦岭既是中国的地理中心，也是中国过去、现在和将来的文化中心？

他果真有"三秦文化"的优越感而鄙视"东南沿海"的时尚文化？

---

① 贾平凹：《天气》，作家出版社2011年版，第1页。

他是否一脚踏进了历史殿堂，沉迷于遥远漫长的古代，不再关心纷杂喧闹的当下？

诸如此类，是任何一个关心贾平凹和中国当代文学的读者都想追问并希望获得答案的问题。

如何解答这些问题？简单地说，我们不能要求一个作家什么都写，什么都能写，什么都写得好。任何一个作者，无论他视野多么宽阔，目光多么深邃，也只能看取宇宙人生的一角。关键要研究他所看取的那一角是否能够帮助我们合理地想象宇宙人生的其他部分乃至全部。贾平凹执拗地写商洛农村，现在又由《山本》而拓展到整个秦岭山脉，对"东南沿海"而言，当然都明显偏向"往古"与"落后"，但那不正是客观真实地存在过或存在着的现实中国的一部分吗？

绝大多数"70后、80后、90后"作家专心叩问国人在都市化进程中的生态与心态，无暇也无力顾及更广大的乡村和更悠久的历史。有些青年作家甚至对自己身处的都市也并不怎么关心，而一味沉湎于科幻、玄幻、穿越、虚拟的时空。为什么我们对这个现象熟视无睹，视为当然，反过来却对贾平凹历经多年自然形成的创作侧重大惊小怪？是否我们潜意识里也都认定，只有都市化才是真正的现实，而被都市化、全球化、高新技术、虚拟时空抛在后面的广大乡村和悠久历史皆是虚构之物？

说到文化优越感，更是容易迷惑人、欺骗人的一种假象。

贾平凹小说确实散发着浓郁的乡土文化和古代文化的气息。不说别的，其纯熟的文言和方言的杂糅，就是这两股气息的显著表征。但贾平凹对乡村和古代一再投去深情的目光，同时不也一再为其中充满的愚昧、落后、野蛮、血腥、嗜杀、冷酷、暴躁、自私、小气、贪婪、肮脏、荒谬而痛心疾首吗？《山本》中大量杀戮的场面，大量算计、阴暗、变态、暴戾、恶毒、仇恨、迷狂、疯癫，不都发生在贾平凹创作所侧重的乡野与往昔吗？他何曾有过什么古代文化或乡野文化的优越感！

他只不过想提醒生活在都市的读者不要忘记，古代文化是我们另一个时间维度上的存在之家，乡村文化则是我们另一个空间维度上的存在之家，这两个"家"发生过正在或将要上演的一切，无论善恶美丑，都与高速行进着的都市息息相关，它们共同构成了都市文明的根基与底座，至少可以为都市文明提供一面最清晰的镜子。贾平凹的现实题材作品不必说了，他的历史题材的小说，比如历史时段和历史事件都十分明确的《古炉》，见证多个历史时期的《老生》，都很容易和我们的当下对接，而《山本》里无数涡镇人生生灭灭的"念头"，即使从未到过秦岭的"东南沿海"许多都市的读者，不也十分熟悉，而很少感到全然陌生与不适吗？

如果完全遗忘和无视遥远的古代、最近的历史和其实一直近在眼前的广大乡野，当代中国所谓都市文明只能是无本之木、无源之水，就好像一个没有四肢和身躯而只有头颅的怪物，顷刻便会失去起码的真实性。

展示空间的宽阔绵延，见证时间的漫长流逝，强调文明的多层多元，探索人性的丰富深邃，坚持文学的独特个性，这是贾平凹一直努力的方向。读《山本》，我们又一次感受到贾平凹这种坚持不懈的努力。

（原载《小说评论》2018 年第 4 期）

最具"中国性"的个人写作如何同时面对两个世界

宋炳辉

贾平凹新作《山本》是其个人创作的一个新的里程碑。这是我阅读后的一个整体印象。这个里程碑的含义是两方面的：一方面，《山本》是贾平凹继《古炉》《老生》之后的一次重要超越，而且是一种包容性超越，从而与之前代表了贾平凹创作最高境界的《秦腔》形成遥相呼应又别开生面的新格局，它给我们再一次带来了独特的震撼和惊喜；另一方面，《山本》所体现的叙述特点，也给我们的批评与阐释带来了新的挑战，而这个挑战再度引发我对另外一个相关问题的思考。

我主要谈两个方面的内容。一是《山本》给我的震撼和我对它的一种理解。我觉得，《山本》与《秦腔》相比，虽然分别呈现了秦岭山地与黄土高原的不同世界，但都体现了最具贾平凹特点的叙事，而这种叙事也是最具中国特性的。二是在世界文学成为中国文化与文学之生存常态的今天，包括贾平凹这样最具创造力和中国特性的作家，该如何面对此现象？如何在创新中作出相应的选择？

先说第一方面。《山本》给我的震撼是它在题材上，特别是在叙事上的独特性所带来的。如何接通更深远广大的文化传统，以寻求一种新的历史叙事方式，这是自《秦腔》《古炉》《老生》以来贾平凹的一贯追求，而《山本》则是一次令人惊喜的爆发和超越。

如果说在《老生》中，作者的叙述意在将近现代历史与远古文化之根相连接，因而引入代表远古文化的神话叙述《山海经》，那么，在《山本》中，作者已将这种意图化入庞大的细节之流，化作对茫茫秦岭的自然和人事的非常细致、非常朴拙的叙事之中了。《山本》虽然是以二十世纪二三十年代的中国历史为叙述背景，但他选择了特定的对象、特定的视角，更在叙述中添入神话色彩，这是对《老生》的一个超越，因为他不再通过特定典籍的互文性关联来体现与远古文化之根的对接意图。

《山本》的叙述给人最大的冲击来自于文本中大量的细节。作者以朴拙而细腻的细节呈现，一点点地往前推进，叙述节奏从容，甚至不厌其烦。就阅读而言，似乎不管从任何一章开始，你都可以进入某一个特定的场景，那些细节叙述可以把你抓住。但是如果你心性急躁，一心想要捕获情节的大开大合，那你肯定难以进入甚至心生厌倦；如果你随心而往，却又会不断带给你一波波阅读的惊喜。

这种叙事特点不是局部的，而是整体性的，它带有贾平凹叙事的一贯特点，但在《山本》中又体现得更集中更突出。作者意图通过茫茫秦岭中的一个小镇，映射大时代变迁中不同时期的社会底色。写大时代，却放弃大事件、大架构，而是让看起来琐琐碎碎的人和事"自动"蔓延开来，让主题像秦岭的山水草木一样"自由"生长。面对这种特殊的叙述及其效果，我们该如何阐释？我们当然可以通过接通当代文学批评传统，把它和新时期以来的新历史叙事及当代文学中的革命历史叙事接通。再回溯一点，还可以和"五四"启蒙话语接通，由此来考察贾平凹的继承和创新。以这种方式来看，作者显然是有意摆脱"史诗式"的传统现实主义的叙事方式，即便是涡镇最有宏观眼光的井宗秀，于秦岭乃至中国大历史演进而言，也是一个目光与心胸狭隘的角色，很多行为看似深谋远虑，其实更多出于某种有限的动机甚至本能的冲动，终究不过是井底之蛙、井中之"秀"而已。这样的解释或许可以接近《山本》，但是不是还可能有另一种方式呢？我总觉得，《山本》的独特，期待某种解读，期待一种超出我们既往经验的解读。

在我看来，《山本》的叙述琐碎，又浩荡，另有一种大气势。而它的叙述背后，其实有一个佛家的眼光，有一个佛教世界的结构隐喻。《山本》的行文不分章节，以八十一节（这个数字是不是也有相关的寓意呢？）密集的细节叙事，用历史的丰富性展现对人性复杂的尊重，通过林林总总、蝇营狗苟的人世万象，以秦岭的亘古绵远来凸显人事和历史的渺小。在贾平凹看来，秦岭"是最中国的一座山"，它何尝不是中国的"须弥之山"，折射、映照着中国历史和现实的大千世界。所以在《山本》的叙述中，所有那些生生死死，所有的天地人，秦岭大山中所有的物事，都是在叙述人超越性眼光的笼罩之下。作者的基本叙事方式就是不分巨细,大事写,小事也写,尤其对小事和细节的叙述,时时给人有几乎淹没"重大历史时间"的疑惑和担忧。因此,对从新文学中养成阅读经验的我们来说,恰恰是《山本》中的细节给我们的冲击最大。我们怎么理解与解释这样的结构和叙事方式?它在叙事视角的处理上,似乎又类似于中国古典绘画,采用的是传统绘画的散点透视方式。在这个意义上,《山本》犹如一幅《清明上河图》般的中国山水画卷,对里面所有铺展涌动的细节,你都可以放大其中某个局部,比如与井宗秀、井宗丞、陆菊人、麻县长、陈先生等"中心人物"关系不大的许多"小"人物的故事与心理,放大之后你就可以看到相应的具体情节和心理,看到他们之间同样有着紧密的"逻辑"关联,同样会呈现一个个具体的叙事情节。但所有这些细节的铺展聚合,整体上又是在秦岭大山的笼罩之下,仿佛是须弥上的一个个小世界。所有的人事,所有的生死悲欢,最后都不过是茫茫秦岭上的一粒尘土。这就是贾平凹最后把原来的书名《秦岭志》改成《山本》的原因。"山本"既与"人本"相呼应,又和"人末"相对应。山是根本,人乃芥末,乃尘土,乃微末。贾平凹的改名,恰好印证了我对这种叙述结构和叙述方式背后之意蕴的推测与判断。在这个意义上,《山本》是独特的,是最具贾平凹特征的,也是具有鲜明中国特性的。

再说第二方面,既是由对贾平凹《山本》的讨论而来,又不限于贾平凹这一部。包括贾平凹在内最具创造力和中国特性的作家及其创作,应如何面对当下的世界文学?首先要声明的是,说贾平凹是最具中国特性的作家,这个"最"不是程度比较的极致,更不是范式和标本,而是一个特性的描述。另外,文学特性最鲜明的终究是以个体的方式呈现的,一个作家的个性无法替代和包容民族文学的多元复杂性。这里我也无意将中国性与世界性相对立,只不过借这个概念,在中外文学交流现实中描述一种现存的文化差异在艺术表现或文学叙事中所体现出来的可以感受到的不同方式、不同审美效果和不同接受状况。

不管是贾平凹还是同代的其他作家,他们对历史、文学的思考,对如何选择与创新文学叙事的思考与尝试,都同时面对着两个世界——一个是中国读者世界,一个是中国以外的世界。对中国作家或作为中国文学最大量实践的汉语言文学而言,作家当然首先立足于汉语本土,首先面对汉语世界、汉语新文学资源和古典文学悠久丰厚的传统资源,以及同样丰厚的多民族民间文化与文学资源,当然还有现代以来进入汉语文化视域的外来资源,这些无疑都是中国当代作家拥有的财富，相应地，他们的写作首先应面对中国本土的读者。但所有当代作家都逃不开一个命运，他们同时也在对中国之外的世界说话，也在为这个更大的世界而写作。这也是中国现代作家与他们的历代先辈不一样的地方，甚至也是当代作家在中国全面融入世界进程的最近三十年与新文学前辈又有所差异的地方。尽管这两个世界归根结底是一个世界，但对中国作家和中国文学而言，这两个世界又有着无法回避的差异，它们之间需要跨越语言、历史、文化和文学审美的差异，需要翻译、传播、阐释和文化认同的沟通，也需要写作与阅读之间的适应和调试。

也就是说，中国文化和文学所面对的跨文化现实及其所引发的挑战，既是文学批评所遭遇的，同时也是作家所无法回避的。对当代作家而言，不论主观上有意无意，事实上都在对两个世界、两种或多种文化传统中的读者发声。那么，中国作家、中国创造的独特性，如何被中国及中国之外其他文化中的读者所了解、认同和欣赏？进一步追问：回答和应对这样一个问题，文学跨文化沟通中（异文化）读者、译者、阐释者和作者等各个环节，是否无一例外地卷入其间，又或者是某些环节可以置身事外？

作家似乎最有理由这么做，因为浪漫主义运动以来的现代文学理念告诉我们，每个写作者的资源选择、个体经验、想象和叙述方式，都是以独创性为旨归的。它与人们所熟知的"最民族的就是最世界"的命题相连接。事实上它也已成为许多中国当代作家的一种合理选择：以最有个性的创造，体现中国文学叙事的特点，至于异文化接受，那是外国读者、翻译者包括阐释者的事情，或者交给时间和历史去处理。首先为当代中国读者写作，其次考虑为异文化读者而写，而为下一代外国读者写作似乎更是一种诱惑和理由。

回到《山本》和自《秦腔》以来的叙事努力及其创造性体现，作者拒绝叙事结构的宏大，警惕既有史观的先入为主，用看似琐碎而又浩荡的细节，以历史、自然和人情的统一，使得《山本》带有罕见的天地人神共在的世界建构，这体现了贾平凹越来越明显的个人独创性。纵观贾平凹的创作历程，他的上述独创性显然是一种有意识的追求。但如果居于我上述的观察视角，是不是可以说，坚守既有的传统和个人独创性追求是一种艺术创造的价值准则，那么，兼顾异文化读者的接受可能，兼顾文化跨越的途径和方式，是否也是一种值得肯定和赞赏的艺术伦理？是否也是一种世界文学格局下的叙述话语策略的探索？

这个问题所涉及的一个相关的现实话题包括：为什么贾平凹的优秀作品相对难于外译，难于为异文化读者所接受？如果在个人独创性、叙述方式的传统资源再生方面，与同时面对本土和世界读者之间并非截然对立，那么其间有没有、有多大程度的话语与形式的策略性探索的空间？为什么当代中国有一批作家都具有获得诺贝尔文学奖的实力（持这种观点者不在少数），而获奖的是少数？在莫言获奖的诸多因素中，是否包含着莫言的叙事策略和叙述创新相对有利于跨越既有的世界文学格局（借助译介）而进入现实中的"世界文学的共和国"？虽然诺奖并不是鉴定艺术成就的唯一尺度，但无疑是一个重要的尺度，尤其是跨文化观察一个作家的艺术成就及其世界影响的重要参照。虽然这样的观察角度不能成为针对作家艺术家的一种框范，写作个体更有自己的选择权利和自由。但我仍然觉得，就文学整体观察而言，对中国当代文学来说，这已越来越成为一个需要面对的问题。进一步来说，这个问题对文学创作和文学阐释而言，可能并不仅仅是一个文学外部问题，同时也是一个内部问题。我的这个问题，不仅仅提给文学批评，同时也是提给包括贾平凹在内的所有当代优秀作家的。

　　当然，相比作家而言，这对于文学批评更是一种严峻的挑战。既有的史诗性概念、历史叙事的概念，还有人物典型化和性格塑造的概念，对于像《山本》这样的具有浓厚中国特性的文本，似乎很难获得令人满意的阐释效果。我甚至这样推测：越是中国性的创造，越需要我们采取新的视域、新的路径和新的方式来面对。至少我个人觉得，这是当今的文学批评所面临的一个颇为突出的挑战。

（原载《探索与争鸣》2018年第7期）

原本的茫然

——《山本》阅读札记之一

马英群　韩鲁华

一

读完《山本》，总体感觉是：原本的茫然。

读完第一遍，有些茫然，也有些心痛。这犹如于茫然之中，不知所措地被扎了一锥子。同时，还有些疑虑。贾平凹是用心血在写秦岭这条山脉，也是以一种极富挑战性的姿态在叙写这条山脉。《山本》的写作是富有野心的，贾平凹要给秦岭立传。他以《秦腔》为故乡立了个碑，《山本》是要为他扩大了的故乡秦岭立碑的。他是在挑战自己，也是在挑战已有的历史叙事乃至当代文学叙事的规约性。

历史是这样的吗？

历史可以如此进行文学叙事吗？

这些年我们思考最多的一个问题就是，中国文化与文学的现代性历史转换已经发展百年，甚或可以说一百六七十年了（如果从19世纪中期算起），应当进行历史的总结：将此前的文学作一次融会贯通性的历史总结。甚至可以这么说，中国文学现在不缺名家、大家，缺的是如歌德、托尔斯泰这样将本民族文学推向世界文学高峰的作家。这是非常难的，但要有人去做。也许由于时代的变化，可能一个人无力完成，但是，一个群体可以共同努力去做。这时想到20世纪80年代初贾平凹等人成立了个"群木"文学社，一片树木竞争生长，总能长出几棵大树，穿过云雾被阳光照耀。当代作家中，在笔者看来已有几位作家有意无意或自觉不自觉之间，在做着这种努力。只是，在厚古薄今、厚现代而轻当代情形之下，又有谁敢言自己在做着这样的努力呢。《山本》透露出了这方面努力的信息。

《山本》后记中写道：

> 关于秦岭，我在题记中写过，一道龙脉，横亘在那里，提携着黄河长江，统领了北方南方，它是中国最伟大的一座山，当然它更是最中国的一座山。①

这是在说秦岭，但其间是否也隐喻着贾平凹对于自己文学创作的思考呢？贾平凹是要把《山本》写成最中国的一部小说吧。再看后记中这段话：

> 在我磕磕绊绊这几十年写作途中，是曾承接过中国的古典，承接过苏俄的现实主义，承接过欧美的现代派和后现代派，承接过建国十七年的革命现实主义，好的是我并不单一，土豆烧牛肉、面条同蒸馍、咖啡和大蒜，什么都吃过，但我还是中国种。就像一头牛，长出了龙角，长出了狮尾，长出了豹纹，这四不像的是中国的兽，称之为麒麟。最初我在写我所熟悉的生活，写出的是一个贾平凹，写到一定程度，重新审视我所熟悉的生活，有了新的发现和思考，在谋图写作对于社会的意义，对于时代的意义。这样一来就不是我在生活中寻找题材，而似乎是题材在寻找我，我不再是我的贾平凹，好像成了这个社会的、时代的，是一个集体的意识。再往后，我要做的就是在社会的、时代的集体意识里又还原一个贾平凹，这个贾平凹就是贾平凹，不是李平凹或张平凹。站在此岸，泅入河中，达到彼岸，这该是古人讲的入得金木水火土五行之内，出得金木水火土五行之外，也该是古人还讲的看山是山看水是水，看山不是山看水不是水，看山还是山看水还是水吧。②

这是在说他自己文学创作的承续与超越，带有对自己这几十年创作进行反顾与总结的意味。但又何尝不是在有意无意之间，隐喻了中国新文学百余年发展的理路。

此话题就此打住，下来还是具体说说《山本》。

《山本》是一部历史小说，一部叙写秦岭二十世纪二三十年代历史生活的

---

① 贾平凹：《山本》，作家出版社2018年版，第522页。
② 贾平凹：《山本》，作家出版社2018年版，第524页。

小说。

　　就贾平凹的文学创作来看，对于秦岭更确切地说是商州现代历史的叙事，当然，引起人们更多关注的自然是《老生》——叙写了商州百年的历史。《老生》开篇第一部分就是叙写《山本》所叙写的这段历史，于时间跨度上要比《山本》长许多。其实，贾平凹还有一部涉及叙写现代历史的小说，那就是2002年出版的《病相报告》。这部并未引起人们更多关注的小说，可视为是贾平凹对于历史叙事特别是现代革命历史叙事的一次探索性的尝试与开拓。不过从叙写的地域上则是走出了商州，在艺术表现上更具现代、后现代的意味。他在二十世纪八九十年代创作的《五魁》《美穴地》《白朗》《晚雨》等等，亦是一种商州的现代历史叙事。这些作品叙写出另一种形态的现代历史，其内里应当说是与后来这方面的历史叙事有着关联性的。其实，在正面叙写现实生活的《浮躁》中，田、巩两家族矛盾冲突的历史渊源，就缘起于二十世纪二三十年代的革命历史及其纠葛，已经有了后来这段革命历史叙事的雏形，在20世纪80年代初的《商州三录》中，许多篇目也都隐含着历史叙事因质和浓厚的历史韵味。如果再向前推，目前笔者见到的贾平凹于1975年发表过一首叫《回秦岭》的诗作，以一位老红军军医后代的视角，叙写了秦岭红军的革命历史，其中第三节是："当年打游击，父亲战斗在秦岭。火线去包扎，战地去护送，医疗所扎在梧桐下，红旗挂在梧桐顶。破石窑里常常走，穷人叫他'红医生'，那年敌围剿，血雨浇秦岭，要搜伤病员，枪逼老百姓，为掩护群众出虎口，他血洒村头染梧桐。"[①]

　　于此简略提说贾平凹有关商州乃至秦岭的现代历史叙事，无非是意在说明：贾平凹的文学创作有关商州及其秦岭的历史文学叙事，具有历史发展性，而非一蹴而就。正是秦岭历史以及相关的文学叙事在其心里不断地积累层叠，方有了今天的《山本》。

　　如果再把《山本》放在贾平凹整个文学叙事中来看，也应当说是集作者历史性总结与反思为一体的大作品。在我们看来，贾平凹的文学创作，整体上是在创造着一座文学山脉，而不是山峰。这山脉不是横亘于平原甚至谷地，而是如同秦岭一样，起于平原到高原之上的，于地脉上贯通的是形断根脉相连的昆仑山，它所翘首而望的是喜马拉雅山脉。《废都》《秦腔》《古炉》《山本》，可以视

[①] 王慎行等：《山花红似火工农兵诗集》，陕西人民出版社1975年版，第148—149页。

为贾平凹文学创作这架山脉中所耸立的几座山峰。如果说《废都》是贾平凹生命被撕裂后的存真：一代知识分子精神与社会世相的剖析，那《山本》可能是贾平凹生命沉积的历史存照——一头老牛反刍胃中沉积一个世纪的原食物。至于《古炉》，我觉得其价值意义还有待于进一步挖掘。如果就其所叙写的状况来说，它叙写了贾平凹少年时代的一种记忆，也是中国一个时代的记忆。这个记忆的叙写，犹如一座灯塔，照亮着茫茫的大海。而为了防止灯被风暴毁坏，则给它安装上了一个防护罩。人们看到了四射的光，而灯芯燃烧的内里，则需剥掉灯罩后方能见到其真面目。到了《山本》，则是对历史一种原本性的呈现。从文学叙事角度看，就如陈晓明先生所说《秦腔》标示着"乡土叙事的终结和开启"[1]，那《山本》呢？在笔者看来，它是在终结以往历史叙事，尤其是革命历史叙事。因为它完全超越了既往历史观念形态，不仅仅从人及其人类历史的视域来审视那段历史。于此，他似乎是以天地神人相融会的视域在看。

这就是初步阅读后的整体感觉。

二

《山本》是关于二十世纪二三十年代发生在秦岭山地的历史生活的叙事，如果从叙事的基本方式来说，承续着《废都》《秦腔》《古炉》等作品，且不断发展丰富的日常生活叙事方式。它似乎在告诉读者：历史原本是生活本真状态的自然流淌。所以，从社会历史主流意识形态，或者近距离来看，历史的主角是那些叱咤风云的英雄。但是，从更为长远的历史生活角度来看，再波澜壮阔的历史，再叱咤风云的英雄踪迹，也不过是人类历史生活中的一段插曲，更为恒态的历史，则是一种日常生活情态。日常的鸡毛蒜皮、油盐酱醋柴，消解着曾经的英雄与曾主宰人们生活的某一历史事件。日常生活才是更久远的历史生活内容。

这里存在一个审视历史的视角问题。陈思和先生提出的民间视角，应当说是对过往历史叙事的一种颠覆。在对《山本》的评说上，陈先生首先也是从这一视角入手并展开论说的。当代历史叙事特别是现代革命历史叙事，贯通整体历史叙事的一条基本的叙事原则，就是社会主流意识形态规约下的历史叙事

---

[1] 陈晓明：《乡土叙事的终结和开启——贾平凹的〈秦腔〉预示的新世纪的美学意义》，载《文艺争鸣》2005年第6期。

建构。到了二十世纪七八十年代，当代历史叙事包括现代革命历史叙事发生着变化。其中，民间历史叙事成为一个非常重要的视角。贾平凹在《山本》后记中以三性即"现代性，民间性，历史性"来概括自己的创作视域，这里也将"民间性"视为一个基本的叙事视域。这些看法都是符合《山本》叙事实际状况的。于此，笔者进而思考的问题是：历史生活的常态与非常态，日常生活与特殊生活，正常年代生活与动乱年代生活。就此而言，《山本》显然是以更为久远的历史常态视域审视着非常态的动荡不安的历史生活，以日常生活角度叙写特殊时代的历史生活。这里实际上蕴含的是作家历史叙事上从什么角度进行艺术叙事的问题。过去的历史叙事包括《李自成》以及后来的现代革命历史叙事《保卫延安》《青春之歌》《红日》《林海雪原》等等，都是以一种非常态历史时期所形成的思想观念思维方式来看待历史生活，或者以非常态的眼光在叙写非常态的历史。扩而大之，以非常态历史时代所形成的思想观念、艺术思维，来叙写常态的或曰和平年代的历史生活。

《山本》则不是这样的。《山本》将非常态的历史生活当作一种历史常态生活加以叙写。也就是以常态的历史视域审视非常态的历史，或者说，它是将非常态的历史纳入历史常态视域中进行审视，这是否是一种后历史叙事呢？

这是一种解构之后的另一种建构。

作家在谈到《山本》构思时，对于历史之文学叙事的醒悟："老子是天人合一的，天人合一是哲学，庄子是天我合一的，天我合一是文学。这就对了，我面对的是秦岭二三十年代的一堆历史，那一堆历史不也是面对了我吗，我与历史神遇而迹化，《山本》该从那一堆历史中翻出另一个历史来啊。"[①]那贾平凹在《山本》中翻腾出的又是怎样一种历史呢？这就是贾平凹与秦岭这段历史相遇之后，于其生命情感体验与体悟出来的历史。换句话说，就是贾平凹解构之后所重构的秦岭二十世纪二三十年代的历史。这个历史是经过作家生命情感体验之后所建构的历史。它不是看山是山的历史，而是看山还是山的历史，是入得金木水火土五行之内，而又出乎金木水火土之外的历史。

但，于艺术叙事表达方式上，它不是主观臆造，而是一种还原，经过作家思想意识浸泡之后的还原呈现。也许正因为如此，《山本》一方面于具体叙写上

---

① 贾平凹：《山本》，作家出版社2018年版，第525页。

是那么逼真，那么富有现场感，那么原汁原味，几乎是剔除了所有虚妄的想象，只是如实地记录。另一方面，却又是那么地富有艺术的创造性。它是创造出了如《三国演义》与《水浒传》那样的完全文学艺术化的历史。

他还说："那年月是战乱着，如果中国是瓷器，是一地瓷的碎片年代。大的战争在秦岭之北之南错综复杂地爆发，各种硝烟都吹进了秦岭，秦岭里就有了那么多的飞禽奔兽、那么多的魍魉魑魅，一尽着中国人的世事，完全着中国文化的表演。当这一切成为历史，灿烂早已萧瑟，躁动归于沉寂，回头看去，真是倪云林所说：生死穷达之境，利衰毁誉之场，自其拘者观之，盖有不胜悲者，自其达者观之，殆不值一笑也。巨大的灾难，一场荒唐，秦岭什么也没改变，依然山高水长，苍苍莽莽，没改变的还有情感，无论在山头或河畔，即便是在石头缝里和牛粪堆上，爱的花朵仍然在开，不禁慨叹万千。"①

很显然，《山本》对于那段历史生活的叙事，是以整个中国为其社会历史背景的。是将秦岭之历史纳入整个中国的历史之中，加以审视叙写的。那个时代是军阀混战、遍地草头王的动荡不安的时代。这也就像将一个好好的瓷瓶打碎散落了一地，每个瓷片似乎都有其独立性，但是，它们之间又存在着关联性，都是这个瓷瓶的一部分。秦岭就是处于瓷瓶中间位置的一块瓷片，有着举足轻重的作用。

现在回过头来再说贾平凹《山本》历史叙事的整体视域问题。如果梳理一下贾平凹《秦腔》以来言及创作的言论，比如作品的后记，就会发现，就其文学叙事思想意识而言，不论是现实文学叙事还是历史文学叙事，它们都在强调"现代意识、民间意识、历史意识"及它们之间的融合。换一种说法，在其文学叙事中始终贯穿着现代意识、民间意识与历史意识。比如，贾平凹在其《带灯》后记中表达了自己对现代意识的看法："现代意识到底是什么呢，对于当下中国的作家又怎么在写作中体现和完成呢？现代意识也就是人类意识，而地球上大多数的人所思所想的是什么，我们应该顺着潮流去才是。"又说："又怎样才具有现代意识、人类意识呢？我们的眼睛就得朝着人类最先进的方面注目，当然不是说我们同样去写地球面临的毁灭，人类寻找新家园的作品，这恐怕我们也写不好，却能做到的是清醒，正视和解决哪些问题是我们通往人类最先进方面

---

① 贾平凹：《山本》，作家出版社2018年版，第523页。

的障碍？"也许《山本》是叙写历史的，因而他又特别强调了文学叙事的历史意识问题。他在后记中说："写作的日子里为了让自己耐烦，总是要写些条幅挂在室中，写《山本》时左边挂的是'现代性，传统性，民间性'，右边挂的是'襟怀鄙陋，境界逼仄'。我觉得我在进文门，门上贴着两个门神，一个是红脸，一个是黑脸。"① 于此，贾平凹用的不是现代意识、民间意识、历史意识，而是"现代性，民间性，历史性"。很显然，贾平凹于此更为主要的是从文学叙事表现角度来谈的，强调的是《山本》要更富于现代感、民间感与历史感。他要传达怎样一种历史或者历史感呢？"过去了的历史，有的如纸被糨糊死死贴在墙上，无法扒下，扒下就连墙皮一块全碎了，有的如古墓前的石碑，上边爬满了虫子和苔藓，搞不清哪儿是碑上的文字哪儿是虫子和苔藓。"② 也就是说，历史历经沧桑之后，已经是模糊不清了。但是，我们更愿意说，贾平凹表达的是历史历经沧桑之后融入自然。他是以如下文字结束后记，实际上也是在结束这部《山本》的："终于改写完了《山本》，我得去告慰秦岭，去时经过一个峪口前的梁上，那里有一个小庙，门外蹲着一些石狮，全是砂岩质的，风化严重，有的已成碎石残沙，而还有的，眉目差不多难分，但仍是石狮。"③ 这更证实了我们所说历史经过时间的风蚀，已经变得如同自然一般。通读《山本》，得到的感觉是：人和由人所演化的历史及其生活，最终也还是融归于自然。流动不止的人和事，亘古不变的是大自然，还有爱。这也就是说，在《山本》中，其叙事还有一个自然的视域，这应当说是更为具有历史沧桑感的叙事视域。其实不仅如此。我们更愿用天地神人来概括《山本》的叙事视域。如果说"现代性，民间性，历史性"是《山本》进入文学叙事的思想意识，那么，这天地神人的融合，则是它于更高更为广阔的视域来进入有关秦岭的文学叙事。作品是以女主人公陆菊人为基本叙事视角，可视为是一种人的视角。不论是平川县的县长所收集的各种花草树木与飞禽走兽，还是作品中所需写到的涡镇的老皂角树、黑河、白河、涡滩等等，都可说是显现出一种自然也就是天地的视域。而连通人与自然的又是什么呢？贾平凹说："我需要书中那个铜镜，需要那个瞎了眼的郎中陈先生，需要那个庙里的地藏菩萨。"如果铜镜是历史，或者人之为人的最为基本的伦常，那瞎眼郎中陈先

---

① 贾平凹：《山本》，作家出版社2018年版，第525页。
② 贾平凹：《山本》，作家出版社2018年版，第526页。
③ 贾平凹：《山本》，作家出版社2018年版，第526页。

生与地藏菩萨以及吹奏尺八的哑巴宽展师父就可视为行走于天人之间的使者。《礼记》中言："地载万物，天垂象，取财于地，取法于天，是以尊天而亲地也。"在中国传统中却又有着天聋地哑的说法，能听见的无法言说，能言说的却什么也听不见。郎中陈先生是通透世事的，但他却是瞎子。而宽展师父看一切明明白白，但却是哑巴。看不见的眼净，说不了的口净。实际上不论是陈先生还是宽展师父，他们都是通透世事的智者，他们的心灵是通天地的，也可将他们视为是连接天地人的使者。故此，他们也就是具有神的眼光。这似乎也可从《山本》叙事中得到验证，尤其是结尾的一段意味深长的话："陆菊人说：这是有多少炮弹啊，全都打到涡镇，涡镇成一堆土了！陈先生说：一堆土也是秦岭上的一堆土么。陆菊人看着陈先生，陈先生的身后，屋院之后，远处的山峰峦叠嶂，以尽着黛青。"①涡镇被炮轰毁，井宗秀等人物也都相继离去，而陈先生、宽展师父却依然活着，还有陆菊人。而涡镇背后秦岭依然峰峦叠嶂地黛青着。陆菊人所看到的可说是一种人之所见——涡镇、陈先生与陈先生背后的秦岭，反过来，陈先生、秦岭不也在看涡镇，看着陆菊人及相继离去的涡镇人么？

三

从《山本》叙写的故事基本构架线索来看，它主要有两条：一条是涡镇与预备旅，一条是秦岭红军游击队。第一条线索是以涡镇为中心的，构成这条线索的纽结是陆菊人与井宗秀似明似暗的爱情关系。第二条线索的核心是井宗丞与秦岭游击队的发展过程。连接这二者的是涡镇。如果说陆菊人、井宗秀是涡镇的留守者，那么，井宗丞、阮天保则是涡镇的出走者。他们的根都在涡镇，只不过井宗秀等始终坚守着自己的根，而井宗丞则是将根须伸向了更为广阔的地域——秦岭。至于正规军、地方政府和其武装保安队，以及刀客、土匪等，应当说是这两条线索发展演化的背景力量。在这两条线索下，有着人们的日常生活叙写，当然也有着战争的叙写。而构成这两条线索交集并更具有社会时代特征的是几方力量之间的矛盾冲突——集中表现就是相互之间的战争厮杀。

所以，对于《山本》的解读，人们很自然地会将其归结为是一部叙写战争的作品。这，也有作品中诸多的战争场景的叙写为证。但贾平凹说《山本》不

---

① 贾平凹：《山本》，作家出版社2018年版，第520页。

是叙写战争的。也许贾平凹在创作时也意识到了人们会将《山本》当作一部叙写战争的书,因此,他在后记中特别强调:"《山本》并不是写战争的书,只是我关注一个木头一块石头,我就进入这木头和石头中去了。"[1]明明写了那么多的战争场景,作者却偏偏要说不是写战争的?那不是写战争又是写什么呢?

还是先看看作家的自述吧。《山本》后记开篇言道:

> 这本书是写秦岭的,原定名就是《秦岭》,后因嫌与曾经的《秦腔》混淆,变成《秦岭志》,再后来又改了,一是觉得还是两个字的名字适合于我,二是起名以张口音最好,而志字一念出来牙齿就咬紧了,于是就有了《山本》。山本,山的本来,写山的一本书,哈,本字出口,上下嘴唇一碰就打开了,如同婴儿才会说话就叫爸爸妈妈一样(即便爷爷奶奶,舅呀姨呀的,血缘关系稍远些,都是撮口音),这是生命的初声啊。[2]

就此来说,作家创作初衷是要写一部《秦岭志》,亦即是写山的书。那进而要问的是:写秦岭的什么?作家又言:

> 曾经企图能把秦岭走一遍,即便写不了类似的《山海经》,也可以整理出一本秦岭的草木记,一本秦岭的动物记吧。在数年里,陆续去过起脉的昆仑山,相传那里是诸神在地上的都府,我得首先要祭拜的;去过秦岭始掘的鸟鼠同穴山,这山名特别有意思;去过太白山;去过华山;去过从太白山到华山之间的七十二道峪;自然也多次去过商洛境内的天竺山和商山。已经是不少的地方了,却只为秦岭的九牛一毛,我深深体会到一只鸟飞进树林子是什么状态,一棵草长在沟壑里是什么状况。关于整理秦岭的草木记、动物记,终因能力和体力未能完成,没料在这期间收集到秦岭二三十年代的许许多多传奇。去种麦子,麦子没结穗,割回来了一大堆麦草,这使我改变了初衷,从此倒兴趣了那个年代的传说,于是对那方面的资料、涉及的人和事,以及发生地,像筷子一样啥都要尝,像尘一样到处乱钻,太有些饥饿感了,做梦

---

[1] 贾平凹:《山本》,作家出版社2018年版,第525页。
[2] 贾平凹:《山本》,作家出版社2018年版,第522页。

都是一条吃桑叶的蚕。①

用一种习惯性的说法，贾平凹开始是想写一部关于秦岭的自然志，后来一是自然知识修养所限，二是作家本性精神潜在意识下的兴趣使然，便写成了与秦岭相关的人文志——秦岭二十世纪二三十年代的传奇故事。而从作品的叙事内容建构来看，则是一部秦岭自然与人文相融会的志书。虽然作家也明言"老子是天人合一的，天人合一是哲学，庄子是天我合一的，天我合一是文学"②。但从叙写对象的艺术建构角度来说，那首先也得做到天人合一，然后再进而去天我合一吧！或者说，贾平凹在实现天我合一的过程中，也实现着天人合一。因为"我"也是人——"我是具体的人"，从具体的人到具有普遍意义的人，则是认知上的一种升华。其实，秦岭也是具体的山，从秦岭这一具体的山到普遍性的山，则是另外一种升华——自然的升华。这种自然与人双重的升华运动，也就变成为《山本》叙事艺术建构的一种内在逻辑。

我们再回到是否写战争的问题上来。我们还是看作家的自述：

那年月是战乱着，如果中国是瓷器，是一地瓷的碎片年代。大的战争在秦岭之北之南错综复杂地爆发，各种硝烟都吹进了秦岭，秦岭里就有了那么多的飞禽奔兽、那么多的魍魉魑魅，一尽着中国人的世事，完全着中国文化的表演。③

既然是战乱的年月，何以会无战争可言呢？整个中国都成了一地的碎片，这碎片是咋造成的？是战争。也正因为战争不断，方形成了二十世纪二三十年代军阀割据的局面。所以，《山本》必然要写到战争的局面与场景。秦岭虽然未发生过全局性的战争，但是，在全国全局性战争的影响下，亦是局部战乱不断。正因为秦岭南北错综复杂的战争，秦岭才发生了变化——"就有了那么多的飞禽奔兽、那么多的魍魉魑魅，一尽着中国人的世事，完全着中国文化的表演"。这就是说，战争一方面是表现秦岭自然与人文合二为一建构的载体，另一方面，战争是秦岭人与事演化的立体的历史时代背景。在此前提下，《山本》述说着二十世纪二三十年代的人事与中国文化。

仅是这样吗？显然不是。贾平凹要在"如纸被糨糊死死贴在墙上"，"如

---

① 贾平凹：《山本》，作家出版社2018年版，第522—523页。
② 贾平凹：《山本》，作家出版社2018年版，第525页。
③ 贾平凹：《山本》，作家出版社2018年版，第523页。

古墓前的石碑,上边爬满了虫子和苔藓,搞不清哪是碑上的文字哪是虫子和苔藓"的历史中,剖析着"中国人的强悍还是懦弱,是善良还是凶残,是智慧还是奸诈?无论那时曾是多么认真和肃然、虔诚和庄严,却都是佛经上所说的,有了罣碍,有了恐怖,有了颠倒梦想"①。这是在解析中国人的品性,进而剖析着人性——被战争年代所颠倒了的正常的人性。他通过山的脉络气息是在写秦岭与秦岭人的德性,是在写秦岭与秦岭人的生命气理,是在写秦岭与秦岭人的精神魂魄。

这里再回到前文所论说到的常态历史生活与非常态的历史生活、日常生活与特异生活。如果说贾平凹在《山本》中对人事或者人世的艺术叙写,是以常态的历史视域来审视非常态的历史生活,以日常历史生活来叙写特殊历史阶段生活,是这特殊的历史生活消融在了日常历史生活之中,使其具有了亘古的历史生活蕴含。更为重要的是,《山本》中对于秦岭自然的描绘,并非作为作品整体艺术叙事的背景,而是整体艺术叙事建构的富有生命活力的有机体。自然的演化与人事的演绎有机地融为一个有机生命体。其间似乎在说明:人事是强大的,而比人事更为强大的是自然的演化。在这自然的演化中,消融了多少英雄豪杰,消融了多少曾经惊心动魄的世事。所以,"巨大的灾难,一场荒唐,秦岭什么也没改变,依然山高水长,苍苍莽莽,没改变的还有情感,无论在山头或河畔,即使是在石头缝里和牛粪堆上,爱的花朵仍然在开,不禁慨叹万千"②。这里又引出一个问题:贾平凹何以说自然与人事历经沧桑,没有变的不仅是秦岭即自然,还有人的情感,人的爱呢?人之所以为人,正如自然之为自然,是有其亘古不变的特质的。这特质是什么?就是人的情感,就是人本性中存活的爱。人的情感就犹如自然有着四季轮回,有着冬冷夏热,有着给万事万物提供生存的生命机理营养,有着含纳万事万物的胸怀。自然界万事万物之所以能够生生不息,也就在于此。那人类呢?人类之所以历经种种天灾人祸而至今仍然生存着,也有着自己的内在法则,那就是人之人的情感,人与人之间的大爱。

行文于此,笔者忽然想到贾平凹在接受访谈时说,揭示社会丑恶的东西和人性中丑恶的东西,其实是在为社会排毒,是在为人排毒。社会的毒气、人身上的毒气被排掉了,社会与人也就自然有了一种健康的生命机体,方能更为健

---

① 贾平凹:《山本》,作家出版社2018年版,第525页。
② 贾平凹:《山本》,作家出版社2018年版,第523页。

康而美好地存活，更为久远地存在于大自然中。

  最后，在这里想进而说明的是《山本》的整体叙事逻辑。《山本》对于秦岭叙事的整体思维架构，其实在作品的题记中表述得很明确："一道龙脉，横亘在那里，提携了黄河长江，统领了北方南方。这就是秦岭，中国最伟大的山。"而《山本》的写作目的正如贾平凹题记所言："山本的故事，正是我的一本秦岭之志。"如果从文学的历史叙事角度来说，《山本》表明：历史原本是生活的自然流淌，历史的原本意义就是人活着的意义，而人活着的意义又是大自然存在的意义。当然，这历史首先是中国的现代历史，这生活也自然是以秦岭为喻体的中国人的生活。因而，其所表达的历史的人的意义，也就首先是中国人生活的意义，而这人所融入的自然的意义也就是中国人于秦岭即自然中演化的意义。这么像绕口令似的表述，其实其内里依然蕴含着《山本》文学叙事基本的艺术思维方式，包含着审视秦岭及其于秦岭中所演化的人事与世事的综合视域。

（原载《文艺争鸣》2018年第6期）

关于《山本》的阅读笔记

王 尧

一

在《山本》未在收获发表之前,听朋友说贾平凹的长篇小说新作原名为《秦岭志》,后改为《山本》。我索来《山本》电子文档,初读时也以为《秦岭志》是更妥帖的书名,细想,贾平凹不以"秦岭志"作为一本小说的名字,或许因为他迄今为止都在写一部叫《秦岭志》的大书。"山本"是"秦岭"的一座山峰,一座高峰。贾平凹似乎并不想以一本书,即便是最重要的小说之一,消费掉《秦岭志》。

二

如同我们意识到的那样,这些年贾平凹每部长篇小说的后记作为副文本,几乎都抵达小说家的灵魂深处,穿透小说文本。读《山本》后记,我想起贾平凹写于1985年的《自传——在乡间的十九年》,其堪称是贾平凹的心理传记。以此相关联,我们可以读到贾平凹的"秉性"如何在在秦岭、出秦岭和再回秦岭的循环中养成。《山本》后记,也可视为《自传——在乡间的十九年》的后记。

1972年4月的最末一天,十九岁的贾平凹离开了商山,走出了秦岭,到西安读大学。十多年以后,贾平凹回忆说:"看着年老多病的父母送我到车站,泪水婆娑的叮咛这叮咛那,我转过头去一阵迅跑,眼泪也两颗三颗的掉了下来。"他不知道走出秦岭后会不会从此不再孤独和寂寞,这样的记忆刻骨铭心:"我不喜欢人多,老是感到孤独。每坐于我家堂屋那高高的石条台阶上,看着那远远的疙瘩寨子山顶的白云,就止不住怦怦心跳,不知道那云是什么,从哪儿来到哪儿去。一只很大的鹰在空中盘旋,这飞物是不是也同我一样没有一个比翼的同伴呢?我常常到村口的荷花塘去,看那蓝莹莹的长有艳红尾巴的蜻蜓无声地站在荷叶上,我对这美丽的生灵充满了爱欲,喜欢它那种可人的又悄没声息的样子,用手把它捏住了,那蓝翅就一阵打闪,可怜地挣扎。立即就放了它,同时心中有一种说不出的茫然。"贾平凹说他的这种"秉性"在上学后更"严重"了。

尽管这样的孤独和寂寞一直伴随着贾平凹,但我在这篇和《自传——在乡间的十九年》类似的文字中,体味到的是少年贾平凹萌生的庄子式的"物我"关系。从1985年的《自传——在乡间的十九年》,到《山本》的后记,贾平凹终于悟透了《道德经》和《逍遥游》的不同:"一日远眺了秦岭,秦岭上空是一条长带似的浓云,想着云都是带水的,云也该是水,那一长带的云从秦岭西往秦岭东快速而去,岂不是秦岭上正过一条河?河在千山万山之下流过是自然的河,河在千山万山之上流过是我感觉的河,这两条河是怎样的意义呢?突然省开了老子是天人合一的,天人合一是哲学,庄子是天我合一的,天我合一是文学。这就好了,我面对的是秦岭二三十年代的一堆历史,那一堆历史不也是面对了我吗,我与历史神遇而迹化,《山本》该从那一堆历史中翻出另一个历史来啊。"

三

贾平凹在古庙里读完小学,古庙教室的四壁上端画满的那些山水、神鬼、人物,它们不仅是他成长的环境,而且影响了他的思维方式、精神特质和对艺术的感悟。

与此相关的神秘气息,对贾平凹而言似乎是与生俱来的:"娘生我的时候,上边是有一个哥哥,但出生不久就死了。阴阳先生说,我想那面炕上是不宜孩子成活的,生十个八个也会要死的。娘却怀了我,在第十月的日子,借居到很远的一个地方的人家生的,于是我生下来就'男占女位置'。穿花衣裳,留黄辫撮,如一根三月的蒜苗。家乡的风俗,孩子难保,要认一个干爹,第二天一早,家人抱着出门,遇张三便张三,遇李四就李四,遇鸡遇狗鸡狗也便算作干亲。没想我的干爸是一位旧时的私塾先生,家里有一本《康熙字典》,知道之乎者也,能写铭锦。"可以说,这位"干爸"是古庙墙上的人物之一。贾平凹小说中的很多文化人是这位私塾先生的分身。

墙壁上的山水、神鬼和人物,多少年来一直在贾平凹的文本中"神出鬼没",现在又更大规模地集结在《山本》中。用贾平凹的话说是:"《山本》打开了一扇天窗,神鬼要进来,灵魂要出去。"

四

《山本》的写作也是一种困惑中的写作。2015年贾平凹在构思《山本》时，内心极其纠结："面对着庞杂混乱的素材，我不知怎样处理。首先是它的内容，和我在课本里学的、在影视上见的，是那样不同，这里就有了太多的疑惑和忌讳。再就是，这些素材如何进入小说，历史又怎样成为文学？我想我那时就像一头狮子在追捕兔子，兔子钻进偌大的荆棘藤蔓里，狮子没了办法，又不忍离开，就趴在那里，气喘吁吁，鼻脸上尽落些苍蝇。"[1]

这不是贾平凹一个人的困惑。即便在历史学界，多年来关于"大写"的历史和"小写"的历史的合法性之争从未停止过。在谈到历史叙述时，埃尔顿反对创造科学化的或"大写"的历史，他认为任何的定论真相和元叙事（任何的"大写"历史）都是不可能的。因此，他把那些没有大力支持"小写"历史的剔出正规历史或历史学家的范畴。而在另一些历史学家看来，埃尔顿的"历史学原理"其实也是一种"信念"和"偏见"。这种历史叙述的困境，同样反映在文学的历史叙事中，"宏大叙事"解构与建构的纷争便是例证。就小说写作而言，当作家重新叙述历史时，往往是想打破曾经的"信念"甚或"偏见"。

在这个意义上，文学的历史叙事，不是告诉我们历史"是什么"，而是告知我们历史"不是什么"。如果还用这样的句式表达，贾平凹的小说不是告诉我们历史是什么，而是说历史不是什么。这其实是贾平凹多年创作的一个轨迹。在《山本》之前的《老生》就是这样一部作品，我以为要读懂《山本》，需要先读懂《老生》。关于现实的叙事也是如此，《秦腔》叙述了已经不是什么的"乡土中国"。当贾平凹叙述了历史和现实是什么时，他和被规定的"信念"和谐，如《浮躁》《土门》等，当他说不是什么时，比如《废都》遭遇的那种剧烈批判，正意味着小说与我们习以为常的某种信念或偏见之下的历史叙事或现实书写发生了剧烈冲突。

从一堆历史中翻出另一个历史来，这是贾平凹的《山本》。在这里，贾平凹将历史涂上了另一种色彩，或者写成了另一种隐喻："过去了的历史，有的如纸被糨糊死死贴在墙上，无法扒下，扒下就连墙皮一块全碎了，有的如古墓前的

---

[1] 贾平凹：《山本》，作家出版社2018年版，第523页。

石碑,上边爬满了虫子和苔藓,搞不清哪儿是碑上的文字哪儿是虫子和苔藓。"他由此生出的疑惑和忌讳是:"这一切还留给了我们什么,是中国人的强悍还是懦弱,是善良还是凶残,是智慧还是奸诈?无论那时曾是多么认真和肃然,虔诚和庄严,却都是佛经上所说的,有了罣碍,有了恐怖,有了颠倒梦想。"

五

我们不妨说,《山本》是一本写"山"的小说,而非写"人"的小说。如果上溯现代文学时期,可以发现《山本》有着非常明显的谱系,那就是芦焚的《果园城记》、萧红的《呼兰河传》——它们同属于为一个地方作传的小说。在此类小说的文本结构中,"地点"占有着高于一切的中心地位,所谓的"人物"完全是内属于"地点"的结构部件。

从文本构成的内部来看,"人物"并不具备高于动植物或山水景物的优先性,这种文本策略本身就折射出贾平凹本人的世界观,这种世界观与其说是"贾平凹的世界观",还不如说是缘起于庄子的"齐物论"。贾平凹在后记中是这样表述小说中的"人物"的:"一次去了一个寨子,那里久旱,男人们竟然还去龙王庙祈雨,先是祭猪头、烧高香,再是用刀自伤,后来干脆就把龙王像抬出庙,在烈日下用鞭子抽打。而女人们在家里也竟然还能把门前屋后的石崖、松柏、泉水,封为××神,××公,××君,一一磕过头了,嘴里念叨着祈雨歌:天爷爷,地大大,不为大人为娃娃,下些下些下大些,风调雨顺长庄稼。一次去太白山顶看老爷池,池里没有水族,却常放五色光、卍字光、珠光、油光,池边有着一种鸟,如画眉,比画眉小,毛色花纹可爱,声音嘹亮,池中但凡有片叶寸荑,它又衔去,人称之为净池鸟。这些这些,或许就是《山本》人物的德行。"

可以发现,"人物"在《山本》中已经消隐在"自然造物"之中,本身淡出而成为"混沌"的一个组成部分。如果说经典现实主义作品的"环境"描写是为了塑造"典型人物"的,那么在《山本》中,人物和环境都是平等同一的。天地—人—神—鸟兽万物齐一,甚至可以达到相互转化的地步。"院子东边的墙里有了一朵花,花在行走着,噢,那不是花,是蝴蝶。"由此可见,花和蝴蝶是同一的,继而"井宗秀痴眼看着,一朵花就飞起来,飞过了墙头,在街空中忽高忽低,扭头看时,那不是花,是一只蝴蝶,而远处站着陆菊人"。花成了蝴蝶,蝴蝶又牵引着陆菊人,所以花蝶人都是同一的。此处,岂不是可以看出"庄周梦蝶"的印记?

六

　　这种"造物"之间互相"转化"的例子本身将会成为构成小说文本审美特征非常重要的因素，因为有这种观念，所以小说内部的结构元素可以自由地"淡入淡出"、相互转化生成，从而使得文本具有极强的律动感，获得一种"水性"。一切文本构件在文本"空间"中取消了高低等级次序，全都莽莽苍苍浑融一体，甚至达到"作者"消泯的境界，从而获得一种均质同一的境界、一种天人合一的苍茫至境。

　　奥尔巴赫在《摹仿论》中曾经梳理出中世纪时期文学作品中出现的"造物"主义的倾向，"生命"在那一时期的作品中被凸显出了极强的"生物性"，从而伴随着"升华"的消失。奥尔巴赫的论述建立在基督教神学的论述系统之上，而在此处我们可以策略性地借此表述描述贾平凹小说中的"人物"，《山本》中的"人物"也有着非常明显的"造物化"的倾向。所以《山本》中的人物都像菁草一样易折，"人物"的死亡并没有一种"升华"的冲动——与此可以形成鲜明对照的革命现实主义的文本中英雄人物之死的"主题升华"。由此可以看出贾平凹的史观的"叛逆性"，这种"叛逆性"在后记中显示出了某种叙事的焦虑。因为"造物"倾向的出现，所以原本的"阶级"这一叙事层面被自然而然地取消了，"自然"在《山本》里获得了战胜"历史"的地位，这之间的驳诘、对话耐人寻味。

　　有人说：一个认识上帝的人，看上帝在那木头里，而非十字架上。贾平凹接着这句话说："《山本》里虽然到处是枪声和死人，但它并不是写战争的书，只是我关注一个木头一块石头，我就进入这木头和石头中去了。"

七

　　《山本》这个题名是非常具有哲理意味的，相较于《秦岭志》而言，显得更加形而上。就像"山"在中国传统文化里，本身就不是一种纯然具象的形而下事物，它充分浸透着"精神"的质素，所谓"山水精神"，正是此意。而"本"更是如此。贾平凹自己在后记中从"发声学"角度来看待这个问题，他的婴儿发声比喻就将《山本》的写作置于一种非常具有根性的文化史氛围之中。所以我们读《山本》，觉得它莽莽苍苍，气象泱泱，皆因它分享着中国文学、中国文化的"初音"。这种"初音"从《山海经》《道德经》《庄子》中流溢而出，注满了《山本》的字里行间。所以《山本》内部有非常丰富的潜藏文本，这些文本各自的"传统"都在形塑着小说，使小说具有一种非常复杂的"厚度"。

《山本》的语言，非常类似于《秦腔》和《古炉》。整部小说中，形容词所占的比重都非常小。语言就像随着物的流动缓缓渗出的，具有非常明显的流动性。比如在《山本》的开始部分有这样一句话："话刚说完，庙梁上掉下来一条蛇。她拿了树枝子打蛇，蛇身上一坨大疙瘩跑不动，就往出吐，吐出来了一只蛤什蚂。蛤什蚂还活着，陆菊人就把蛤什蚂放生到树林子去了。"句子前递后接，中间都是动词名词勾连，自然流畅，宛如流水。

贾平凹"密实的流年式的"语言既用于叙述也用于人物对话，从《秦腔》开始的这种几乎让一些读者觉得喘不过气的写法，既是语言的变化，也是贾平凹世界观和方法论的变化。他在《秦腔》的后记中说："只因我写的是一堆鸡零狗碎的泼烦日子，它只能是这种写法。"在和批评家对话时，贾平凹认为彼此对话时实际上还有很多事情同时发生，因此需要乔伊斯那种写法，在对话时看到后面的风景："是对话的时候看见后面的风扇，窗子啊，一边对话，一边想到那里去了，不停地游离，全部写出来。他觉得现实生活实际就是这个样子。现实的枝蔓特别多，我想把生活的这种啰唆繁复写出来。"这是贾平凹所理解的"内容决定形式"。

八

《山本》的风格是非常"老"的。这种所谓的"老"在贾平凹21世纪以来的文本表述中占有非常重要的地位，可以说是作者的一种非常自觉的审美选择，比如直接就用"老生"一词为题。这里的"老"不是"廉颇老矣"的"老"。这种"老"一方面是因为它赓续了中国文学非常早期的文学传统（尤以先秦、西汉文学精神为甚）；另一方面就是萨义德所谓的晚期风格的影响，我们也可以平行地比较中国文学的相关表述。比如杜甫论庾信的晚期风格："庾信文章老更成，凌云健笔意纵横。"在中国的文学传统里，作家进入晚期或者说是老年时期，都会相对自觉地形成一种迥异于青春写作的晚期风格，这种风格意味着"境界""气象"的出现。再者，陕西敞开的历史空间，使得贾平凹非常自觉地体认到一种"历史感"，这种"历史感"借由"沧海桑田式"的历史观不断生发，成为一种相对稳定的"文本景观"。

这种"老"的风格，其实源自一种复杂的"阉割"操作。这种操作在《秦腔》时期就已经体现出来。引生就是一个被阉割者。这种文本的"阉割"策略如果放在《废都》中比较来看，则更明显。如果说"纵欲"的表述混合着世纪末的末世情结而形成一个生殖力丧失、都城颓败的"荒原"，那么《秦腔》则先行阉割，使得文本本身构筑在没有力比多冲动的"荒野"之中。《山本》也是如此。如果和《废都》中庄之蝶和众多女性都有着的性关系来对比，那么井宗秀和陆菊人之间的关系则要单纯得多。二人之间的关系似乎至终都没有冲破男女之大防，反而相互尊重，惺惺相惜。所以"性"一开始就没有在两人的关系中形成一种"力比多"表述。井宗秀和陆菊人的实际关系其实是被隐喻的，如果物化出来那恐怕就是陆菊人的"三分胭脂地"了。联想到贾平凹前期的《美穴地》，那么这种关于"地"的隐喻就更显豁了。所以《山本》中的男女关系是一种类似于"被阉割"的状态，一种纯属于精神层面、情感层面的休戚与共的状态。因为力比多威胁的丧失，所以小说的内部显得平静，具有一种内在的收敛气质。小说中的好多人物为"性"所困扰，然而却最终以阉割、身灭为结局。这种被淡化的"性"，暗暗地营造出一种晚郁的风格特征。

九

我们可以说贾平凹已经完全形成了一种晚期的风格，文本系统内部呈现着非常浓的同一性色彩，一种弥漫全篇、苍茫混沌的同一性。这种同一性集中地体现在"色彩"的"谱系"：我们很明显地可以发现《山本》的"黑色系"特征，"黑色"成为弥漫在整部小说中的基础色调："所有的街巷全有货栈商铺，木板门面刷成黑颜色，和这种黑相配的是街巷里的树，树皮也是黑的，在树枝与屋檐中间多有筛子大的网，网上总爬着蜘蛛。"镇子里的猪都圈养，鸡狗却随便走，猪狗是黑的，鸡也是乌鸡，乌到骨头里都是黑的。

在小说的尾声，靠在椅背上睡着了的陆菊人做了梦，在似醒未醒之间，陆菊人琢磨着，"梦里的情景就模糊了，像一点墨滴在水里渐渐就晕开散了"。在陆菊人的视野中，河水黑了："是黎明之前的缘故吧，黑来得比刚才更深，镇子越来越沉重，远处的河面和河滩却发生了变化，先是河面发白，河滩是黑的，过一会了，河滩发白，河面竟成了黑的，它在流动，看上去一动不动。"这种黑色笼罩了地面上的一切:"天亮了,能看到了130庙里的大殿和巨石上的亭子,能看到了自杀成焦黑的老皂角树,能看到县政府和城隍院。而对面的屋檐下,店铺在卸下门板、挂上了招牌旗子,旗子是黑色的,三角的,上面写着白字,像是刀子,所有的旗子都挂上了,整条街上都发出仇恨,而同时有无数的烟囱在冒炊烟,像是魂在跑。"

"黑"的选择,"黑色"的统治全篇,应当说有着非常深刻的文化内涵,我们不妨粗略勾勒一下"黑"的谱系:"坤,其于地也为黑";"黑,北方色也"。可以说"黑"本身有着鲜明的地理特征,抽象言之,还代表着"大地"属性,所以也暗合着我们上文论述的"造物"倾向。如果再考虑到贾平凹雅好文物收藏,又深通水墨,那么他对"黑色系"的自觉选择,其古拙苍茫的审美风格形成也就有了创作主体自身的经验支持。

十

《山本》延续了贾平凹之前创作的一贯倾向,就是以一隅之地来折射"中国"。就像在《古炉》中那个著名的比喻("碎成一地的瓷器"来预示中国"China"),在《山本》一开始,贾平凹就说"一条龙脉,横亘在那里,提携了黄河长江,统领着北方南方。这就是秦岭,中国最伟大的山"。

"龙脉"的修辞表述,仍然是一种正统的"王朝"修辞,它折射出的是一种"中心"意识。就像废"都"仍然是"都"一样,秦岭在贾平凹的笔下,也就成为"核心"的象征。因此与其说《山本》是"秦岭志",毋宁说它是"中国志"。那么贾平凹笔下的人物、故事,就获得一种寓言性质、一种传奇性质。它本身成为一种国族寓言。从这样的角度出发,《山本》开头的寓言传奇性质,也就不言自明了:"陆菊人怎么能想得到啊,十三年前,就是她带来的那三分胭脂地,竟然使涡镇的世事全变了。"

放到贾平凹创作的漫长谱系中来看,连同《山本》在内的这些小说就共同讲述着一系列中心"失效"、中心"溃散"的故事。《废都》里的庄之蝶连同西京的颓败,叠合了20世纪90年代知识分子失语的时代境况;《秦腔》里乡土的荒原化夹杂着以秦腔为象征、以"仁义礼智"为代表的儒家传统秩序的消泯;而《山本》更是将历史的更迭投射到自然造物的大框架中,演绎着沧海桑田的历史溃败。在这种大溃败、大颓丧的文本背后,婉转曲折地树立起一个"焦虑的主体"的形象,这个创作主体不断激活古老的文学资源去重塑"中心"的生机,这种策略在沈从文用苗族人去激活中华文化生机的尝试中也见过,可以说这是后发性现代化国家寻找文本现代化的一种曲折的尝试。如果投射到整个的文化语境来看,这也是一种主体焦虑的征象,一种欲确立主体价值的文本实践。

所以,贾平凹写作《山本》时,在室内挂了两条条幅:左边挂的是"现代性,传统性,民间性",右边挂的是"襟怀鄙陋,境界逼仄"。

(原载《小说评论》2018年第4期)

俊逸　疏朗　传奇

——论贾平凹《山本》的艺术特色

栾梅健

贾平凹是一位现实感极强的当代著名作家。他曾这样自述："我不会写历史演义的故事，也写不出未来的科学幻想，那样的小说属于别人去写，我的情结终在现当代。……关怀和忧患时下的中国是我的天职。"除了在二十二万字的小说《老生》的前半段中，有过关于二十世纪三四十年代"历史生活"的部分描写之外，其重要作品如《浮躁》《废都》《秦腔》《古炉》《带灯》《极花》等，都是他同时代生活的反映。

然而，他新近出版的长篇小说《山本》，在其五十万字的巨大篇幅中，全部反映的是二十世纪二三十年代的生活。这颇让人有些意外与惊奇。面对全然不同的表现领域，这次贾平凹准备了怎样的笔墨？他的艺术手法会出现新的变化吗？

细细想来，《山本》还真的呈现出别样的风采，创造出新的艺术世界。

一

《山本》反映的是二十世纪二三十年代秦岭山区多种武装势力相互缠斗的故事。小说一开头，作者就交代了故事发生的具体时间："陆菊人怎么能想得到啊，十三年前，就是她带来的那三分胭脂地，竟然使涡镇的世事全变了。"这十三年，按照小说中的描写，应该是20世纪20年代中期到1937年全面抗日战争爆发前。

这一段历史，距离作者的出生尚早，并不可能出现"交集"。不过，作者与其却有着极为密切、深厚的联系：

在我的户口本上，写着生于陕西丹凤县的棣花镇东街村，其实我是生在距东街村二十五里外的金盆村。金盆村大，1952年驻扎了解放军一个团，这是由陕南游击队刚刚整编的军队，团长是我的姨夫，团部就设在村中一户李姓地主的大院里。是姨把她的挺着大肚子的妹妹接去也住在团部，十几天后，天降大雨我就降生了。……所以在我的幼年，听得最多的故事，一是关于陕南游击队的，二是关于土改的。①

如此说来，我们真可恍然大悟作者在《山本》中对秦岭游击队、保安队等各派武装描写时的熟稔与真切。它绝非是作者的凭空想象、面壁虚构，而是大都来自他幼年时听到的和口耳相传的。这应该是《山本》成型的第一方面的原因。要顺便说一下的是，关于土改生活的描写在贾平凹的作品中尚未得到充分的表现，对此，读者有理由充满期待。

幼年时在陕西游击队驻地生活与居住的那段经历，使作者对那段历史产生了好奇与神秘之感。而到了少年时代，特殊的成长环境与机缘，却还使他具有了更多的与游击队员、"匪徒"一起共同生活、劳动的机会，真正走进了他们的内心。他生活在秦岭山区，村中就有不少由从前的逛山、刀客转变而成的农民。而更重要的是，贾平凹十三岁时刚从小学毕业到十五里外去上初中，没多久学校停课了，只好辍学务农。这时，他尚未成年，生产队将他编在老年组、妇女组中劳动。在这时，他一次次听闻到逛山们的传奇经历与自吹自擂。

一个割麦后的夏夜，一群扬过了场的"逛山"，吃饱了洋芋拌汤，骂走了婆娘女子，拉一张席到河堤，赤身裸体躺下讲的。讲得很多，有革命的，也有神鬼的，阴阳颠倒，现实和梦境混合，少不得都以"金黄色"故事作头作尾；人人逞能，直到七斗横斜，堆在场上的麦粒也无心去看守……后来，"逛山"们排说完了，七倒八歪鼾声如雷，我溜回老屋，青灯下把故事笔记了。②

在贾平凹老家，人们习惯将能人、怪人、不安分守己者，称之为逛山。他们生性胆大，见识多，善言词，每人肚子里都有一本书。在少年贾平凹眼中，他们一个个神鬼莫测、手眼通天，令他既兴奋又好奇。当很多年以后，贾平凹已在西安城工作，偶然返乡碰到一位逛山办葬礼时，仍情不自禁回忆起年少时与

① 贾平凹：《老生》，人民文学出版社2014年版，第289—290页。
② 贾平凹：《做个自在人 贾平凹序跋书话集》，内蒙古教育出版社1998年版，第249页。

逛山在一起生活时的情景：

> 遥远的初为人的年月，亡者与我的见面总是抓住我的生殖器，手粗糙如树皮，你是怎样地哭，他依然在问你要不要媳妇。稍大了，踏着热烫的牛粪跟了他和牛去坡田，他提着犁把吼叫着你去整理绊住了的曳绳，牛蹄乱蹬，你不敢近去，牛就被骂过一个晌午，你也被骂上一个晌午，收工了，立在你家门口当着父母的面还要骂。①

那应该是贾平凹穿开裆裤的时候吧？当这位逛山用粗糙的大手握住他的生殖器的时候，尽管他是那样的不情愿，然而他每次总是逃脱不了逛山的"魔掌"。在许许多多的逛山身上，作者深深地感到："他们其中有许多可恨可笑可爱处，有许多真实的荒诞的暴戾的艳丽的事，令我对历史有诸多回味，添诸多生存意味。"② 这种由逛山的人生故事而引发的对历史和人生的诸多回味，其实正是作者创作这部长篇小说《山本》的最初动力。他忘不了这些奇奇怪怪的逛山人物，也着实为这些人物所吸引，所迷恋。

作者在从事文学创作以后，尤其是在1980年前后，曾经有一段时间有意识地在秦岭地区进行文化考察与田野调查。

当时《满月儿》刚获得全国首届优秀短篇小说奖，他的写作热情很高。在考虑到自己未来的文学发展时，他觉得一个作家不能行流寇主义，要有自己的根据地，写自己最熟悉的生活，所谓根深才能叶茂。于是，"1980年前后我就回故乡商州了，跑了所有的县，陆续写了商州系列作品。在散文方面，主要是《商州初录》《商州又录》和《商州再录》。当时，也写了一个长篇《商州》和一些中短篇小说"，"我差不多有了自觉意识，又集中回了商州几次，几乎走遍了商州大部分镇落"。③ 当时贾平凹主要感兴趣的仍是在改革开放以后农村联产承包制所产生的效果，以及在这场农村大变革中古老乡村的裂变、转型与迷惘。在《小月前本》《鸡窝洼的人家》和《腊月·正月》等小说作品中，清晰地留下了贾平凹这时在商州考察与思考的印记。

不过，对深具历史和文化情怀的贾平凹来说，他在感受着商州大地在改革

---

① 贾平凹：《做个自在人　贾平凹序跋书话集》，内蒙古教育出版社1998年版，第42页。
② 贾平凹：《做个自在人　贾平凹序跋书话集》，内蒙古教育出版社1998年版，第44页。
③ 贾平凹、谢有顺：《贾平凹谢有顺对话录》，苏州大学出版社2003年版，第59页。

开放途中特有的喜悦、困惑和浮躁的同时,也常常关注到商州的历史传说和地理风俗。他说:"我曾经查过商州十八本地方志",对这里出现的传奇性人物充满兴趣。"三十年代,这一带出了个打游击的司令巩得芳,领着上千人马,在商州城里九进八出,威风不减陕北的刘志丹,如今他的部下有在北京干事的,有在西安省城干事的,他应是个了不起的人物了,可惜偏偏在战争中就死了。"[1]又如,陕北军阀井岳秀,时人称为榆林王。"他弟弟井勿幕为陕西辛亥革命先驱,曾被孙中山誉为'西北革命巨柱',仅三十一岁就被人暗杀。井岳秀为弟弟报仇,将仇人李栋才活捉回来,用砍头、挖心、抽筋等酷刑祭弟于灵前,还剥了人皮做成马鞍,整天骑于胯下解恨。"[2] 这段历史,真实地记录在《榆林志》中。当人们在读到《山本》中井宗秀剥了叛徒三猫的人皮做鼓、肢解了杀害兄长井宗丞的枪手刑瞎子时,隐隐地有种因过于血腥而产生的恶心之感,但是,这确是曾经真实发生的故事。作者只是艺术地将这些真实素材放进了小说之中。

从打游击的司令巩得芳到剥人皮的榆林王井岳秀,这些草莽英雄,令贾平凹好奇于商州土地上曾经出现的传奇人物,也令他对那段历史久久地沉思。他常常感慨,为匪其实是不易的。"未为时便知是邪,死后必然还要遗臭,为什么偏有这么多的匪类呢?看了志书听了传说,略知有的是心性疯狂,一心要潇洒自在,有的是生活所逼,有的其实是为了正经干一件惊天动地的事,正干不成而反干。"[3]

历史的背影慢慢远去,然而随着年龄的增长,早年关于商州,或者说秦岭二十世纪二三十年代的许许多多传奇,却不时在他的脑海里翻腾。作为历史的后人,他觉得身上既有着历史的荣光,也有着历史的龌龊。沧海桑田,沉浮无定,他感到有责任将这一段历史讲述给后来者。他性急起来:"能想的能讲的已差不多都写在了我以往的书里,而不愿想不愿讲的,到我年龄花甲了,却怎能不想不讲啊?!"[4]在2014年出版的《老生》中,他对这一段历史进行了简单而匆促的描写。他仍觉得意犹未尽,仍感到未能充分展开。于是,历经近三年的时间,这部酣畅淋漓地记录秦岭二十世纪二三十年代许许多多传奇的巨著《山本》

---

[1] 贾平凹:《做个自在人 贾平凹序跋书话集》,内蒙古教育出版社1998年版,第18页。
[2] 陈思和:《民间说野史——读贾平凹新著〈山本〉》,载《收获》2018年长篇专号春卷。
[3] 贾平凹:《做个自在人 贾平凹序跋书话集》,内蒙古教育出版社1998年版,第44页。
[4] 贾平凹:《老生》,人民文学出版社2014年版,第291页。

终于诞生了。

这是贾平凹的一次奇异之旅。他离开现实,进入到历史,进入到早年深刻的记忆之中。那么,他的艺术表现手法会不会有新的变化呢?

二

对于现实题材的处理,作为当代著名的作家,贾平凹已经形成了相当完美的艺术风格。

他曾经这样自述:年轻时好冲动,又唯美,见什么都能想写,又讲究技法。而到了1998年创作长篇小说《高老庄》时,他的艺术手法就开始有意识地进行转变。他觉得小说的内容依旧是一群社会最基层的人,依旧是琐碎小事,然而,艺术手法却不同了。"为什么如此落笔,没有扎眼的结构又没有华丽的技巧,丧失了往昔的秀丽和清晰,无序而来,苍茫而去,汤汤水水又黏黏乎乎,这缘于我对小说的观念改变。我的小说越来越无法用几句话回答到底写的什么,我的初衷是要求我尽量原生态地写出生活的流动,引文越实越好,但整体上却极力去张扬我的意象。"[①] 这种汤汤水水、混混沌沌的艺术技法在《秦腔》《古炉》《带灯》等作品中得到了更为极致、充分的发挥。它是一种原生态的生活流动,但同时也包含了作者的寓意、象征和隐喻。看似拉拉杂杂、全无技法,然而骨子里还是蛮有尽数。而表现到艺术风格上,则是绵密、紧实而沉滞,在朴拙中透着灵性,在混沌中显出技巧。

而在这部反映历史和记忆的《山本》中,贾平凹确实换了一幅笔墨,显现出与现实题材迥然不同的艺术风貌。

首先是它的神秘性。贾平凹自称是个通神的人。

以前现实题材的作品,限于真实性的考虑,作者的这种"才能"并没有能得到充分的表现。而现在,当面对着曾经有过的历史和记忆时,思想上的禁锢解开了,《山本》便自然充满着一股浓浓的神秘气息。

你看小说的主要故事地涡镇。"涡镇之所以叫涡镇,是黑河从西北下来,白河从东北下来,两河在镇子南头外交汇了,那段褐色的岩岸下就有了一个涡潭。涡潭平常看上去平平静静,水波不兴,一半的黑河水浊着,一半的白河水清着,

---

① 贾平凹:《做个自在人 贾平凹序跋书话集》,内蒙古教育出版社1998年版,第223页。

但如果丢个东西下去,涡潭就动起来,先还是像太极图中的双鱼状,接着如磨盘在推动,旋转得越来越急,呼呼地响,能把什么都吸进去翻腾搅拌似的。"①这黑白相间的涡潭,分明是一幅阴阳八卦的太极图。它的风生水起、激流翻腾,正好喻示着二十世纪二三十年代涡镇的动荡不安与连天烽火;而底层百姓在这历史的旋涡中只能无奈地随波逐流、无法自控。似神话,更像是真实的历史。又比如陆菊人的陪嫁——三分胭脂地。当井宗秀扒开胭脂地为他父亲拱墓时,却发现地下埋了武士的古墓。"没想到古墓里埋的是武士,一具骷髅上有铠甲,连线已断,铜片散乱,两把铜剑、一件弩机、三个戈、四杆矛。周围……还有一只铜罐一只铜盘和一面铜镜。"②这位武士没有碑文,但从随葬物品来看,大概是位中级军官,这与后来成为预备旅旅长的井宗秀、秦岭游击队团长的井宗丞,身份似乎相当,也似乎是井氏兄弟的宿命。而那面铜镜,则能照出千古兴亡的往事,发人深思。又比如安仁堂的陈先生和地藏王菩萨庙的宽展师父,一瞎一哑,极类于《红楼梦》中的"一僧一道",看破红尘、参透世事。在他们通透、玄妙、机警的哲理中,一方面安妥着人们受难的心灵,另一方面也使小说升腾出一股神秘莫测的韵味。

其次是传奇性。听来的传说与故事,往往与自己的亲眼观察有巨大的区别。贾平凹曾这样回忆自己年少时对听来的故事的感觉:"故事是七零八落的,且有的是有人亲身经历,有的听人趣谈,有的是听了别人再加上自己经历而充分想象了的。"③"趣谈"与"充分想象",都可以使讲述者眉飞色舞,而听者则是听得津津有味,表现到小说中,就是增添了传奇性的内容。

在《山本》中,这种传奇性的内容可谓是琳琅满目、比比皆是。比如陆菊人急中生智引诱土匪玉米枪打野蜂巢而被蜇死的故事。当时,陆菊人躲在城墙上,土匪玉米在下面打不到她,附近墙外的树上有一窝野蜂。陆菊人灵机一动,将锣槌往空中抛去。"玉米猛地见空中有了东西,开枪便打,锣槌没打着,子弹飞过去却击中了榆树上的野蜂巢,野蜂一下子腾起来。……而野蜂是顺着射来的子弹冲出去的,就寻着了玉米,玉米一跑,野蜂轰的一团就罩了他。"④这故事

---

① 贾平凹:《山本》,作家出版社2018年版,第3页。
② 贾平凹:《山本》,作家出版社2018年版,第30页。
③ 贾平凹:《做个自在人 贾平凹序跋书话集》,内蒙古教育出版社1998年版,第249页。
④ 贾平凹:《山本》,作家出版社2018年版,第61页。

显然是来自添油加醋的传说，然而却是生动而有趣的。又如麻县长审理的一桩杀人投尸案。死者是一位女性，被投在潭里，身上绑捆着一扇石磨。麻县长沉思了一会："下令全镇人把自家的石磨拉来检查，拉石磨的都拉来了上扇和下扇，只有一个姓时的拉来的是石磨的下扇。把姓时的抓来审问，果然是此人杀的。"①意料之外，却又在情理之中，这充分表现出麻县长的灵活和机智。再如，陈来祥被大钟压死的故事也是读来忍俊不禁的。"陈来祥是站在车的右边扶着钟，指挥着坎上的人拉紧绳索慢慢往下松手，没想拉绳索的其中一人突然放了个屁，大家扑哧一笑，绳索松了一下，钟突然就跌下来，先砸在车上，车一滑，钟就把陈来祥压在了下边。"②还有，土匪五雷以割下耳朵的多少作为奖励。显然，这是贾平凹记忆深刻的一个民间传说。在《老生》中，他就描写了游击队这种奇特的奖励方法。原本是杀死一个敌人割下一只耳朵，然而，"匡三是拿了一把杀猪刀捅死了两个保安，再割下保安的四个耳朵。只是战斗结束后，他给老黑表功，说他杀死了四个敌人"③。而在《山本》中，"五雷在清点带回来的耳朵，突然发现十二个耳朵各是两个两个一模一样，就问王魁这是咋回事……问手下人这是谁在一个死人的头上割下两个耳朵，土匪里钻出六个人，都发咒说他们只割了一只耳朵"④。故事还是那个故事，只是耳朵由四只变成了十二只。

　　诸如此类可称为神来之笔的传奇故事，在《山本》中不胜枚举。它一方面说明了作者对这段生活深厚的累积，另一方面也使作品趣味无穷。

　　最后是跳跃性。在文学创作中，如果是作者亲身经历的事件，他往往会不遗余力精心描摹。比如说《古炉》，贾平凹少年时在故乡目睹了造反派之间的血腥杀戮，因而反映在小说中，他十分详细地表现了武斗时的残酷场面，精雕细琢，细节丰满。又比如说《秦腔》，他一步步看着家乡棣花镇的农民怎样纷纷地离开土地到外地打工，感同身受着他们的痛苦、卑微和艰难，于是下笔时唯恐写得不详，遂整部小说显得苦涩沉重。而在《山本》中，他感到了叙述时的差异。省去的是对具体事件和人物的铺排、描摹，而留下来的则是最让人记忆深刻的部分。

---

① 贾平凹：《山本》，作家出版社2018年版，第236页。
② 贾平凹：《山本》，作家出版社2018年版，第469页。
③ 贾平凹：《老生》，人民文学出版社2014年版，第35页。
④ 贾平凹：《山本》，作家出版社2018年版，第109页。

你看涡镇小学，阮天保和井宗丞是高年级，陆菊人陪着杨钟读低年级。贾平凹在描写陆菊人对阮天保的印象时是这样的："阮天保是骗吃过杨钟带的葱油饼，说：我给你咬出个山字！就吃了两口，葱油饼上是有了个山字形，但葱油饼一半却没有了。那时阮天保的眼睛就小，现在人一胖更小，像是指甲掐出来的。"[①] 在这一段跳跃式的叙述中，杨钟的忠厚、阮天保的奸诈，已分外鲜明。

最典型的跳跃性描写，是小说中对几个主要人物最后结局的处理。英雄谢幕，往往不似戏剧舞台上那般悲壮，而是在不经意间就结束了自己的生命。贾平凹自述，他小说中的主要人物都有原型。五雷、井宗丞、井宗秀几位的死亡，似乎与他们生前的轰轰烈烈截然相反，窝囊可笑。你看土匪头子五雷，受伤后躺在庙中，手下王魁在门外搂住了他的女人。他大怒，却坐不起来，最后被王魁掐住脖子而死。再看井宗丞，这位中学时就投身革命并将父亲绑票的团长，力气大，枪法好，英英武武，竟然被阮天保不知不觉地诱骗上山，被刑瞎子用枪顶着头顶，后一声不吭地滚下山去。还有，那位常常骑着高头大马、威风八面的预备旅旅长井宗秀，坐在家里躺椅上，一颗黑弹就将他的后脑勺打了一个窟窿，没有任何反抗，就一命呜呼。英雄末路，命贱得就如秦岭上的一棵小草。这些源自民间的口头记忆，来自那些曾经是逛山、刀客们的趣谈，贾平凹在《山本》中"跳过了"许多文学作品中惯常的想象、夸张与抒情，让人物结局回归本来面相。然而，却又是这样的震撼人心。

贾平凹曾经神往于一种理想的作品境界。他说："古人讲'文之神妙，莫过于能飞'。飞在于善断，善续，断续得宜，气则充溢，这便有了诗意，也便弃了艰难劳苦之态。"他过去往往感慨于因为对现实的忧伤，而使他的作品苦涩沉重。而在《山本》中，特殊的历史题材与文学积累，使得它充满了神秘、传奇和跳跃之感。

这在他的创作道路上是一次重要的例外，让我们见证了贾平凹小说风貌的别样风情，领略到一种奇幻与疏朗的艺术享受。

三

《山本》的另一创作特色，是小说中对秦岭山区草木和动物丰富而详细的

---

① 贾平凹：《山本》，作家出版社2018年版，第27页。

描写,这是在贾平凹以往的创作中所没有过的。

据作者自述,他原本是想写一本关于秦岭的草木记、动物记,并由此深入秦岭山区进行了数年的探访与采集,然而最后终因能力不足和体力不支未能完成。"没料在这期间收集到秦岭二三十年代的许许多多传奇。去种麦子,麦子没结穗,割回来了一大堆麦草,这使我改变了初衷,从此倒兴趣了那个年代的传说。"① 这应该是正话反说。二十世纪二三十年代的传奇只是"麦草",而秦岭山上的草木和动物才是"麦穗",孰轻孰重,作者自是有着自己的评判。不过,从这部五十万字的小说中看来,作者对秦岭山区植物和动物的记载与描写,无论是在篇幅上,还是在着力点上,一点也不亚于对山中传奇人物的重视。何况作者在小说中还特地安排了一个为官无所事事却对草木虫鸟极有兴趣的麻县长。他辛苦采集标本,留意动植物的秉性,编撰成了一本秦岭植物志和一本秦岭动物志。尽管直到最后也没编定,初稿也毁于炮火,然而也似乎在尽力了却作者的心愿。为什么贾平凹对草木志、动物志如此重视?深入研究,就可发现这是他的一贯主张、一个重要的文学观念。

早在他1984年所写的《王蓬论》中,就表现出对地理环境的高度关注:"大凡文学艺术的产生和形成,虽是时代、社会的产物,其风格、流源又必受地理环境所影响。"他举例说:"陕南山岭拔地而起,湾湾有奇崖,崖崖有清流,春夏秋冬之分明,朝夕阴晴之变化,使其山歌便忽起忽落,委婉幻变。"在他看来,"山歌"如此,其他的文艺种类也概莫能外。所以,他认为:"这种地理文赋需要深入研究。"在《〈逛山〉小引》一文中,他更是明确指出,自古商州匪盗不胜其数的原因与其地理环境密切相关:"我想这是长江流域与黄河流域交错的,也是北方文化与南方文化过渡的商州这块地方的雄秦秀楚的风水所致,山中有明丽之光,也有阴障(瘴)之气凝聚不均所致。"这确是作者的一个奇特发现。由此,他对同样反映了商州生活的长篇小说《李自成》表达了遗憾:"八十年代以来,姚雪垠先生著的《李自成》风靡于世,那就写的是闯王在商州的活动,但先生如椽之笔写尽军营战事,着墨商州地方的极少,世人仍是只看热闹,哪里管得地理风情?"在这里,有没有写出商州的"地理风情",成了贾平凹判断一部作品是否准确、真实与饱满的重要依据。

---

① 贾平凹:《山本》,作家出版社2018年版,第523页。

循着这样的思路,贾平凹在《山本》中有意识地大量描写秦岭山区的植物和动物,并取得了极好的艺术效果。

首先,是用动植物喻示人物性格。专注于研究秦岭植物和动物的麻县长感慨:"这人不是动物变的就是植物变的,有些人胡搅蛮缠是菟丝子,有些人贪得就是猪笼草,有些人是菱角还是蒺藜呀,浑身都带刺!"[①]这也点明了作者的用意。"狗撵兔,兔就要跑,跑得太快了还得停下来往后看看狗,兔跑得一溜烟没了踪影,那狗还会撵吗?"[②]这与人类社会敌对双方的情景如出一辙。"飞鼠以金钗为食,生性凶猛敏捷,能在空中滑翔十多丈远,连拉下的粪也是中药里的五灵脂。"[③]这又与人类社会中的窃国大盗相仿。"绿茶吧就像这位刘小姐,娇嫩婉约,含羞怡人,黑茶就如这位犹抱琵琶半遮面又蕴含勃勃生机的总领掌柜,洗尽铅华却历经沧桑卓尔不群。"[④]绿茶指的是花生,黑茶则是喻示陆菊人。而秦岭的蟒蛇则酷似五雷、井宗秀这样的草莽英雄:

> 不时传来某沟岔有了蟒蛇,常在月圆时分,嘘气成云,而采药的打猎的割漆的伐木的,还有那些脚客,一旦误中其中,立即身子僵硬,气短而死。更多的人,几乎是一个村一个寨的,都害起嗓子疼,轻者咳嗽,重者喉咙化脓,口水难咽,必须去山上寻七叶子树。[⑤]

小说中,有一副清朝秦岭道衙门的旧门联:"秦岭地,每嗟雁肃鸿哀,若非鸾凤鸣岗,则依人者,将安适矣;万千山,时勤狗盗鼠窃,假使豺狼当道,是教道也,安可禁乎。"[⑥]描绘的是一幅秦岭山区人畜混杂、善恶并生、莽莽苍苍的景象。小说中对种种植物、动物的描写,都可加深人们对作品中故事和人物的理解。

其次,是渲染气氛、强化作品的艺术效果。预备旅与阮天保在银花镇打了一仗,死亡五十一人,整个涡镇都沉浸在一片悲痛之中,而就在那天晚上,寿材铺杨掌柜被一棵古柏树压死了。"整整一夜风与雨,虎山崖驻守的一班士兵并没

---

① 贾平凹:《山本》,作家出版社2018年版,第481页。
② 贾平凹:《山本》,作家出版社2018年版,第386页。
③ 贾平凹:《山本》,作家出版社2018年版,第336页。
④ 贾平凹:《山本》,作家出版社2018年版,第301页。
⑤ 贾平凹:《山本》,作家出版社2018年版,第84页。
⑥ 贾平凹:《山本》,作家出版社2018年版,第117页。

有听到柏树扭折倒地的轰声,第二天后晌他们轮换下山,经过龙王庙旧址,打老远没见了柏树,跑近去,才发现柏树倒在那里,树底下还压着杨掌柜。"[1]古柏树是涡镇的象征,它的突然扭折倒地,无疑加重了阴森的气息。又如,当井宗丞被阮天保骗到山神庙时,陡然见到了十多年未见的水晶兰。"这蔟水晶兰可能是下午才长出来,茎秆是白的,叶子更是半透明的白色鳞片,如一层薄若蝉翼的纱包裹着,蓓苞低垂。"[2]他好奇地问哨兵:"这儿还有娇气的水晶兰?"小兵说是"冥花"。冥花就是死亡之花。作者在井宗丞临死之前安排这段描写,无疑更加映衬了井宗丞的无知与幼稚。

最后,贾平凹关于秦岭山脉植物和动物精彩的描写,增加了知识,还平添出许多趣味。"蝎又分雌雄,雄者蜇了人就在蜇处疼,雌者蜇了就牵扯得浑身都疼"[3],这是说蝎子的雌雄之别。"熊的胆力春天在首,夏天在腹,秋天在左足,冬天在右足"[4],这是说熊胆在不同季节的功效。"麻雀肉吃多了,人脸上就潮红,浑身燥热,裤裆里动不动就硬起来,家在镇上就晚上回去一次,而镇上没有家眷的,便到厕所里自己解决。"[5]这是说麻雀的壮阳功能。另外,有的描写很有趣味。"羚牛多有肚子里生了虫,见了黄檗树就啃皮,黄檗树皮有毒,能把虫杀死,但啃得多了,又能毒死羚羊。"[6]所以,在黄檗树附近常能找到死亡了的羚羊。"转眼麦收过了,狼却多起来。李文成的娘晚上听到鸡扑啦扑啦响,起来没发现黄鼠狼子,却看到月光下猪圈里有了一只狼,狼用嘴咬着猪耳朵,用尾巴在猪屁股上打,要猪翻圈墙。"[7]这幅狼对猪咬耳扇尾图,真是活灵活现、趣味十足。

雨果在《莎士比亚传》中曾经这样高度评价动植物在剧作中的精彩运用:"在莎士比亚作品中,百鸟在歌唱,灌木在抽叶,人们心心相印,息息相通;云彩在游荡,天气时冷时热,晨钟暮鼓;朝发夕至,森林窃窃私语,人们促膝交谈。"世界上的许多伟大作家,都让动植物在作品中担当起重要的角色。在中国,古人说落草为寇,说的是在山上为匪的寇其实与草木是相仿的。在贾平凹

---

[1] 贾平凹:《山本》,作家出版社2018年版,第373页。
[2] 贾平凹:《山本》,作家出版社2018年版,第459页。
[3] 贾平凹:《山本》,作家出版社2018年版,第104页。
[4] 贾平凹:《山本》,作家出版社2018年版,第153页。
[5] 贾平凹:《山本》,作家出版社2018年版,第233页。
[6] 贾平凹:《山本》,作家出版社2018年版,第84页。
[7] 贾平凹:《山本》,作家出版社2018年版,第189—190页。

这里，天气就是天意，一方水土养育出一方的人物。他认为秦岭山区的各类草莽英雄，在本原上，就是这方水土的产物。"成了气候的就是军阀，没成气候的还仍做土匪，土匪也朝思暮想着能风起云涌，便有了出没在秦岭东一带的逛山和出没在秦岭西一带的刀客。"[①]他写草木志、动物志，其实就是在写秦岭山区的各色人物。而表现到创作特色方面，在血腥的抢劫和杀戮中加入大量的动植物描写，则也使作品舒缓、从容，多了一分俊逸之美。

贾平凹是一位具有多种艺术才华和丰富知识积累的作家。他在表现现实题材的生活时，往往饱含深情，充满忧伤，艺术风格显得苦涩、沉重。而在这部表现二十世纪二三十年代秦岭山区的种种传奇的作品中，则又有了新的艺术风貌。浩瀚、厚重、饱满的描写中，又显得俊逸、疏朗和传奇。这是贾平凹创作道路上的一次新的收获。它给我们惊喜，也值得我们认真研究与思考。

（原载《南方文坛》2019年第1期）

---

① 贾平凹：《山本》，作家出版社2018年版，第5页。

山之本相，史之天窗

——论《山本》

张晓琴

《山本》是贾平凹必然要写的一本书。他本想写一部《秦岭志》，写秦岭的草木、动物。他也确实做了这方面的大量工作：去过秦岭的起始昆仑山和秦岭的许多名山，走进秦岭才发现，他不过看见秦岭之九牛一毛。秦岭之大之深，在他想象之中又超出了他的意料。贾平凹进秦岭，原本如一只鸟飞进树林子、一棵草长在沟壑里，然而，他收获了一段植根于民间的二十世纪二三十年代秦岭史，这段历史让他升腾而起，由此看清秦岭的山高水长，浩渺苍莽。贾平凹以传统之手法和现代之目光将一段秦岭的民间史展现得淋漓尽致。《山本》是贾平凹的"现代秦岭左传"，面对它，就是面对浩茫的秦岭、家国的痛史、世道的荒唐、复杂的人性，以及亘古的人类之爱本身。

民族之龙脉

"一条龙脉，横亘在那里，提携了黄河长江，统领着北方南方。这就是秦岭，中国最伟大的山。山本的故事，正是我的一本秦岭之志。"[1]《山本》题记如是说。既然是秦岭志，那就首先回到秦岭本身，即山之秦岭。

《辞海》上这样解释秦岭："横贯我国中部，东西走向的古老褶皱断层山脉。……渭河、淮河和汉水、嘉陵江水系的分水岭，我国地理上的南北分界线。广义的秦岭西起甘、青两省边境，东到河南省中部，包括西倾山、岷山、迭山、终南山、华山、嵴山、嵩山、伏牛山等。狭义的秦岭指陕西省境内一段。……海拔在 2000～3000 米。主峰太白山（3767 米），北侧断层陷落，山势雄伟。……

---

[1] 贾平凹：《山本》，作家出版社2018年版。本文所引《山本》内容均出自该版本，不再一一列出。

山间河谷为南北交通孔道。"① 事实上，秦岭也是陕西省内关中平原与陕南地区的分界线。贾平凹的家乡棣花镇就在秦岭一隅，少时的他就喜欢一个人在山里漫游，山里的一切令他流连忘返。少年贾平凹感受到了秦岭的美丽丰富，却又无法形容，他说："我就是秦岭里的人，生在那里，长在那里，至今在西安城里工作和写作了四十多年，西安城仍然是在秦岭下。话说：生在哪儿，哪里就决定了你。所以，我的模样便这样，我的脾性便这样，今生也必然要写《山本》这样的书了。"

如何写秦岭才是最重要的问题。贾平凹不止一次进山，他首先遇到的是秦岭的动植物，于是，物之秦岭成为《山本》的一个重要构成。书中对秦岭的动植物最有感情的是麻县长，他自称是平原上来的人，却对秦岭山中的动植物了如指掌。其实他本来也想为民作主，但身处乱世很无奈也很无能，他说："是我无能为天地立心，为生民立命，为往圣继绝学，为万世开太平，但我爱秦岭。"麻县长爱秦岭，专注于秦岭的草木禽兽，给后世留下了《秦岭志草木部》和《秦岭志禽兽部》两部手稿。井宗秀一行三人去县政府找麻县长，麻县长开口即说：看吧看吧，今早我一进办公室，那花开了三朵，思忖着是不是有三个人要来说好事呀？！井宗秀并不知道这草还能开花，麻县长立刻将这种植物的特性讲得清清楚楚了。而三人出门后却讨论的是麻县长是个文人，到底弄不成事，最重要的是，没有用花来形容男人的。麻县长之所以释放井宗秀师徒四人，完全是因为一股风吹开了桌子上的公文，他近看，是井宗秀师徒四人的案卷。他认为是天意让这宗案子一吹了之，于是就提前批了文，让释放四人。四人"释放时，麻县长是站在窗前，窗前下有十几盆他栽种的花草，有地黄，有莘苈，有白前、白芷、泽兰、乌头、青葙子、苍术，还有一盆莱菔子。他喜欢莱菔子，春来抽高薹，夏初结籽角，更有那根像似萝卜，无论生吃或炖炒，都能消食除胀，化痰开郁。"麻县长内心里是抑郁的，这个时候说莱菔子是化气而非破气之品，喜欢它是因为它可以消郁散结。可见他在此当县长不能为民作主，心中郁结时日已长。

秦岭的动植物自然是秦岭重要的一部分构成，贾平凹确实花了大量的笔墨在秦岭的动植物上，这在某种程度上也可看作是一种叙事策略，在惨烈的战争

---

① 《辞海》第六版缩印本，上海辞书出版社2010年版，第1505页。有关太白山的海拔，不同时期的资料上数据略有差异。

叙事中平静地讲述动植物，这是更真实的自然和历史。若仅仅局限于此，则非贾平凹本意——贾平凹要写的秦岭志显然是一部民族志，而非像书中的麻县长那样以记录秦岭的动植物为事业。秦岭的动植物也是有灵性的，它们自成一世界，却又与人事保持着微妙的距离，而且往往充满深层象征寓意。最具典型性的是水晶兰。井宗丞遇到一株水晶兰，蕾苞低垂。他走近，有两三只蜂落在蕾苞上，蕾苞竟然昂起了头，花便开了，是玫瑰一样的红。蜂在上面蠕动，柔软细滑的花瓣开始往下掉，不是纷纷掉落，而是先掉下来一瓣，再缓缓一瓣一瓣掉落，显得从容优雅。井宗丞知道此花不能掐，只是伸手去赶蜂，而蜂仍在花上蠕动，不一会儿花瓣就全掉落了，眼看着水晶兰的整个茎秆变成了一根灰黑的柴棍。井宗丞感叹此地还有娇气的水晶兰，旁边的小兵则说：我们叫它冥花。冥花是黄泉路上才长的花。这花一直不开，但一见井宗丞立刻就开，暗寓井宗丞将走上不归路。井宗丞接下来的命运果真如此。

因为对秦岭的草木之爱，贾平凹将笔下女性以花来命名。陆菊人，是菊花一般的人，菊花是中华民族喜欢的花，高洁傲霜，陆菊人也是一个恪守传统礼节的纯洁的人。花生的名字并不取自于食物花生，而是如花一般出生，如花一般的生命。秦岭的动物更是充满灵气，小说中的许多人物在战争与杀伐中离开了人世，而陆菊人的那只黑猫却贯穿小说始终。贾平凹曾经在一篇散文中说猫太狐媚，不养。但是《山本》中的黑猫却是一个神秘而不可或缺的存在，每当有重要事情发生时，它就会出现，仿佛是一个幽灵般的见证者。当然，贾平凹也会写一些与故事本身关联性不是特别强的动植物，比如叫声像在喊人名的山鹧、长着狗身人脚的熊、牙长如象的野猪，这样的秦岭才是丰富的、真实的。

贾平凹并非真的想写一部秦岭的百科全书，他最重视的是秦岭的地理位置及地位。他借小说人物之口说，秦岭可是北阻风沙而成高荒，酿三水而积两原，调势气而立三都。无秦岭则黄土高原、关中平原、江汉平原、汉江、泾渭二河及长安、成都、汉口不存。秦岭其功齐天，改变半个中国的生态格局。秦岭显然不仅仅是南北中国的分界线，更是民族的脊梁，中华文明的龙脉。只有在这个层面上，方能理解小说中陆菊人的三分胭脂地的重要意义。《山本》开篇便写："陆菊人怎么能想得到啊，十三年前，就是她带来的那三分胭脂地，竟然使涡镇的世事全变了。"陆菊人一出场就表现出超出她年龄的成熟与沉稳。她被许给涡镇杨家做童养媳，只要三分地做嫁妆，是因为无意中听到了两个赶龙脉的人的对话,说她家的这三分地是好地方,能出个做官人。于是,这三分胭脂地就和八里之外的涡镇发生了关联。

陆菊人嫁到杨家发现自己的丈夫杨钟根本是个扶不起来的人,自然不能寄希望于他。她只有守着三分胭脂地的秘密,毕竟那块风水宝地给她带来希望。然而,她的公爹杨掌柜没有和她商量就把这块地送给了井宗秀。她知道后痛哭不已,越哭越悲切,但最后也只能接受现实,何况她从内心里是欣赏井宗秀的。于是她告诉井宗秀,那三分地不是一般的地。井宗秀并不理解,在给父亲挖墓穴的时候,却挖出了古代武士的墓。这个事件似乎离奇,却寓意深远。秦岭自古就有武士,自古就有杀伐,这三分地是宝地,但并不是出达官贵人之地,而是出武士之地。从这个武士的陪葬物看,他至少是有一定的身份地位的。古代武士的墓葬让井宗秀在经济上翻了身。他把其他古董拿到县城卖掉,只留下了一面铜镜,后来,他把这面铜镜送给了陆菊人,但陆菊人并不理解铜镜上面的字。陆菊人的三分胭脂地只在秦岭深处一个小小的纸坊沟,就已经是个出官人的地方了。从古代不知名的武士到此时的井宗秀,他们都是秦岭历史中活跃在浪尖上的人。而整个大秦岭,连通着中华民族的龙脉无疑了。

在这个意义上,再回过头看《山本》的题记,就有了一个清晰的认识。在贾平凹看来,中国的大部分历史发生在秦岭南北,写秦岭,就是写中华民族。故而,《山本》也就是"秦岭志",其实就是二十世纪二三十年代的一部民族志。这部作为民族志的小说中呈现的还有史之秦岭,也就是发生在秦岭的民族痛史,有关这一点,本文后有专论,此处先不赘述。

传统之创化

在当代作家中,贾平凹对于传统的继承与创化引人瞩目。《废都》中有着明显的《红楼梦》和《金瓶梅》的影子,《老生》中对《山海经》有复活性引用,这些与百年中国历史的书写产生一种很强的张力。同时,其作品中传统文人笔记的特点显而易见。如艾略特所言:"如果传统的方式仅限于追随前一代,或仅限于盲目地或胆怯地墨守前一代成功的方法,'传统'自然不足称道了。"[①] 贾平凹对传统的过去性和当下性有充分的认识,他将传统进行了独特的创新和转化,

---

① 艾略特:《传统与个人才能:艾略特文集·论文》,卞之琳、李赋宁等译,上海译文出版社2012年版,第2页。

彰显出了新的意义。

　　首先,《山本》的叙事有很强的传统性,其叙事时间上的模糊性和叙事的时间修辞特征最为鲜明。贾平凹所叙之历史事件是二十世纪二三十年代秦岭战事,其原型是井岳秀井勿幕兄弟,但《山本》中并不刻意去追求他们的人生与战争的时代背景的准确性。陈思和称《山本》为"民间说野史",认为当代民间说史到了贾平凹的《老生》《山本》已经日臻成熟,俨然形成创作流派。民间说史的特点在于:它自觉分离庙堂话语编构的正史,另筑一套民间话语体系。贾平凹巧妙运用这样一个看似明显有误的叙事时间,体现了民间说史无时间感的叙事特点。时间的含混与模糊确实是民间说史的一个重要特点,《山本》在这一点上与《红楼梦》也非常相似。贾平凹少时即读《红楼梦》,对其中的文学精神体会至深,他明白曹雪芹借贾雨村之言道出了生命的自由经验,即红尘究竟是到头一梦,万境归空。《山本》的所欲达到的境界与《红楼梦》的境界极为相似。而从叙事时间来看,贾平凹也是受了曹雪芹的影响,曹雪芹自云所述之事"朝代年纪、地舆邦国却反落无考",并借石头之口道出了小说的本质:"历来野史,皆蹈一辙,莫如我这不借此套者,反倒新奇别致,不过取其事体情理罢了,又何必拘拘于朝代年纪哉!"

　　从叙事的时间修辞来看,中国传统叙事的时间修辞一般具有完整的时间长度,比如《红楼梦》中的由盛而衰,"好一似食尽鸟投林,落了片白茫茫大地真干净",《水浒传》中的由聚到散,《三国演义》中的"分久必合,合久必分",《金瓶梅》中的"由色入空",在中国古人看来,时间是永无止境的,而人的生命是极其有限的,故而在时间面前,个体生命是悲剧性的存在。与此相关,中国传统叙事的美学风格往往是悲剧性的。而"十七年革命历史小说"往往在时间修辞上是断裂的,结尾写到革命阶段性的胜利而收场,美学风格上更倾向于壮剧。《山本》的时间修辞是具有完整长度的,小说结尾处秦岭深处的现代革命尚未取得阶段性胜利,涡镇还成了秦岭上的一堆尘土,这显然与传统叙事的时间修辞一脉相承。

　　其次,贾平凹在《山本》中充分表达了他的传统人格之理想。有关理想人格的表达和追求是贾平凹近年小说的一个重要特点,他在多部长篇小说的后记中提到中国古代先贤的名字及其诗句:《极花》后记中的两句诗是宋诗中的名句,其中"沧海何尝断地脉,朱崖从此破天荒"出自苏氏兄弟之手,贾平凹认为苏轼应该最能体现中国传统人格理想，而其诗词文赋书法绘画又最能体现这一点。《山本》后记中提到了倪云林，倪云林是元朝末期的大画家，一生因两件事而出名，一是画画，二是洁癖。贾平凹引倪云林之语的原因有二：一则慨叹历史洪流中的生命之脆弱，是非成败转头空而已；二则以倪云林来暗喻浊世之中人的精神洁癖，即"只傍清水不染尘"。贾平凹在后记中说："一次去太白山顶看老爷池，池里没有水族，却常放五色光、卍字光、珠光、油光，池边有一种鸟，如画眉，比画眉小，毛色花纹可爱，声音嘹亮，池中但凡有片叶寸荑，它必衔去，人称之为净池鸟。这些这些，或许就是《山本》人物的德行。"太白山是秦岭的主峰，贾平凹在山顶看见了秦岭之苍茫，亦看见了生命之渺小，但他看见了这种有洁癖的净池鸟，它们是《山本》中人物的化身。

陆菊人是《山本》中最不容忽视的人，小说以陆菊人始，以陆菊人终。涡镇世事之变因她带去的三分胭脂地而起，她外形俊美，虽说识字不多，却明白事理；做一手好饭菜，做茶业生意也很成功；她有胆识，凡事都能从大处着想，不惜牺牲自身利益。小说把陆菊人放在各种关系中考量，方显现出她的与众不同。她内心是深爱井宗秀的，井宗秀也爱她，但她遵行了那个时代的礼与法，与井宗秀没有半点过分的举动。只有她敢于在重要关头对井宗秀直言。井宗秀虽然优点多，但也曾一度把自己当成涡镇的土皇帝，像古代皇帝翻牌子一样找涡镇的女人，这种事，也只有陆菊人敢站出来明言阻止他。因为她对那三分胭脂地有信心，也对井宗秀有信心。当井宗秀娶了花生后，她才知道原来井宗秀因为一场战争而丧失了性功能。说到花生，她似乎可看作陆菊人的替代品，陆菊人对她有相惜相怜之情。她们的女儿性像极了《红楼梦》中的女儿性。小说中有关她们的事费了大量笔墨，陆菊人是花生的人生启蒙老师，她教花生如何走路的细节在小说中不止一次出现。最令人难忘的却是陆菊人和花生要填大土坑为地基建作坊，听闻井宗秀来了，两人不厌其烦地收拾打扮，足有一顿饭的工夫，两人才出门。贾平凹对两人出门时的装扮描述得很细致，说两人一到街上，惹得所有人眼睛都发亮，迎面的人走过去了还都扭头回看，预备旅的兵竟然喊着笑着起哄。花生又一次不会走路了，而陆菊人则非常冷静。这样一个倾向于完美的人，儿子却成了残疾，这与《秦腔》中白雪生的孩子没有肛门一样，其实是隐喻，隐喻民间传统的完美人格后继乏人。

陆井二人是通过一面铜镜关联起来的。铜镜在中国古代象征着爱情和团圆。井宗秀把从三分胭脂地中挖出的古董卖了,唯独留下这面铜镜,并送给了陆菊人。铜镜上的文字是:内清质昭明光辉夫日月心忽而愿忠然而不泄。昭明镜是西汉镜,由此可见,胭脂地中所葬武士年代久矣。昭明,即照明,井宗秀曾对陆菊人说,你就是我的菩萨。他送陆菊人铜镜的用意有二:一是曲折表达自己的爱意,二是希望陆菊人能和他相互照明彼此的人生。

陈先生代表了中国传统文化中的另一种人格,他不单给人治身体之疾,更时时处处给人疗救心病。他是盲人,却是涡镇唯一的清醒者,世事洞明。陆菊人在遇到困难时首先想到陈先生。她在难以抉择是否去经营茶业时,去找陈先生打卦,陈先生并未给她打卦,只和她说了几句,她立刻明白了。小说结尾处,涡镇遭遇炮轰,大部分房子都毁了,安仁堂的那几间平房却安然无恙,陈先生和剩剩,还有他的一个徒弟站在门外的娑罗树下。这个细节意味深长,娑罗树,是佛教的圣树之一,娑罗子则是一味中药,可疏肝理气,和胃止痛。娑罗树在,陈先生还在,他的徒弟还在,民间的信仰、正气、理想与希望就还在。涡镇遭到炮轰时,他只问:"今日初几了?陆菊人说是初八。他说,初八,初八,这一天到底还是来了。陆菊人说,你知道会有这一天吗?他说,唉,说不得,也没法说。"这个时候,再回到小说开始不久,陆菊人和杨钟圆房时,宽展师父吹奏《虚铎》时,杨钟问是笛还是箫,陈先生说,是尺八。尺八,与初八谐音,可陈先生没法说。

吹尺八的宽展师父是一个哑尼姑,总是微笑着,手里揉搓一串野桃核,她一吹奏尺八,听的人立刻感觉空灵恬静,一种恍如隔世的忧郁笼罩在心上。她吹的最多的是《虚铎》,此曲又名《虚铃》,是历史上记载最早的尺八曲,独奏时悠远深邃,合奏时尽显佛教气息。宽展师父来自地藏王菩萨庙,这是一个独特深远的宗教意象。贾平凹对地藏菩萨情有独钟,他在《带灯》后记中这样写过,"地藏菩萨说:地狱不空,誓不为佛。现在地藏菩萨依然还在做菩萨,我从庙里请回来一尊,给它献花供水焚香"[①]。秦岭历史上的战乱与杀伐太多,贾平凹看见了历史中的那些英魂与冤魂,他欲以小说超度他们,地藏王菩萨便出现在书中。

由此,便理解了贾平凹所说:"我需要书中那个铜镜,需要那个瞎了眼的郎中陈先生,需要那个庙里的地藏菩萨。"一面铜镜照彻古今,一位郎中医病治

[①] 贾平凹:《带灯》,人民文学出版社2012年版,第358页。

心，一尊菩萨超度世人，这就是《山本》。

现代之左史

如何书写历史是近年学界的热点，也是贾平凹近年执着用力所在。《老生》中呈现的是百年中国历史，又辅之以《山海经》中的古老中国历史，以宏大笔触绘出了中国历史双重空间。《山本》则换了一种方式，呈现的是二十世纪二三十年代的秦岭史。然而，透过这一段历史，看到的是人类的历史与存在。《山本》后记中的这段话非常重要："不论是瓦房或是草屋，绝对都有天窗，不在房屋顶，装在门上端，问过那里的老少，全在说平日通风走烟，人死时，神鬼要进来，灵魂要出去。在《山本》里，我是一腾出手来就想开这样的天窗。"毫无疑问，贾平凹在这一点上实现了他的初衷。《山本》是历史的一扇天窗，透过它，可见人类历史千秋之雪。

涡镇，是历史的旋涡所在之处。贾平凹在这样一个地方拉开故事的大幕自然是别有一番用意的。历史中行进的不只是《山本》中的所有人，最为小心的却是作者。秦岭深似海，在深海中行船，目光自然要看向秦岭深处，亦要看向历史深处。贾平凹对传统的继承与创化是鲜明的，但他在《山本》中的历史观却是颇具现代性的。

中国文学进入当代以来，中国现代革命历史的书写经历了两次大的浪潮。第一次是中华人民共和国成立之初的"革命历史小说"，第二次是二十世纪八九十年代的"新历史小说"。"革命历史小说"中的中国现代革命历史，大多数情况下指中国共产党领导的革命斗争，其重要使命是重建中国现代革命历史，它讲述革命的起源、千难万险的曲折经历，以及最终走向光明与胜利的结局。故而有学者称"革命历史小说"是"在既定的意识形态的规限内，讲述既定的历史题材，以达成既定的意识形态的目的：……通过全国范围内的讲述与阅读实践，构建国人在这革命所建立的新秩序中的主体意识"。获得很大声誉的"三红一创，青山保林"即《红日》《红岩》《红旗谱》《创业史》《青春之歌》《山乡巨变》《保卫延安》《林海雪原》是"十七年革命历史小说"的代表作。当时之所以出现大量的"革命历史小说"，是有很强的现实意义的："第一、二次国内革命战争和解放战争是中国人民一部惊天动，泣鬼神的史诗，这些斗争在反动统治时期的国民党统治区域，几乎是不可能被反映到文学作品中间来的。现在我们却需要去补足文学史上这段空白,使我们人民能够历史地去认识革命过程和当前现实的联系,从那些可歌可泣的斗争的感召中获得对社会主义建设的更大信心和热情。"[1]"十七年的革命历史小说"大多追求史诗性的品格,塑造的英雄往往是倾向于完美人格,少有缺点。直至20世纪80年代,中国作家受新历史主义思潮影响,开始重写中国现代革命历史,因为在他们看来所有的历史书写都不可能真正地达到还原历史真相的目的。"新历史小说"不再注重史诗性品格的追求,更加强调民间视角和个人体验。不可否认的是,一些"新历史小说"因为过于强调对已有历史文本的解构而隐约呈现出虚无和非理性的特点。

到了贾平凹这里,书写历史完全是一种全新的、让人意料不到的方式。《山本》中的历史既不像"革命历史小说"那般目标清晰,也不像"新历史小说"那样强调个人。《山本》中,贾平凹用了一种法自然的方式书写历史,同时,将民间历史的传奇特点和盘托出。在这一点上,贾平凹体现出了与其他同代作家完全不同的另一种现代性史观。他和秦岭二十世纪二三十年代的历史互相遭遇,感到自己与历史神遇而迹化,而《山本》是从那堆历史中翻出的另一个历史。说到秦岭二十世纪二三十年代的历史,不得不提到井岳秀。《山本》中的井氏兄弟显然是以井岳秀井勿幕兄弟为原型的。井勿幕是陕西辛亥革命的先驱和领导人之一,被孙中山誉为"西北革命巨柱"。井勿幕曾留学日本,加入过同盟会,回陕西发展组织,任陕西支部长。后再赴日本,在东京成立同盟会陕西分会。井勿幕离世较早,三十一岁时在陕西兴平被人杀害。其兄井岳秀在陕西活跃的时间较长,且影响更大,人称榆林王,此人的经历本身就是一部传奇。他早年受井勿幕影响加入同盟会,保护过革命党人的安全,也曾设法为革命筹措活动经费。他救助过兵败时的杨虎城。二十年代中期,井岳秀在榆林组织了陕北国民革命军,任陕北国民革命军总司令,杨虎城以陕北国民革命军前敌总指挥的身份率兵南下西安,才有了一番成就。井岳秀镇守榆林二十余年,维护和平。其间重视支持地方教育,促进经济发展,并把现代化生产设备引进陕北,曾造福一方。最终,井岳秀也死于意外,有关他的死因说法不一,但是历史就是这样,在荒唐的世道里,任凭一个人如何纵横驰骋,最终未必轰轰烈烈的消逝,往往是没有防备、悄无声息的。

---

[1] 邵荃麟:《邵荃麟全集第1卷:文艺理论与批评》上,武汉出版社2013年版,第395页。

贾平凹无意去铺陈这段历史如何风起云涌，他看到的是战乱中的秦岭，大地上"一尽着中国人的世事，完全着中国文化的表演"。故而他在写秦岭风云变幻的同时不忘关照普通人的内心。前者往往体现出历史的必然，而后者则体现出历史的偶然。在大的历史旋涡中，普通人往往是无助的，其内心与抉择有时候是理性的，有时候则是非理性的。例如，陆菊人不知道自己该不该去经营茶业时，坐在门槛上想哭。她心想，若是院门口能走过什么兽，那我就去。又一想，镇上能有什么兽呢？但是这时，陈皮匠从门口走过，紧接着门口出现一个和陈皮匠合作的猎人，从篓里取出一只豺猫、一只狐狸。陆菊人用手捂住了心口。就这样，她决定去经营茶业了。虽然她还是不相信自己，但最终还是去了茶行。

贾平凹说："作为历史的后人，我承认我的身上有着历史的荣光也有着历史的龌龊，这如同我的孩子的毛病都是我做父亲的毛病，我对于他人他事的认可或失望，也都是对自己的认可和失望。《山本》里没有包装，也没有面具，一只手表的背面故意暴露着那些转动的齿轮，我写的不管是非功过，只是我知道了我骨子里的胆怯、慌张、恐惧、无奈和一颗脆弱的心。"这就是贾平凹的写史之法，法自然，去修饰。秦岭的历史是秦岭的山脉草木禽兽的历史，但最终是秦岭南北的人的历史，贾平凹要作的，是把这一切以现代的眼光记录下来，犹如一个现代秦岭的左史。

是的，一切都会成为历史。贾平凹站在秦岭至高处，或是太白山山顶，或是云河之中，只见秦岭依旧在，几度夕阳红。他想起了倪云林的话：生死穷达之境，利衰毁誉之场，自其拘者观之，盖有不胜悲者，自其达者观之，殆不值一笑也。贾平凹看见了爱之花朵盛开。不论历史如何演变，杀伐如何惨烈，世道怎样荒唐，人类依然绵延，因为有爱。于是乎，那些过去的历史碎了一地，过去的一切都化作秦岭上空的烟云。

小说结尾处，炮弹不停地落在涡镇，高大的屋院塌了，残墙断壁上火还在烧，黑烟在冒。火光中，那座临时搭建的戏台子成了散落一地的木头。陆菊人说，这是有多少炮弹啊，全都要打到涡镇，涡镇成一堆尘土了！陈先生说：一堆尘土也就是秦岭上的一堆尘土么。于是，"陆菊人看着陈先生，陈先生的身后，屋院之后，城墙之后，远处的山峰峦叠嶂，以尽着黛青"。

《山本》就此收尾，而秦岭志却还没有结束。贾平凹曾经站在都市回望故乡,他自喻那时是写作流寇。现在,贾平凹回到了故乡棣花镇,一座以花命名的古镇。"常棣之华,鄂不韡韡。凡今之人,莫如兄弟。死丧之威,兄弟孔怀。"《山本》问世时,野梨花怒放着欲漫过商山。时值清明,《山本》是对那些战争与杀伐中离开的兄弟的一次招魂,是一部超度民族亡灵的刻碑之作。贾平凹回归的又不仅仅是棣花镇,而是大秦岭,他的文学根据地。他站在这里回望整个中国,回望民族历史。一个个人从秦岭中来,又回秦岭中去,不见影踪,只有秦岭依旧绵延,秦岭南北的人因爱绵延。何必费心强辨这一段历史发生于何年何月,所写何人何事。不妨且进秦岭,悠然看山,且信山中的一草一树、一鸟一兽,且信它们即是山之根本。

(原载《当代作家评论》2018年第4期)

历史叙事与写意山水

——《山本》论之一

吴义勤 王金胜

贾平凹《山本》以涡镇为叙事聚焦和省思历史的视点，祛除现代性话语遮蔽，直面现代历史的原初情境，建构真正属己的意义世界和美学境界。小说书写现代史，既是人间实有的写实，又有民间文化的神秘幽邃，亦是以传统写意美学对历史、生活之写实性的超越。小说借民族传统智慧和中国的艺术精神，以山水画的艺术手法，使深沉厚重的历史感与苍茫浩荡的宇宙感交相辉映，创化生成一种集现代性、传统性与民间性一体的现代历史叙事美学新境。

一、"涡镇"：作为历史暴力叙事的原初情境

《山本》以偏居秦岭一隅的涡镇为中心，通过个性独特且富有人性深度的人物，写"现代""历史"对前现代中国社会秩序、伦理观念和世道人心的影响与塑造，写人们在浩荡历史潮流中，无法逃避的苦难遭遇和悲剧命运。

《山本》对二十世纪二三十年代乱世中国的政治形势和社会状况，有清晰的刻画。军阀、土匪、游击队、红十五军团、逛山，各方武装割据一方，或联合或分裂或对抗，战火纷飞，生灵涂炭，有《古炉》《老生》式的对历史情境和场景的表现。小说亦写人的你争我夺的权力欲望，人在历史风云变幻中生存挣扎和身不由己地被缚和无声无息地死灭，尤其令人触目惊心的是，命运的不可捉摸和变幻莫测，非理性非人性的疯狂杀戮，而这些往往与某些崇高伟大的信仰勾搭连环、暗通款曲。

涡镇作为小说叙史的聚焦，既是各方力量争斗的舞台和争夺的对象，又是各方政治力量代表人物的出生、成长之地，各类人物发生千丝万缕联系的地方。驻扎涡镇的预备团团长井宗秀，加入秦岭游击队、红十五军团的井宗丞，曾在

县保安队服役、后加入游击队的阮天保，都是涡镇人，历史就在涡镇展开，并由这些涡镇人亲身参与或推动。这是《山本》叙史的主要内容和主线。陆菊人与井宗秀的感情线索，包括井宗秀在陆菊人启示和点化下，成为独据一方的武装力量领导的过程，亦是在涡镇这一环境，得到明确叙述的。这是《山本》叙史的另一主要内容和副线。如其名示，涡镇在历史旋涡中载浮载沉。

不仅涡镇百姓被各方势力挟制，成为其斗争的牺牲品，其余各类各色人物，亦被历史激流裹挟甚或被其巨大旋涡吞噬。小说开篇即写井掌柜为应对乱世生活困境，暗地联络成立互济会，后保管集资。却不知因何走漏消息，被绑票勒索。井家破财赎回后，井掌柜却又不慎跌落粪窖溺亡。事实上，这一切都是其在县城读书、追求进步的长子井宗丞暗中所为的。吊诡的是，后者虽大义灭亲，积极投身革命，忠诚勇敢，却又在红十五军团的派系斗争中，被公报私仇的阮天保暗中私自处死。麻县长虽有报国为民之志，却无处施展。他不仅指挥不了保安队，亦被井宗秀操控。预备团将县政府从驻地平川搬迁到涡镇，"挟天子以令诸侯"。被挟持软禁的麻县长，唯有编纂秦岭草木禽兽志，以为寄托，最终在红十五军团攻打涡镇的战斗中自沉涡潭。

《山本》写历史的暴力性和人性的暴力与阴暗面。小说以简淡笔墨表现历史的怪谬与生命的惨淡，浸透作家文以言志的伦理意图，同时脱却了温柔敦厚的诗教要义。保安队剿共，将其头目割头悬挂于旗杆，长工用烧煎后的蓖麻油灌死财东地主，后又被叛徒和奸细刺死，等等。

井宗秀是一个有着丰厚的人性深度和历史反思力度的乱世枭雄。小说完整地表现了其政治军事生命和情感生命状况。他乱世图存，周旋于各方势力中。他由一个学徒转为画师，又经历丧父之痛和现实的催逼，心智渐趋成熟，亦由此变得精明而残忍阴鸷。他挑动土匪内部矛盾，设计让二架杆子王魁杀死头架杆子五雷，又联合保安队里应外合杀死王魁，彻底消灭盘踞涡镇的土匪，在与阮天保的竞争中占得上风，掌握预备团，架空麻县长，将权力置于自己主导之下，既促进了涡镇经济和商业的发展，又扩张了势力范围，占据政治和军事上的主动。他大权独揽，心理、性格也随权欲的膨胀而变异，行事独断专横，为建钟楼和戏楼横征暴敛，成为剥削涡镇百姓的独夫民贼。他治下的预备旅从保卫涡镇的武装力量，异变为要挟、压榨百姓的势力。在由一个聪明智巧、机灵能干、隐忍强韧而不乏良善并有造福一方百姓之心的青年人，向一个为满足私欲而横征暴敛的独裁者蜕变的过程中,他与陆菊人也由有情有义、心意相通的精神知己,变得冷淡、疏远、产生隔阂。他最终在预备旅旅长任上被暗杀,这既是各方力量冲突的必然结果,也是由于阮氏家族公报私仇的因素,当然井宗秀自身的责任亦不可忽视。

井宗秀的命运、结局,既是历史的悲剧,也是人性的悲剧。他对媳妇暗自私通五雷了然于心,却不动声色,设计使媳妇掉进水井淹死。为防止自己派去探听消息的孙举来走漏风声,遂将其推入涡潭。井宗秀媳妇和孙举来之死,可谓是精心设计的谋杀。井宗秀为惩治叛徒三猫,将其剥皮做人皮鼓;为替兄报仇,又对凶手邢瞎子施以割肉喂狼、剖腹、剜心、砍头的酷刑。此可谓令人毛骨悚然的公开虐杀。小说叙述井宗秀一生行状,对其身份、地位尤其是心理蜕变过程,进行了具有历史批判力度和人性审思深度的发掘。可以说,这一人物形象是贾平凹剖析、反思历史之恶与人性之恶的重大美学创造。

如何以文学书写历史及其暴力,在不同的时代、意识形态立场和话语情境下,作家自有不同的路径选择。文学对历史的表达,总是一种语言、修辞和形式上的展现,而非某种先在的抽象的、僵硬的逻辑推演和理念演绎。《山本》书写现代史,突出其暴力、血腥、无常和吊诡,自有其进入与言说的独到路径、方式和品格。这个绕不开的问题,关涉四重关系。

第一重,历史与文学。从《老生》到《山本》,作家面临一个共同问题,即如何处理历史与文学的关系。贾平凹谈及《老生》的写作:"写起了《老生》,我只说一切都会得心应手,没料到却异常滞涩,曾三次中断,难以为继。苦恼的仍是历史如何归于文学,叙述又如何在文字间布满空隙,让它有弹性和散发气味。"而在写《山本》时,问题依旧是"这些素材如何进入小说,历史又怎样成为文学?"仍是作家念兹在兹的问题。作家并不将历史与文学作非此即彼的截然对立,亦不想将二者混为一谈。《山本》选择了能使叙史有空隙、弹性和气味的文学。第二重,文学与意识形态。所谓自在、经验意义上的历史文献材料,都较为庞大、驳杂、无序。在对这原生状历史进行叙述、梳理和选择的种种意识形态之间,亦多有乖离。贾平凹对意识形态和文学作清晰划分,"意识形态有意识形态的规范和要求,写作有写作的责任和智慧"。《山本》选择了承担着写作的责任和智慧的文学。第三重,叙事主体与对象。自20世纪80年代中期以降,历史的叙事性质被披露,后现代解构性书写蔚为大观。但贾平凹对此并不认同。尤其是当面对一座苍茫的"大得如神"一般的"中国最伟大的一座山"时，作家无法用浅薄戏弄之笔为之塑形。这决定了《山本》叙史品格的庄重、肃穆、真诚。第四重，资源借助与文体风格。自《带灯》始，贾平凹对自身小说写法和气质有了反省和调整。从沉浸于流动、轻灵、温婉、华丽、清新、疏淡的明清韵致，向阔大、沉雄、浑厚、粗粝、坚实、端直、俊朗的两汉品格的转移，以"海风山骨"为美学追求，讲究柔与刚、温润与骨感、凝静与流动、温润与坚硬的相济相生。《带灯》之后的《老生》，可谓这一美学诉求的表征，后者是庄重、浑然、端直的，又是清晰、疏散、晓畅的。《山本》的笔致与品格，近乎《老生》。

以文学为立足点，以"写作的责任和智慧"言说历史，为"秦岭"塑形。此种选择暗藏对史学家司马迁《史记》"究天人之际，通古今之变，成一家之言"写法和境界的追求。

涡镇在《山本》历史叙事中有极为重要的地位，小说叙史之独到，与涡镇有关。

首先，涡镇隐含《山本》叙史的非意识形态化的民间视角。尽管是各方力量的争夺对象，但涡镇亦始终未被任何一种力量吞噬，而保有自身内在生命。《山本》对历史的残暴、不公和未可逆料性的表现，展开于涡镇的日常生活和人伦关系。小说有条不紊地写涡镇的货栈、茶行、粮庄、菩萨殿和古柏、城隍院、130庙，写父子、母子、兄弟、夫妻等血缘和亲缘关系，写邻里街坊的往来，写店铺生意和同行的纠葛、竞争，有十足的世俗烟火气。借助涡镇的民间视角，细致展现在现代政治、经济和军事侵蚀、冲击下，中国传统伦理观、道德观和文化精神结构的衰颓，人的生存欲求与韧性挣扎，生命的悲凉与哀痛，人性的变异与自私、慈悲与良善。

《山本》写涡镇历史和日常生活，时有鬼魂和灵异现象出现。小说发掘和复活秦地文化和神话遗产，将其纳入历史的日常情境。小说借陆菊人与杨钟、花生与井宗秀的婚嫁，写民间婚姻礼俗，借井伯元、杨钟的丧葬，写民间葬仪和民间信仰。如陆菊人听到跑龙脉人的话后，把三分胭脂地作为陪嫁，后被杨家无意间给井家做坟，风水灵验，井宗秀发达。杨掌柜家祖坟芦子草旋天而起，预示杨家出飞贼，杨钟果然做了飞贼。井宗秀媳妇梦见蚰蜒精，果然在麦草垛中发现一条粗大的蚰蜒。

小说亦书写种种诡异难解的异象。蝗灾、旱灾之后，又有不间断的黄风，蔚为壮观的竹林开花，成片竹子枯死，蝇虫丛生，蟒蛇出没。大风把人吹得像落叶一样飘空，把羊吹得无影无踪。狗说人话，人懂鸟语兽语，龙王庙旧址冒紫气，一山猴醉卧，剖开肚子竟有一斗五升酒。巡夜的老魏头能在街巷和庙院里看到游荡的鬼。井伯元鬼魂附体白起媳妇。井宗丞走投无路时，突然大雾弥漫，竟由此躲过保安队搜山。

现实与灵异世界在难以言说的邂逅中错综交织，造就一种鬼影幢幢、闪烁迷离、神秘恐怖的氛围，小说在此并非故作姿态的捕风捉影、穿凿附会，亦非对怪诞诡奇趣味的偏嗜。其中既有作家借由民族神话、民间传说资源，化解传统现实主义叙事粗硬僵直笔法、开出小说浑然之境的目的，亦是作家借怪诞诡奇写历史之无常和暴力、死亡之难以规避，内蕴作家对乱世之人情物理的悲哀和怜悯。神秘征兆与无常命运，在相互映衬的意义上，获得了奇崛瑰丽的人性和美学观照。

正是选取涡镇视点，《山本》历史叙述才并未着意于描绘恢弘壮丽的历史画卷，却又写尽人世众生悲欢生死的浩茫。

其次，作为与历史／时间并峙、纠缠的非历史／空间，涡镇是《山本》叙史非历史化／空间化的重要依据。涡镇是历史暴力的承受者、受害者，亦是对抗现代性历史／时间及历史主义叙事的能量源。第一，相对于急剧推进的浩荡历史进程来说，"涡镇"的日常生活、神鬼传说和民俗文化，具有超历史性、超时代性的稳定性与恒常性。第二，人物、历史的非成长性。历史哲学统摄下的现代叙事，往往通过人物思想观念和行为实践的转变，写人与历史在平行推进中，获得自身本质性的过程。《山本》写井宗丞由学生、党员到游击队队长，再升至连长、团长，写井宗秀由画师到"开明绅士"，再到预备团团长和预备旅旅长，貌似历史主义叙事中常见的"成长"故事，且小说以革命者井宗丞设计绑架生父开篇，又似现代历史进入并改造涡镇这一前现代宗法社会。种种迹象似乎表明《山本》重拾以黑格尔、马克思式的诠释现代历史生成与演进的历史主义叙事模式。但小说从根本上解构了这一模式：由学生而入党成为党员这一在历史成长叙事浓墨重彩渲染的关键环节／情节，在小说中仅一笔带过；小说写井宗丞"成长"，主要写其作战英勇，机智多谋，而关键的理想信念却付之阙如，写井宗秀亦突出其心智计谋，并无信念信仰因素；井氏兄弟早早地先后遇害，既宣告了历史主义叙事的终结，更从深层揭示了所谓历史难免是权力争夺、派系斗争或私欲权欲恶性膨胀的显影,井宗秀的悲剧甚至有历史循环的影子。各方力量的浮沉起落,无关历史主义的庄严承诺,平民百姓仅是被历史巨兽吞噬的牺牲品。黑水、白水、涡潭,则是"历史"空间化的绝妙隐喻。总之,《山本》叙史,既未为人物赋予历史意义和位置,亦未作出终极性承诺,其重大意义在于,通过否弃历史哲学救赎的可能性,打开了一种非现代性历史(叙事)景观。再次,历史时间的隐身。历史时间是历史哲学和20世纪中国主流文学叙事建构自身合法性的根本依据。面对不计其数的暴力和野蛮,秉承现代理念的作家或以历史主义的激进话语,将之作正义/非正义的区分,以历史正义之名,建立以阶级为内核的中国现代主体,或以启蒙话语,以传统/现代、蒙昧/文明区分,将之纳入现代性文化批判话语体系,在世界图景中为中国的现代转型提供一个深刻有力的精神维度。无论是前者之为暴力革命的起源与起承转合合法性正当性论述,还是后者之将国民性作象征性寓言性表现,历史之暴力性均作为一个体系健全完备的整体性意义系统的部件而存在。王德威在谈到鲁迅启蒙叙事与身体之关联时,提醒"请注意这里身体与精神、社会与礼教、国家与国魂之间虚实交接连锁关系。就像语言与事物,意符与意指互为指涉的关系一样,身体、社会与国家是某种内烁资源的外在体现,构成一情景交融的象征体系。作为其基础的个人身体/精神有变,自然放映更高阶序之象征关系的倾圮"。暴力、酷刑、死亡等具有依附于意义、精神、内容的象征性意义指涉,隐喻社会秩序的失却和意义系统的崩溃。《山本》的历史叙事是整体性意义系统溃散的产物和表征。

尽管《山本》叙史有二十世纪二三十年代的时间标识和历史符号,但小说对历史时间的展开过程,却作淡化、虚化的模糊处理,而并未就事关历史和人物命运的重大事件作出时间标注,亦未对历史和人事的始终作编年叙述。因此,时间的衍展和历史的演进,也就无法建立因果相承的逻辑关系,相应地,历史的"意义"亦无法在某种"秩序""方向"和现代文化结构里生成。如果说,历史在小说中是一个神秘而让人恐惧的黑洞,那么其"意义"则始终是一个空洞之物。

事实上,时间并未在叙事中消失,它只是从历史哲学的神话中脱离,回归四季轮换,回归生老病死,回归生活的原初性和生命本体的内在体验。历史哲学不再是《山本》叙史的主宰,它失去了对历史人物和事件的组织、建构与阐释的能力。在这里，传统／现代、进步／落后、革命／反动等依附于历史链条的二元性时间结构消失了。贾平凹对此有形象的说法："过去了的历史，有的如纸被糨糊死死贴在墙上，无法扒下，扒下就连墙皮一块全碎了，有的如古墓前的石碑，上边爬满了虫子和苔藓，搞不清哪儿是碑上的文字哪儿是虫子和苔藓。"① 历史时间被原初时间覆盖、湮没，原初时间的回归，意味着个体经验和生命内在体验的回归，意味着历史时间被纳入一个更大的空间结构——以秦岭现身的生命宇宙。由此可说，涡镇是秦岭具体而微的缩影，而秦岭则表征一种超越暴力血腥、变幻无常之历史的"天地境界"。

二、写意：写实性历史叙事及其美学超越

历史喧扰无序，有着阴暗、晦暗和黑暗等令人窒息的因素，暴力在其中狂奔乱撞。如何穿透这无序无明的历史并为之赋形，挑战着作家的想象力和艺术构型力。悖谬的是，历史既有喧扰纷杂的一面，又有寂寞无声的一面。在历史的热与冷、闹与静、名与实之间，存在着巨大的想象空间。历史的鬼魂与亡灵游荡其间，期待着书写者的重新唤醒。对此空间的勘测，蕴含衡定写史者之洞察力和审美判断力的根本尺度。作家正是在历史之名与实、词与物遇合的瞬间，创造出属于自己意味和品质的文学。

《山本》以涡镇为历史舞台和叙事视点，借助以井宗丞、井宗秀兄弟为主脉的关系网络，叙述各方力量犬牙交错、你来我往、此消彼长的历史情势。此可谓历史之实。小说叙史之"实"，颇显琐细，出没于秦岭的各路人马，从巡山、土匪、游击队、红十五军团、保安队、预备团（预备旅），到军队，从名号、归属到建制、军阶，均有涉及，但笔墨简省，不作过多正面的铺张叙说，人物来即来，走即走，生则生，亡则亡。唯有对井宗丞、井宗秀兄弟的命运关联，花费较多笔墨，却又对其死亡的因果，点到为止，并不深入探究，亦不作过多文字敷衍。此可谓有历史之"实"而无历史之"名"。至于历史中有"名"无"实"或名实不符者更多，尤其对那些有崇高名号却视人命为草芥者，小说时有触目惊心之笔。细读之下，《山本》却并未纠缠于历史名实之辩，而只是如实书之。原因大概在于，既有历史叙述之有名无实处，往往争抢名教、头号，虽冠冕堂皇，却

---

① 贾平凹：《山本》，作家出版社2018年版，第525页。

是以己缚人,文学亦由此堕为某种独断意志的奴仆。"当这一切成为历史,灿烂早已萧瑟,躁动归于沉寂,回头看去,真是倪云林所说:生死穷达之境,利衰毁誉之场,自其拘者观之,盖有不胜悲者,自其达者观之,殆不值一笑也。"①历史风流云散,万事沧海桑田,却未必尘埃落定、云开见日。当写史者以理性和历史意志代言人自居时,却未必不陷入另一种理性的癫狂。此种悖谬,历史多有深刻的见证和铭刻。

同时,《山本》亦写生活之实、日常之实。小说写涡镇,事无巨细。从镇内的菜市、柴草市、牲口市、粮市,盐行、茶行、布庄、杂货店、卤肉店、瓜子店等,写到镇外的虎山、白河、黑河、涡潭,从街巷、店铺、河流等,到烟丝制作,丧葬婚嫁,几乎把秦岭的山川沟壑、地形地貌、草木动物,以及地域文化、民情风俗、饮食起居作了翔实的记录,更通过麻县长辑录的《秦岭志草木部》《秦岭志禽兽部》,点明小说重要构成要素。从写实性和实录性层面看,小说取材于自然、社会和历史文化,并以其诸番物象和事象连缀全篇,可称得上是秦岭的百科全书。

《山本》对故事、人物、场景的细节捕捉、描绘,写历史之实与生活日常之实,有朴素、坚实的真实感。但从历史叙事角度看,小说倾力于写实,却并非要借助叙事建立历史的纵深感,或者说,小说并非着意在历史本体论意义上,进行历史之名与实的辩证,却有借写"实"以破"名"之功效。由此,对那些原本可广为推衍的繁复精彩的历史故事和生活故事,却偏偏以简洁的文字轻描。贾平凹自然并不满足于复现正史的诠释,亦不满意于简单而粗劣的视角反转。对那些历史文献和故事,他亦未照单全收。《山本》以历史、生活之实为自家想象的基石,却并不想径直给它一个名号、说法。历史究竟是"巨大的灾难",还是"一场荒唐",该不胜其悲,还是不值一笑?对此历史,与其名之,何如实之?如何实之,如何以诗写实,化实为诗,则是文学的命门。于是,贾平凹在历史的文献记载和传说轶闻间,在秦岭山川风物与暴力恐怖的历史现场间,在有限的文字与难言的历史情境间,在自然景致、时代场景,生死道义、情爱欲望和广袤浩大的宇宙生命间,在有形之"实"与无形之"虚"间,寻找文学与历史的微妙接榫,及文学对话、言说历史的恰切方式。

---

① 贾平凹:《山本》,作家出版社2018年版,第523页。

《山本》诚然有破解既往历史叙事之局促性、狭隘性,将之纳入更深远广博的中国传统哲学、思想和文化,对人间万物、诸番人事如流水般变动不居的状态作超越性精神观照的意图,但小说并未对战争、暴力作过多的淡化,而是将山川风物、市镇风情、民间习俗和日常琐事和偶然性实践,作为重要的叙事内容。这种叙述方式,显示着作家并不想将小说写成如废名《竹林的故事》、沈从文《边城》、汪曾祺《受戒》《大淖记事》那样的以人情、人性和自然风俗之美为表现对象和审美形式的人性与审美乌托邦。毋宁说,《山本》更接近汪曾祺《陈小手》的写法,对现代史暴虐性,以及隐含在日常风俗中的看似偶然的杀机,放在乱世情境下,以人心之难以捉摸,捕捉历史与人性的双重幽微。将《山本》放入贾平凹自身创作系谱,则是延续和发展了《古炉》《老生》书写现当代历史的方式和价值取向。

《山本》叙史的另一独特处是,将历史的铺展与诡谲和现代中国社会政治之混乱,放在涡镇的人、事、情、景、物等民间化空间中,并将涡镇放在一个更广博久远的秦岭语境中,悬置历史哲学阐释社会政治事件的迫切动机,将历史之神秘、残忍与吊诡作"自然"的处理与表现。如此一来,现代历史被置于"天人合一"的情境和境界被重新唤起和理解,被重组和重构,被重释和省思。无论哪方武装力量,哪种职业行业,何种个性性情,摆脱了物与象、意与象之间那种约定俗成或被强行安置的决定论关系,获得了更为自由平等的表述自身的机会,作家的历史想象亦由此更为自由、更具超越性。《山本》强调文学的智慧与责任,兼具历史与文学品格,其中虽未必有"史家之绝唱"的抱负,却具"无韵之离骚"的美感。《山本》对"自然"和"风景"的凸现,既是叙述抒情性和文学性的强化,其更大的意义在直面时代风云和战争硝烟,书写神魔鬼怪和魑魅魍魉时,扩大了想象中国与世界的更多可能性的空间。

《山本》取材历史,搜罗历史材料,寻访历史原址,通过对历史作考掘、勘探、辨析、记录,通过情节与细节的设置、捕捉,还原历史的原生情境。历史的匪夷所思、离奇倒错、忧痛愁惨,均作忠实的记录,以历史档案存留。这是《山本》叙史的一方面,另一方面,小说亦向自然取材,与"大得如神"的秦岭"神会",与秦岭"二三十年代的一堆历史""神遇而迹化"。在"自然"与"历史"中处处有"我",身心入乎其中,沉潜濡染,与"自然"与"历史"浃而俱化,郁积浩渺之情,熔铸苍莽之意,聚精会神,穷幽探奇,体验既深,意境遂成。在主体的凝神观照中,历史之奇崛与诡变,生命之常态与奇状,均包孕于浩浩自然宇宙中。"老子是天人合一的,天人合一是哲学,庄子是天我合一的,天我合一是文学。"[①]"我"与"天""人"的合一,正缘自"我""天""人"皆为生命的孕育、流衍。默察内心,缘情体物,援人入我,幻己为人。秦岭、黑河、白河、涡潭、花草树木、鸣禽、走兽、人物等都是作家对自然风景和生活景观的勾摹,体现着生生不息的生命感,亦包蕴着作家心游万物、驰情入幻的深情笔墨。

从内在看,《山本》注重景、物、人、事的"抽象"的意志传达,追求形神兼备,使主体之"意"能于有形与无形、实与虚间呼之欲出。如果说,《秦腔》以"法自然"、铺展繁杂丰富的细节,而使"鸡零狗碎"的物象形态阻碍了"抽象"情感或意念的表达,那么,《山本》更艺术化地处理了写实与写意的关系,正合"外师造化,中得心源"之神髓,而超越"社会的,时代的""集体的意识"对个人的深刻的统摄性影响,而在"社会的,时代的,集体意识里""还原一个贾平凹"。面对外在的、客观的、群体性之物,作家不粘不滞,入乎其内,又出乎其外,使得客观、外在、群体不再封闭自身,正如"我"不再是封闭性存在,亦未被嵌入外部逻辑,而是对历史、时代和社会作有情、有我的观照。在中国传统画论中"师造化"和"师心"是并提的,要求以天地自然为师并不削弱创作的主体性,主体并非临摹自然的各色物象,而是将自身浸入自然,与之融为一体,或者说,"画家要化身为造化。这样就进入形而上的层次。……造化生物是自然无为的,一切色彩斑斓的物象都是自然形成,并非有意涂饰。绘画的师造化也应如此。水墨画不用颜色,而五色具足,若着意于色彩,反倒与自然的物象乖离了"[②]。

"师造化"蕴含道家自然无为的思想和精神境界,景、物、人、事、理的表现,合乎法度,又自然浑成,无刻凿之痕,其境界如包恢所言"以为诗家者流,以汪洋澹泊为高"。需要注意的是,所谓"造化"主要指天地以及天地相合而生万物,与西方美学中以"自然"指涉人及其活动,有大不同。"吾师心,心师目,目师华山",山、水、花、鸟等宇宙中的自然物象,各有其形、神、色、味,并在春、夏、秋、冬四季,旦、午、暮、夜四时的流动中,不断变幻。这亦与西方"模仿自然"所暗含的静态、实体的宇宙观不同。

如果说,《秦腔》因偏于"法自然"而淡化了"师造化"或"师心",以"密实

---

① 贾平凹:《山本》,作家出版社2018年版,第525页。
② 蔡钟翔:《美在自然》,百花洲文艺出版社2009年版,第82—83页。

的流年式的"写法叙写"一堆鸡零狗碎的泼烦日子",未能摆脱对"景"(自然风景和人文景观)临摹写真的拘束,使叙述因细节丛生、结构散漫,而显沉闷琐碎。摹写现实细部,固然是逼近真实的方式,但密不透风的叙事,是否收获期待中的切近的真实感?这是值得深思的问题。"虚"出于"实","实"却未必"虚",其中有襟怀与境界的超度。相比之下,《山本》在写实与写意间达到了合宜的张力平衡。小说体现出作家对自然之形态、性状、造型、色彩、韵味的反复体察、了解和研究,纳于目,容于心,获取"景""物"(山、岩、石、水、植物、动物)背后的神、气、韵,将"生气""生机""生趣""生动"等传统文化中的抽象意念,通过写意笔墨使之跃然纸上。宇宙自然与人事的诸番物象形态,亦因这份生动的意趣,在"景""物"之有形与无形、实与虚之间,得形传神,栩栩然呼之欲出。

自20世纪80年代末开始,贾平凹开始在《太白山记》等小说中实践以实写虚的艺术理想,以期小说形而下与形而上的结合和蕴含的多义性。他受画家贾科梅蒂放弃"关注实体之确'有'的传统写实主义绘画"故事的启发和老子哲学的启示,认识到"如此越写得实,越生活化,越是虚,越具有意象。以实写虚,体无证有",促生了《怀念狼》的意象性写作。及至《古炉》,想法愈益清晰、自觉。《老生》借《山海经》这部蕴含中华民族灵魂、精神、奥秘和本真形象的始源性文本,建构互文性关系,将百年中国历史、人事之"实"与包容万物生生不息的阔大宇宙境界之"虚",作颇有意味和想象空间的参照,以细致绵密的写实性笔法,升腾出超越人事、历史和现实的别样韵致和宏阔浑然境界。

《山本》承续和转换《老生》的叙史方式,将时代更迭、世事变迁的"历史"与民间"世相""物象"形态表现结合,纳宏大于日常之细微;将历史原初面貌之"实"与天地之心、宇宙精神之"虚"结合,获得物物相通的写意性生命境界。在《老生》后记中,贾平凹谈到对民族传统文化文本的写法与内在气质的认同:"这期间,我又反复读《山海经》,《山海经》是我近几年喜欢读的一本书,它写尽着地理,一座山一座山地写,一条水一条水地写,写各方山水里的飞禽走兽树木花草,却写出了整个中国。"按照作家的说法:"《山海经》是一个山一条水地写,《老生》是一个村一个时代地写。《山海经》只写山水,《老生》只写人事。"《老生》希望借对《山海经》的引用和虚拟问答,拓宽、提升叙史视域与境界,让现当代史获得一种原初的混沌感和"高古浑厚之气",让世情、民情、国情获得一种新的完整性观照。但对《山海经》经典原文本的大量征引,似未能在叙事中得到更通透的艺术处理,《山海经》文本与叙史文本间,偏于参照、对照的互文性或互涉性而非"融入""渗透"关系。在《山本》后记中,贾平凹对《山海经》尚念念不忘,数次提及,其中一处写道:"曾经企图能把秦岭走一遍,即便写不了类似的《山海经》,也可以整理出一本秦岭的草木记、一本秦岭的动物记吧。"《山海经》影响了《老生》,也影响了《山本》,是连接两部小说的重要通道。如果说,《山海经》写山水,《老生》写人事,那么《山本》则将"山水"与"人事"在叙述中水乳交融,创化生成。如果说,《老生》对《山海经》的征引更多山水鸟兽,对现当代史的叙述更多人事民情,这两部分内容在叙述中架构起一种引发争议的互文/割裂关系,那么,《山本》则扬弃此种直接乃至僵直的作法,实现了"山水"与"人事"、"自然"与"历史"的深度融通。

《山海经》记述宇内奇山异水、灵禽异兽,既是地理学著作,又是神话学著作,亦是以"怪力乱神"为叙述特色的奇书。不仅如此,其所表现的天地未分、混沌一体的宇宙图景,亦是中华传统文化、哲学和民族智慧的胚胎。它对《山本》的影响,在地理学、神话学等方面多有突出体现。

相对小说中现代叙史部分,《山本》对秦岭形貌、动物、植物等涉猎,同样惹人注目。《山本》描述自然景致,尤其是秦岭山川河流;写秦岭百姓、风物,那些或神秘突兀,或雄奇险峻,或浩荡清奇的自然景观与世相民情,弥漫着超出具体描述的氛围与情致,建构起一个混沌而充满生机的整体性空间,蒸腾、氤氲着郁勃苍凉或清通明澈意味。"这或许就是《山本》要弥漫的气息。"这"气息"以无所不在的弥漫性的"虚",使叙述超越写实层面,进入含混迷蒙的状态,具有了饱满轻灵的写意性。

总体上看,《山本》在自然景致与人世景观中叙述历史,具有忠实于历史、民间经验和个体体验的写实性、写真性,同时,小说又借助中华民族智慧和民族思维的深层观照,超越地域性、经验性写实,将大历史大时代背景下人物的命运遭际,人间的冷暖炎凉,人世的生死祸福,纳入一个较之人之世界更为博大、广阔、绵远无尽的宇宙之中,传达了更绵远深厚的、与整体性及无限性的文化精神空间有关的内容。同时,小说将对时代风云、社会动荡、历史沧桑、命运浮沉的"真实"表现与作家的"真诚"袒露与面对,结合起来。"要写出真实得需要真诚,如今却多戏谑调侃和伪饰,能做到真诚已经很难了。能真正地面对真实,我们就会真诚,我们真诚了,我们就在真实之中。"去掉伪饰,返归本心,以内心的真诚获取艺术表现的真实，以实写虚，在写实与写意、理性与智慧之间，建立一种融通与超越关系。《山本》遂成写意山水。

三、山水：现代史"风景"及其古典韵致

　　副文本与小说正文之间存在彼此交错、呼应、渗透、补充和阐发关系，唯有把二者合起来，才是完整的小说文本，才能更充分更贴切地完成思想艺术空间的建构与阐释。贾平凹在《山本》叙史部分虽未直接涉及《山海经》，但其在后记中的数次提及，却耐人寻味。这里要强调的是，《山本》正是借由《山海经》重新"发现"了秦岭，或者说，《山海经》是《山本》建构山水美学的重要"认识装置"。正如柄谷行人所说："所谓风景乃是一种认识性的装置，这个装置一旦成形出现，其起源便被掩盖起来了。"[1]风景一旦确立之后，其起源则被忘却了。这个风景从一开始便仿佛是存在于外部的客观之物似的。其实，这个客观之物毋宁说是在风景之中确立起来的。《山本》后记所述，《山本》写的是秦岭，原定名即为《秦岭》，因易与此前长篇《秦腔》混淆，改为《秦岭志》，再改定《山本》——"山的本来，写山的一本书"，又有"生命的初声"之深层喻义。因此，我们需要透过风景这一认识性装置，来看"秦岭"这一风景的构造，"风景不仅仅存在于外部。为了风景的出现，必须改变所谓知觉的形态，为此，需要某种反转"[2]。《山本》并未打算如实再现涡镇和秦岭的空间和景色，提供一幅幅恍如置身其中的风景写实画面。小说对秦岭的表现，源自某种改变了的知觉形态，如同《山海经》是中国思维和中国智慧的"生命的初声"，《山本》亦在此意义上形塑秦岭。叙述者看取秦岭，并非站在某一固定位置，从某一角度和视点，把所见秦岭之风景作如实的写真性描绘。从根本上说，小说并未以焦点透视法将秦岭聚焦为"风景画"，毋宁说，《山本》是关于秦岭、也是关于现代史的"山水画"。

　　风景画与中国传统山水画不同，依据柄谷行人所引宇佐见圭司的说法，"山水画所有的'场'的意象是不能被还原到西欧的透视法所说的位置上去的。透视法的位置乃是由一个持有固定视角的人综合把握的结果。……与此相对，山水画的场不具有个人对事物的关系，那是一种作为先验的形而上学的模式而存在着的东西。这个场与中世纪欧洲的场的状态在先验性上有其相通性。所

---

[1] 柄谷行人：《日本现代文学的起源》，生活·读书·新知三联书店2003年版，第12页。
[2] 柄谷行人：《日本现代文学的起源》，生活·读书·新知三联书店2003年版，第14页。

谓的先验的山水画式的场乃是中国哲人彻悟的理想境界,在中世纪欧洲则是圣书及神",柄谷行人由此阐述道,"就是说,在山水画那里,画家观察的不是'事物',而是某种先验的概念"。《山本》既来自作家在秦岭、昆仑山等自然山水的经验和记忆,又来自中国传统哲学、美学和艺术对主体知觉形态的塑造,以及在此基础上形成的"某种先验的概念"。

关于自然山水的经验与记忆,贾平凹多有言说,《山本》后记中提到昆仑山、鸟鼠同穴山、太白山、华山、七十二道峪、天竺山和商山,尽管游历之处甚多,作家却感慨:"已经是不少的地方了,却只为秦岭的九牛一毛,我深深体会到一只鸟飞进树林子是什么状态,一棵草长在沟壑里是什么状况。"《山本》即是主体与秦岭、与历史神遇而非目视的产物,是"我与历史神遇而迹化"的结晶。

关于"某种先验的概念"亦合乎贾平凹创作的实际。仅就与《山本》直接相关者,即有禅宗"山水之辨"中包含的三重境界,老子天人合一哲学,庄子天我合一美学,等。另外,尽管《山海经》在《老生》中才成为一个"显文本",但早在《带灯》后记中,作者即提道:"这是一个人到了既喜欢《离骚》,又必须读《山海经》的年纪了。"在与友人对话中,进一步阐说:"你把《山海经》看了以后就知道了,中国人好多思维,其实最早的时候,那个时候就已经形成了。形成那一套东西以后它就流传下来,这包括中国人的,就是我原来老说的,包括哲学、医学、文学,各种文学艺术,剪纸、服饰这统统都形成它那一套。归根还是它的哲学问题。"中华民族的思维,基本含义是整体性、混沌性或意象性思维。

不仅如此,贾平凹评价《山海经》是"中国人思维的总源头",还在于这部书中"凡是和人有关系的动物,像人某一点的动物,都是灾难性的。而别的,各种颜色、各种形状,只要和人没关系的,它都给人带来好处,能给人带来惊喜……只要是形状像人,都是灾难性的"。据此他认为:"古人形成这种思维就是,人启示最怕人,人和人的争斗是最残酷的,所以它才出现兵役、水灾、旱灾、劳役,都是从这思维一步一步慢慢过来的。"颇有意味的是,贾平凹在《山本》后记中写道:"随便进入秦岭走走,……仍还能看到像《山海经》一样,一些兽长着似乎是人的某一部位,而不同于《山海经》的,也能看到一些人还长着似乎是兽的某一部位。这些我都写进了《山本》。"[①]小说中,动物有人相,如背上

---

① 贾平凹:《山本》,作家出版社2018年版,第526页。

是人面花纹的蜘蛛,脸也是人的脸的猫头鹰。人,则像动物,麻县长说:"怪,这儿怪东西多。我在街巷里走,看好多男人相貌是动物,有的是驴脸,有的是羊脸,三白眼,一撮胡子,有的是猪嘴,笑起来发出哼哼的声,有的是猩猩的鼻子,塌陷着,鼻孔朝天,有的是狐的耳朵,有的是鹰眼,颜色发黄。我有时都犯迷糊,这是在人群里还是在山林里?"此种状况,绝非偶然,颇值得考量。

《山本》将对自然的经验和记忆与"某种先验的概念"融通化合,突破定点透视如实写真的规限,运用散点透视,笔随意走,借人物形象塑造或人物眼光、行为与言说,用淡墨简笔绘山川烟润之色。秦岭山水风景,在近与远,山上与山下,高处与低处,镇内与镇外视点的自由穿梭中,尽收笔底。

首先,由小说人物引出。麻县长是寄托作家情怀的重要人物。他身处乱世,虽有补天之心,却无力扶大厦于将倾。不仅被上级漠视,被同僚排挤,尚先后被保安队、预备团挟持,空有救世之心,只能作秦岭草木虫兽的记录整理。小说先借麻县长之口,介绍"秦岭其功齐天,改变半个中国的生态格局"的地理要势,再自述心志:"我不能为秦岭添一土一石,就所到一地记录些草木,或许将来了可以写一本书。"又通过麻县长之笔,一一写出蕺菜、大叶碎米荠等多种草木,并对其根、茎、花、果,形状、颜色、数量,等,作极详尽的描述。他自言"可能也就是秦岭的一棵树或一棵草",把书房名为"秦岭草木斋"。最终麻县长沉潭自杀,留下《秦岭志草木部》《秦岭志禽兽部》两部珍贵手稿。小说还借其他人物之口对秦岭植物药草作介绍。如借去虎山挖药草的白起之口,介绍款冬花、忘忧草等九种药草的花色、果实、叶子、形态、习性;再如,借奉麻县长之命去山中采药的王喜儒,写出秦岭山中可做药材的十三种草木。

其次,借人物行踪,在动态叙事中,写出秦岭的奇异景致。如杨钟和陈来祥寻找井宗丞,行至留仙坪,通过二人的视角,写到高大粗壮、遍布苔藓的栲树、檞树、樗树,写到突然出现的云雾、狼和老虎。再如,借助秦岭游击队的行踪,写出云寺梁的景致与情况:众沟丛壑,乱峰突兀,叠嶂错落,地势险恶,多怪兽奇鸟。有长着狗身人脚的熊,长着獠牙的野猪,其他如啄木鸟、西鸥鹋、白蜡虫、梣树、女贞树;还有小说写阮天保率保安队攻打涡镇时,把双方的战斗场景与黑河白河的风景细腻融合,秦岭的水——黑河白河,水中植物——蒲蒿和芦苇,水边的飞鸟鸣禽——雁、白鹤、鹭鸶、天鹅,均在战斗过程和场景的叙述与描写中,被很自然的一一带出。再如,由花生的梦境,写出河中黑鹳,它的长腿、有着紫色绿色光泽的尾羽和复羽，披针形的长羽；虎山上空飘浮的白如棉花的船形的云；由山梁绵延成片、蔚为壮观的野菊花；奔跑的林麝，它的牙齿和分泌麝香。不仅如此，小说借打更的老魏头，写到落在绽放的月季花蓬和瓦楼、门楼上的虎凤蝶，它的小儿手掌般大的身体，有黑色鳞片和细长的鳞毛，长着遍布虎斑条纹的黄色的双翅。

再次，尤其值得注意的是，在特定情境下，某种"风景"的出现，往往牵连着人物的命运归路。县政府入驻涡镇的那天黎明时分，一群鸟飞到镇上，中午时分仍在空中飞翔。小说通过陆菊人、花生、刘老庚等镇上看热闹的人的眼睛，写起形、色，猜其品类；借刘老庚之口，点出绶带鸟来自深山老林；借写花生的困惑，既介绍了虎山中的鸟类如白鹭、黑鹳、斑鸠、酒红朱雀、金雕、红脚隼，又借机介绍县政府驻地后涡镇的政治力量格局。再如，井宗丞被阮天保施展诡计害死之前的描写"井宗丞心情还不错，唱起了小曲，就看到远处坡根有一缕一缕烟柱，先以为是山里人家在烧地里的禾秆，走近了却是无数堆云，还作想这云是从地里生了往天上去的，还是天上的云落下来要生根？那云柱就散开了，弥漫得看不见了河谷。井宗丞自言自语：这是腾云驾雾地上天啦？！"[1]继而用较多篇幅精致细腻地描写水晶兰："井宗丞就下了马，牵着顺一条小路往上走。小路两旁都是油松，像是列队欢迎似的，井宗丞蓦地就看到了松下的一堆腐叶上长着一簇水晶兰。在涡镇的时候，井宗丞跟爹去过白河岸的山上，他是见过水晶兰的，以后的十多年里，跑动了那么多地方就再也没见过。这簇水晶兰可能是下午才长出来，茎秆是白的，叶子更是半透明的白色鳞片，如一层薄若蝉翼的纱包裹着，蕾苞低垂。他刚一走近，就有两三只蜂落在蕾苞上，蕾苞竟然昂起了头，花便开了，是玫瑰一样的红。蜂在上面爬动，柔软细滑的花瓣开始往下掉，不是纷纷脱落，而是掉下来一瓣了，再掉下来一瓣，显得从容优雅。井宗丞伸手去赶那蜂，庙前有三个小兵喊了声：井团长来了！跑下来，说：你不要掐！井宗丞当然知道这花是不能掐的，一掐，沾在手上的露珠一样的水很快变黑。但蜂仍在花上蠕动，花瓣就全脱落了，眼看着水晶兰的整个茎秆变成了一根灰黑的柴棍。井宗丞说：这儿还有娇气的水晶兰？小兵说：我们叫它是冥花。"[2]无论是云，还是生长于腐叶上的水晶兰，自是秦岭山脉生长之物，而

---

[1] 贾平凹：《山本》，作家出版社2018年版，第458页。
[2] 贾平凹：《山本》，作家出版社2018年版，第459页。

那些莫名而起、四处弥漫的神秘的云，井宗丞"腾云驾雾的上天啦"的自言自语，以及貌似优雅娇贵却瞬间花瓣脱落、茎秆变成黑棍的"水晶兰""冥花"，对正走向死亡而不自知的井宗丞来说，无疑是一种凶兆和命运的暗示。

《山本》是一部关于秦岭的百科全书，草木植被、山川河流、奇珍异兽、地理气候、林林总总，几无遗漏。但若将《山本》仅视为百科全书，未免偏狭鄙陋、难见小说神髓。因小说写秦岭博物，更是写秦岭真身。博物之于秦岭，是叶、花与树枝、树干乃至根脉的关系，由一花而见菩提，由一沙而见世界，由有形之万物而见无形之造物。再者，秦岭之博物，多与人物处境、心境、心理、情感及命运相关，自然与博物的描述，多围绕"人"展开，是"人化的自然"，有天人合一式的隐伏在内。更重要的是，小说写风声、鸟啼、犬吠、鸡鸣、狼嚎、虎啸，流水声、花开声、叶落声，大自然中浑然而生的一切景致，都带着作家对自然和宇宙的体验和感受。与其说它们是对某事某地某种情境下景致的写实，毋宁说是主体情感体验、个人感受、印象与记忆的传神写照，和天人合一、天我合一的哲学与美学意念的传递。

由此可说，《山本》历史叙事的重要美学特质是写意山水。小说对秦岭风物民情、山川草木的描绘，内含中国传统山水画的视点、笔法和境界，散点透视，以实写虚，虚实相映，有无相生。所谓有无、虚实之辨，在小说中并非抽象的哲学观念诠解，而是与主体所感受、审思的历史、现实、世界结合一处，形成一个有意义的整体。这一有意义的整体，融合了具体与抽象、生活与审美、感觉与意念。在这里，抽象性、意念性和审美性，构成了对历史和现实具有超越性维度的意义空间；具体、生活和感觉，又是抽象、审美和意念的生成性本原。对贾平凹来说，这些本原性之物，经常是以生命的肉身经验开始，而肉身经验之实在，又包含某些出入于现实并与现实有不可化解的关联的神秘事象和极致性生命状态。

《山本》塑造了一个虚实的整体性意义空间，其叙述包含着作家对秦岭的感性体验、个体历史记忆和博物学理解，以及作为叙述根基的形而上的信仰和文化感知。小说所呈现的风物景观，既是现实中国可视的风景，承载、见证着现代中国的历史，更是流逝的历史及其叙述之外的写意山水。关于山水画，韩国学者金禹昌认为："山水画的空间比起西方画的空间更为具体。它能够被我们直观地感受到。在绘画当中观点和构图问题，是技术问题也与哲学问题相关，即与'对于艺术家或者人类主体的经验来说空间意味着什么'的问题相关，而且终究也会深入到如马丁·海德格尔所提到的对'敞开领域'的反思。"[①]山水画中蕴含哲学的、宗教的形而上终极性维度，"山水画的空间似乎看起来提供了更丰富的空间体验与空间组织的可能性，因为至少它在一方面更忠实于人类的具体体验的同时，在另一方面传达了更多的与整体性的、无限广阔的空间有关的内容"[②]。《山本》为秦岭塑形、立传，以朴素纯净的笔墨，借助饱满的细节，对自然、历史和涡镇生活做写实性描绘，只是这里的自然和历史并非是与主体分离的客体、实体性存在，而是一种有生命与文化的融入并体验到的"山水"，它通过名称、形态各异的山、水、峭壁、岩石、云雾、花草树木等这些自然世界中的形象，得以现身，并以其具体性、可视性，作出整体性、混沌性和根源性空间的"暗示"。《山本》以山水画的形式，表现秦岭及与其相关的现代历史，离不开某种特定的"认识性装置"——中华民族思维和中国传统艺术美学，这一"装置"是《山本》作为写意山水的生成性资源，而写意山水的塑形主体是根植于中国传统思维和文化场域的主体，这一主体所处的文化场域，在深层反映着中国特定的历史观、宇宙观和美学组织原理。关于这一点，可由本文关于《山海经》与《山本》之关联性的分析中得见。

《山本》返归民族文化传统谱系和脉络，以写意山水的形式超越既有的历史认知及其现实主义叙述模式，写出生命宇宙的大境界。因此，《山本》独特的超越性，既在于对历史与现实的超越，又在于对人类生活的超越。如作者所言："《山本》里虽然到处是枪声和死人，但它并不是写战争的书，只是我关注一个木头一块石头，我就进入这木头和石头中去了。"[③]它不是再现宏大性历史和日常性的生活现实，而是要穿越大历史大时代的历史文献记载和墓碑、纪念碑式的论述，进入原生的情境与细节，突破执念，以物观物，发现一切现象里包蕴着的生意。

小说人物或生长于或长眠于秦岭。他们的身体，他们的心血、痛苦、欢乐，无论死亡与生命，都与秦岭的山、水、云、雾、风雨、流云、阳光，合为一体。相对于秦岭的广袤肃穆，人只是极其微渺的存在；相对于秦岭的久远恒长，历史只是极短暂的一瞬。历史的暴力、死亡，人类的战争、屠杀，人在历史中的罪

---

① 金禹昌：《风景与心》，白玉陈译，四川教育出版社2015年版，第80页。
② 金禹昌：《风景与心》，白玉陈译，四川教育出版社2015年版，第93页。
③ 贾平凹：《山本》，作家出版社2018年版，第525页。

孽和恶魔性，人世间的种种劫难，人面对生命危机时种种——恐惧痛苦或坚韧刚毅，心存侥幸的苟免或心怀感慨的解脱，对人类自身来说，自有其难以摆脱的悲剧性或荒诞性。若置诸自然、宇宙，却只是大生机中的小天地。"上天有好生之德，大地有载物之厚。"世事的明灭，生命的迁化与不测，世相的流幻变灭，是生命运化的规律，亦体现宇宙嬗递的节奏。

以历史哲学为执念的小说叙史，拘囿于某种观念、立场和规范，对身外之穷达毁誉念念不忘；反转历史哲学，视历史与生命为虚无，又何尝不是作茧自缚。《山本》叙史，对自然与生命念兹在兹，时时提醒历史之暗淡与诡异，指出其间心魔的作祟，使之获得超越凡尘、世俗的骋怀观照。但历史兴亡之叹，生离死别之情，又如何能于自在空灵的无人之境中云敛无迹。《山本》以写意超脱写实，却又以"实""有"破除"虚""无"的迷障；以宇宙感超越历史感，却又于历史与人的纠葛中，包蕴痛切的历史反思、人性透视和深沉的人生喟叹。《山本》是强烈的人生感、历史感和宇宙生命感的融通，是在"现代性，传统性，民间性"[1]多重维度上，对历史与生命意义的富有思想深度、精神力度和美学张力的求索。《山本》以文学言说民族历史的路径和方式及其达到的境界，展现历史叙事的精神思想和美学特质及其内在价值与启示性意义，这点上远远超出了文学自身。

（原载《当代作家评论》2018年第4期）

---

[1] 贾平凹：《山本》，作家出版社2018年版，第526页。

《山本》的死亡叙事及其文学史意义

韩 蕊

《山本》阅读时冲击力最大、印象最深刻的应该是其中的死亡场景，文本一反常态——作家一贯的创作常态和中国小说的审美常态，超细致书写了整个当代文学都极少见的如此大量、如此多样又如此无意义的死亡。某种意义上可以说，死亡已经成为这部小说的叙事方式甚至终极目的。作家就是要用死亡定位人生的意义，也用书写这众多死亡时的云淡风轻来表达对那个时代的憎恶和对生命的热爱。

一、无意义的死亡与多功能的叙事

《山本》中所有人都命如草芥，生存脆弱，就像秦岭山上的花草树木，本在大自然的风霜雪露中生长死亡，但外来的祸患在生存个体毫不知情的情形下没有任何预兆地到来。相对于摧毁花草树木的灭顶天灾，老百姓遭遇的却是人祸，使身处弱境的山民自在状态的生命顷刻间消亡得愈加惨烈。

《山本》的结局，除了陆菊人、宽展、陈先生、蚯蚓和剩剩等涡镇中日常生存状态最柔弱者外，其他人基本死了。无论是叱咤风云、喧嚣一时的各路英雄枭雄、有名没名的士兵土匪，还是有钱的财东掌柜，抑或是普通的镇民山民，都在这几年死于非命，乱世之中寿终正寝已是奢望。而在对这众多死亡的描述中，作家写的不重样又合情合理的，如为财死，因仇亡，遭灭口，遇误杀，受连累，挨惩罚，作战死，含冤死，等，刻意书写这种种死亡的背后是作家独特的哲学思考和深厚的情感寄托。

核心人物井宗丞在游击队内部斗争中遭陷害被自己人欺骗打死摔下悬崖，井宗秀被不知名凶手刺杀。主要人物也是预备团主要成员杨钟大腿中枪失血过多而亡，陈来祥搬运铁钟时因成员一个失手被铁钟压死，参谋长蔡太运生病被俘虏医生打针害死，保安队队长史三海得性病又被捏碎生殖器最终被刀捅而亡，井宗秀的美人计一石二鸟，使五雷被手下王魁打死后割掉生殖器，王魁又被打入粪尿窖子后砍头。战场上死法最多的是中枪的、炸药炸的、泥石流埋的。如果被俘虏，死法更惨，游击队队长程国良被抠眼割舌割喉后枪杀，游击队员被绑树上让豺狗吃肠子被鹰啄眼睛，三位姓周的队员被铡死，红军战士被吊死，两名保安队员被活砌在城墙里，五个预备团员死后还被锯脖子。

俗话说"扛枪吃粮"，大部分士兵当初当兵只是为了生存。"什么国军呀土匪呀刀客逛山游击队呀，还不是一样？这世道就靠闹哩，看谁能闹大！"[①]"当红军当逛山，还是他蒋介石的兵冯玉祥的兵，谁不是为了吃饭！"[②]对普通山民而言，进政府保安团、做逛山土匪或参加游击队区别不大，都是为糊口而扛枪。正义邪恶敌我双方没有区别，稍有风吹草动，或是生命受到威胁或是面对利益诱惑，便极容易倒戈。红军与土匪联合行动，却有二十七名战士反水了。对于叛徒的惩罚历来是最严厉的，冉双全叛变预备团被枪杀，邢瞎子因害井宗丞被剐，叛徒三猫被剥皮蒙鼓，井宗秀媳妇偷情被谋杀而掉进井里，薛宝宝叛变与怀孕的媳妇一起被报仇的游击队员枪杀，等。看到这种本应"大快人心"的复仇结果，读者没有丝毫的阅读快感，反添不少感慨和唏嘘，正如文本中的陆菊人也忍不住劝说井宗秀不可过于残忍。

城池失火殃及池鱼，更多的无辜山民镇民也遭非命。莫郎中给人治病因误解而被枪杀，茶行崔掌柜咬舌自尽后尸体被扔入河里，山民逃跑携绳下崖时被砍断绳索摔死，杜英逃跑途中遭蛇咬而死，井宗秀小姨子被掐死，孙举来被推入水潭灭口，唐建为父报仇够不到阮天保便砍死阮父吓死阮母，自己被讥性无能而上吊，吴掌柜因家遭土匪抢空气得吐血而亡，岳掌柜遭土匪绑票家人不赎后被石头砸死，井掌柜掉进粪尿窖子淹死，李掌柜因儿子被杀而自残跳城墙自裁，杨掌柜被风吹断的柏树压死，镇民中一部分被传染霍乱病死，一部分被最后攻打涡镇的炮炸死震死。相较于前面的争斗和仇杀，这些生命的逝去更令人唏嘘不已。

预备团最初成立是为了防御土匪抢劫，保护涡镇安全，也算是子弟兵。镇民当时是一片拥护，但接下来的纳钱纳粮又使老百姓苦不堪言，队伍纪律涣散。涡镇开始发生与土匪类似的扰民事件，从而危害着镇上人的生命和财产安全，

---

① 贾平凹：《山本》，作家出版社2018年版，第162页。
② 贾平凹：《山本》，作家出版社2018年版，第411页。

兵匪几乎没有了区别。事情的发展并没有按照镇民所期许的那样,当权者为自己的名利争斗,特别是与保安队为敌并开始作战时,预备团完全偏离了成立时的初衷,具有讽刺意味的是双方名义上都是保老百姓安全,但都给老百姓带来灭顶之灾。故事讲述近一半时,杨钟攻打保安队时战死,杨掌柜慨叹:"唉,只说有了预备团涡镇就安生了,却没想到死了这么多人!人死不起呀,再不敢死人了啊!"[①]却不知死人只是刚刚开始。

秦岭山中争斗的各方面力量均谈不上是与非,红军和游击队亲民性尚好一些,但初期的队伍也并不纯粹,极易被山民们将其与保安队、预备团、土匪逛山等混为一谈。从预备团到保安队再到游击队,阮天保走过的路就极具典型性,私利使昨天还是并肩作战的战友,成为今天刀枪相向的敌人,对战斗力的急需和审查制度的缺乏又使曾经的敌人转眼变成了同志。于是个人恩怨与团体目标纠结在一起,最终酿成公报私仇的惨烈结局。阮天保利用游击队内部斗争陷害井宗丞,置之死地而后快;似乎终究是血浓于水,预备团不仅让道放井宗丞部队通过,与其相约打假仗,井宗秀最后还为游击队的兄长保了仇;红军最后攻打预备团和炮轰涡镇。总之,秦岭山中打成了一锅粥!正义与邪恶只在一念之间,善良与残忍并存于一人之身,哪一方是正确的?谁又是没有一点错误的?结果不是甲战胜乙,也不是正义战胜邪恶,是两败俱伤,杀人,被杀,被敌人杀,被自己人杀,杀人者和被杀者角色迅速转换,最终一切归于尘土。从文本故事内容的最后结局看,所有人的死亡基本上是无意义的。然而,从《山本》的整个叙事结构看,死亡成为贯穿全文的一条主线,对情节发展具有重要的推进作用。正是因为被土匪祸害,才成立预备团,于是交战死人,复仇死更多的人,往复循环,除了作家有意留下的陆菊人等几个艺术形象之外,其他人物的出现就是为了完成各自最后死亡的使命与结局。每个人的特点也成为塑造其个性的必不可少的手段,如井宗丞的沉痛、井宗秀的反讽、程国良的悲壮、陈来祥的黑色幽默、杨掌柜的厚重、史三海的恶毒等等;更是作家表达全书创作意图不可或缺的叙事方法,地主周财东被长工灌煎油,长工又被保安队七八个刺刀戳死,这些已经不仅仅是肉体消灭,而是变态地虐杀,杀人不是目的,宣泄私愤引起他人恐惧,以震慑后来者似乎才是目的。《山本》里鲜血淋漓、血肉横飞、泯灭

[①] 贾平凹:《山本》,作家出版社2018年版,第211页。

人性、目不忍视的场景比比皆是，什么使人如此凶残？是人性本恶还是社会环境和生存地位造就的？

二、死亡苦难与生存批判

中华民族历来有"重生轻死"的传统，大多数人一面赞赏"宁为玉碎不为瓦全"的英雄风骨，一面借口"好死不如赖活着"而苟安于乱世。死亡在中国是讳莫如深、避之唯恐不及的沉重话题，有各种回避"死"的代称，文雅的如崩、薨、仙逝、殁了等，近代以来正面人物用"逝世""牺牲"，幽默者用"见马克思了"，民间常用"去世""过世""老了""走了""上山""入土""驾鹤西游"等词。在今天安乐死也还只是为少数人所接受，哪怕明知结果是植物人，亲人也要倾尽全力抢救，这些无不是出于对生的极度渴望。人们以死于家中床上为幸事，夭亡横祸是不正常不吉利的，死在外边的人不允许进村停放，无不表现出对于死亡的忌讳。人们也以夺取他人生命为终极惩罚方式，俗话说杀人不过头点地，但千刀万剐等各种酷刑自古有之，开棺鞭尸挫骨扬灰则是泄愤到极致了，还带有对死者遗属及家族的侮辱。

从某种意义上说，《山本》就是写人如何死的，具有一种极端的残酷体验。死亡如驱散不尽的雾霾一样飘浮在秦岭山间，阅读时如鲠在喉艰于呼吸，而贯穿全文的黑色便是作家表现死亡最集中的审美意象，也是读者产生压抑感的重要缘由。黑色的美学意味是肃杀、寒冷、阴暗、神秘、恐惧，与死亡有千丝万缕的对应关系；死亡最能显示人性中黑暗的一面，它如黑夜一般，既囊括一切又了无一物，是睡过去便不再醒来。秦人尚黑，《汉书·郊祀志上》中曾有这样的记载："今秦变周，水德之时。昔文公出猎，获黑龙。此其水德之瑞。"而五行之中水德对应的标志颜色正是黑色。秦人又认为祖先是"女修吞卵"而生，即颛顼的孙女吞玄鸟蛋而生秦的先祖大业，秦人便尊崇玄色，所以秦国从春秋战国至一统天下都崇尚黑色。宫廷多用黑色，老百姓更喜欢黑色衣服，手织粗布染料简单，干活耐脏不易褪色。涡镇就是如此，文本一开篇就交代该镇位于黑河和白河的交汇处，街巷上所有的木板门面都刷成黑色，与其相配的树皮也是黑的，猪狗都是黑的，鸡也是乌鸡，连鸡骨头都是黑的；预备团装备是黑旗黑衣黑裤黑裹腿，夜线子应该念黑线子，护送首长走的是黑沟，一阵刮黑风，碰到一条黑蛇，吃的黑熊掌，茶行经营黑茶而营利，陆菊人养的是黑猫，还有涡镇之魂黑色皂角树；等等。黑色意象促成了整个文本的沉重、压抑与肃杀感，若没有麻县长的秦岭动植物志作调剂来舒缓节奏，满目的黑色真要使小说难以卒读了。

民间有云"死者为大"，正如《三国演义》里诸葛亮祭奠战争中双方战士的亡灵，《山本》也在庙里设了往生牌位对死者进行超度。人在年少时不怕死也极少谈论与死相关的话题，自有远大的前程和饱满的希望充盈眼际，随着岁月的洗礼和阅历的丰富，年长智者便能够看得通透，于是多少沧桑感怀化为一声"天凉好个秋"的长叹。《山本》写的不是战争，充斥文本表层的无意义残酷杀戮背后，是作家深深的悲哀和对正常生活的渴望。

人文关怀是贾平凹作品一以贯之的情感脉搏。他曾慨叹贫穷使人残忍，《山本》书写如此大量无意义的死亡，更是显现出人穷命贱，其批评的笔触直指民族劣根性。文本中借杜鲁成愤慨"涡镇上的人心咋这烂么！"井宗秀假托阮家浮财给大伙儿分钱时，镇民感觉像是在做梦，感慨"镇上咋只有一个阮天保啊？！"[1]而当保安队攻打涡镇时，"（镇上人）自己的手打自己的脸：这是弄啥哩，保安队来打的是预备团，咱倒是跟着遭殃了？！他们怨恨起井宗秀不该去县城抢枪不该烧阮家房杀阮家人啊！"[2]其功利、自私、贪婪可见一斑。可恨之人又有其可悲可怜之处，涡镇人一直寄希望于出一个官人罩着他们，陆菊人盼望着"镇上总得有人来主事，县上总得有人来主事，秦岭里总得有人来主事啊！"[3]将自己的人生交到他人的手上便难免有被害被杀的命运。漫长的封建社会中的老百姓没有主体意识，陕西民间歌谣就是典型例子："好皇上坏皇上总得有个皇上，没皇上这个世上它就乱汪汪；坏婆娘好婆娘总得有个婆娘，没婆娘这个日子它就太恓惶。"天子子民、清官意识可谓是积淀长久的集体无意识，直到今天我们不还是希望有个好领导吗？当井宗秀开始在镇民家门上挂鞭子时，大家将这视为一种荣耀，都盼着赶紧给自家挂，好让女人们去为井宗秀服务。鲁迅曾说："然而自己明知道是奴隶，打熬着，并且不平着，挣扎着，一面'意图'挣脱以至实行挣脱的，即使暂时失败，还是套上了镣铐罢，他却不过是单单的奴隶。如果从奴隶生活中寻出'美'来，赞叹，抚摩，陶醉，那可简直是万劫不复的奴

---

[1] 贾平凹：《山本》，作家出版社2018年版，第218页。
[2] 贾平凹：《山本》，作家出版社2018年版，第233页。
[3] 贾平凹：《山本》，作家出版社2018年版，第497页。

才了！"① 对弱者的欺凌和对强者的奴性，都体现在涡镇人的身上。

　　作家的反思与批判精神还集中体现在对于井宗秀的人物刻画上：从开始替父还债的仁义感恩到知晓胭脂地预言后的逐渐膨胀，从对陆菊人倾心尊敬到恼怒不屑；从施美人计消灭五雷到买岳家房地再到救韩掌柜开布庄，初期的聪明心计变成了残忍阴险，谋害妻子，活人砌墙，杀人灭口，剥皮剖刑，特别是每天骑马巡街和挂鞭子，完全有君临天下的感觉；最终的被刺杀身亡极具反讽意味，英武一世却死得无声无息，毫无壮烈或震撼感，加之尸体停放到庙里后又遭到炮轰，普通肉身的消亡显示出循环往复中的报应不爽和天理昭彰。井宗秀身上有《古炉》中夜霸槽的影子，只是在人性的底层滑得更深更远。《桃花扇》中有一段唱词"眼看他起朱楼，眼看他宴宾客，眼看他楼塌了"。每个人在努力向上的时候，多能律己向善，但在获得成功拥有地位权力时则容易贪欲丛生，渐渐骄横跋扈，四面树敌，死亡也就不远了。井宗秀亦是如此，作家的态度也从开始的欣赏认可渐渐转变为批评批判。

　　实际上，贾平凹关于人类生存的哲学思考早从《古堡》始露端倪，《古炉》渐成体系，至《老生》已臻成熟。张家老大牺牲个人利益带领古堡村致富却被村民无情报复最终入狱，古炉村发生"文革"并愈演愈烈亦与人性中自私贪婪紧密相关，老唱师串起的四个秦岭故事上演各种悲欢离合。《山本》是《老生》的再现和深化，世事沧桑中人事人生人性立体呈现，人的各种欲望在死亡面前没有正邪之别，敌我难分对错难分，胜者为王似乎成了唯一标准。而且因为故事时空的相对集中，动荡时代人性中的卑劣恰恰表现得最为全面和彻底，其中批判思考也更为深刻。涡镇里只有善恶没有对错，只有悲剧没有崇高，底层山民无法掌握自己的命运，稍有权力者皆为自己名利争斗，整个镇子就是一片乌烟瘴气。作家心里是悲哀的，他憎恶那个时代，然而文学作品还是要给人以希望的，正如《古炉》中有狗尿苔、杏开、善人、蚕婆，《山本》里也有陆菊人、宽展、陈先生、蚯蚓和剩剩，相对于那些争斗不已而最终皆是无意义的死者，这些涡镇里看似柔弱的生命，也许正是秦岭山中最顽强的生存群体和对真善美最虔诚的守护者与坚守者，也正是通过他们，作家拨动着我们内心深处最柔软的那根心弦，大秦岭的茫茫苍苍也才有了无尽的美好与生气。

---

① 鲁迅：《南腔北调集·漫与》，见《鲁迅全集》第4卷，人民文学出版社2005年版，第578页。

三、死亡叙事的新书写

"十七年文学"经常写到死亡,特别是革命和战争题材小说。由于文艺政策对作品正面教育意义、积极感情基调及明朗理想色彩的规约与强调,在正义必胜的指导思想下,影视剧中的正面人物,即便是最后的死亡,也称其为牺牲或壮烈牺牲,这牺牲一定是有意义且意义重大的。如《董存瑞》的主人公、《红岩》中的江姐、《红色娘子军》中的洪常青、《英雄儿女》中的王成等等,他们为信仰牺牲生命而在所不惜和毫不畏惧,其精神和勇气是超出一般常人的,被尊为革命先烈为我们所敬仰。而在叙事手法上,小说会用激昂的口号升华其革命精神,电影中则出现乌云翻滚、电闪雷鸣、松涛阵阵、江河奔涌,以显现人民在哀伤与哀伤后更加坚定浓烈的报仇决心。与之相对的是将敌人的死亡定位为丑恶事物的消灭,在具体描述上,则避免对死亡场景进行细致入微的描写。

新历史小说很大程度上纠正了之前过于理想化的偏颇,试图从人性的角度写出有血有肉的英雄和凡人,但其间的分寸很难拿捏。莫言在民间英雄野性原生力量的膜顶崇拜上少了些理性控制,苏童有对民间的知性智性反思但多关注个体命运,余华由先锋小说对人性的冷漠怀疑转向脉脉温情的民间认同,等等,大多呈现出对个体生命生存与死亡的深度思考,整体格局显得不够宏阔,而且从民间视角切入便极少进行大规模的死亡叙事,也缺少一种全局式的把控。总体来看,此时期关涉死亡叙事的作品,表达更多的是对底层小人物或蓬勃或坚韧生命的向往与感慨,带有敬佩感、认同感和一线暖意,欠缺的是作家对于生存苦难的理性反思和关怀悲悯。

首先,《山本》的新书写表现在死亡叙事呈群体性大格局。死亡在文本写作中居核心地位,既是关照对象,也是叙事线索。前文提到当代文学中几乎没有哪部小说书写如此之多的死亡,中国人对死亡的态度的避讳,使《山本》面临巨大挑战,极容易因其限制级的惨烈暴力而引起阅读障碍。恰是作家深厚的写作功底和深入的哲学思考化解了这一难题,文本没有就暴力写暴力,说的是死亡,其关节点则在死亡之外,或曰死亡的对立面——生存,所以阅读者会在体会残酷之后不是纠结于鲜血淋漓,而是跟随作家一起进入对生存思考的时空隧道。此外,文本的大体量叙事使得其思考的普遍性意义更为重大和深远,在此基础上的批评和超越性也便呈现出大家风范。关于场面,特别是大场面的书写是小说呈现大气象的主要原因，贾平凹从《古炉》开始用力于场景描写，至《带灯》手法已经全然谙熟，《山本》中大小场面比比皆是，其间人物的须发眉目、言行喜怒、节奏的快慢缓急、气氛的张弛有度，作家信笔写来，读者则如在目前。而场景叙写中最多的便是战斗和死亡，或小分队偷袭，或上百人作战，或惩戒叛徒，或滥杀无辜，作家皆不动神色地实录，各种惨烈景象让人不忍卒读。确非大境界者不能写，若无强定力者不可读。

其次是从人性关怀、普世慈悲的角度，一视同仁地写每个生命的逝去。不同于莫言《檀香刑》中以浓墨细描各种酷刑为目的的暴力美学风格，《山本》中的死亡叙事是手段。作家直言"我写的不是战争"，如此众多的死亡场景，无论是大小战斗、谋杀暗杀、越货强奸，还是酷刑逼供、短兵相接，抑或天降厄运、亲人反目，面对涡镇人的各种死亡，作者的态度似乎无褒无贬不左不右，呈现出超越性的镇定冷静，是看得通透之后的默然，或曰直面死亡的"零情感"。最典型者莫过于井宗秀杀妻，井宗秀不露声色地谋杀，作家则波澜不惊地书写，但又完全不同于新写实小说中无奈妥协甚至心灵鸡汤式的"零度情感"。《山本》的"零度情感"看似没有人的慈悲心，后面却有深意，文本直面死亡的冷静与超越悲喜的淡然实际蕴藏着他对涡镇人事的深入思考。作家关注点不在谁胜谁败，是把几方力量均看作是普通山民，都是有父母有儿女的血肉之躯，是一种超越具体人事的普泛化的悲悯。六十六年的人生履历，贾平凹业已看淡生死或曰死也是生的一部分，正如其作品被诟病总写粪尿等不洁之物，恰是作家认为这不洁是人人离不开的生活的一部分。最后是历史的眼光与传统文学的审美风格。如果说"十七年"小说作家对主人公需仰视才见，新历史小说作家基本与人物平起平坐，《山本》中作家的思考是远远高出其笔下人物的，但也绝不嫌弃他们，其中或倾心或反思或批评或悲悯，不紧不慢不温不火中自有一片通透超然与亲切自由。一如《古炉》以瓷器作为中国符号而通过小小古炉村暗喻中国，《山本》也不仅仅写秦岭几年间的人与事，它同样隐喻了整个中国，甚至可以将时限推得更远，历代战争是政治的产物，就参与其中的普通士兵而言意义很明了。《山本》不似其他作品死亡书写那样令人战栗，还有一个重要原因是作家对中国文学审美传统的继承。大面积的死亡却写得怨而不怒哀而不伤，作家借鉴了中国古典小说的叙事结构框架，用三分胭脂地将整个故事写得一切皆有定数，如"分久必合，合久必分""三十六天罡七十二地煞闹世事""宝黛还泪神话"一样成为天地间一段孽缘,增加了人命天定的规律性,冲淡了现实世界的悲剧感,作家不是哀怨感伤,而是以更宏大的气象,写出历史的走势。因为秦岭依旧苍苍茫茫山高水长,任何人事不过是过眼云烟,终究成为大山中的一撮尘土或历史上的一个标点。

(原载《小说评论》2018年第4期)

论《山本》中声音的混响与和鸣

张英芳

在《山本》的题记中，贾平凹写道："山本的故事，正是我的一本秦岭之志。"在后记中，他再次强调"这本书是写秦岭的，原定名就是《秦岭》，后因嫌与曾经的《秦腔》混淆，变成《秦岭志》，再后来又改了，一是觉得还是两个字的名字适合于我，二是起名以张口音最好，而志字一会出来牙齿就咬紧了，于是就有了《山本》。山本，山的本来，写山的一本书。"[①] 与《浮躁》《秦腔》《古炉》《高兴》《带灯》《废都》《老生》《极花》等小说"隐喻、象征或者反讽式"地写作不同，《山本》的命名本身就是写作的本身：秦岭不是《山本》的背景，而是写作的对象和主体。他不加掩饰甚至刻意地暴露着他写作《山本》的所有秘密：为《秦岭》作传、作记、立志。然而，与他之前写作的"隐而不发，静水深流"不同，他在后记中又一次不厌其烦地说，"《山本》里没有包装，也没有面具，一只手表的背面故意暴露着那些转动的齿轮"[②]。自此，《山本》的写作意图再次被确认：《山本》要写的就是山的本来，秦岭的本来。在对《山本》写作意图清晰而确切地呈现之后，在后记中，他又继续着心迹的袒露："我写的不管是非功过，只是我知道了我骨子里的胆怯、慌张、恐惧、无奈和一颗脆弱的心。"[③]

通过题记和后记读者不仅可以毫无障碍地进入《山本》叙写的有关秦岭的故事，还可以了解作者写作的心迹。基于此，阅读《山本》，应该是一个相对较为轻松和容易的过程，然而，阅读结束，却是茫然和了然，至少对我而言，是如此。这样的阅读体验，与初始不可知的刺激惊险的"探险"阅读不同，阅读《山本》似乎是一场没有冒险的旅程，但故事结束时，冒险好像才刚刚开始。这样一种不寻常的阅读体验，推动着我重新返回《山本》，进入百年之前，一段已经

---

① 贾平凹：《山本》，作家出版社2018年版，第522页。
② 贾平凹：《山本》，作家出版社2018年版，第526页。
③ 贾平凹：《山本》，作家出版社2018年版，第526页。

褪色的秦岭的历史,感受作者写作时的"慌张""恐惧",去寻找倾听他所言的"骨子里的脆弱之心"。

一、从察看到倾听:"见山还是山"的本相还原

在《山本》之前,贾平凹的写作和他的文学世界,大体呈现为以下三种写作思路:一种是贴近现实,为时代鸣奏,《浮躁》《秦腔》《带灯》《极花》《土门》《高兴》等属于此类;二种是疏离于现实、追溯反思还未走远的历史,如《古炉》《老生》等;三种是以隐喻的方式,回到自然和生命的自由情态,如《怀念狼》《高老庄》《病相报告》等。在这三种写作思路中,贾平凹和他的文学世界、文学世界中的"人""世""事",以一种交谈的方式耐心地进行着一种现实的、历史的、自然的对话,且在对话中描摹着世相人心,以诉说的方式表达着他的疼与伤、悲与怆。无论是哪种写作思路,作者都深入其中,幻化成一双眼睛,注意着现实变动、风物俗世以及大地人心,以一种"我"处处在场的方式,察看他笔下的人、事、物,甚至小说中的人物在某种程度、某个时刻就是"我"的化身,通过审美的聚焦来对现实和历史发声,从而使小说呈现一个"有我之境"的审美的文学世界。

到了《山本》,从叙述方式来看,与《废都》《带灯》《浮躁》《秦腔》等贴着现实甚至超前于现实不同,《山本》中的人事是以逆时序,以"倒流河"的方式返回到历史深处的一个过程,这种写作带有"追忆""回忆"和"回声"的性质,因此较之前的写作,《山本》从写作的姿态到心境,都在追忆回声中悄然进行着调整,从而引起了他与他的文学世界之间的关系,在不经意间发生了一次内在的叙述革命:从察看变为倾听、从对话变成倾听、从诉说变成倾听,因而在深入文本之后,在阅读的过程中,读者会同时感受到两种感觉——复现与浮现的交织。复现主要是对作者叙述的历史时空、历史时空中的人以及历史故事的再次还原,而浮现则是一种情绪的空灵和音乐性的流动,有如一首隐隐约约却又辽阔悠远的歌。前者属于文本的表层,即秦岭历史演义和世事变迁的层面,而后者则隐于文本的内层,是隐于文本之中又现于文本之外的"天地"层面。在这两种交织的感觉中,对《山本》的阅读既是一次眼睛"观看"的过程,更是一次耳朵聆听的过程,因此,《山本》中的故事是引领读者返回历史现场的契机,而冥冥之中听到的历史的回音则将读者带入一种心灵的沉思之境。听觉与视觉的

交织使得读者看到了历史的背影,还品味到了历史是一首能吟唱的诗。前者体现着故事和传奇的动人之处,而后者,内蕴的史诗的魅影则在于"情"的波澜不惊和源远流长。

似乎像宣誓和承诺一样,作者表示他要以《山本》为秦岭、为这座无言的大山立言,然而,作者又说他骨子里是"脆弱"的。意图与心迹为何形成矛盾呢?如果读者只能抵达视觉层面的观看,也许对《山本》中写作意图和心迹之间的矛盾、冲突,甚至充满悖论性、执拗性无从理解,设若读者在视觉中同时听到了《山本》中叙述的声音,也许对意图、心迹矛盾的理解会变得同一:《山本》要追忆历史,还要抒脆弱的心灵之怀,更要状秦岭之坚韧之物,以此抵达绵延的天与地。生于1952年的贾平凹,到了2018年,无论是从创作的圆熟还是生命的沉淀,那些积蓄的底气使得他已经不再需要任何遮掩和修饰,去呈现人在物之前的伟岸。恰恰相反,在历经诸多的世事之后,在可见的通向生命终点的半途之中,生命在此时再次进入"看山还是山"的无我之境,一切的面具、矫饰都会显得可笑而无处躲藏,到了《山本》,他让一切的事物都复归原状,尽可能地展示一切原初的形态。因此,他的"脆弱"之处就是面对浩瀚的宇宙,人的张狂、虚妄都会显露出他的原形:人在天地之间的渺小。《山本》的冒险和探索之处就在于它对物、人和世界关系的阐释由物—史—人的阐释转变为史—人—物,前者的逻辑起点是物,而终归是人,后者则恰恰相反,指向的是"万物归一"。因而在《山本》的话语体系中存在两个层级:故事层级和音乐层级。故事是小说的物质外壳,而音乐则是小说内在的波涛。《山本》的叙述既是穿越秦岭的历史、故事、人到天地的过程,它还表述着生命的情态:从有到无,从图画到音乐,从喧哗到寂静。

迄今为止,《山本》之前,贾平凹的写作以"我"处处在场的介入方式建构着人、历史与天地的关系,到了《山本》,"我"以退场的方式,将一切让位于天地之本,从而完成了"自我建构"的复杂而明晰的谱系。《老生》之前,他以观察者的姿态站在历史之中,人既是他审美的中心,也是他书写的中心,到了《老生》,万物生灵随着历史的观照更加切近地进入到他的文学世界,"生灵世界"呼之欲出,到了《山本》,这种万物"本源",生命"本相"的追溯,浮出地表,成为他写作的一次修正和沉潜,呈现着他对生命、万物、大地和人心"本相"的还原和他的新的生命哲学。

二、从物的拟人化到人的拟物化:"黑猫""皂角树"和万物

在贾平凹的文学和审美世界中,他一直在寻找着多种可能性和多样的方式去展现时代、生活、生命和天地大观的"咏叹调",因此在他自我建构的文学图景中,与单体的以人为中心的世界的展示不同,他的文学天地中存有两个饱满的世界:物的世界和人的世界。物界构成中,如《废都》中的那头奶牛,《带灯》中的萤火虫,《怀念狼》中的狼,《极花》中的虫草,《古炉》中的狗尿苔,这些物像极了他写作王国里的士兵,列队排阵,参与着文本的合成。到了《山本》,这些士兵变成了一个军团,那些若隐若现单一性的兽怪、虫草,汹涌澎湃,在《山本》中形成了物的王国:大鲵、鹤、雁、斑鸠、砍头柳、马、蛇皮、地黄、白前、泽兰、苍术、莱菔子、斗鱼、山猴、龙头竹、蝇虫、七叶子树、野猪、熊等。更加有趣的是,在《山本》中,他在为物命名,还为物赋予生命,并且对"物"和"人"之间的关系进行了一次重置:从物的拟人化到人的拟物化。无论是之前作品谱系中的"牛""萤""极花"还是"狼"等,采取的策略是将物拟人化,使得物具有人的某种特质和特性。到了《山本》,一方面,物显然不再置身在小说之外,而是成为小说的叙述者之一。另一方面,人被拟物化,人的情感、思想通过物来展现,而物是无言的,因此这种人的拟物化使得作品的阅读必须借助听觉和想象来还原被作者刻意"过滤"掉的那些声音和影像。

《山本》中,既对那些林林总总、千奇百怪的"万物"进行呈现,又对其间的两种物——黑猫和皂角树进行了"浓墨重彩式"地描写。从小说的起始一直到小说的结束,都有一只猫,"猫是个黑猫,身子的二分之一都是脑袋,脑袋的二分之一又都是眼睛"[①]。这只大脑袋大眼睛的猫像一个善思的智者和善观的灵者,经常性地"卧在门楼的瓦槽里",要么"睁着眼睛看屋院外来来往往的路人,看远处的城墙和站在城墙上的水鸟"[②],要么"目光冷得像星子……尾巴竖起来像棍一样"[③],要么"跟着人",要么"回头往来路看",要么看井宗秀,要么看杨钟,看涡镇的"众生相"。多半时候黑猫是安静的,只是"看",它就像一架历史的摄像机,将历史中的世故和人情拍成一部黑白纪录片。多数时候,当人

---

① 贾平凹:《山本》,作家出版社2018年版,第2—3页。
② 贾平凹:《山本》,作家出版社2018年版,第9页。
③ 贾平凹:《山本》,作家出版社2018年版,第18页。

手足无措之时,向黑猫讨个主意的时候,"猫始终没个回应",又或者陆菊人问它是否该找井宗秀的时候,"猫竟然就叫了一下",或者"黑猫不停地抓那个瘸了腿始终长不高的剩剩"。当杨钟去世之后,陆菊人陷入巨大的伤痛中,"猫没有缠她,没有抓着她的衣服爬到肩头来……眼睛盯着上房檐下的开窗"[①],类似这样书写黑猫的在小说中多达三十多处,最后当涡镇在炮火中即将化为灰烬之时,"黑猫被剩剩抱着,依然睁着眼睛,一动不动"。这只喜欢"卧在瓦槽里的大头大眼"的黑猫,以它巫性的双目附在人的魂魄之上,以一种近乎静默的无言的方式"弹"着历史并不动听的音符,又以一种近乎通灵的方式在和人的对望交谈中为历史招魂,因此当涡镇和涡镇的生命都陷入毁灭之中的时候,黑猫还能够依偎在那个残疾的小男孩剩剩的怀里,在陈先生的安仁堂里,在娑罗树下低语着,张望着。

如若黑猫是秦岭中的"灵异"之物,小说中的那棵"通人性"的高高的皂角树却示意着一种秦岭的"神气"和"风骨"。在涡镇中街十字路口、最高大的那棵老皂角树,是涡镇闪烁的灵光,"它最高大。站在白河黑河岸往镇子方向一看,首先就看见了。它一身上下都长了硬刺,……凡是德行好的人经过,才可能自动掉下一个两个。于是,所有人走过树下了,都抬头往上看,希望皂荚掉下来"[②],然而不是"主任被打了三枪,死在了老皂角树下",就是"李景明家那条会说人话的狗被杀死在老皂角树下",再后来,井宗秀为了盖钟楼,"开始挖老皂角树,移栽到了南门里西背街口的拐角场子",在钟楼彻底完工的一个晚上,在老皂角树下的一间草棚着火之后,"老皂角树冠就成火云,在涡镇人的惊叫、哭喊中,变成了焦黑,发出叭叭的爆响,又跌落无数的小火疙瘩",老皂角树以决绝的方式完成了"壮烈地自杀",对抗着在自己根下发生过的还继续发生着的那些"恶",也许它的自杀,将灵光自尽自绝,既是最后的救赎,也是最后的祈祷。皂角树自杀后,涡镇就在破坏中、崩溃中走向毁灭,留下一个暮沉沉、乱糟糟、不成样子的涡镇。

如果《山本》的叙事主体是交叠着的历史的起起伏伏、是是非非,在小说的叙述中引入的诸多的"次物"——黑猫,皂角树,秦岭的花、草、树、虫、怪、兽,等,夹杂在叙事主潮之中,好似故事行进间隙的信来之笔,对于推进故事的作用

---

① 贾平凹:《山本》,作家出版社2018年版,第208页。
② 贾平凹:《山本》,作家出版社2018年版,第3页。

和意义有点"可有可无",但是作者却迷恋甚至癫狂式地描写着秦岭山中的各种无名的花花草草、兽兽怪怪,尤其是麻县长被"挟持"到涡镇之后,有心无力的麻县长开始他的秦岭志的考据和整理工作,在他笑傲着自投于涡潭之后,他留下了两本书:《秦岭志草本部》和《秦岭志禽兽部》。这两本书被蚯蚓用褂子包着放在了老鸹窝里。它们就好像秦岭的《天工开物》一样,将秦岭的一草一木、一鸟一兽都收于秦岭的"本相"中,让这些物在热闹、喧嚣、骚动的历史风云中傲然绽放,以此回答《山本》既是为秦岭的"是非过往"树碑,又是为秦岭的草木兽怪立志。

无论是黑猫、皂角树,还是麻县长书中的那些草木虫怪,这些秦岭中的生灵既出入于"灵界",又连接着人类世界,在巫性般的寓言中,俯瞰着历史的潮起与潮落,诅咒着人类的恶,也颂扬着光洁的善。它们像一个长着尾巴的"人",倚凭着它们的通灵贯通了万物、大地和人类之间的阻隔,从而形成了《山本》中的三重世界:物界、人类世界和天地大观。

在故事的终止处,涡镇的枭雄井宗秀被杀,涡镇瞬间毁于炮火之中,"屋院之后,城墙之后,远处的山峰峦叠嶂,以尽着黛青"[1]。当历史走到穷尽处,万物却正盎然。作者通过这些无关紧要的物,这些在历史、岁月、时间长河中起起伏伏、生生不已的物,来体认在人类世界之外,另一个被忽略的广阔浩大的世界:生灵大地。这些无言的物,默默地生,默默地去,而它们,也唯有它们是时间和世间的"精灵",即使人类灰飞烟灭,这些万物依然存在。

三、尺八:乱世中的《虚铎》和精神漫游

秦岭云深,物繁人稀,然而自古以来,却有着众多不大不小的庙宇。在涡镇有两座庙:城隍庙、地藏菩萨庙。"庙格局都小,地藏菩萨庙也就一个大殿几间厢房,因庙里有一棵古柏和三块巨石,镇上人习惯叫130庙。"[2] 庙里的"宽展师父是个尼姑,又是哑巴,总是微笑着"。隐于涡镇的130庙、隐于130庙的宽展师父何年何月居于涡镇,在涡镇毁灭之后又何如,《山本》自始至终都没有提及,也不作交代,这座庙及庙里的师父好像降落尘世的星辰,没有来路,也没有归途,唯有宽展师父吹奏的尺八之音,从序曲到尾声,绵长而旷达。

---

[1] 贾平凹:《山本》,作家出版社2018年版,第520页。
[2] 贾平凹:《山本》,作家出版社2018年版,第3页。

尺八第一次响起缘于陆菊人与杨钟的婚事,当一对新人在牌位前上香祭酒,宽展师父从怀里掏出个竹管来吹奏,顷刻间"风过密林,空灵恬静",此曲即为《虚铎》。不久,井宗秀的父亲溺亡于粪尿窖子,需要在130庙进行浮丘超度,此时的"尺八,时而恬静舒缓,时而激越狂放"。后来涡镇的有钱人家吴掌柜要整修130庙,却最终未成,庙还是旧庙,尺八声却时时不绝于涡镇。不能言却能吹奏尺八的宽展师父在土匪五雷进驻130庙后,尺八声渐稀,偶尔吹起,"树上的柏花往下落,像下雨一样"[①]。再后来随着土匪被灭,涡镇准备组建预备团来保护涡镇的百姓,尺八声再起——"预备团就要驻扎进去了,宽展师父最为高兴,过来坐在院中那棵银杏树下吹奏了五天尺八"[②]。然而,预备团成立之后,涡镇不仅没有得到安宁,间歇不断的战争中,预备团和保安队火拼死了两个人,宽展师父没有埋怨,倒吹尺八为亡者超度。随着井宗秀在涡镇的权力越来越大,陆菊人一次二次甚至多次去130庙,尺八声依然绕梁,在涡镇的茶庄开业之前,宽展师父再一次吹响了《虚铎》——尺八中最古最老的曲子,"《虚铎》之音颤动着,触碰在殿的立柱上、墙壁上,又反弹着到了殿的梁上,幽然苍劲,如钟如磬"[③]。然而在茶庄开业的当日,作为礼器法器的尺八,却被作为乐器夹杂在俗世的锣鼓喧天、鞭炮齐鸣中。自此后,尺八音稀,杳然,直到预备团出击去攻打阮天保,死伤达五十一人,且尸首不全,"尺八声中经文诵起"。直至涡镇的一方枭雄井宗秀被暗杀后,宽展师父坐在灵桌前吹尺八,而后在隆隆的炮火中宽展师父把尺八扔给陆菊人,宽展师父和蚯蚓"各跑各的",终了,尺八在涡镇的炮火中随陆菊人的存留而留存于天地间,而130庙和宽展师父则不知所踪,空留一腔余音回荡在历史的深处。

在涡镇,尺八是喜乐,结婚的时候吹,好事近的时候吹;尺八也是哀乐,丧葬的时候吹,超度的时候也吹。无论是喜乐还是哀乐,宽展师父的尺八之音恰如涡镇的"清平之音",一切世间的"浊"与"浮"都在尺八声中得以"洁净""净化"。它来无踪,去无影,它跟黑猫、皂角树和虫草兽怪不同,无形无色,它似水抚慰着万物生灵。仅吹奏两次的《虚铎》,像天地的幻影一般,既启示着过去,也召唤着未来。

[①] 贾平凹:《山本》,作家出版社2018年版,第73页。
[②] 贾平凹:《山本》,作家出版社2018年版,第139页。
[③] 贾平凹:《山本》,作家出版社2018年版,第293页。

在贾平凹的作品序列中，明确而清晰地以一种乐器作为一种导引或者指示的，始于1985年的《白夜》，夜郎在断垣残壁的古城墙上吹奏着一种陶制的乐器——埙；到了1992年的《废都》，从潼关来的小知识分子周敏吹着同夜郎一样的埙，埙音色闷而低沉，荼蘼而暗雅，似乎是从大地深处而来；到了《山本》，竹制的尺八音色空灵、恬静，悠扬而飘逸，似乎从天空飘荡而来，轻盈而灵动。《白夜》《废都》作为俗世的暗喻，肉身的沉重恰如埙音，而《山本》作为天地之音，面向的则是精神的漫游。如果猫语是人的回声，尺八也许就是静寂而悠远的天地的声音，在穿越沉重的历史中，让天与地浮出地表，因此作者在《山本》后记中这样描述道："《山本》里虽然到处是枪声和死人，但它并不是写战争的书，只是我关注一个木头和一块石头，我就进入这木头和石头中去了。"[①] 战争、厮杀、欲望、英雄、流寇终究不过是辅音，天地的声音才是主音，就如尺八，它大而稀，却无处不在，回荡在历史、大地的深处。

　　读《山本》，读那些在秦岭中正在发生和发生过的打打杀杀、你争我夺的故事，剧终了却是白茫茫混沌一片，然而，在另一个听觉世界，骤然而响的是多种声音：历史的、欲望的、英雄的、毁灭的、秦岭的、河流的、革命的、猫的、兽的、树的、草的，这些声音混响在一起，大弦小弦切切急，像极了涡镇中的风风雨雨、花花草草以及那些久远模糊又分外清晰的人与事，你可以听到历史在诉说、大地在诉说、皂角树在诉说、陈先生在诉说、哑了的宽展师父在诉说，在这些欢乐的、哀伤的、静寂的、喧嚣的混响中，《山本》所叙述的秦岭是歌，是诗，空旷、辽远、悠长，久久回荡。那只卧在门楼瓦槽里的黑猫，那棵涡镇之魂灵的皂角树，地藏菩萨庙里传来的尺八声，忽而轻佻，忽而浑厚，忽而清丽，忽而拙朴，如风沙，如细雨，述说着关于秦岭和《山本》的众多故事。

（原载《小说评论》2018年第4期）

[①] 贾平凹：《山本》，作家出版社2018年版，第525页。

论《山本》的动植物描写及其文学意义

王　菊

贾平凹在《山本》后记中说："曾经企图把秦岭走一遍，即便写不了类似的《山海经》，也可以整理出一本秦岭的草木记、一本秦岭的动物记吧。"[①]小说中的麻县长就承载了作家的心愿，他记录着秦岭中的鸟兽草木，并在涡镇的漫天炮火中留下了一本《秦岭志草木部》、一本《秦岭志禽兽部》。可作家本人却对那个"一地瓷的碎片年代"[②]产生了兴趣，转而写就了《山本》里涡镇预备团与秦岭游击队的沧桑人事与历史变迁。

《山本》看似重点着墨于二十世纪二三十年代秦岭中的历史浮沉，实则早已将作家自己的草木记、动物记一并融入其中。"《山本》给读者留下的第一印象，恐怕就是一部'秦岭的百科全书'"[③]，各色飞禽走兽、草木虫鱼记录成文字扑面而来，让人目不暇接，一条丰富可感、浩瀚神秘的"中国龙脉"跃然纸上。书中的动植物描写既将故事融入自然，使人事成为"秦岭志"的有机部分，又展现了贾平凹历史叙事的艺术特色，传达出作家对自然、对历史的独特思考，其文学意义值得细读。

一、进入文本，勾连自然与人事

"山本，山的本来，写山的一本书"[④]。对这座浩然山脉来说，人事与自然界中的一草一木一般无二，生于斯，长于斯，都化成了它本身不可分割的一部分，共同构成了这本"秦岭百科全书"。所以不论小说要讲述的历史多么精彩纷呈，都必须融入地理环境，成为自然的一部分。秦岭中种类丰富的动植物就是天

[①] 贾平凹：《山本》，作家出版社2018年版，第522页。
[②] 贾平凹：《山本》，作家出版社2018年版，第523页。
[③] 王春林：《历史旋涡中的苦难与悲悯》，载《收获》2018年长篇专号春卷。
[④] 贾平凹：《山本》，作家出版社2018年版，第522页。

然的连接器，它们一面呈现了秦岭的自然风貌，一了作家写就草木记、动物记的心愿；一面又能与人事互动，完美融入故事内部。贾平凹用动植物描写勾连起了小说中的自然环境与人事命运，既呈现着秦岭的万千世界，又体现着人世百态。

小说中许多情节是靠动植物来触发实现的。在开篇不久，土匪五雷劫掠涡镇，在井宗秀的劝说下，本打算安然离开，可其表弟玉米却被陆菊人利用"葫芦豹蜂"蜇死，五雷便以"涡镇欠我一条命"为理由留了下来，危及乡里。后来井宗秀就是靠除掉五雷一伙，树立了威望，成为预备团团长，进而割据一方。后文洋洋洒洒的剧情均因"葫芦豹蜂"触发，铺陈开来。如此这般，秦岭中活跃着的鸟兽虫鱼就不再只是故事中的次要角色，而具有了生发人事的主动性。

《山本》中对水晶兰的描写也让人印象深刻。井宗丞到崇村时，在去往山神庙的路上看到一簇水晶兰，那时的他还不知道阮天保已在庙中设好了埋伏，只等他自投罗网。"茎秆是白的，叶子更是半透明的白色鳞片，如一层薄若蝉翼的纱包裹着，蕾苞低垂。……一掐，沾在手上的露珠一样的水很快变黑。但蜂仍在花上蠕动，花瓣就全脱落了，眼看着水晶兰的整个茎秆变成了一根灰黑的柴棍。……小兵说：我们叫它是冥花。"① 与这幽灵之花的开放与枯萎相应和的是，通往山神庙的路即井宗丞的死亡之路。《山本》中具有象征意味的动植物描写暗示着故事进展的或喜或悲，也暗示着人物个体的身份与性格。人事好似找到了自然中的对应物，呼应着秦岭中一草一木的故事，自己也就如一草一木般，成了自然的一部分。贾平凹还曾感慨："大的战争从来只有记载没有故事，小的争斗却往往细节丰富、人物生动、趣味横生。"②《山本》中许多异常生动、让人印象深刻的故事细节是通过动植物描写展现的。

一次战役中，井宗丞率领队员们埋伏在树林中，想要炸毁石桥，抢夺途径敌人的物资。"井宗丞看见了就在不远处趴着的元小四身边长了一蓬细辛，细辛的蔓像红薯蔓，叶子肥肥的，就说：小四，瞧见了吗，那是细辛，把叶子摘下来装在口袋里。元小四说：细辛？摘叶子干啥？井宗丞说：你不知道细辛？炖猪蹄或焖鸡时放上细辛能提味哩。元小四说：还炖猪蹄焖鸡呀，这一仗还不知死活哩。……井宗丞说：你好好打，打完仗了，我来解决。元小四说：我吃一碗。

---

① 贾平凹：《山本》，作家出版社2018年版，第459页。
② 贾平凹：《山本》，作家出版社2018年版，第525页。

井宗丞说：给你两海碗。"①可在炸石桥时，元小四误以为自己没点着导火索，返回检查时炸药爆炸，他也因此尸骨无存。当晚的庆功宴上，"井宗丞特意在地上画了个圈，放了两碗肉，说：元小四，这是肥肉块子，比炖猪蹄焖鸡还好，只是没放细辛，味道会差点，你慢慢吃"②。这场战役在这本五十万字的书中只占三页篇幅，可是"细辛"的加入让读者对战役加强了记忆。"元小四"这个人物本也只有几句台词，可作家通过描写他对"细辛炖肉"的幻想，以寥寥几笔传达了他对战争的恐惧和对未来的期盼，"元小四"一下子从一个干巴巴的名字变成了有血有肉、可思可感的人。《山本》中丰富的动植物细节就像是唤醒记忆的按键，能让已随历史风化的人事在情感坐标中重新鲜活起来。

　　除了这些散落在零碎故事中的细节描写，《山本》中还经常通过故事情节带出十分具象化的动植物介绍。这类描写既在无形中丰富着小说中出现的动植物种类，为作家的"秦岭志"添砖加瓦，又使得秦岭的自然环境变得真切可感。在小说开端处，井宗秀被其兄连累，押入县城过堂，在押送路上，贾平凹插入了这样一段描写："月光下，水边早停靠了一只船，柳树梢上还站着一只鸟，黄颜色上有黑斑点，头和脸像猫，耸着双耳叫，它一叫，远处的石堤上还有了一只同样的鸟也在叫，声音沙哑，开始似乎在哭，后来又似乎在笑。那伙人不认识，说涡镇还有这么怪的鸟，井宗秀说：这是鸱鸺。"③贾平凹让"鸱鸺"成为故事中人物的所见之景，读者有机会通过小说人物的感官看到它的颜色、样貌、神态，甚至似乎能听到它透过文字传来的沙哑叫声。涡镇的自然环境就这样在贾平凹笔下变得具体、真实。

　　以上，本文从参与情节进展、人物塑造、丰富渲染细节、提供自然环境实感等方面分析了动植物描写在《山本》文本构成中的功能性意义，展现了作家是如何通过它们将人事、自然这小说中的两大主体内容有机融合的。《山本》中动植物描写的文学意义还远不止于此。

---

① 贾平凹：《山本》，作家出版社2018年版，第318—319页。
② 贾平凹：《山本》，作家出版社2018年版，第320页。
③ 贾平凹：《山本》，作家出版社2018年版，第34页。

二、承接经典,展现历史叙事特征

"这些素材如何进入小说,历史又怎样成为文学?"[①]这是贾平凹在构思《山本》时面对的重要问题,类似的话他在《老生》后记中也说过,"苦恼的仍是历史如何归于文学,叙述又如何在文字间布满空隙,让它有弹性和散发气味"[②]。这两本小说的气韵相通是显而易见的,它们不仅均涉及了浩如烟海的历史素材,在"历史怎样成为文学"的问题上亦采用了类似的呈现方式。

在《带灯》后记中,贾平凹说自己"到了既喜欢《离骚》,又必须读《山海经》的年纪"[③],《老生》将《山海经》原文穿插在故事讲述中,又辅以问答式的原文解读,这是作家将《山海经》融入创作的初次艺术实践。《山本》虽不再采用《老生》中的对照式写法,但《山海经》仍像一条暗河,隐隐流淌在《山本》的各个角落。麻县长受此启发开始记录秦岭的飞禽走兽,贾平凹也似乎在利用这古老经典实践着历史叙事方式的创新,书中的动植物描写就体现了作家将《山海经》融入小说字里行间后的历史叙事特色。

首先,贾平凹"空间化"的历史书写方式秉承了《山海经》以地理空间记事的叙事特征,动植物则是作家在《山本》中建构"共时性"历史叙事场的空间坐标。

先来看《山海经·南山经》中的一段话:"南山经之首曰䧿山。其首曰招摇之山,临于西海之上,多桂、多金、玉。……又东三百里,曰堂庭之山,多棪木,多白猿,多水玉,多黄金……又东三百八十里曰猨翼之山,其中多怪兽,水多怪鱼。多白玉,多蝮虫,多怪蛇,多怪木,不可以上。"叙述以"䧿山"为起点,一路向东,以距离为单位,山山相接,每山都叙以特征鲜明的动植物,最终形成了完整的"南山山系"地图。有西方学者就曾指出,"中西神话的一大重要分水岭在于希腊神话可归于'叙述型'的原型,而中国神话则属于'非叙述型'的原型。前者以'时间性'的架构为原则,后者以'空间化'为经营的中心"[④]。中国文字本身的形象性而非声音性也可算作这种原始"空间性"思维的体现。

[①] 贾平凹:《山本》,作家出版社2018年版,第523页。
[②] 贾平凹:《老生》,人民文学出版社2014年版,第291页。
[③] 贾平凹:《带灯》,长江文艺出版社2015年版,第420页。
[④] 浦安迪:《中国叙事学》,北京大学出版社1996年版,第39页。

在《老生》中贾平凹开始做着将历史书写"空间化"的努力,"对历时性的物理时间展开叙事空间上的共时性编码,这正是他从古老的《山海经》文本结构中发掘出来的艺术奥秘"[①]。作为线索人物的唱师不老不死,他唱阴歌的轨迹涉及正阳镇、岭宁城、过风楼镇、当归村等地,四段不同时期的历史故事就发生在这不同的空间里。在《山本》中,贾平凹同样试图塑造历史发生的"空间性",不过这次他选择在一段连续的历史时间中呈现"共时性",呈现一个完整的时、空共同体,而动植物就是作家可在秦岭中随处看到、用来"抓住"空间、讲述历史的天然坐标。

在叙述人物行为时,这些特定空间的标志性植物就派上了用场。"院子的银杏树下,坐着井宗秀、杜鲁成和周一山在说军装颜色的事"[②],杨钟骑井宗秀的马炫耀,"并没有碰着痒痒树,树都哗哗哗地摇动"[③]。战争发生后陆菊人跑去找剩剩,"陈先生和剩剩,还有一个徒弟,就站在大门外的娑罗树下看着她"[④]。这样一来,小说中人物的许多行为虽从属于时间性的故事,却在被作家细心标上植物坐标后,带上了专属的空间感,有了共同塑造"涡镇"这个历史展演空间的意味。

秦岭中的山峰、村镇星罗棋布,一山一景的动植物让它们独具特色。除了"涡镇"之外,游击队、预备团的行动路线实际上也串联起了秦岭中大大小小的多个其他山岭村镇:"那山叫莲花山,山头上一簇五个峰,峰上都长着红豆杉树,更有成片成片的绿叶黄花的棠棣"[⑤],"傍晚到了银花镇西的杜鹃花垭。秦岭的杜鹃花多,别的地方都是灌木丛,而银花河一带的都是乔木,这垭上的杜鹃就成了林,全都几丈高,枝条粗壮"[⑥],"高门镇虽然偏僻,但当地盛产龙须草和艾草"[⑦]。贾平凹仿照《山海经》的记事方法,每到一山,每历一镇,便先介绍该地的特色动植物。在详细、具体的动植物描写标定下,莲花山、银花镇、高门

[①] 李遇春:《贾平凹长篇小说文体美学的新探索——以〈老生〉为中心》,载《文艺研究》2015年第6期。
[②] 贾平凹:《山本》,作家出版社2018年版,第171页。
[③] 贾平凹:《山本》,作家出版社2018年版,第162页。
[④] 贾平凹:《山本》,作家出版社2018年版,第519—520页。
[⑤] 贾平凹:《山本》,作家出版社2018年版,第88页。
[⑥] 贾平凹:《山本》,作家出版社2018年版,第360页。
[⑦] 贾平凹:《山本》,作家出版社2018年版,第246页。

镇等山峰、村镇被划为了一个个生动立体的地理空间。在空间中写时间，又在"历时性"中呈现"共时性"，这是《山本》从《山海经》处继承的历史叙事特色之一。

其次，小说里描写的许多关于动植物的奇闻逸事都带有民间传说色彩，它们被贾平凹交织在实打实的历史叙述中，让人联想到《山海经》里各色神话与真实山川地理间的融合。人事世界中掺杂着说不清的精怪鬼魅，这对秉承民间信仰的山民们来说，可能就是他们坚信的秦岭世界；但对小说艺术来说，则体现了《山本》中"虚"与"实"两种历史书写形态相交融的特色。

小说中有这样一个故事：一人在打死蛇的第二天买了一捆蒿，回家往院子里一倒，又爬出一条蛇，钻进了后檐墙洞的雀窝里。原来这是双蛇，另一条来为死去的蛇报仇。此人用泥封了雀窝，有燕子来啄洞，便打伤了燕子一条腿。受伤的燕子叼了一条蚰蜒放在天窗台上，当天晚上，他家小儿的耳朵里钻了条蚰蜒。[①] 这则双蛇与燕子报仇的故事已然带有古代志怪小说之况味，《山本》中还有蚰蜒成精这样神秘色彩更为浓烈的片段。

细密真实的日常与扎实具体的史料，《山本》中的历史叙事在这一点上是紧贴现实的，但那些不断穿插着的动植物异事则属于另一种历史书写方式。它们飞离地面，不介入历史主线，游离于"真实"世界之外，却在这"真实"历史中暗示另一个世界、另一层虚幻的存在。这类动植物描写像是密不透风的历史叙述间突然出现的旁逸斜枝，在历史进入文学时留出了一定的想象空间。

各种奇珍异兽、怪力乱神也是《山海经》中最令人流连忘返的内容。六足四翼的蛇、人面而一足的鸟，不管这是不是当时人们的实录之作，都确实令现在的读者啧啧称奇，浮想联翩，再如精卫填海、夸父逐日、刑天舞干戚等这些神话故事历来也都是文学演绎的富矿。正如学者叶舒宪所说，《山海经》是一种"虚实相间，半真半幻的空间图式"，"以山川地理志的外观表现着现实世界与神话时空交织的内容"[②]。《山海经》被鲁迅看作"盖古之巫书"[③]，并在《汉文学史纲

---

① 贾平凹：《山本》，作家出版社2018年版，第331页。
② 叶舒宪：《从文学中探寻历史信息——〈山海经〉与失落的文化大传统》，载《文艺理论研究》2012年第2期。
③ 鲁迅：《中国小说史略》，时代文艺出版社2019年版，第10页。

要》中认为,"巫以记神事,更进,则史以记人事也"[①]。"记神事"之巫,言说"神话";"记人事"之史,言说"人话",两者有相同之处。与《山海经》的虚实相间、半真半幻相连,早期史书、志书中收罗的怪谈异事从不下少数。在中国地方志发展史中有重要意义的《太平寰宇记》就"时杂以小说家言"[②],甚至《后汉书》这类正史都曾四十一次引用志怪小说集《搜神记》中的材料[③];后来的史志编纂日益系统完备,文体分野愈加清晰,这种虚幻色彩才渐渐淡去。中国历史叙述传统中将志怪与史实杂糅,给奇语怪谈以一定发展空间,贾平凹在小说中加以利用,这也成为《山本》中"历史怎样成为文学"的路径之一。

作家无意去说明那些民间传说中关于动植物的真假,他想要的就是承接《山海经》的叙事本原,呈现"怪谈""正语"两种叙事形态间的互补与张力。当"虚空"留存,本来以"真实"面目出现的历史在交错间也有了不确定性。这种叙事艺术上的虚实相合也许可算作贾平凹想抓住的历史"弹性"和"气味"。

三、深化主题,传达作者写作目的

动植物描写的背后往往有着自然,而自然又关涉到贾平凹小说中几个常见主题,即万物有灵、敬畏自然、顺应天道、物我同一等。这里就《山本》中的动植物描写对于小说主题传达有两点:第一,暗藏中国思维、文化编码,显露历史本貌,进行人性反思;第二,突显自然的永恒,在与无常人事的对比中尽显历史苍茫。

山本,是山的本来;小说故事讲述二十世纪二三十年代各派力量在秦岭中的崛起,这是现代中国革命史的本来,贾平凹回到"本来"想探求的是历史的内因。联系作家近几年的创作,《古炉》是在文化、人性拷问中反思"文革","中国社会的最底层却怎样使火一点就燃"[④];《老生》通过重写历史,"对百余年的国民性问题作出了新的诠释"[⑤];对《山本》则是:"秦岭里就有了那么多的飞禽奔

[①] 鲁迅:《汉文学史纲要》,译林出版社2018年版,第6页。
[②] 鲁迅:《中国小说史略》,时代文艺出版社2019年版,第72页。
[③] 逯耀东:《魏晋史学的思想与社会基础》,中华书局2006年版,第164页。
[④] 贾平凹:《古炉》,人民文学出版社2012年版,第604页。
[⑤] 王尧:《神话,人话,抑或其他——关于〈老生〉的阅读札记》,载《当代作家评论》2015年第1期。

兽、那么多的魍魍魉魅，一尽着中国人的世事，完全着中国文化的表演。"①其核心症结还是作家一直以来关注的人性与文化内核。

《山本》中两次出现一种叫隔山撬的草。隔山撬第一次出现是在井宗丞与恋爱对象杜英顺利拦截党员名单后，两人一时兴起在树林草窝中做男女之事。井宗丞告诉杜英，那草之所以叫隔山撬，是熬汤喝了，男人就不得了，即便"对面山上站个女人也会把山撬翻的"。隔山撬第二次出现是在井宗丞率人在深山中搭救红军，其中一名被搭救的女战士长相秀气，黄三七就动了色心。在粮食丢掉后，几人只能吃林间野果。黄三七误食了隔山撬，甚至要寻驴办事。"饮食男女，人之大欲存焉"②，"色"之欲在中国文化正统中常被避而不谈，却一直"堂而皇之"地出现在各类民间文化中，井宗丞所讲的隔山撬之名也暗藏玄机，深合人性原初之欲望。隔山撬以暗笔写着人性本色，但与它相关的故事在《山本》里都有一个悲剧性结局。杜英在野外行男女之事时被毒蛇咬死；黄三七、井宗丞、蔡太运三人去一大户人家抢枪，黄三七扑进女主人卧房，妄图奸淫，终被那家的护院所杀。"对面山上站个女人也会把山撬翻的"，看似私密的欲望在民间文化中却有如此强烈的表达，贾平凹在思考当这类潜伏在底层的欲望拧在一起时，人类又会造就怎样的历史现实。

同样的问题出现在井宗秀的预备旅中。冉双全与杨钟遇到从井宗秀那逃出来的小姨子，冉双全先是企图强奸后将其杀害；队员们娶不上媳妇，负责收税纳粮的王成进就将欠粮户的女儿抢来，"现在兄弟们成家的少，如果在外地碰上未嫁的或寡妇就多弄几个回来"③。看似正当性的欲望催生着邪恶性的勾当，可邪恶在特定历史大环境下又不得不被默认。人性的、文化的所有本然的一面纠缠在复杂的革命现实中，正如贾平凹说的，"《山本》里没有包装，也没有面具，一只手表的背面故意暴露着那些转动的齿轮"④。

关于隔山撬的描写像是安插在小说中的文化隐喻，通过对它的解码得以还原作家揭开历史面具的过程。贾平凹将笔触伸向历史的最底层，伸向看似无关紧要却又真切加入历史洪流的最微小的个体单位，在他们的人性本原上，在山

---

① 贾平凹：《山本》，作家出版社2018年版，第523页。
② 鲁同群：《礼记》，凤凰出版社2011年版，第103页。
③ 贾平凹：《山本》，作家出版社2018年版，第345页。
④ 贾平凹：《山本》，作家出版社2018年版，第526页。

村的文化形态中,反思革命历史中林林总总的隐形问题。作家不虚美,不隐恶,不着力的批判或煽情,只是显露着他看到的历史本貌,说着公道话。

贾平凹固然想借书中人物完成他的草木记、动物记,但如果这一切只是脱离剧情的动植物拼贴就难免有点顾此失彼,作者应该自有其用意。对动植物的形态、特性、功用进行全景式描摹,这种百科全书记法实质上强调了它们自然属性的一面。草木鸟兽被还以在秦岭中自由生长的天然本色,不再是只作为点缀人事的意象;作家也通过动植物的百科全书,在《山本》中强调了一个非人的、自在的需要人客观对待的自然。

百科全书式的动植物描写单纯、客观,秦岭中的鸟兽草木自在而动,不会因人世间的纷纷扰扰改变分毫,《山本》中显现的是一个永恒、博大的自然意象。在"永恒"的映衬下,历史再波澜壮阔、跌宕起伏,也就是小说结尾处陈先生说的,"一堆尘土也就是秦岭上的一堆尘土么"[①]。"生死穷达之境,利衰毁誉之场,自其拘者观之,盖有不胜悲者,自其达者观之,殆不值一笑也。"[②] 贾平凹在后记中引用倪瓒的一句话恰如其分,有了永恒对照下的宏观视野,作家在讲述历史时既悲凉又达观,小说意蕴也因此分外深厚悠长。

小说内容勾连自然与人事,呈现历史叙事的艺术特征,传达主题意蕴,这些形态多样、意义丰富的动植物描写是《山本》这本"秦岭志"中最为亮眼的组成部分,也是贾平凹研究中值得深入的话题。

(原载《小说评论》2018 年第 6 期)

---

① 贾平凹:《山本》,作家出版社 2018 年版,第 520 页。
② 贾平凹:《山本》,作家出版社 2018 年版,第 523 页。

写出"一地瓷的碎片年代"

——贾平凹长篇小说《山本》的叙事结构

杨剑龙

刊载于2018年《收获》(长篇专号·春卷)中的《山本》,以四十二万字的篇幅讲述了发生在秦岭脚下涡镇的人生争斗与兵匪杀戮的故事,是贾平凹想告慰秦岭的一部"文学的秦岭志"。贾平凹在《山本》后记中说:"那年月是战乱着,如果中国是瓷器,是一地瓷的碎片年代。"倘若以此来观照《山本》的叙事结构,也可以说该作品呈现出"一地瓷的碎片年代"的叙事结构和叙事方式。

一

长篇小说《山本》的结构总体上是以陆菊人与井宗秀的故事为主线,在二者柏拉图式的精神之恋中,展现小说叙事的张力和脉络。小说以井宗丞投身革命拼搏奋斗为副线,虽然井宗秀表面上与投身革命的兄长井宗丞划清界限,但实际上两人却始终心心相印、相互关照,从而呈现出对于革命的解构和对于兄弟伦理的延续。

美丽善良、善解人意的陆菊人是贾平凹精心塑造的完美形象,十二岁就被父亲送到涡镇杨掌柜家当童养媳,孝敬公公,服侍丈夫。丈夫杨钟好逸恶劳、不务正业,陆菊人仍然兢兢业业持家,本本分分待人,丈夫去世后她守身如玉抚养儿子侍候公公。小说中陆菊人与井宗秀隐含的恋情成为小说结构的主脉,也成为作品情节的基本悬念点和主要张力点。陆菊人从纸坊沟带了三分胭脂地做嫁妆,被公公杨掌柜赠送给井宗秀作为埋葬他父亲的坟地,陆菊人偶然间听到两个赶龙脉人说,如果以这块地做墓穴,将来这家人能够出官人,这就让陆菊人一直关心着井宗秀的前程,并且逐渐爱上潇洒倜傥的井宗秀。小说中井宗秀"长得白净,言语不多,却心思细密",这样一个文静聪慧的人,逐渐成为涡镇一霸，虽然他足智多谋颇有心机，但始终不显山不露水。当逐渐发迹的井宗秀想给父亲迁坟时，陆菊人执意劝阻："那穴地是不是就灵验，这我不敢把话说满……既然你有这个命，我才一直盯着你这几年的变化。"在陆菊人的关注和鼓励下，井宗秀坚定了干一番大事业的信心。小说中陆菊人与井宗秀始终没有越雷池半步，陆菊人始终是井宗秀事业发展的动力和助力。陆菊人甚至精心为井宗秀物色和培养年轻的女性花生，并且操办花生与井宗秀的婚事。陆菊人善良宽厚、善解人意，尤其她能够影响涡镇预备团首领井宗秀，使她成为涡镇的主心骨，她善于交际长于表达，使她成为秦岭的"阿庆嫂"。井宗秀让陆菊人主管茶庄的事务，她将茶行事业操持得风生水起、井井有条，开办了诸多分部、开拓了诸多生意，她成为有眼光、善管理的民国企业家。谨守妇道、仁爱宽厚的陆菊人是贾平凹精心刻画的完美女性形象。

小说以陆菊人与井宗秀的故事为主线，却在这种精神之恋的情节中，不让他们之间的感情得到发展，而让读者的期望落空，在"新历史小说"般的历史鸡尾酒的"勾兑"中，演绎秦岭动荡与多变的历史，呈现出作家力图建构一部"文学的秦岭志"的心愿。

二

贾平凹在小说中，以涡镇为主要场景，上演了一幕幕争斗与杀戮，呈现出某种碎片式叙事的特点。贾平凹在《山本》后记中说"作为历史的后人，我承认我的身上有着历史的荣光也有着历史的龌龊"，在小说中，贾平凹以涡镇为背景，努力展现历史的荣光与龌龊。小说打破了20世纪以来二元对立的传统，不再使用新—旧、先进—保守、革命—反革命、进步—退步的惯性方式，而以涡镇预备团（后为预备旅）、秦岭游击队、平川县保安队、土匪之间的火拼与围剿，在"有枪就是草头王"的战乱中，呈现历史的荣光与龌龊，在某种程度上也是对于过去"革命"概念的颠覆。

贾平凹在《山本》后记中说到过去的历史时说："这一切还留给了我们什么，是中国人的强悍还是懦弱，是善良还是凶残，是智慧还是奸诈？无论那时曾是多么认真和肃然、虔诚和庄严，却都是佛经上所说的，有了罣碍，有了恐怖，有了颠倒梦想。"因此在《山本》中，作家并不想对大多数人物以强悍还是懦弱、善良还是凶残、智慧还是奸诈作道德伦理的判断。小说虽然以井宗秀的涡镇预备团（后为预备旅）的建立与发展为主，但是作家并未突出井宗秀率领队伍的正义性，在以井宗秀为首的涡镇预备团保卫涡镇的故事中，在拉起队伍占镇为王发展壮大最后沦落的情节叙写中，在守卫涡镇发展实力的过程中，却也呈现出井宗秀给涡镇百姓带来的灾难和困境，他们横征暴敛，杀人越货，成为百姓安居乐业的克星，使涡镇成为是非之地、灾难之地，原本清秀聪慧的井宗秀逐渐成了杀人不眨眼的枭雄，在井宗秀巡查不幸被炸死的结局中，作家极为冷静地完成了主角命运的安排。

在小说中，贾平凹构想了一幕幕争斗与杀戮，在预备团、游击队、保安队、土匪之间，作家并不关注谁是正义一方，谁是反面角色，不管是非功过，不管强悍还是懦弱，不管善良还是凶残，不管智慧还是奸诈，在螳螂捕蝉黄雀在后的算计中，在孤注一掷守城与攻城的对峙中，在出卖与背叛、交易与复仇等情节的构想中，小说的叙事结构与方式呈现为"一地瓷的碎片年代"。

三

贾平凹在《山本》后记中写道："秦岭的山川河壑大起大落，以我的能力来写那个年代只着眼于林中一花、河中一沙，何况大的战争从来只有记载没有故事，小的争斗却往往细节丰富、人物生动、趣味横生。"就这部小说的叙事方式来说，在总体上重细节而轻情节，重过程而轻结果，在小说"一地瓷的碎片"的叙事中，呈现出作家的叙事重心和叙事特征。

小说中描绘耍铁礼花的场景："那么黑硬的铁，做犁做铧的，竟然能变得这般灿烂的火花飞舞"，铁礼花飞舞闪亮后，"地上不再是金花而成了一层黝黑的铁屑"。在小说中，贾平凹描绘了诸多有名有姓的人物，却也常常一瞬间便生命之火熄灭，就如同瞬间熄灭的铁礼花。小说除了将井宗秀、井宗丞弟兄作为主要人物叙写以外，在预备团、游击队、保安队、土匪之间的争斗中，勾勒了诸多形形色色的人物。贾平凹如阎王殿的判官一般，擎着一支朱笔，将秦岭的芸芸众生先后送进了阎王殿，甚至在预备旅与红军的一场殊死鏖战后，预备旅死了五十一人，却仅仅搬回了四十七颗人头。小说中陆菊人要给这几年涡镇死去的人立牌位，宽展师父让陆菊人提供名字。"陆菊人就掰指头：唐景、唐建、李中水、王布、韩先增、冉双全、刘保子、龚裕轩、王魁、巩凤翔……一共二十五人。"陆菊人还提出要给无名死者超度，"宽展师父想了想，就在一个牌位上写了：近三年来在涡镇死去的众亡灵。写完了，牌位整齐地安放在了往生条案上，宽展师父就在地藏菩萨像前磕头焚香"。在秦岭跌宕起伏的历史发展过程中，人就如同山林中的草木、动物微不足道，生生死死磕磕碰碰，无论是悲剧还是喜剧，生命都在不经意之间消失了。

贾平凹就是在描述小说的主要人物井宗秀、井宗丞弟兄之死时，往往既没有铺垫没有豪言壮语，也没有震撼没有唏嘘感慨。小说描写井宗丞之死："邢瞎子把枪头顶着井宗丞的头扣了扳机，井宗丞一声没吭就掉下去了。"小说描写井宗秀之死，"井宗秀头垂在胸前，一条胳膊吊在躺椅扶手外"，他还想抽烟，纸烟塞进嘴唇人就死了。正如贾平凹在小说后记中所云："当这一切成为历史，灿烂早已萧瑟，躁动归于沉寂，回头看去，真是倪云林所说：生死穷达之境，利衰毁誉之场，自其拘者观之，盖有不胜悲者，自其达者观之，殆不值一笑也。"贾平凹的这种历史意识和生命观念，让小说《山本》的叙事方式成为"一地瓷的碎片年代"。

四

作家在创作时面临的最难问题是如何突破自我、超越自我，贾平凹在长篇小说的创作中，努力在小说叙事方面进行某些探索，努力不重复自我，力图超越自我。如《白夜》以讲再生人的故事开头，写一个死了十多年的戚老太太的丈夫又回到家中，努力反映城市嬗变中小市民的生存境遇；《怀念狼》以记者去商州采访的方式展开叙事，通过"打狼、寻狼、保狼"的故事表达生态意识；《秦腔》用一个傻子半傻半疯的视角，来叙述改革开放后乡村的变化和困境；《高兴》用口述体第一人称的方式，写出流落都市的拾荒者的命运。从整部小说来看，《山本》中的陆菊人是一个主要的叙述者，很多事情都是通过陆菊人的视角来展开，或者通过陆菊人的心理来写的。贾平凹在小说叙事方面始终力图创新。

在小说的定义中，我赞成"小说讲述有意思的故事"的观念，这大概是属于小说本体的特性。贾平凹的早期小说创作受到孙犁小说的某些影响，常常写美的人、美的事，尤其精于刻画善良美丽的女性形象。在其《废都》《白夜》《土门》《高老庄》《怀念狼》等长篇小说的叙事中，都十分注重小说故事的营构、叙事张力的设计。2005年，贾平凹在《秦腔》后记中写道："但水中的月镜里的花依然是那些生老病死,吃喝拉撒睡,这种密实的流年式的叙写……只因我写的是一堆鸡零狗碎的泼烦日子,它只能是这样一种写法。"这种"密实的流年式的叙写"使贾平凹的小说弱化故事而强化琐事。2011年出版的《古炉》将这种流年式的碎片化叙事推进了一步。贾平凹在《古炉》后记中说:"以我狭隘的认识吧,长篇小说就是写生活,写生活的经验。如果写出让读者读时不觉得它是小说了,而相信真有那么一个村子,有一群人在那个村子里过着封闭的庸俗的柴米油盐和悲欢离合的日子,发生着就是那个村子发生的故事。"长篇小说《山本》沿着《秦腔》《古炉》的叙事方式,继续推进了流年式的碎片化叙事方式,在"一地瓷的碎片年代"的琐琐碎碎的叙事方式中,弱化故事强化细节,让小说缺乏了故事的引人入胜和情节推进的张力,疏离了"小说讲述有意思的故事"的文本特征,这既成为近些年来贾平凹小说叙事的特征,也成为其小说叙事的某种缺憾。

(原载《名作欣赏》2018年第10期)

论贾平凹《山本》中的神秘主义叙事

程娟娟

贾平凹是当代文坛中屈指可数的重要作家之一,他的创作能量十分巨大,几乎每隔数年就能为读者奉上一部佳作。《浮躁》《废都》《怀念狼》《秦腔》《带灯》《老生》《山本》等一系列作品,足以窥见贾平凹不愿固步自封、努力求新求变的创作意图。在贾平凹的小说创作中,始终伴随着或浓或淡的神秘主义色彩。贾平凹作品中的神秘主义叙事是对民间文化的提炼和反思,表达出敬畏天地、天人感应、万物有灵、因果轮回等思想观念。正是借助于这些空灵神秘的"大虚"书写,结合《山本》中丰富的社会历史细节,使作品将虚实结合的境界达到了一个新的高度。

《山本》以涡镇为中心,书写了二十世纪二三十年代"城头变幻大王旗"的民间历史,表现了人性的狡诈虚伪、乱世的情爱纠葛、世事的变幻无常。作品在对秦岭的山川草木细致的写实背后,隐藏着丰富的神秘主义叙事元素。作家的笔触由广袤的现实主义天地扩展到了未知的神秘主义天地,意味着本土文化意蕴的开掘和文学想象力空间的开拓。"这世界上,有好些难以理喻的现象,几千年来都挑战着人类的智慧,昭示着人类在认识世界与自我方面的微不足道、力不从心;另一方面,作家们对那些神秘现象的描写和渲染也在昭示了他们的困惑的同时,表达了他们'寻根'的新思考:从民间文化中寻找对于命运奥秘、历史规律的新猜想、新解释,而这些猜想与解释又是在理性与科学的解释也显得鞭长莫及时打开了人们认识社会与人生的新视野的。"[1]

一、《山本》对民间文化的传承与发展

在传统社会中,人们极为重视家族墓地的选择。人们认为,如果墓地选得

---

[1] 樊星:《当代陕西作家与神秘主义文化》,载《小说评论》2010年第6期。

好,子孙就会兴旺发达,墓地选得不好,家族就会逐渐衰败。贾平凹喜欢研究民间秘术,曾经在《美穴地》里写过一位风水先生柳子言的传奇故事,柳子言诚心诚意为别人找了那么多吉穴,却偏偏给自己找的是假吉穴,结果儿子就只能在戏台上当"官"了。

在《山本》中,井家风水宝地的线索贯穿了全书的始终。井宗秀埋葬父亲的风水宝地正是陆菊人陪嫁的三分胭脂地。一个偶然的机会,陆菊人得知自己家的胭脂地竟然是块能出官人的宝地。她守口如瓶,请求父亲将胭脂地作为她的嫁妆。没想到,阴差阳错,陆菊人的公公将这块地送给井宗秀埋葬父亲。自此,井宗秀在乱世中左右逢源,开始飞黄腾达,先是团长,又是旅长,后又将麻县长请到了涡镇,成为"挟天子以令诸侯"的一代枭雄。

井宗秀能够风云际会成为英雄,冥冥中似乎就是这块宝地起的作用。阮天保得知消息后,暗中派人要去挖坟扬尸。没想到陆菊人棋高一筹,早已让陆林把井家的坟丘先平了。阮天保派来的掘墓人被井宗秀残忍地砌进城墙里。不过,风水宝地的秘密最后还是被得了狂犬病的陆林无意中揭开了。而井宗秀失去了祖先的庇佑后,他的命运也很快走向尽头。

民间文化中隐藏着中国人丰富的精神密码,是认识人性、理解社会的重要途径。民间文化是极其复杂的存在,是传统民俗与现代观念、文化精华和封建糟粕相互交织在一起的。民间文化中包含的神秘主义元素,并不能简单地归结为封建迷信,应当理解为民间文化中包含着一种生机勃勃的生命能量,在这种原生态的生活方式中蕴含着民间生命意识。民间社会具有陈思和先生所指出的"藏污纳垢"的复杂状态,拥有复杂的民间宗教、哲学、文学艺术的传统背景,精华与糟粕交杂,因而无法对它进行简单的价值判断。[①] 民间拒绝了现代性的召唤,远离了启蒙之光的照耀。神秘主义文化根植于远离理性科学的前现代社会中,与主流意识形态、现代科技文化保持着距离,呈现出了丰富驳杂的多重维度。

儒家思想是中国传统文化的主流,强调的是现实秩序的建立和维持。信奉儒家文化的多为知识分子,他们构成了中国传统社会的统治阶层。处于底层的老百姓,他们没有接触文化知识的机会,更多的是靠祖辈代代相传的人生经验

[①] 陈思和:《民间的浮沉:从抗战到文革文学史的一个解释》,见《鸡鸣风雨》,学林出版社1994年版,第35页。

和道德信仰。"把'天''地''人''鬼'联系起来而成为整体的基本要素是古代中国源远流长的'阴阳''五行''八方'等等,它们贯穿了一切领域,也使天地人鬼成为一个可以互相系连的大网络。"① 人们对宇宙万物的生长运行、命运的起伏跌宕感到神秘莫测,一些事情超出了科学理性可以解释的范围,自然会心生对自然和生命的敬畏崇拜之情。

中国社会自秦汉以来,一直延续着信奉巫术、敬拜鬼神的传统。与之相对应,文学"志异"的写作传统在20世纪50年代之前从未中断。从《山海经》《搜神记》到《唐宋传奇》《三言二拍》,明清时期的《西游记》《聊斋志异》《阅微草堂笔记》等,这些富有神秘色彩的传奇故事是对民间文化的反映和再现。这些神秘主义的元素深深地烙印在每个中国人的心里,这是千百年民间文化熏染影响的结果。贾平凹对于神秘主义的热衷并不是将其视为吸引读者的噱头,而是他骨子里早已经认同神秘主义。"为啥会这样?我为啥后来的作品爱写这些神神秘秘的东西?叫作品产生一种神秘感?这有时还不是故意的,那是无形中就扯到上面来的。……因为我从小生活在山区,山区一般装神弄鬼这一类事情多,不可知的东西多。这对我从小时起,印象特别多,特别深。再一个是有一个情趣问题。有性格,情趣在里面。另一个是与后天学习有关。我刚才说的符号学、《易经》等等的学习。外国的爱阐述哲理、宗教等,咱不想把它死搬过来,尽量把它化为中国式的。把中国的外国的融化在一起,咱的东西就用上了,譬如佛呀道呀的。"② 贾平凹用本土性的民间文化融化吸收西方现代性文化,用现代文明的视角审视本土文化,反思如何继承民间文化。小说中,周一山主动放弃能够做预知梦的本领,可以看出作者对于传统文化进行的理性思考。对于民间文化的热衷,并不意味着在现代社会像《小二黑结婚》中"二诸葛"那样,时时处处求神问卜,而是由对生命的敬畏生发出一种悲天悯人的人文情怀。

二、《山本》对虚实相生的美学境界的探寻

贾平凹早年的人生经历十分坎坷,能够慰藉灵魂的只有家乡那重重叠叠的山石和山石之上的明月。"山石是坚实的,山中的云是空虚的,坚实和空虚的结合,使山更加雄壮;山石是庄重的,山中的水是灵活的,庄重和灵活的结合,使

---

① 葛兆光:《中国思想史》第1卷,复旦大学出版社2001年版,第134页。
② 王永生:《贾平凹文集》第14卷,陕西人民出版社1998年版,第366页。

山更加丰富。明月照在山巅，山巅去愚顽而生灵气；明月照在山沟，山沟空白而包含了内容。这个时候，我便又想起了我的创作，悟出许许多多不可言传的意会。"①

山石的坚实厚重与明月的轻柔空灵让贾平凹体悟到了写作中的虚实结合之道。描写得过于实际，会让人觉得沉重呆板，而如果过于空灵，又会让人觉得凌空高蹈，与现实脱节。贾平凹在写作的道路上不断探索，对虚与实、轻与重、动与静的尺度范畴进行调整。

贾平凹具有公认的写实才华，谢有顺在与贾平凹的对话中指出，贾平凹不满足于自己高超的写实能力，"还想在实上追求精神的空旷，精神的渺远，希望达到一种虚实的高度统一。于是，你在《废都》里用了牛这个意象，在《高老庄》里也写了白云湫、飞碟这样一些神秘现象，是务虚的一种努力，可见你的内心不满足于现实，也不满足于在现实里寻找答案"②。贾平凹在《山本》中描写了涡镇在二十世纪二三十年代的历史变迁，历史细节的真实饱满使得文本获得了细腻感人的力量，在写实与写意的艺术融合上达到了新的境界和高度。贾平凹认为："把握一个故事，需要多种维度、空间才可能使故事活泛，让人感觉到它一切都是真的，又是混沌的，产生多种含义。故事的线条太清晰，会使人感觉这是编造的一个故事，移栽树木，根部不能在水里涮得太干净，连着土一块移栽了树才能活。"③作者不满足于仅仅描写一段细密绵长的民间生活历史，他力图展示自然界的神秘与伟大，世事变迁的流转与无奈，让读者在实在厚重的现实生活中感受到神秘悠远的韵味。

涡镇具有明显的象征意味。涡镇是一个地处偏远的小镇，在这个上演了人世间悲欢离合的"生死场"上，折射出中国近代社会历史的变迁。"一沙一世界，一花一天堂。"涡镇虽小，却是整个中国社会发展变化和世道人心蜕变无常的缩影。小小的涡潭半清半浊，就像是中国传统文化中的太极图。人世间善恶参半，悲喜交集，有生有死，一切都是相对的。涡潭具有的极为强烈的吸力，是麻县长

---

① 贾平凹：《山石、明月和美中的我》，见《贾平凹研究资料》，山东文艺出版社2006年版，第31页。

② 贾平凹、谢有顺：《最是文学不自由》，见《贾平凹研究资料》，天津人民出版社2005年版，第31页。

③ 贾平凹、王雪瑛：《声音在崖上撞响才回荡于峡谷——关于长篇小说〈山本〉的对话》，载《当代作家评论》2018年第4期。

最后的人生归宿，暗示了人在现实生活中不管怎么努力都难以摆脱命运的摆布。

在小说中，井宗丞遭到游击队内部的清算，被阮天保设计害死。在他被捕前，他见到了油松下一堆腐叶上生长的水晶兰，水晶兰盛开后是如玫瑰一般的美艳欲滴，蜜蜂在上面蠕动，很快花瓣完全脱落，剩下的茎秆成了一根柴棍。如此美丽娇贵的水晶兰却有个令人心悸的名字——冥花。水晶兰就像是地狱的引路者，带着井宗丞开启了死亡之旅。同时，水晶兰开放时的惊艳，花瓣飘落时的从容优雅，电石火光般的短暂生命，象征着井宗丞英武而短暂的一生。这个意象的出现进一步开掘了人物形象的内涵，开拓了审美空间。

三、《山本》中对万物有灵的朴素信念的秉持

在神秘莫测的大自然面前，原始人总会感到惶恐和不安。他们将自然界的飞禽走兽、山川草木都视为神灵的化身。"在原始人看来，整个世界都是有生命的，花草树木也不例外。它们跟人们一样都有灵魂，从而也像对人一样地对待它们……"[①] 在农耕社会，人们日出而作，日落而息，与世间万物共同生长在自然界中，已成了一个有机的整体。人们对于生命充满了敬畏，认为世间的生物都有灵性，万物之间是息息相通的。

《怀念狼》中就有"人狼互变"的奇幻故事，而在《山本》中，秦岭地区有着各种奇珍异兽，如有人面纹的蜘蛛、人脸的猫头鹰、枯树枝一样的竹节虫、长着人牙的鱼、三条腿的怪兽、没有五官的太岁。这些奇异的动物显示了大自然的神奇博大，而动物身上都有了灵性。麻县长在青蛙的帮助下审理了一起冤案。周一山能听懂鸟语、狗语、蝙蝠语，在这些灵物的引导下，他帮助井宗秀度过了一个又一个难关。麻县长是一个被架空了权力的人物，平时热衷于研究秦岭的草木虫兽。他认为人和动物难以分辨，"我在街巷里走，看好多男人相貌是动物，有的是驴脸，有的是羊脸，三白眼，一撮胡子，有的是猪嘴，笑起来发出哼哼的声，有的是猩猩的鼻子，塌陷着，鼻孔朝天，有的是狐的耳朵，有的是鹰眼，颜色发黄。我有时都犯迷糊，这是在人群里还是在山林里"。在莎士比亚看来，人类是一件了不起的杰作，是"宇宙的精华，万物的灵长"，可是人性又是复杂多变的，难以一言概之。人在进化的过程中努力摆脱自己身上的动物性本

---

① 弗雷泽：《金枝》上册，汪培基等译，商务印书馆2013年版，第192页。

能，但是这些动物的根性又是难以摆脱的。

不仅动物有灵性，自然界的植物也有灵性。涡镇有一棵年代久远的老皂角树，据说只有有德行的人站在树下，皂荚才会自动地掉落下来。老皂角树就像一位慈祥智慧的老人，经历了涡镇的兴盛与繁华。为了建造新钟楼，老皂角树被移栽到南门附近。就在钟楼建好的当晚，这棵大树在一场火灾中化为灰烬。井宗秀派人给老皂角树立碑，上面刻着"涡镇魂老皂角树"。老皂角树被烧死了，涡镇失了魂魄。对秦岭植物深有研究的麻县长认为，人不是动物变的，就是植物变的，他大发感慨道："有些人胡搅蛮缠是菟丝子，有些人贪得无厌就是猪笼草，有些人是菱角还是蒺藜呀，浑身都带刺！"在麻县长看来，失去了真善美的精神指引，人的贪婪自私的本性使得人堕落为牲畜或植物，这样的人是不配称为人的。

这种"万物有灵"的民间朴素信仰与现代的生态思想不谋而合。现代生态学认为，人类并不是地球的主宰者，与其他生命一起构成了地球上生态系统的组成部分，世间万物休戚相关，不同物种和谐共生。当下社会，科技的进步造成"人类中心主义"的盛行，如果人类只按照自己的意志来统治地球，漠视其他生命，浪费环境资源，就会破坏大自然的和谐，最终将自食恶果。我们需要摆脱工具理性的束缚，对所有的生命心存敬畏，回归自然本性，建设美丽中国，共享美好社会。

四、《山本》中天人合一的哲学内涵之体现

"天人合一"是中国古代哲学中的重要命题，用联系和发展的眼光从整体关系来认识世界。季羡林先生认为，中国哲学中的"天人合一"是一种典型的综合思维方式，将人与自然视为浑然一体。而西方思想则是以分析思维为基础，即试图征服自然，成为自然界的主人。当下，中国经历了突飞猛进的经济建设之后，人们发现GDP的增长并不能给人类带来幸福，相反这种以牺牲自然环境为代价换来的快速发展对生态平衡造成了不可挽回的损害，使得人类发展陷入恶性循环之中。人并不是大自然的主宰者，人只是自然万物中的一种。"仁者以天地万物为一体"，只有顺应天道人心，与自然万物和谐共生，达到天人合一的境界，才能使人类获得更为长远的发展，实现与大自然的共赢。

《周易注》："夫大人者，与天地合其德，与日月合其明，与四时合其序，与

鬼神合其吉凶。"君子要顺应天时地利,合乎天地的意志,按照宇宙万物的秩序和规律行事。从表面上看,井宗秀作为一代枭雄的崛起和覆灭,与风水宝地有关。而从更为内在的层面来看,井宗秀能够成为一方霸主,是因为他胸有韬略,善于用人。可是在他人生得意的时候,人性已经堕落,变得贪婪残忍、冷酷无情,视生命为草芥。他的命运昭示出,顺应天道,人生就能一帆风顺,逆天而行,就会受到天地的惩罚。在他励精图治的时候,一切无往不利。县政府搬到涡镇后是井宗秀人生最辉煌的时刻,天边飞来了一群美丽的绶带鸟,长尾摇曳,犹如风筝。这一神来之笔预示着井宗秀得到了上天的嘉奖。

不过,权力是把双刃剑,在成为涡镇的土皇帝之后,井宗秀以地方的保护神自居,开始颐指气使,马鞭插在谁家门前,谁家的媳妇、女儿就要来伺候他。他将对方派来挖他父亲坟的士兵活生生地砌到城墙里,将杀死哥哥的凶手凌迟处死。他将出卖自己的三猫剥了人皮,做成人皮鼓,挂在老皂角树上。从此,老皂角树上不再有任何鸟停留,也没有了蝴蝶、蝙蝠。涡镇经过了短暂的繁华之后,变得冷寂荒凉。在新建的钟楼上,停留的是不同种类的鸦。由绶带鸟到鸦的变化,暗示着井宗秀已经由地方的保护者变成了一意孤行的野心家。他的死亡虽然是偶然事件,但其实早已注定了。

综上,《山本》中充斥着风水、鬼魂、梦境、禁忌、相面、心灵感应等富于中国本土特色的文化元素,但这并不意味着贾平凹固步自封,拒绝现代文明的洗礼。其实,早在1983年,贾平凹就在《散文就是散文》中提出:"花力气去在中国古典艺术中找那些与西方现代派文学相通相似的方法吧。艺术是世界相通的,存异的只是民族气质决定下不同表现罢了。从他们相通相似的地方比较,探索进去,这或许是一条最能表现当今中国人生活和情绪的出路呢。"[①]《山本》中的象征、荒诞、变形等手法的运用,可以看到西方现代主义思潮的影子。老皂角树明显的象征意味,老魏头与恶鬼搏斗的荒诞性,人与动物的神奇互变性,这些描写具有东西方文化的相通性。

贾平凹对神秘主义的书写是一以贯之的,《太白山记》中关于轮回再生的故事,《废都》中的形而上的"哲学牛",而这时作家对"虚"的运用还有些生硬。从《白夜》中不分白天黑夜的目连戏,《高老庄》中神秘莫测的白云湫,《怀念

---

① 贾平凹:《散文就是散文》,见《贾平凹散文选集》,百花文艺出版社2009年版,第294页。

狼》中的"人狼互变",贾平凹对虚实结合手法的运用逐渐得心应手。再到《秦腔》《老生》《山本》,作家不再刻意地"以实写虚",而是采用"密实的流年式的叙写",将原生态的民间文化娓娓道来。与早期作品相比,贾平凹作品中的神秘主义书写已经淡化,转为增加作品的思想容量与文化厚度,为读者开阔新的人生视野。

不过,神秘主义的过度书写容易对读者造成误导,削弱人的主观能动性,产生宿命论的消极思想。或许,贾平凹已经察觉到这个问题,《山本》中的周一山能够做梦预知未来,但他却执意找医生开药治好了这个让人艳羡的"本领"。神秘主义毕竟不是万能的良方,在科技进步的现代社会中,作者如何把握好启蒙思想与神秘主义的关系,使得神秘主义的书写恰到好处,使读者更好地认识人心人性,将是一个值得关注的问题。

[原载《河北科技大学学报(社会科学版)》2018年第3期]

《山本》：意象建构与空间书写

吉 平 胡晋瑜

在《山本》中，贾平凹再一次把自己的视角投射到了民间。不过，《山本》在确立使用这种民间叙事视角、构建一种民间性之时，采用了传统性与现代性相结合的创作手法。"写《山本》时左边挂的是'现代性，传统性，民间性'，右边挂的是'襟怀鄙陋，境界逼仄'。"[①]那么"传统性"，从贾平凹的创作历程来看，很显然是继承了中国古典文学的优秀传统，依然在《山本》中建构着内涵深远、意蕴丰富的意象世界；而"现代性"则是作家借鉴了乔伊斯、普鲁斯特等人在小说叙事形式上的用法；"民间性"是用一种空间化的视角来对民间人事进行书写。也正是这种传统的意象叙事与现代性的空间书写的有机融合，使《山本》实现了一种从传统性、民间性向现代性、世界性的根本转换。

一、传统性的意象建构

贾平凹在对中国文学艺术进行综合考察与思辨的基础上，一方面致力于对作品的整体美及作品人物的心理结构进行总体把握；另一方面，在创作中也有意无意地塑造和建构富有象征意味的意象。"艺术家最高的目标在于表现他对人间宇宙的感应，去发掘最动人的情趣，在存在之上建构他的意象世界。"[②]进入 21 世纪后，贾平凹除了继续在《秦腔》《古炉》《带灯》等作品中打造一种日常生活叙事模式外，其意象叙事模式在这些作品中也越发成熟与完善。这种意象叙事模式诚如学者韩鲁华所言："就其更具叙事整体艺术建构而言，我们认为是意象叙事，这可以视为贾平凹文学叙事艺术建构的一个总纲，一切都被蕴含在意象叙事整体建构之中。就具体作品的叙事意象建构来看，则是以一个整体意

---

① 贾平凹：《山本》，作家出版社2018年版，第526页。
② 贾平凹：《浮躁》，作家出版社2005版，第4页。

象,去统领许多具体意象。"①在《山本》中,贾平凹以"秦岭"作为整体意象,以"老皂角树""铜镜"等作为具体意象,"秦岭"作为整体意象统领着"老皂角树""铜镜"等这些具体意象,形成了整体意象与具体意象相结合的意象叙事系统。

1."秦岭":整体意象的统摄

跟《秦腔》中的"秦腔"、《古炉》中的"古炉村"一样,"秦岭"在《山本》里也是一个统领性的意象。这也是贾平凹为什么会在作品中首次撰写题记,并在题记中专门写道:"一条龙脉,横亘在那里,提携了黄河长江,统领着北方南方。这就是秦岭,中国最伟大的山。"贾平凹以"秦岭"作为一种整体性的意象,是因为"秦岭"作为中国的地理脊梁,其厚重、雄浑、博大等的精神气韵,正是我们民族精神的象征。在小说《山本》中,贾平凹对"秦岭"的景仰,是通过麻县长这个人物来实现的。如在跟男主人公井宗秀的对话中,麻县长说:"秦岭可是北阻风沙而成高荒,酿三水而积两原,调势气而立三都。无秦岭则黄土高原、关中平原、江汉平原、汉江、泾渭二河及长安、成都、汉口不存。秦岭其功齐天,改变半个中国的生态格局哩。我不能为秦岭添一土一石,就所到一地记录些草木,或许将来了可以写一本书。"②麻县长是一位有抱负的文人县长,来到秦岭深处的平川县,原本想为官一任,造福一方,但由于身处二三十年代的乱世,自己没有强劲的后台,更由于像史三海、阮天保、井宗秀等手握兵权的人物的先后牵制,麻县长始终无法实现自己的政治抱负。在这种境况下,原本便钦慕秦岭山水的麻县长就把自己的大部分精力投入到秦岭各种风物的记录上。特别是在井宗秀把麻县长接到涡镇以后,麻县长的政令得不到井宗秀等人的支持时,麻县长就更是把自己的志向转到秦岭的各种草木与飞禽走兽的考察与记录上了。

在小说结尾处,面对炮火摧残下满目疮痍的涡镇,极度伤心失望的麻县长跳了涡潭,在自杀之前,他把两本手稿留给了追赶过来的蚯蚓,分别是《秦岭志草木部》和《秦岭志禽兽部》。现实生活中贾平凹自己没有完成的关于秦岭植物与动物的记录,在小说《山本》中,通过麻县长之手实现了。小说中大量关于秦岭草木以及飞禽走兽的文字描述以及二三十年代发生在涡镇上的诸多人与事,再加上穿插在文本之中的有关秦岭的地理、生活习俗、民俗风情等都说明《山

---

① 韩鲁华:《论〈带灯〉及贾平凹中国式文学叙事》,载《小说评论》2013年第4期。
② 贾平凹:《山本》,作家出版社2018年版,第300页。

本》确是一部以"秦岭"为意象的"秦岭百科全书","在小说的创作过程中,贾平凹之所以曾经一度将作品命名为'秦岭'或者'秦岭志',其中一个不容忽视的主要原因,恐怕正在于此"①。

2."老皂角树""铜镜":具体意象的呈现

《山本》中,除了"秦岭"这个总体性意象的架构,也有许多具体性意象的设置,"这些具体性的意象既具有其结构的独立叙事功能,又是与作品整体意象叙事建构相融汇的,构成了一种意象的群落"②。

首先,"老皂角树"是小说中一个极为重要的具体性意象,它是涡镇人所信奉的德行之树、灵魂之树。"那棵老皂角树就长在中街十字路口,它最高大。……它一身上下都长了硬刺,没人能爬上去,上边的皂荚也没有人敢摘,到冬季了还密密麻麻挂着,凡是德行好的人经过,才可能自动掉下一个两个。"③因此,涡镇人都以自己路过皂角树下,树上能掉下皂荚为荣。老皂角树也是一棵神祇之树、吉祥之树。当陆菊人和账房、方瑞义在茶行决定实施"黑茶"发展大计时,陆菊人就带着两人来皂角树下磕头跪拜;当井宗秀的预备团升格为预备旅,把麻县长从平川县迎到涡镇之际,涡镇人难以见到的绶带鸟降临在老皂角树上飞翔,这更让涡镇人以及麻县长觉得老皂角树是一棵吉祥之树,是涡镇之魂。但随着井宗秀权力欲望的膨胀,他对老皂角树的态度由原本的敬畏变成了亵渎。在抓到毁坏预备旅大炮的"三猫"后,井宗秀下令活剥三猫的人皮,并用人皮做成鼓,悬挂在老皂角树上。正是对这棵神树的侵犯,从此再也没有任何鸟落在树上。进而,随着井宗秀在小镇中央建钟楼计划的实施,老皂角树又不得不挪到了西背街的拐角场子,但由于其中一户摊贩的不注意,草棚起火,连带着把老皂角树烧成了一个黑桩。这棵"涡镇之魂"死亡了,灾难马上降临到了涡镇,先是井宗秀因"老皂角树"之死,连日做梦,不久之后就遭到了阮天保的暗杀后涡镇在红十五军团的炮火中几近灰飞烟灭。因此,"老皂角树"的命运是与井宗秀、涡镇的命运紧紧联系在一起的,是井宗秀、涡镇命运的重要表征。"老皂角树"命运与地位的变化,正是井宗秀、涡镇从起步、发展到辉煌以及死亡衰落的历程呈现。

---

① 王春林:《历史旋涡中的苦难与悲悯》,载《收获》2018年长篇专号春卷。
② 韩鲁华:《论〈带灯〉及贾平凹中国式文学叙事》,载《小说评论》2013年第4期。
③ 贾平凹:《山本》,作家出版社2018年版,第3页。

其次,"铜镜"也是小说中一个重要的具体意象。井宗秀在陆菊人带来的三分胭脂地下掘到了一个古墓,古墓中除了刻有铭文的铜镜外,其他的文物都卖给了古董店,这是井宗秀发家致富的根本。当井宗秀得知自己的父亲正葬在了一块风水宝地之际,他当下给陆菊人磕了三个头,说陆菊人就是自己的菩萨,这也突然让井宗秀想起了那面刻有"昭日月光明"的铜镜,他认为陆菊人的品行能配得上这面铜镜。因而,铜镜这个具体意象在小说中的设置,显然具有两方面的作用。一方面,铜镜是井宗秀和陆菊人之间惺惺相惜、互有情愫的情感信物,陆菊人在收到这面铜镜后,虽然不知道铜镜上铭文的含义,但她的内心是悸动不已的;而井宗秀在给陆菊人送铜镜之时,也要了陆菊人做衣服剩下的一尺布,并把这尺布做成了围巾,始终围在自己的脖子上。另一方面,铜镜也是人与人之间的品性之镜。井宗秀送陆菊人铜镜,除了认为陆菊人的德行配得上"昭日月光明"这几个字外,也认为陆菊人就是自己的一面德行之镜,只有通过陆菊人这面镜子的观照和映射,自己的品行才会得到提升。在井宗秀发展致富以及预备团成立初期,井宗秀在很多事情上都听从着陆菊人的建议。可随着井宗秀心性的变化,原本保护涡镇的初衷却变成了对涡镇百姓的横征暴敛。如井宗秀在花费巨资修建好钟楼后,又好大喜功打算盖戏楼,除此之外,他还在镇民家前随意挂马鞭,征召女眷前去服务等。这种转变在陆菊人苦劝无果后,陆菊人让花生把铜镜毅然还给了井宗秀。从陆菊人接收铜镜到归还铜镜,代表了陆菊人对井宗秀的极度失望以及井宗秀品行的极大转变。

不论是"老皂角树""铜镜",还是"尺八""猫"以及"陆菊人"等,都是秦岭的一部分,这些具体性意象依附于"秦岭"这个整体意象,实现了与整体意象"殊途同归"的象征意义,起建构了《山本》独特的意象叙事系统。

二、现代性的空间书写

19世纪末以来,小说家们的焦点逐渐由情节叙事转向内心言说。纯粹的线性叙事逐渐淡化,而此时空间所蕴含的文学价值开始引起人们的极大关注。因此,与现实接轨的文学,已然不再满足于冗长、沉闷、缓慢的线性叙事。如何再现当下碎片化的世界与社会情境,成为当下文学创作思考的问题。作为国内外声誉卓著的作家,贾平凹自小说《秦腔》以来,也有意或无意地追求空间叙事技巧的运用,这种尝试在小说《山本》中亦十分明显。

1. 叙事线索的空间并置

　　1945年，约瑟夫·弗兰克在他的《现代文学中的空间形式》一文中首次提出了空间形式这一里程碑式的概念，他以接受主体（读者）与创作主体（小说家）为视角，对空间形态叙事理论进行了较为详尽的阐释，从而整理出关于并置、主题重复、章节交替、多重情节等多种叙事技巧。《山本》讲述了二十世纪二三十年代秦岭地区涡镇乡民们的恩怨情仇和命运沉浮。小说中所描述的时代背景正是一个各种武装力量并峙的时代，有69旅、秦岭游击队、逛山、刀客、预备团、各县的保安队等。虽然以涡镇为中心的秦岭地区有着这些势力的交错，但贾平凹却重点叙述了以井宗秀为代表的预备团和以井宗丞为代表的秦岭游击队。作家对这两股力量的重点叙述，形成了两条并置性的叙事线。

　　以井宗秀为代表的这条叙事线讲述了井宗秀如何从一个小画匠成长为割据一方的枭雄到最终不幸陨落的悲壮历程。井宗秀原本是一名小画匠，由于父亲井掌柜的突然去世，他不得不担起了家庭的重担。他得到了陆菊人的那三分胭脂地，不仅妥善地安葬了自己的父亲，也意外地得到了一笔创业的资本。在通过做酱笋发家致富后，他又有意地借助了土匪五雷的力量，成功吞并了岳家的房产及商号。继而，井宗秀又以一种里应外合的方式凭靠着麻县长及史三海的保安队把以五雷、王魁为代表的盘踞在涡镇的土匪彻底消灭。也正因在这次行动中所表现出来的机智、果敢，麻县长把井宗秀扶上了69旅预备团团长宝座。在预备团升格为预备旅后，井宗秀把麻县长接到了涡镇，涡镇成为平川县真正的权力中心，此时井宗秀的事业步入辉煌和鼎盛时期。但由于井宗秀权力欲望的膨胀以及从愿意采纳谏言到刚愎自用的转变，井宗秀的悲剧性命运也业已注定。

　　这条叙事线除了讲述井宗秀的事业及命运发展过程，也描述了井宗秀与陆菊人之间的情感。井宗秀因得到了陆菊人从娘家带来的那块地而对陆菊人充满了由衷的感激，继而在井宗秀崛起的过程中，陆菊人又起到了重要的推动与辅助作用。如在井宗秀获得岳掌柜的家财而准备给自己父亲迁坟之际，陆菊人劝阻了他："那穴地是不是就灵验，这我不敢把话说满，可谁又能说它就不灵验呢？……既然你有这个命，我才一直盯着你这几年的变化，倒担心你只和那五雷混在一起图个发财，那就把天地辜负了。"[①] 正是陆菊人这番发自肺腑的激励，

---

① 贾平凹：《山本》，作家出版社2018年版，第75页。

才激起了井宗秀要成就一番事业的雄心。

而以井宗丞为代表的叙事线则表征着贾平凹对中国现代革命的理解和思考。井宗丞是平川县最先参加革命的先行者，为了给秦岭游击队筹措经费，他跟游击队设计绑架了自己的父亲井掌柜，拿到了互济会的五百大洋。但这次绑架却间接导致井掌柜在粪池溺亡。井宗丞在跟蔡一风汇合，加入到蔡一风的队伍中后，凭着自己在战争中的出色表现，由最初的班长上升到排长、二分队队长，直至后来的红十五军团的团长兼副参谋长。吊诡的是，红十五军团在如何粉碎敌人的围剿、确定今后的行动方案上发生了冲突。正是这种路线之争，让刚凯旋的井宗丞在毫无防备之下，被骗至崇村被阮天保关押了起来，遭到邢瞎子秘密枪杀。值得一提的是，军团长宋斌只是抓捕和关押井宗丞，真正要置其于死地的却是阮天保。这处情节的描写，凸显了中国的现代革命除了革命本身的合理性之外，在革命的过程中也同样存在着诸多问题。小说《山本》中，军团长宋斌与政委蔡一风之争，表面上看是部队下一步行动方向问题，深层上却是一种权力与山头之争。井宗丞的悲剧性就在于他不幸卷入其中，成为宗派斗争的牺牲品。在对革命的反思和审视上，无疑《山本》较《老生》向前推进了一大步。

小说中"没有如同既往的'革命历史小说'那样把聚焦点落在革命者身上，而是以一种类似于庄子式的'齐物'姿态把它与其他各种社会武装力量平等地并置在一起"[①]。正是凭借着空间并置这种叙事技巧，贾平凹才有效地摆脱了来自政治意识形态方面的困扰和影响。

2.叙事场域的空间隐喻

空间隐喻又称为方位隐喻，是以空间、方位概念类比抽象概念的一种隐喻，这种"隐喻意味着事物之间的原初关联，看起来不同的事物，通过隐喻被唤进了同一个相互联系的场中，并且在相互转化中生成新的意义"。贾平凹的《山本》中也具有明确的空间隐喻意识，其作品通过特定年代的特定生存空间中人物悲欢离合的书写，揭示了人生的苦难和对人性的悲悯。在这部小说中，作者着重写出了三个极为重要的空间场域，即"涡潭""安仁堂"和"130庙"，通过这些叙事空间场域的设置及其附着在其中的人物故事，赋予了这些空间极为明

---

① 王春林：《历史旋涡中的苦难与悲悯》，载《收获》2018年长篇专号春卷。

确的隐喻意义。

(1)"涡潭":承载人生苦难的"形而下"空间

小说一开始,就对"涡潭"的由来有着明确的介绍:"黑河从西北下来,白河从东北下来,两河在镇子南头外交汇了,那段褐色的岩岸下就有了一个涡潭。涡潭平常看上去平平静静,……但如果丢个东西下去,涡潭就动起来,先还是像太极图中的双鱼状,接着如磨盘在推动,旋转得越来越急,呼呼地响,能把什么都吸进去翻腾搅拌似的"[1]。正是由于黑河与白河这两条河流的交汇,才形成了一个旋转性极强的涡潭,而坐落在秦岭深处的这个镇子因此被叫作涡镇。作家对涡镇及涡潭这一叙事空间的选取,显然具有极强的隐喻意味。"涡潭"在转动之际,吞没了给井宗秀传递情报的孙举来,也吞没了对秦岭情有独钟的麻县长,表面上"涡潭"这一叙事场域是一个吞噬人生命的杀器,但实质上却是特定年代巨大历史旋涡的表征与隐喻。整个涡镇人的命运就处在这个巨大的历史旋涡中而不能自拔,由于历史的局限,他们不能也不可能挣脱出这个历史的旋涡。作家借"涡潭"这一叙事场域,真切地表现了底层民众在特定的历史时代所遭遇的苦难命运,而涡镇人的苦难命运又何尝不是二十世纪二三十年中国百姓苦难命运的缩影。

(2)"安仁堂""130庙":象征精神与灵魂的"形而上"空间

如果说以"涡潭"为代表的叙事场域承载着涡镇百姓现实生活的悲苦与伤痛的话,那么以"安仁堂""130庙"为表征的叙事空间却给涡镇的民众带来了身体上的疗治与精神上的抚慰。小说中"安仁堂在镇的西南角,门面不大,有个小院,院外那棵娑罗树却树冠长得像伞盖。全镇就这一棵娑罗树"[2]。娑罗树是佛教圣树之一,全镇就安仁堂有娑罗树,且安仁堂是镇上唯一的医馆,这使安仁堂在镇上有着超然的地位。安仁堂的主人是陈先生,陈先生一方面在替涡镇的民众治疗着身体上的各种疾病,另一方面,他又以别具智慧的话语去教世人如何面对人生的各种困惑及苦难。正如小说中所描述的:"陈先生给人看病,嘴总是不停地说,这会儿在说:这镇上谁不是可怜人?……每个人好像都觉得自己重要,其实谁把你放在了秤上?你走过来就是风吹过一片树叶,你死了如

---

[1] 贾平凹:《山本》,作家出版社2018年版,第3页。
[2] 贾平凹:《山本》,作家出版社2018年版,第49页。

萝卜地里拔了一颗萝卜，别的萝卜又很快挤实了。"[①] 安仁堂的主人陈先生虽然目不视物，但他用自己的医术以及哲理性的话语医治和安抚着涡镇民众身体上的苦痛和精神上的创伤。正因如此，安仁堂这一方空间是涡镇民众心目中天堂般的存在，如女主人公陆菊人不管是因孩子生病还是自己精神上面临着困扰，她都会去安仁堂找陈先生，只因陈先生的话语才能让她心安和平静。

以"涡潭""涡镇"为代表的叙事空间讲述了涡镇民众的日常生活以及各种武装力量的此消彼长，这是一种世俗的"形而下"层面的现实空间境况；而以"安仁堂""130庙"为代表的叙事空间却描绘了涡镇民众形而上层面的心理空间镜像。这种形而下和形而上的巧妙结合，强化了文本的思想性与哲理性。

三、结语

作为中国传统文学叙事的重要技法，意象叙事被贾平凹充分吸收和运用到了自己的创作中。自21世纪后的长篇小说创作以来，贾平凹在意象叙事上的运用已越发成熟和精湛。当然，贾平凹在对传统文学借鉴之时，也不忘对西方现代派文学的叙事技巧进行吸纳与融汇，尤其是自《秦腔》以来的作品创作中有意或无意地对现代性的空间叙事技法的探索与尝试。《山本》正是因了这种民间性、传统性与现代性的有机融合，才使该作品具有普适性与世界性的胸怀。因其如此，《山本》才彰显出了一种厚重而不失轻巧、雄浑而不失空灵的整体艺术气韵！

（原载《小说评论》2018年第4期）

[①] 贾平凹：《山本》，作家出版社2018年版，第50页。

宏观研究

试论贾平凹《山本》的民间性、传统性和现代性

陈思和

春节期间,我没有做其他事,除去正常的会客应酬贺年,只读贾平凹新近创作的长篇小说《山本》。厚厚的四大册手稿,不分章节,不设标题,绵绵密密,一气贯通,由作者风格鲜明的文字连缀组成。作者为小说题记道:"一条龙脉,横亘在那里,提携了黄河长江,统领着北方南方。这就是秦岭,中国最伟大的山。山本的故事,正是我的一本秦岭之志。"在后记里,作者又写道:"秦岭里就有了那么多的飞禽奔兽、那么多的魍魉魑魅,一尽着中国人的世事,完全着中国文化的表演。当这一切成为历史,灿烂早已萧瑟,躁动归于寂静,回头看去,真是倪云林所说:生死穷达之境,利衰毁誉之场,自其拘者观之,盖有不胜悲者,自其达者观之,殆不值一笑也。巨大的灾难,一场荒唐,秦岭什么也没改变,依然山高水长,苍苍莽莽⋯⋯不禁慨叹万千。"[1]再者就是小说结尾的一段,涡镇毁灭于炮火之中,女主人公"陆菊人说:这是有多少炮弹啊,全都要打到涡镇,涡镇成一堆尘土了!"另一个主要人物陈先生说:"一堆尘土也就是秦岭上的一堆尘土么。陆菊人看着陈先生,陈先生的身后,屋院之后,城墙之后,远处的山峰峦叠嶂,以尽着黛青。"

读着这些文字,恍惚觉得,作者化身为述说着秦岭山脉博物风情的说书人,一个从历史烟尘中慢慢走出来的老者,他引导读者举头远眺——看得远,看得更远,直到你看懂了苍茫间一片黛青山色,若有所悟。前文所引倪云林语录,在"殆不值一笑也"后面,还是被略去了一句重要的话:"何则?此身亦非

---

[1] 贾平凹:《山本》,作家出版社2018年版。本文所引《山本》内容均出自此版本,不再一一列出。

吾所有，况身外事哉！"①这句话才传递出作者此时此刻的苦涩心情。人在苍茫历史面前，就如同飞入秦岭的一只小小的鸟，微不足道犹如芥子之渺，复何言哉？然而作者终究是"言"了，那就是《山本》。大山的山，本来的本。山指秦岭，但根据前面所引题记叙说，秦岭又不仅仅是秦岭，它熔铸了一部家国痛史；本即真相，也是根本之本，本来应该是隐藏在世间万象演化之中，并没有真相，作者既然想说出他所感悟的历史真相，那也只能是依靠时间万象演化本身，透露某些故事。

民间说野史——《山本》中"民间说史"的传统与特点

《山本》的故事当然是中国故事。中国就是CHINA（瓷器china），作者要讲的故事也是一地破碎的瓷片，既有飞禽奔兽，也有魍魉魑魅，前者是自然，后者是人事，都依托了秦岭这个大背景，絮絮叨叨地显现本相。这个言说结构，在《老生》的叙事中已经演绎过一次。不过在那里，自然是通过典籍《山海经》来呈现，偏重的仍然是在人事。而在《山本》里，演示自然的部分被融入人物口中，成为故事的一部分。如麻县长在秦岭任上无所作为，只留意草木虫鸟，辛苦采集标本，编撰了两本大书，一本是《秦岭志草木部》，一本是《秦岭志禽兽部》。尽管这两本书到了小说结尾也没有完成，写成的部分也毁于炮火。但是不管有没有这两本书，秦岭依旧巍然存在。炮火可能毁了麻县长的著作，但秦岭的黛青山色苍茫依旧。麻县长的故事也是由于作者胸中块垒所写，《山本》里大量描写秦岭博物风情的段落，可以视为作家创作这部小说的初心所在。《山本》作为秦岭志的存在，其寿命要比《山本》中各路贤愚性命长得多，但是《山本》在巍然存在于世的秦岭面前，同样也是微不足道。这就是秦岭中的自然、人事和言说的关系。

然而《山本》是小说，秦岭博物风情只能通过人物故事传递出来方才有趣，所以，在小说言说中，人事又转化为秦岭的主人，上演了一幕幕威武雄壮、可歌可泣的悲喜剧。作者说他要写一本秦岭志，"志"也包括了秦岭的民国史，从历史故事中呈现博物与风情。但是如何以此来叙述历史？这要比描绘博物风情复杂得多。作者在后记里坦陈《山本》开始构思于2015年，"那是极其纠结的

---

① 陈雨杨：《倪瓒》，河北教育出版社2003年版，第13页。

225

一年，面对着庞杂混乱的素材我不知道怎样处理"。纠结在于言说立场的选择。中国当代文学发展到20世纪90年代，最为绚烂的成果，就是作家重归民间的自觉，贾平凹与莫言为佼佼者。当代民间说史滥觞于80年代的《红高粱》，中经90年代刘震云的故乡黄花系列，到了21世纪贾平凹的《老生》《山本》，已经日臻成熟，俨然形成创作流派。民间说史的特点在于：它自觉分离庙堂话语编构的正史，另筑一套民间话语体系，这一点与五六十年代的《红旗谱》《林海雪原》等寄民间因素于正史话语体系的革命历史小说有所不同；同时与"五四"新文学传统中的知识分子说史的话语体系也有所不同，它更多偏重民间小道的传播，街头巷尾的流言，青山渔樵的讲古，荒诞不经，藏污纳垢，为官家御用所扼腕，为知识良心所不齿，但是它以老百姓喜闻乐见的低端形态赢得民间草莽的倾心欢迎，故而禁毁不得，与世长流。古代文学的民间说史传统里犹有庙堂的权力话语渗透，如《三国》《水浒》之正统思想，依然不脱旧文人腐酸窠臼，但当代民间说史，可贵的也就是摆脱了这一大阴影，形成新世纪文坛上活泼健康的审美风格。

　　以《山本》为例，我们不妨探讨民间说史的一些叙事特点。首先，是历史时间的含混处理。一般正史叙事里，时间是最重要的线索，也是叙述统治者走向权力顶端的重要节点。可以说没有时间就没有历史，没有准确时间的历史就是靠不住的历史；但是在民间说史的传统里，时间永远是模糊的，就是为了要避免清理历史故事的精准性。民间故事总是以从前啊或者古人说为开端，民间说史的历史往往是虚拟的，就如《红楼梦》讲述的是清朝故事，叙事时间竟追溯至女娲补天，一下子就变得含混了。但是没有谁会去认真纠正这些故事细节的真实性，只是在更广泛的审美领域，人们可能宁愿相信小说所提供的真实，那当然是艺术的真实。读《山本》第一个感觉就是故事的时间不确定。小说开篇第一句："陆菊人怎么能想得到啊，十三年前，就是她带来的那三分胭脂地，竟然使涡镇的世事全变了。"也就是说，小说叙述的历史内容，大致在十三年的范围内。我粗粗查阅了陕西近代史，冯玉祥部队进驻长安剿土匪白狼是在1914年。小说一开始写陆菊人与杨钟结婚不久，便发生冯玉祥与白朗（白狼）的激战，应该是在那个时候。但紧接着陆菊人怀孕期间，就发生了井宗丞参加红军绑票自己父亲的事件，由此牵连弟弟井宗秀坐了一年的牢，出狱后杨掌柜把三分胭脂地送井宗秀葬父，那时候正是陆菊人坐月子的时候。当然1914年以后几年里不会有红军这个名词出现。陕北红军早期组建是在1927—1928年。从1914年到1927年前后,差不多十三年。但小说叙事中的"十三年"与现实历史上的"十三年"内容完全不一样。现实历史中相隔十多年才发生的故事,在小说里几乎是连成一气发生了。这就是民间叙事的时间模糊性。又如,小说里曾写到时间背景:

> 形势已经大变,冯玉祥的部队十万人在中原向共产党的红军发动进攻,红军仅两万人,分三路突围,一路就进了秦岭。秦岭特委就指示游击队一方面与冯部十二军周旋,牵制他们对进入秦岭的红军的堵截,一方面还要护送一位重病的中原部队首长尽快通过秦岭去陕北延安。

在这段描写中夹杂了许多个时间节点,冯玉祥与蒋介石联合反共,应该是在1927年以后不久,但那时反共主要是清党,还不是大规模作战。1927年是陕北红军初创时期,小说写到阮天保与井宗秀分裂,从保安团倒戈为红军,可能是影射1927年10月共产党人唐东源、李象九、谢子长等利用陕北军阀井岳秀部第十一旅第三营发动清涧起义,创建陕北红军的历史事件。红军与冯玉祥的军事交锋应该是发生在1928年6月,冯玉祥以三个师的兵力围剿唐东源、刘子丹等人创建的工农革命军,革命军失败后,有一路军队进入商洛山区,与当地零星的游击武装结合在一起,也就是小说里蔡一风、井宗丞领导的游击队。而冯玉祥在中原发动战争,主要是与奉系军阀以及河南当地军阀作战,不存在与红军的中原部队作战。至于游击队护送首长去延安的事迹更加离奇,在20世纪20年代末红军既不可能有中原部队也不可能有延安根据地,护送事件只能发生在抗战以后。民间传说里,因为没有准确的时间坐标,才可能把不同时间的历史事件混合在一起并加以编纂。贾平凹巧妙运用这样一个看似明显有误的叙事时间,透露了民间说史无时间感的叙事特点。

其次,民间说史脱胎于民间说书。话本小说擅长表现市井故事,反映了古代农耕社会向都市商业社会转化过程中的人性向往,而民间说史传统形成较晚。中国是史传大国,正史向来是皇家重臣、儒家圣人的禁脔,老百姓无缘染指。民间说史起源渔樵讲古、戏文传授以及民间歌谣的流传,以后才慢慢形成文字读本,它从民意的角度补充了正史之不足,《说岳》《杨家将》《包公案》等都属于这类作品。在现实历史上遭遇了不公冤案的人物,在演义里总是冤情得以昭雪。《山本》写到两个历史人物，冯玉祥是实写，指名道姓，但只是一笔带过；另一个是井岳秀，则是以虚拟手法，塑造了井氏兄弟井宗丞、井宗秀两个人物，似为井氏兄弟树碑立传，但是真名真事皆被隐去，留下的全是假语村言。井岳秀被称为榆林王，在治理榆林地区经济建设、维护领土完整等方面，政绩显著。他与冯玉祥、杨虎城都是一流的枭雄。但是在国共争斗中井岳秀倾向反共，这与冯、杨后期亲共不同，所以他们在民国史的地位也明显不同。《山本》对冯玉祥的介绍凸显了与红军作战的经历，而对以井岳秀为原型的虚构人物井宗秀则给予了很深的同情。这也可能是作者在创作这部小说初期纠结的原因。但是从民间说史的角度看，井岳秀对榆林地区的治理和保护，还是功不可没的。

陕北军阀井岳秀本人就是一部传奇。他弟弟井勿幕为陕西辛亥革命先驱，曾被孙中山誉为"西北革命巨柱"，仅三十一岁就被人暗杀。井岳秀为弟弟报仇，将仇人李栋才活捉回来，用砍头、挖心、抽筋等酷刑祭弟灵前，还剥了人皮做成马鞍，整天骑于胯下解恨。有了这段历史作垫底，小说写到井宗秀派人剥了奸细三猫的皮做鼓，为兄报仇肢解邢瞎子的身体。历史上的井岳秀擅长骑马，治理榆林二十余年，每天晚上都骑马巡查，这一点在小说里刻画井宗秀时也被描写出来。井岳秀之死充满传奇性，据说是在看家眷打牌时，自己身上的手枪坠地走火，命中要害而死，也有传说是被刺客暗中枪击而亡。小说取后者说法，暗示井宗秀被阮天保行刺。从小说文本结构来分析，井宗秀作为一个民间英雄这样的死亡甚为尴尬，但是从民间野史传统中寻找，同样的例子仍然存在，《三国演义》猛将张翼德一世英雄，最后死于两个裁缝的行刺，何况阮天保在书中被描写为井宗秀的生死宿敌，也算是死得其所。这样的构思安排也可以体尝作者当初纠结之情，既从民间正义出发为井岳秀讨个公道，也在军事争斗上把握了平衡。

最后民间说史的叙事特点，就是历史与传奇的结合。这也是民间说史最凸显的娱乐功能。正史不录的怪力乱神，在民间说史里却是不可缺少的元素。贾平凹的小说叙事里不缺应果因缘，但传奇成分都是在无关紧要处聊添趣味，真正涉及历史是非处则毫不含糊。读《山本》，传奇通过三个人物来传达，第一个人是女主人公陆菊人，小说开始就说，因为她的陪嫁三分胭脂地是暗通龙脉，带到涡镇造就了"官人"井氏兄弟，但同时也给涡镇带来了毁灭。小说里以铜镜为鉴作为线索，构成了陆菊人与井宗秀的对应关系。第二个人是民间医生陈先生，是个瞎子，但能洞察世事，逢凶化吉，此人提供的神秘信息都是正能量的，与另一个以邪术蛊惑人心的周一山形成对应关系。第三个人是地藏王菩萨庙里的哑巴尼姑宽展师父，她不言不语，却以尺八音乐来普度众生。她是出世的、无声的、精神的，与小说里所呈现涡镇内外的现实的、混乱的、欲望的世界构成对应关系。以铜镜立戒指向过去，以救世行医指向当下，以宗教慈悲指向未来，三世均有指点。但是铜镜无声，瞽哑俱残，对这个杀人如麻的无道世界，充满着无奈与慈悲。

小说结尾处，涡镇已经毁灭，各路英雄都化为灰烬，唯独陆菊人、陈先生和宽展师父还在人世间的苦难中继续生存。这又让人的思考回到小说最初要表达的秦岭意象，这些传奇人物本身就是秦岭的一部分，经历自然荣枯、阅尽人间苦难，而秦岭一脉的青山默默，成为永恒，既包容了自然、人事与言说，也包容了前世、今生与来世。

当代《水浒》魂——《山本》：向古代小说致敬

仍然以《山本》为例，贾平凹对当代小说民族风格的建构，有着非凡意义。中国"五四"新文学一脉传承的当代小说，基本上是在西方近代文学（尤其是俄罗斯文学）现实主义传统的余荫下发展而来。其发展中略有变异。以赵树理为代表的西北乡土文学是一次向传统文学的自觉回归，在当时的环境下，回归传统即被视为顺应社会潮流，但顺应的是抗战教育与启蒙需要，而对中国文化自身的缺陷有所回避。赵树理对中国农民的理解及其美学表达朴素而真切，贴近生活本来面貌，从而在一定程度上所达到的艺术真实，比意识形态化的创作要高明得多。但毋庸讳言，赵树理"山药蛋式"的朴素现实主义创作未能贯彻到底，也未能达到应有的深度，但是他为新文学传统开创了一条有别于西方现实主义创作方法的本土化道路，对当代文学民族风格的形成起到了先驱者的作用。贾平凹是当代文学民族化叙事风格的杰出代表，是赵树理文学道路最优秀的继承者。贾平凹在21世纪以来创作的《秦腔》等一系列长篇小说的艺术风格，都是原创性的、本土的，具有中国民族审美精神与中国气派。他既能够继承"五四"新文学对国民性的批判精神，他对传统遗留下来的消极文化因素，尤其是体现在中国农民身上的粗鄙文化心理，给以深刻的揭露与刻画；然而在文学语言的审美表现上，他又极大地展现了中国本土文化的力量所在。他所描绘的人物都仿佛是从古老中国土地上走过来的，风尘仆仆，扎扎实实，原汁原味，他不仅褒扬农民身上善良醇厚的文化因素，而且连同他们性格里与生俱来的恶魔性因素，也一股脑儿地赤裸呈现，真正做到了一鞭一条痕，一掴一掌血，毫不留情。他所采取的创作方法，没有新文艺腔的做派，也不同于典型环境典型性格的概念先行，他遵行的是法自然的现实主义。什么叫作"法自然"？春夏秋冬自行运转，人不能左右，自然变化不是通过某个标志性事件、运动来显现，而是依据自然运行规律自然而然地发生。这样的自然生态也可以用于观察人事社会的运行演变，尊重社会现象的本然发展，也就是法自然。一切皆来自于自然法则，天地山川人事都是自然而然地演绎自己运作轨迹，极其琐碎的万象叙事中保持了完整的艺术张力。读贾平凹的作品能够强烈感受到天地运行四季轮回，草木盛衰人事更替，一切都是在动态当中，又是被平平淡淡地叙述出来。这就需要非常高超的写作手段和艺术能力。而贾平凹之所以能做到这一切，主要是得益于中国传统文化的营养熏陶。

《山本》来自民间说史的传统，也是法自然的叙事传统。人事社会的运行演变有其自然规律，也同样是自然的一部分。贾平凹善于把书写自然规律的方法用于描写人事社会。《秦腔》平平淡淡、琐琐碎碎就把农村衰败的演变轨迹写了出来，读者读到最后，才发现社会已经发生了天翻地覆的变化。《山本》同样如此，通过大量细节的琐碎叙述，历史轨迹在其中慢慢发生变化。《山本》的叙事很有特点，无章无节，仅以空行表现叙事节奏，人事浑然一体，时空流转有序。这种叙事形式可以看作是对世道自然形态的高级模仿，所谓山之"本"也就隐在其中了。虽然作者没有明确告诉我们山之"本"究竟是什么，但是从文本展示的大量细节中（如小说里写到大批人兽微不足道的死亡、老皂角树的神秘自焚、人性的残忍与酷刑种种、涡镇在炮火下灭顶之灾等），我们不仅感受到作者对秦岭自然形态的敬畏之心，也能体会他面对秦岭人事兴衰生活形态的认知与悲悯。在大祸临头前夕，陈先生与陆菊人有一段对话：

> 陆菊人说：那你看着啥时候世道就安宁啊？陈先生说：啥时没英雄就好了。陆菊人愣了起来，说：不要英雄？先生，那井宗丞是英雄吗？陈先生说：是英雄。陆菊人说：那井宗秀呢？陈先生说：那更是英雄呀。陆菊人就急了，说：怎么能不要英雄呢？镇上总得有人来主事，县上总得有人来主事，秦岭里总得有人来

主事啊！是不是，英雄太多了，又都英雄得不大，如果英雄做大了，只有一个英雄了，便太平了？陈先生说：或许吧。

陈先生一言道破天机。陆菊人却不理解，她虽然也看不惯井宗秀嗜血成性，但她认为这个世界还是需要有英雄来主事，她只是希望英雄不要太多，要少些，要做大英雄，天下才能够太平。陆菊人所想代表了中国百姓最善良的愿望，也是中国文化传统里的正统意识。正如鲁迅在《文化偏至论》里讨论的"一独夫"与"千万无赖"之关系，而"不堪命"之民则希望把"独夫"的暴虐统治压缩到最低限度。但是，大英雄救世观还是给中国传统的吃人文化留下了余地。《山本》里嗜血成性也可以被人视为英雄，却不是世道所需要的英雄。遵循道家哲学的陈先生意识到这一点，在他看来，英雄辈出，恰恰是反自然的，但他也不便明说出来。其实这就是尊自然为至高无上的法自然观，也就是山之"本"继而是世道之"本"。

《山本》还是一本向古代伟大小说《水浒传》致敬的书。《山本》是写山的大书，写了秦岭，也写了秦岭里世代居住的百姓们如何在官、匪、兵三大压力下毫无人权保障的生活现实。一部分不愿任人宰割的底层百姓在自己的领袖发动下揭竿而起。小说里的井宗秀当然不是现代史上的军阀井岳秀的传记，而是以井岳秀部分故事为原型虚构的艺术形象。井宗秀领导的涡镇预备团有点像民团，既与官府军队（冯玉祥部下）有一定的联系，又与县政府保安团有冲突，是独立的武装组织，旨在维护自己家园（也不能排除他们一旦武装力量壮大，可能成为割据一方的地方军阀）。若放在《水浒传》里，就是类似祝家庄、曾头市等民团武装。进而分析，《水浒传》所写的梁山好汉也是打着替天行道的旗号只反贪官不反皇帝，也属于这类地方武装割据，官匪不过是其身份的两面。以往当代文学所描写的农民武装，要么是农会要么是土匪，或者就是被改造了的土匪，总是不脱国共两党军事势力的诠释。直到20世纪80年代中期出现了以《红高粱》为标志的民间说史，土匪形象余占鳌直接登上了文学叙事舞台，体现出鲜明的民间性。《山本》在民间说史的基础上有新的创意，第一次正面描写了民国时期西北地方武装在国军与红军之间周旋，既有武装冲突又有联合的可能。民国史上陕西地区红枪会等民间武装组织可能是其创作原型。《山本》用复调结构写了井氏兄弟的行状，哥哥井宗丞组织红军武装需要经费，设计绑架自己父亲，结果导致井掌柜之死，弟弟井宗秀被牵连入狱。井宗秀被麻县长释放后周旋于官府土匪之间，终于成为民间武装领袖，名义上则是国民党军队所属预备团（后改编为冯玉祥军队的预备旅）的最高长官。兄弟俩从此走上不同的道路，但彼此内心常有牵挂。哥哥曾建议红军与预备团两不相犯，后被党内整肃；弟弟获知哥哥被害，为报仇与红军对峙，导致全军覆没。预备团主体是涡镇的底层市民，也有农民和收编的土匪，含混着民团、土匪、军队三合一的地方武装组织。预备团在民国乱世中从崛起到覆灭的经历，充分表现出中国旧式农民武装的复杂性、局限性及其悲剧性下场。他们在现实利益面前，有可能联共，也有可能投靠政府军队，甚至可能勾结土匪为害一方。我读《山本》不止一次联想到肖洛霍夫描写顿河边上哥萨克民族武装军队在红军白军之间反复周旋的伟大史诗《静静的顿河》，但是我更愿意把《山本》与古典小说《水浒传》联系在一起讨论其意义。梁山好汉们从单纯的反抗压迫，到一个个被逼上梁山，再到千军万马抗击朝廷军队，最后又被招安转而去镇压别的农民起义，在这样的大反复大起落的过程中，我们可以领略农民革命在历史洪流中呈现的复杂性，体会到《山本》是对《水浒传》作了一个千年回响，因为千百年来中国农民阶级的文化性格并没有脱胎换骨的变化。

　　《山本》对农民革命残酷性的描写，也是对《水浒传》暴力书写的一个辩护。《水浒传》的英雄人物几乎个个嗜杀成瘾，在安良除暴的过程中不仅对坏人施以酷刑，也多次滥杀无辜，如武松血溅鸳鸯楼、石秀大闹翠屏山。最让人不忍的是，扈家庄在投降以后还遭到李逵的灭门屠杀，其残酷令人发指。即便是正义惩罚邪恶，如宋江之杀黄文炳、卢俊义之杀李固，也是种种酷刑无不用其极。为此《水浒传》经常遭人诟病，尤其受到当代学者的严厉批判。其实，古代文明形成过程中，人性尚未完全摆脱进化中的兽性残余基因，这种兽性残余基因在部分以往历史的政治斗争、军事斗争中被认为是英雄行为，嗜血成为英雄标记。种种酷刑首先来自官府刑律，来自统治者无上权力，才会在民间被效仿而流传，成为普遍的野蛮风俗。中外风俗，莫不如此。刘再复先生称屠杀快感是国际性现象，非中华民族独有。诚哉斯言。从进化角度来考量，血腥残酷都是人类生命中的坏基因，在当代中国人性的展示中也不乏血腥残酷的残余物。在文化上，从古罗马斗兽场到现代战争暴力影视与游戏，都是血腥残酷的美学道具。既然血腥残酷来自人性坏基因，文学作品自然可以给予刻画描写，也是法自然的一种形态。但作家将以何种态度去表现血腥暴力，却是一个问题。在施耐庵的时代，游牧民族统治中国，仁义充塞，率兽食人，人将相食而天下亡。既然视人兽同列，草菅人命不足为奇。统治者可以食人，被食者也可以食人，而且还被蒙上一层正义复仇面纱。所以李逵抡起板斧"排头儿砍将去"，也会让人觉得出一口恶气。暴力美学由此而生，所以在《水浒传》里，杀人者，英雄也。但是在文明日益坚固的当今，这类暴力只能产生在艺术创作中，而不允许在现实生活中被激活。弄清楚这个前提，我们才能来讨论《山本》中的残酷书写。贾平凹在《山本》里以空前胆识书写了人性残酷基因和人类暴行，而且这些暴行不是发生在侵略者或者统治者的一方，施暴者正是来自农民和下层市民参与的各种武装力量，既包括了土匪，也包括所谓的英雄。上篇提到，井宗秀为兄报仇的酷刑取材于现实生活中军阀井岳秀对仇人剖心剥皮的事例，也就是说，直到民国时期，中国还大量存在着对人体施行各种酷刑的事实，正好证明了新文学初期鲁迅对中国传统文化"吃人"的控诉。"吃人"既是一种象征性修辞，但也不能排除中国文化中确实含有摧残人的身体的"吃人"基因，如果把这类嗜血暴行仅仅说成是来自侵略者或者统治者的一方，那就大大减轻了文化反省的责任。而《山本》的严肃性和批判性就在于深刻揭露了普通人性中遗传的坏基因。小说在叙述这些残酷的细节时，仿佛是不经意的，没有过于渲染和耸人听闻，却是达到了令人战栗的效果。如小说写预备团袭击保安队，结果卖凉粉的唐景被打死，他的儿子唐建为报仇又杀了保安队长阮天保的父母。小说这样写道：

> 土屋门前有人在看守着，他（唐建）爬上后墙的小窗，跳进去。阮天保的爹娘在草铺上睡着，老汉抬起头说：你是来救我的？唐建说：先睡好，不说话。老汉就睡下。唐建说，你儿杀我爹，我就杀你！一斧头劈过去，老汉的头成了两半。老婆子拿眼睛看着，却一声没吭，唐建说：你儿没杀我娘，我也不杀你。老婆子还是一声没吭。唐建再看时，老婆子死了，是吓死的，眼还睁着像鱼。

这段描写是典型的贾平凹叙事风格，没有夸饰性的描写，没有呼天抢地的感情，而是纯然客观地描写了一个杀人事件。唐建杀人复仇自有理由，两个老人却是无辜的，唐建杀人时还没有完全丧失理性，只杀阮父不杀阮母，但阮母还是受惊吓而死。寥寥几笔，把三个人的惨状都写出来了。本来井宗秀成立预备团得到全镇人民的拥护,镇民们愿意靠自己的力量来抗击土匪侵袭保卫家园,结果因为有了武装,镇上死的人更多了。小说里杨掌柜临死前有一段沉思:井氏兄弟与杨钟、阮天保都是从小一起长大的,为什么现在要闹得自相残杀,让镇上死了那么多的人?杨掌柜至死也想不明白这个道理,井宗秀到死也没有反思自己的行为,他的人格在厮杀中渐渐异化,朝着兽性转化,于是大毁灭就跟着来了。

井宗秀是个极其残忍的人,但是涡镇居民都把他当作救星似的大英雄。如果对照《水浒传》,井宗秀就是宋江一流人,从文本表层上看,他是呼保义及时雨,但是在细节描写上却不断透露出另外一种信息。井宗秀在陆菊人的陪嫁土地里葬父,受人大恩,可是当他意外从土地里获得宝藏时,却有意瞒过了陆菊人,宝藏成为他发迹的第一桶金。陆菊人的弟弟陆林保护井家祖坟有功,后来陆林患狂犬病发了疯,井宗秀却对他毫无关心。还有,井宗秀与宋江一样被戴了绿帽子,他谋害妻子的手段比宋江杀要残忍得多也虚伪得多,不仅不露痕迹害死妻子,还设计谋害小姨子和岳父一家。他不动声色地利用土匪谋取了涡镇上吴、岳两家富户的家产。他几乎每一次发迹都制造了血债,但是偏偏瞒过了全涡镇居民,包括善良的陆菊人。陈先生、宽展师父没有被瞒住,但陈先生是瞎子,宽展师父是哑巴,一个看不见,一个说不出,于是涡镇居民就有祸了。《水浒传》里称宋江是呼保义及时雨,那是作者对宋江的性格行为都有所认同,而《山本》的作者则用非常高明的反讽手法来写一个嗜血成性的英雄人物。这种冷峻无情的批判,不动声色的反讽,在《水浒传》的境界上又大大提升了一个台阶。

《山本》是一部向传统经典致敬的书。所谓致敬,不是对传统经典顶礼膜拜,而是处处体现了对传统经典的会心理解,对于传统经典的缺陷,则毫无留恋地跨越过去,以时代所能达到的理解力来实现超越。读《山本》时,以《水浒传》为参照,可以看出《山本》在精神认识上怎样超越《水浒传》,从而达到对中国传统文化的深刻洞察与批判。然而在细节描写和笔法运用上又处处可见传统小说的影响。贾平凹在继承古代白话小说遗产方面显示了炉火纯青的化解能力。小说里写陆菊人宽厚胸怀以及对井宗秀的真挚感情,写井宗秀因性无能而生出阴毒之心,都是通过一系列传神的细节给以展示;小说塑造的人物对话精炼隽永,行动干脆利索,用不同层次的笔法,刻画出不同的性格。如井氏兄弟、陆菊人、杨钟、陈来祥、周一山、夜线子、杜鲁成、阮天保、麻县长等贯穿全书的人物,都性格卓然,栩栩如生。还有一些次要人物,通过一两个故事,把人物性格鲜明突出,让人读过难忘。如井掌柜为还债奔波而死、杨掌柜毅然把三分胭脂地赠送葬人是一个故事,把老一代秦岭人的古道热肠就刻画出来。崔掌柜起先不服陆菊人掌茶行,故意拿架子,后来服了,便忠心耿耿,后被保安队抓去逼供,为维护茶行咬舌而死,写出了秦岭人朴实刚毅的传统美德。更有许多人物在小说里只有几个细节、几个片段中出现,如那个专治骨折的莫郎中,那个被奸死的井宗秀的小姨子,那个发疯了的井宗秀岳父,那个为父报仇的唐建,那被杀害的阮氏父母,等等,寥寥几笔,也能给人留下深刻印象。这都是来自中国古典小说的叙事传统。小说中许多桥段,都会让人联想到《水浒传》《三国演义》。譬如,冉双全被派去请莫郎中来为剩剩治病,结果误会打死了郎中,让人想起李逵斧劈罗真人、曹操误杀吕伯奢等故事;井宗秀为邀周一山参加预备团,先将其母迎来供养,以安其心;阮天保投奔红军,先举枪射鸟炫耀枪法,这些也都是传统小说里的常见手法。像《水浒传》也无法把一百零八将每个形象都写得很鲜明,但大致上能够分层次把各种人物性格容貌都清晰地刻画出来,让人记得住,说得出,这可见贾平凹对古代小说融会贯通的功力之深。

文学现代性——《山本》中的决绝与茫然、自我救赎和破碎意象

在贾平凹的小说创作中,其所呈现的现代性特征比较复杂,较之前两者——民间性和传统性,似乎更有探讨的空间。文学的现代性并不等同于西方现代主义文艺,而是指人类社会摆脱了传统农业生产关系以后,人们在现代生产方式中感受到的人性异化与精神困惑,并且把这种强烈感受熔铸于文学创作之中,以追求美学上的震撼效应。现代性包含了自身内在的分裂,与古代田园风味和小农经济生产方式之间的和谐关系不同,它是以内部尖锐冲突的不和谐性构成时代特点。中国现代文学初期,现代性就是通过作家描绘出一系列的分裂和不安的画面,传递出时代信息。最明显的是郁达夫的《春风沉醉的晚上》,他笔下的烟厂女工陈二妹,依靠出卖劳力换取薪酬,维持着低端生活标准。她对自己的劳动产品非但不爱惜,反而特别憎恨。她劝小说的叙事者,为爱惜身体最好不要抽烟,如果一定要抽,那就不要抽她所在工厂生产的烟——并不是这家厂生产的烟质量特别差,而是她痛恨自己所在的厂,连带痛恨自己的劳动产品。这就形成了现代工人阶级的早期精神特征。郁达夫也许并不自觉,但他的创作传神地表

现出劳动使人性异化的现代生产规律，这与传统农民对土地、对庄稼的深厚感情完全不一样。再讨论现代乡土题材的创作，可以说，中国古代文学很少涉及农村镜像和农民形象塑造，恰恰是中国开始现代化进程以后，才出现了"乡土"这个视角，用以反衬现代化的艰巨与必要。所以，中国乡土题材从一开始就呈现出在现代性巨大压力下令人不安的艺术图像，用沈从文在《长河》里的说法，就是仿佛"无边的恐怖"压顶而来。鲁迅在为数不多的小说里描写了这种危象，如《故乡》，其不仅仅要表达农村凋敝和农民的艰难，也不仅仅要为民请命、提出"何以为蒸黎"的发问，从小说结尾部分的艺术处理来看，鲁迅对于衰败的农村（即便是自己的故乡）以及生活在这样的土地上的人们绝无眷恋，他要求人们义无反顾地摒弃旧的生产关系和旧的生活方式，同时犹疑着未来能否走上一条目前尚不存在的新路。这种决绝与茫然，正是现代人在急剧变化中的社会所产生的特殊感情。从精神现象上说，也正是我们面对的现代性。然而这种本质地反映现代人精神特征的文学现代性，随着抗日战争爆发以及民族主义的复兴而悄然隐没，尽管现在学界有人将随后出现的社会主义进程也列入现代性进程，但是无论如何，在意识形态与审美范畴里，代表着权力意志的社会主义文艺是不提倡也不存在鲁迅式的主体的决绝与茫然的。社会主义文艺对未来充满自信与乐观，所以才会描绘农民创业的"艳阳天"和"金光大道"。这样一种创作模式作为国家文艺的主流一直延续至20世纪80年代末，其余流还延续至90年代。在21世纪以后才出现了新的美学范式的嬗变，仿佛又重新回到鲁迅所发出的现代性的追问上。这是以贾平凹的《秦腔》为标志的。

　　对于旧的生产关系及其经济制度崩溃的现实主义描述，对于未来世界的发展充满现代主义的茫然与怀疑，是《秦腔》呈现当代文学现代性的两个标志，缺一不可。80年代许多农村题材小说的作家们在真实揭露了人民公社制度解体，同时把农村未来的出路放在家庭联产承包责任制等一系列新经济政策之上，并以全力讴歌之。如高晓声、何士光等作家在当年的创作。这当然是真实反映了农村经济政策改变的情况以及作家当时的心情，是现实主义的创作，但很难说已经达到现代性的高度，包括贾平凹本人以前创作的《腊月·正月》《鸡窝洼的人家》等农村题材的作品，都可以作此类解读。我觉得一直到90年代的《浮躁》，贾平凹创作中仍然保留了五六十年代社会主义文艺传统的基因。然而《秦腔》就不一样了。关于这一点，我在《试论〈秦腔〉的现实主义艺术》一文里已经有过分析,不过那篇文章我主要分析的是法自然的现实主义的创作特点,没有具体讨论现代性的问题。但是在我们读到夏天义葬身山崩之中,读到夏天智死后无人抬馆,以及白雪生育的孩子是个怪胎(学界有人把这个细节概括为文学创作中的"无后"现象)等细节,都能强烈感受到现代人面对命运的无奈与痛切。现在,这种感受又一次从《山本》中弥散开去,而且更加浓烈呛鼻。我们不妨将两部小说的某些情节作个对照比较:

其一,以夏天义对照井宗秀。夏天义的理想是建立某种已经被实践证明失败了的社会经济制度(人民公社),井宗秀的理想则是建立旧式农民(市民)通过武装来实践自治的社会制度。两者均有乌托邦的性质。夏天义的性格固然有很多缺点,但他的人格、立场、信仰都是一贯坚定的,夏天义最后的死显得轰轰烈烈、山崩地动,这个结局与他的形象内涵是一致的,具有古典式的悲壮;井宗秀则不同,他的性格发展始终在变化中,是由小奸小坏朝着大奸大恶转化,影射了一部分农民在追求自己理想梦的过程中,精神和人格都会产生异化。井宗秀之死不但不显得崇高,反而有些匆忙、意外,更有些猥琐不堪(洗脚、看内眷打牌、莫名死亡等)。与此同时,另一个英雄井宗丞的下场也同样如此。井氏兄弟在人生道路上充满凶险,并不像夏天义那样有所依持有所信仰。而无所依持、无所信仰造成的人生价值的虚无感,正是现代人的精神特征之一。《山本》最后写到涡镇被炮火轰毁,人的生命如覆巢危卵,无枝可依茫茫然的精神现象,正是从这种虚无的价值观延续而来。

其二,以夏天智对照麻县长。夏天智是一个传统文化熏陶下的农村文化人,他着迷于秦腔艺术,但仅止于画脸谱、说空话,并无实际作为。夏天智在日常生活中是个庞然人物,空架子十足,死后其棺材也无人抬得动。这是一个被嘲讽的形象。作家通过夏天智与白雪两人对秦腔艺术不同的承扬态度,提出了民间艺术要在民间大地上自由发展才能激活生命力的重要思想。他指出了像夏天智那样仅仅满足于符号化的保护民间艺术,并不能真正促使民间艺术自然生长。他通过这个人物,对传统文化及其在当下的保存方式,提出了批判性反思。而麻县长的形象,则是从正面阐释了作家的文化思想。麻县长与井宗秀在艺术形象上有合二为一的功能,麻县长肥胖臃肿的外形,来自军阀井岳秀的真身。也就是说,人物原型井岳秀的某些特征,分别体现在麻县长与井宗秀两个人的身上,两个形象互为映衬。井宗秀的人生道路表现为权力对人格的腐化与异化，麻县长正相反，他的人生道路是从权力阴谋的陷阱中及时抽身，以研究民间文化为乐，造福于秦岭的自然生命。这个人物身上寄托了作家的夫子自道。《山本》也可以被视为麻县长身后留下的两本书的续篇。

尽管作家对这两本书评价很高，但是它们的最终下落还是耐人寻味的。我们不妨读下面一个段落：

> 蚯蚓拿着纸本一时不知道往哪里去。他家没有地窖，他也不晓得他家是不是被炸了，就想把纸本藏到这家门楼脑上，藏好了，又觉得不妥，看到巷子中间有一棵桐树，树上一个老鸹窝，立即跑去爬上树，就把纸本放在了老鸹窝里。桐树或许也会被炮弹击中的，可哪有那么准，偏偏就击中了树？蚯蚓却担心天上下雨淋湿了纸本，脱了身上的褂子把纸本包了，重新在老鸹窝里放好。

这段引文里，"桐树或许也会被炮弹击中的，可哪有那么准，偏偏就击中了树？"是人物的心理活动，是意识流，被天衣无缝地衔接在客观描写的叙事中，看似随意，却道出了重要信息：在炮火连天的涡镇，蚯蚓竟把麻县长的两本手稿藏于树上鸟窝里，必毁无疑。但有意思的是，这个段落里隐藏了好几处耐人寻味的符号。首先是"纸本"，即麻县长长期研究著述的两本手稿，一本是《秦岭志草木部》，一本是《秦岭志禽兽部》。其次是"蚯蚓"，即井宗秀的勤务兵。"蚯蚓"之名象征了秦岭大山中最微不足道的生命。蚯蚓本是低端动物，生于土，食于土，无声无息。由蚯蚓在炮火下获纸本手稿，千方百计予以保存，正适得其所。再次是"桐树"，树的意象：树根深深扎入大地，树枝又不断地往上生长，不断伸向天空，树就成了天地间的连接物。蚯蚓把手稿纸本藏于树上的老鸹窝，树杈枝枝丫丫，鸟窝只能置放于树杈间，即"丫"的交点。"丫"字倒置便是"人"字。因此，"丫"在天地之间，构成了天地人三元素的诗学意象。两本手稿最终由人为置于树杈鸟窝，将化入天地之间。因此，依我分析，这个段落应该是暗示了两本手稿无论是否毁于炮火，都已经化入天地，回归秦岭土地了。这也是应验了本文前面所引陈先生说的话："一堆尘土也就是秦岭上的一堆尘土么。"

这段文本分析，是为了联系《秦腔》来说明作家对民间文化的基本观点。《秦腔》嘲讽夏天智满足于表面的、符号化的保护民间艺术，他虽然爱好秦腔艺术，对于秦腔艺术在八百里秦川劳苦农民日常生活中的精神慰藉意义，却非常漠然，甚至及不上疯子引生，所以他始终写不出一篇像样的关于秦腔的文章。

然而白雪正相反,作为秦腔剧团的当家花旦,她酷爱秦腔,宁可拒绝城里剧团的聘用,与下岗的演员们一起穿街走巷为普通人家办红白事,企图让秦腔重新回归民间大地,回归到民间日常生活中去,一切都从头开始,从生活实践中一点一点积聚精气,真正来激活已经被国家体制窒息了的秦腔艺术的生命力。于是,在疯子引生的眼里,白雪就成了救苦救难的观世音菩萨。由此来理解《山本》里麻县长的两本手稿最终消失于天地之间,便可理解作家基本一致的文化立场。麻县长撰写的秦岭博物志,取材于秦岭,也属于秦岭,人们认识大自然,不是为了攫取自然或者统治自然,而是需要回归自然,把自己也奉献给自然。麻县长最后含笑自沉,他是意识到了这一点。[①]从夏天智到白雪再到麻县长,体现了贾平凹一贯的文化思想。贾平凹的文化思想是符合现代精神的,但是在实践的过程中又是充满凶险、毫无胜算的。在权力意志与权力资本的双重制约下,文化艺术回归民间既是走向昌盛的自然之道,又不能不是暂且无法实现的乌托邦。作家把这种深刻的悲观非常隐晦地熔铸在独特的艺术构思之中,感知者不能不为之动容。

其三,以白雪的女儿牡丹对照陆菊人的儿子剩剩。《秦腔》中女演员白雪生有一个女儿取名牡丹,患有先天性肛门闭锁。以此疾暗喻秦腔处境,既可联想为毫无出路,或也可悟为衰运有底、一阳可生。两面均可领会。与《秦腔》里的女孩牡丹相对应的,是《山本》里陆菊人的儿子剩剩。牡丹的残疾是先天的,剩剩的残疾是后天的,牡丹的性命与秦腔有缘,剩剩的人生命运与小说的一只猫的隐喻有关。而那只仿佛不死的猫,又似乎与秦岭的某种命数相关。小说结尾写到战火中万物皆毁,唯独剩剩没死,他抱着精灵似的老猫,默默地站立在废墟上。这似乎也可以理解为作家对秦岭文化精神的自信。如果作进一步思考:以上所分析的,都是建立在象征文学手法上的认知,即牡丹象征了什么,剩剩又象征了什么,但我们如果摆脱象征主义文本分析的思维模式,把这两个形象直观为艺术创造的世界里的两个自然人物(法自然的现实主义描写的人物,应

[①] 麻县长这个艺术人物,就其官场上不得志,转而发奋著述,研究秦岭生态,继而战争毁灭了一切,手稿失落,最后含笑自沉于水潭等元素来看,如果以古典文学的创作手法来写,就是又一个呼天抢地的三闾大夫的悲剧人物。但是现在出现在读者眼前的,是一个带有几分玩世不恭、滑稽小丑式的形象,他在整本小说里虽然贯穿始终,但其性格形象一直都是模糊不确定的,是老于世故?是谙于官场?是悲愤欲绝?是大智若愚?很难作具体推测。我以为在这个人物的塑造上,足以见作家非常谙熟的现代艺术创作手法。

该都是来于自然生活状态的），那么，围绕这两个生命诞生过程中出现的各种异象都可理解为目前人们还无法科学解读的神秘生活现象，即便如此，我们直面这两个孩子的命运，将会产生怎样联想：幼小的生命，经历了残酷的遗弃、疾病、伤残、浩劫、战争等等磨难，终将还要带着凶险的预兆，浑然无知地走向未来。这种感觉不正是现代人面对荒谬世界的决绝与茫然吗？

夏天义井宗秀指归在政治理想、夏天智麻县长指归在文化传承、牡丹剩剩指归在人类命运，三者之间环环相扣。现代革命骤起，中断了传统农业社会的生产关系及其道德理想，杨掌柜、井掌柜等一代老人的死去，便是一例；农民的政治乌托邦在实践中失败，导致了传统文化的崩溃与人类未来命运的凶险莫测，夏天智、麻县长之死与牡丹残疾便是两例；但《秦岭志》寄托于天地之间，万物生命皆归于秦岭，"山本"即民间大地，以及剩剩、蚯蚓等下一代决绝与茫然地崛起，又预兆了作家所期盼的现代人的自我救赎。这一点《山本》比《秦腔》更加强烈，更为悲壮。我们通常理解的现代性，是意味着与传统的彻底断裂，而断裂所引起的各种强烈的反应与突变（物质的和精神的异化），由艺术家通过天才想象力给以诗学的表达，由此形成文学的现代性特点之一。关于这一点，我们在贾平凹的创作中能够深刻地感受到。

关于现代人的自我救赎，这是文学的现代性又一个特点。一般来说，救赎观念来自传统宗教，不为现代人所独有。在贾平凹以往的小说里，救赎往往与民间宗教意象联结在一起，如白雪、带灯等形象，在故事的结局里，都变形为某种民间宗教的菩萨。一边是对现实中人类困境无伪饰的描写，一边又是通过虚无缥缈的宗教想象来祈求救赎，这是中国语境下文学的现代性与民间性相妥协与融合的结果。然而在《山本》里，这一类民间宗教的救赎祈求都被严肃的现代意识所取代。《山本》里虽然有民间幻想的神道异人隐身尘世，如陈先生、宽展师父等，但是作家用现实主义的笔触无情地写出了这些形象的虚无性，他们眼睁睁地看着世风衰败和人性堕落，竟毫无办法，于是，最后就出现了人类自我的救赎：剩剩。

剩剩的艺术形象值得我们进一步分析。血缘上的传承，古道热肠的杨掌柜体现了老一代伦理代表自不用说，杨钟也是文本里难得的一个淳朴单纯的赤子形象。他恰如《水浒传》里的李逵，莽撞、粗鲁，不失童心。作家把杨钟写成一个患多动症似的成年顽童，做事毛手毛脚，说话无心无肺，甚至还有尿床宿疾。

然而唯有他，直接喊出了"要背枪我也要当井宗丞"的想法，那时井宗丞已经当了红军闹革命，犯下杀头之罪，旁人（包括井宗秀）听了无不大惊失色。于是接下来有这样一段描写：

> 井宗秀一下子闭了口，眼睁得多大。杨钟却还说：你平常眯了眼，一睁这么大呀！井宗秀拧身就走，不再理他。陈皮匠说：杨钟杨钟，你狗日的信口胡说了！杨钟说：我说井宗丞又咋啦？他井宗秀不认了他哥，我认呀，小时候我和井宗丞就投脾气嘛，如果他现在还在镇上，我两个呀……他翘起了大拇指，又对着井宗秀伸出小拇指，还在小拇指上呸了一口。

其实杨钟对井宗秀也是忠心耿耿，最后还牺牲了生命。杨钟身上具有的革命性，本能地偏向井宗丞参加的红军革命。后来井宗秀起事当了预备团团长后，杨钟还偷偷外出寻找井宗丞的游击队，希望井氏兄弟的武装合在一起，也未尝没有投奔红军的可能。在《山本》里，杨钟与井宗秀是对照的关系，就像《水浒传》里的李逵与宋江的对照关系，一个率真可爱，一个虚伪狠毒。杨钟所代表的社会底层的革命本能正是传统社会正统伦理最不能容忍的罪孽，所以连深明大义的陆菊人也瞧不上丈夫，将感情别移到井宗秀身上。也许是陆菊人本来也不相信杨钟及其后代能够做官发迹，遂愿意把三亩胭脂地的风水运气转让给井宗秀，使其权力财富集于一身，结果却是给涡镇带来了毁灭。在无意中被剥夺了风水运气的杨钟却并非一无所有，他为涡镇人留下了最宝贵的一条命脉，那就是剩剩。剩剩继承了杨钟的血脉和基因。

我这么分析剩剩的血缘关系，与"红色基因"无关，这是必须要加以说明的。文学是一种象征艺术。人物血缘与人生命运有着密切的关系。我在分析《秦腔》时曾经特别分析了牡丹，其名为白雪与夏风所生，其实作家借用神话中太阳光射使女人受孕的传说，暗示了牡丹应该是疯子引生所生。这样就使现代人类自我救赎的象征与民间底层的文化力量紧密联系在一起。剩剩与杨氏父子的血缘关系同样如此，前面已经引用过的小说开篇第一句话："陆菊人怎么能想得到啊，十三年前，就是她带来的那三分胭脂地，竟然使涡镇的世事全变了。"这句话更应该是在小说结尾时陆菊人由衷发出的感叹，这也是对十三年来涡镇历史发展发出的忏悔。但是陆菊人到最后也没有这个觉悟，她还是沉醉在世界需要有大英雄的儒家道统观念里。而剩剩的诞生和崛起，则指归在另外一路之上，那就是在底层的民间文化中寻求自我的救赎力量。杨钟与引生终究是这一路上的人。这也是作家贾平凹就其知识背景与认世能力所能够达到的最为深刻的一个境界。

除此而外，剩剩这个形象还包含了以下若干特征：第一，剩剩的出生与杨掌柜把三分胭脂地转让给井宗秀葬父，是同时发生的，井宗秀获得那三分地，亦即他发迹的开始。这也就是说，剩剩诞生于一个错误时代的开始。后来剩剩身体致残，井宗秀虽然对他视如己出，但终究没能治好他的残疾。所以剩剩的残疾既是后天所致，也是命中注定不可改变的。第二，剩剩的命运与某种民间神秘文化力量有联系，那就是猫的意象。剩剩的名字最初是叫"猫剩"，即"猫吃剩下来"的意思，暗示人类劫难所剩。陆菊人出嫁，携带物中有两样东西被写出来，一样就是三分胭脂地，另一样是那只神秘的猫。这两样嫁妆暗示了截然相反的方向：一个是物质的、世俗的、财富权力的方向，也是灾难的方向；另一个却是精神的、神秘的、精灵古怪的方向，也是救赎的方向。财富权力的运气都给了井宗秀，而猫却属于剩剩，这样就平衡了这个世界。剩剩是从井宗秀的爱马上掉下来身体致残的，在骑马之前，那只精灵古怪的猫发出了唯一的一次警告，企图阻止，但终究没能挽回剩剩致残的命运；涡镇成为废墟时，炮火中那只猫陪伴着剩剩，暗示了来自某种民间神秘文化的救赎。第三，剩剩在成长道路上是受过教育的。陆菊人最后把剩剩交到陈先生的安仁堂当学徒，请陈先生培养孩子的德行。如果说，猫代表着"巫"，即民间底层的神秘文化力量，那么陈先生则代表了"道"，即中国古代文化最高境界，两者的结合，指示中国语境下的现代人类自我救赎的文化力量所在。

我阅读中外文学史，一直持有这样的认识：文学作为人类精神史的审美表达，是与人类的救赎希望紧密相关，但是不同时期的文艺思潮，对于希望所在的认识是不同的。在以往的浪漫主义和批判现实主义文艺思潮里，人们的救赎希望在于不同的空间，所以作家往往把天国、教义或者原始蛮荒之地，视为拯救灵魂的空间。雨果、夏多布里昂、托尔斯泰都是其代表。在社会主义现实主义文艺创作思潮里，作家在批判了旧世界的罪恶与不义之后，往往把人类社会的希望寄托于未来，也就是相信未来能够出现一个类似天国的救赎之地。至于中国封建时代的传统文学中，救世主则是帝王、清官或者圣人，即现世的权力集团。然而俱往矣，自从尼采以后，现代人已经感受到"上帝死了"以后无所依凭的孤独感与罪恶感，人类精神再度陷入被上帝抛弃在旷野的巨大恐怖与无助，依靠上帝、圣人、天国异地以及未来时间获得拯救已经绝无可能。于是，现代主义文艺思潮中，要救赎也只能自我救赎，依靠人的自己力量来拯救自己。但是，这个"自己"不再是古典的救世主或英雄，也不是未来的超人，"自己"不仅做不到十全十美所向披靡，而且只能是现代社会中一条带着伤残的渺小生命。张爱玲说过，她遇到真爱时，就会变得很低很低，低到尘埃里，但她心里是欢喜的，从尘埃里开出花来。这是一个比喻，但这个自我矮化到尘埃里后自由开花的比喻，可视为现代人的自我救赎的生动写照。我们对照剩剩形象里的几个重要特征，一个带着"伤残"沉沦到民间底层的"尘埃"里，依靠民间文化力量开出"花"来，实现自我救赎的形象，正是现代人自我救赎的希望所在。如果套用法国哲学家萨特的话，"存在主义是一种人道主义"，那么文学中的现代性，也是一种现代的人道主义，它不是体现在对帝王将相或者现代流氓的崇拜之上，而是抛弃一切宗教迷信和神话鬼话，带着千疮百孔的肉身，依靠自己的力量，站在民间底层的文化力量之上，自己拯救自己。这，就是现代人的自我救赎。从《秦腔》到《山本》、从民间文化到民间大地去寻求自我救赎的力量所在，贾平凹的自我救赎的观念显然是越来越深入，文化是依附于人类某种生活方式上的精神与物质象征，其本身不可能脱离生活实践去拯救现代人的命运，一切都只能回归普通人生活的民间大地，与这个世界的物质产品与精神产品的真正创造者结合在一起，这样，现代人才能从头开始，才能有望再生。

  我还想指出的是，《山本》的现代性不仅仅表现在具体的人物关系以及某些典型的细节描写之上，而是浸透在文本的整体叙事风格之中，整部小说就是现代风格的产物。这是作家有意追求的叙事风格，也是他在强调"三性合一"的整体风格时将现代性置于首位的用意所在。我以往读贾平凹的小说，有一个长期未解的困惑，就是在贾平凹小说中创造的艺术世界里，描述的总是北方落后简朴的农村生活，语言也是乡土气十足的地区方言，叙事风格更是朴实无华，似乎无法与现代性连接在一起解读，所以阐述贾氏文本，往往偏重在民间性和传统性两个方面。但是读他的文字以及由文字构筑起来的文学意象时，却一点也不觉得拘谨枯涩，细节密布的文本非但没有窒息气韵游动，反而使隐伏在大地意象下的一股股生气蓬勃上升，气象充沛。我以前一直没有想明白，在他的叙事作品里，这种气象究竟来自何处，是怎样一种文字才能推动艺术气流的涌动？直到解读《山本》文本时我才突然意识到，这种语言艺术的魔力正是来自他的叙事里隐含的一个大意象——破碎,而破碎正是文学的现代性的关键词。

从《秦腔》起,贾平凹的叙事艺术进入到一个大象无形的境界。他解构了许多传统小说创作不可或缺的元素,诸如典型人物、完整故事、重要情节等等。他的叙事几乎是细节衔接细节,细节叠加细节,细节隐藏细节,细节密密麻麻浑然不分,显现出大千世界林林总总的生命现象,如千百群鸟顿时密布云天、如上万条鱼同时跃江蹈海,苍茫读去,仿佛小说的无数细节描写遮蔽了生活内在本质的揭示,一切都被化解为偶然和无常,就如波德莱尔所言:"现代性就是过渡、短暂、偶然。"然而这种过渡性、短暂性、偶然性的根本特征,就是破碎。破碎的对立面是建构,建构是从无形到有形,而破碎是将有形化为无形。但破碎不是空无,破碎还是有形的,是碎片式的形体,碎片与碎片之间存留了大量的空隙,开拓了形体的外延,这就使形体内部凝聚的气韵流动起来,茫然转为无形的境界。用一个通俗的比喻,好比我们面前有两幅画,一幅画面上是一只瓮,瓮的形体大小都清楚地呈现在我们眼前;另一幅画面上布满了瓮的碎片,这些碎片加在一起正好能够拼起一个瓮,与前一幅画上的瓮同样大小,但因为它是碎片,而且充满画面,所以在我们的视觉里,碎片瓮的形体要比完整的瓮大得多,也许整个画面的空间都转换成瓮的空间了。

在叙事对象上,贾平凹不停描绘旧世界的破碎。《秦腔》写的是农村经济体制崩坏以后的破碎,《古炉》写的是"文革"中民间道德伦理丧失后的破碎,而《山本》里出现的是历史叙事的破碎。可以说,贾平凹后期创作的主要贡献就是描绘了碎片般千姿百态的世界。我们不妨将《白鹿原》与《山本》作一比较。《白鹿原》是一部建构型的小说:在清王朝崩溃以后,北方乡绅白嘉轩、朱先生等人企图建构一个民间宗法社会的秩序,他们自立乡规,阐明理法,驱逐鬼魂,正气凛然,具有史诗般的历史建构,是一部描写从无序(形)到有序(形)的历史小说。《白鹿原》算得上一部优秀厚重的作品,但是我们也毋庸讳言,《白鹿原》里处处有建构,却又处处为自己的叙事设下人为之墙,艺术气韵凝重但不畅通。而《山本》则不同,它以民间说史的方法,让民间言说的野马由缰奔驰,民国的涡镇社会在王纲解纽、礼崩乐坏后一直朝着无序形态发展下去,土匪、刀客、逛山、军阀、革命、预备团等各路武装力量交织在一起,构成了一个混乱的世界,并且越来越混乱,直至毁灭。井宗秀、麻县长、井宗丞、阮天保、陆菊人等几乎所有人的努力都是微不足道的。在这里,有关正邪、官匪、红白、是非等二元对立的价值评价都被超越,传统历史的英雄史观全被解构,文本以一种碎片化的开放形态,还原了秦岭的自然本相。

现在,我们终于回到了本文的起点,一起来讨论秦岭的意象。相对于秦岭孕育的千百万生命不过朝夕的破碎意象,秦岭本身的意象则是完整而永恒的。在《山本》里,唯一完整的有形本尊就是秦岭,但秦岭就是宇宙天地,所有的故事都发生在浩浩瀚瀚、郁郁葱葱的秦岭之中,所有的故事都属于秦岭,又都只是秦岭的一部分,而秦岭的本尊还是若隐若现,起到了真正大象无形的艺术效应。秦岭是完整的,但是呈现在我们眼前的,则永远是局部的、破碎的;秦岭是永恒的,但当它以各种生命、各种现象以及各种故事的碎片形态展示出来时,它又是偶然和无常的。波德莱尔用了"过渡、短暂、偶然"这三个词来归纳现代性艺术特征以后,还继续说下去:"这就是艺术的一半,另一半是永恒和不变",他认为在艺术创作中艺术家不应该忽略现代性,一个好的艺术家应该"从流行的东西中提取出它可能包含着的在历史中富有诗意的东西,从过渡中抽出永恒"。[①]波德莱尔的话具有天才的预见性,仿佛是针对了《山本》这一类作品而说的。《山本》当然不是纯粹意义上的现代主义作品,但是在其特色鲜明的法自然现实主义创作方法中,隐含了深刻的现代性。在《山本》中,"一半"的艺术是表现永恒和完整,秦岭就是永恒和完整的象征,它像造物主一样,创造了一切,阅尽人间春色;秦岭又是有生命的,它演化为大千世界,孕育了林林总总的生命现象,都如春草秋虫,稍纵即逝。短暂而且破碎、偶然而且无常,此乃是"另一半"的秦岭生命的故事。贾平凹在《山本》里用秦岭一脉青山来默默呈现碎片似的现代性,秦岭也就包容了碎片似的现代性,现代性本身具有了中国文化特点的呈现形态。秦岭的自然荣枯与人世风雨都是短暂的,但秦岭且伟大而永恒,因而也将是人类的真正归宿。"一半"与"另一半"两者达成了高度的统一。

贾平凹在《山本》后记中透露,他在创作《山本》期间,书房里挂了两个条幅,左面写着:"现代性,传统性,民间性",右面写着:"胸怀鄙陋,境界逼仄"。甚有趣味。前者说的是作品追求的境界,后者说的是夫子自道写作状态。一部优秀文艺作品,如果"现代性,传统性,民间性"能够统一于文本,那自然是上

---

① 波德莱尔:《波德莱尔美学论文选》,郭宏安译,人民文学出版社1987年版,第484—485页。

上乘。至于文本是否能够达到"三性合一"的境界,作家心中自有预设标准,读者也有自己的理解,作家的预设与读者的理解未必就是同一回事。本文仅通过《山本》的文本细读分析,以探讨文本中的民间性、传统性和现代性等各种元素,来寻求对作家"一尽着中国人的世事,完全着中国文化的表演"的真正理解。

(原载《小说评论》2018年第4期)

历史主义抑或自然主义：评贾平凹《山本》的叙事史观

谷鹏飞

贾平凹《山本》是一部关于"秦岭志"的自然—历史题材小说。本文不拟详细讨论《山本》小说的自然风物与历史志事问题，而只就其作为一部文学作品所显露的叙事史观，展开批评分析。本文的一个基本判断是：自然主义的文学书写，构成了小说的艺术之"本"，而历史主义的叙述视角，只是小说的艺术之"末"——虽然作家在叙事中，是以历史主义的笔触，来书写自然主义的观念的。

一、《山本》：历史主义抑或自然主义的文学主题

《山本》表面上是一部以历史主义的笔触描写秦岭风物、舆地与故事的方志。但作者在题记中却说："一条龙脉，横亘在那里，提携了黄河长江，统领着北方南方。这就是秦岭，中国最伟大的山。山本的故事，正是我的一本秦岭之志。"小说破例以题记的形式，道明作者的写作意图：以方志的形式，书写中国故事。

众所周知，秦岭作为中国北方与南方的分界线、零度等温线、半湿润与湿润地区分界线、温带季风气候与亚热带季风气候分界线、黄河流域与长江流域分界线，其独特地理身份已获世人共识，但其精神身份，无论是方志记述，还是总志描写，抑或文学表现，至今阙如。因而，以方志的形式书写《山本》小说，其意义首先在于：它以文学与文化想象的方式，全新定位了秦岭在中国文明与文化史上的精神地位。

从文学题材来看，小说对"秦岭之志"的书写，虽可视为是一部大量运用历史题材写就的革命历史小说，但它在主题上却背离中国现代革命历史小说的传统。中国现代革命历史小说一大重要传统在于其运用史诗或史传的笔法，艺

术地再现重大历史事件与历史人物,最终通过"先进"力量与"落后"力量的对比,来实现革命历史的合法化叙述。然而,《山本》并不在这一叙事传统之内,它甚至悬置历史判断,隐藏善恶观念,直指现代革命政治与民族历史深处:"那年月,……成了气候的就是军阀,没成气候的还仍做土匪,土匪也朝思暮想着能风起云涌,便有了出没在秦岭东一带的逛山和出没在秦岭西一带的刀客。"[①]这种超越线性因果历史关联,否弃革命价值判断的历史性叙述,是《山本》叙事的独特笔法。

也正因为如此,作家表面上通过民间革命历史叙事所作的正史努力,旋即便又消解于民间叙事的诗与史的张力。事实也是,我们在作品一开首便看到,并非"先进"与"落后"的历史力量,而是主人公陆菊人家那包蕴历史隐秘的三分胭脂风水宝地,一俟成为埋葬男主人公井宗秀父亲井掌柜的坟地,它便旋即化作历史的波诡云谲,成为决定故事主要发生地涡镇命运的诗性力量。

因而,虽然小说在表面上是以秦岭为背景,描写秦岭深处涡镇各派势力的斗争,但当作家悬置主流历史史观时,围绕秦岭与涡镇而铺展的自然风物与历史事件,旋即演变为一幅自然主义的历史风景画。在这幅画中,作家与自然、历史神遇而迹化,成为秦岭自然演化史与涡镇生存斗争史的见证人。而自然与历史本身,则在这幅画中呈现出一种微妙的平衡关系:小说围绕土匪、逛山、刀客、国民军、游击队等多股势力,讲述发生在涡镇的血腥仇杀与派系斗争,但其只是构成秦岭一山一木的生存片段,如同作者在《山本》后记中所指出的,"那年月是战乱着,……大的战争在秦岭之北之南错综复杂地爆发,各种硝烟都吹进了秦岭,……一尽着中国人的世事,完全着中国文化的表演。当这一切成为历史,灿烂早已萧瑟,躁动归于沉寂,……巨大的灾难,一场荒唐,秦岭什么也没改变,依然山高水长,苍苍莽莽"。[②]作家的意图非常明确:一是历史沉寂,但自然依然涌动;一是历史事件附着在自然秦岭上,而非相反。秦岭因而并非故事背景,战争亦非小说前景,它们只是自然发展的片段。

可以说,正是有这种禅道观念影响下的自然主义基调,作家才既与先我而来的秦岭和历史相遇,又与后我而至的生存未来照面,还与同我共在的当下生存对话。线性历史凝固为顷刻的时间域,自然风物成为永恒的存在,所有生命

---

① 贾平凹:《山本》,作家出版社2018年版,第6页。
② 贾平凹:《山本》,作家出版社2018年版,第523页。

在终极上获得了平等。因而小说中自然的意义与历史的意义相反：自然的意义重视存在的自由，历史的意义则重视存在的必然。自然以其自由的形式，为人类的自由存在筹划未来；历史则以其必然的形式，使人类的必然存在获得同情理解。《山本》小说中自然与历史交替书写的目的就在于，它要通过自然超越历史存在的必然形式，通过抒写历史的必然参悟可能的自由。

正是出于这一目的，我们在《山本》中才会看到，作家一方面用自然主义消解历史与现实中的残忍，另一方面又用历史填充内容，同时还用宗教抚慰现世的灵魂，从而使小说在主题上呈现为一种变奏曲：小说在开头时对秦岭山麓黑河与白河汇聚而成涡潭、四方民众汇聚而成涡镇的描摹是自然的，中间对逛山、刀客、保安团、国民军（69旅、六军）、预备团（预备旅）、游击队、红军之间的描述是历史的，结尾对情节与人物的安排与描写却是宗教式的。特别是宗教救赎与悲悯情怀，一直在小说的叙事氛围中有所体现，如，宽展师父吹尺八超度苦难亡灵，象征涡镇吉祥命运的老皂角树对人事善恶的自然反应，在涡镇叛徒三猫被剥皮做鼓、挂在老皂角树上时，老皂角树反应是："老皂角树上从此不见任何鸟落过，也没有了蝴蝶，也没有了蝙蝠，偶尔还在掉皂荚，掉下来就掉下来，人用脚踢到一边去。"[1]在这样的救赎细节与自然果报方式的描写中，作者的意图非常明显：谴责所有的残杀，即使恶人恶报，也应具有悲悯情怀与同情体察。

从中外文学史的基本写作经验来看，《山本》中自然与历史题材交替书写方式历史书写由于难以摆脱人文价值与善恶观念，因而很难径直通达自然主义，除非借助于泛灵论与因果观念；而自然主义由于遵从达尔文主义与天演进化观念，也很难径直移用到对历史事件作人文与意义评判，除非借助更高的存在论观念。正是由于这种表达的内在困境，作者才不得不站在"天人合一""天我合一"观念立场上，重新审视自然与历史。在这种写作观念框架下，小说描写的历史是无温度的自然，正如自然是无温度的历史一样。我们在一般的历史叙事中，可以读出生活的善与恶、正义与邪恶，并给予它们以意义与价值，从而获得生存的力量；在大多的自然描写中，我们既识得自然的山水草木、飞禽走兽，也明晓万物生存的朴素观。为了超越自然与历史的这种惯常裂隙，作者借

---

[1] 贾平凹：《山本》，作家出版社2018年版，第404页。

用了一个诗意的符码，因为他需要这个诗意的符码来这种裂隙："我需要书中的那个铜镜，需要那个瞎了眼的郎中陈先生，需要那个庙里的地藏菩萨。"[1]尽管小说的结尾处，炮轰过后的涡镇，化作一片尘土，作者极力让历史退场，但实际上历史并未完全退场，而是以先知与信仰的形式在场。正是由于先知与信仰的在场，作者才巧妙地填平了历史书写与自然描写的巨大裂沟，使小说呈现为一种自然主义的历史小说。

但自然主义的历史书写，并未能在小说一开始就建立，而是直到男主人公井宗秀以预备团团长的正统身份突兀在场时，才逐渐确立。井宗秀，一位并不富裕的水烟店掌柜的儿子，小说开始对他的描写是："长得白净，言语不多，却心思细密，小学读完后就跟着王画师学画，手艺出色了，好多活计都是王画师歇着让这个徒弟干的"[2]。后他凭借多股力量发展，从一位聪慧的青年成长为拥有地方武装的军阀枭雄（国民军69旅预备团团长与6军预备旅旅长）。但小说围绕井宗秀而形成的涡镇民众"想象的共同体"与乡土社会宗法伦理代表，根植于涡镇民众的族群记忆与族群书写，其有效性限于族群文化与族群空间的认同建构，对于现代革命文明与主体性身份的承载度有限，因而我们难以在历史主义主题框架内来理解小说，否则历史叙事将会消解历史主题本身。事实也是，我们在小说的后来发展中看到，原本旨在保家安民的井宗秀预备旅，后来逐渐演变为横征暴敛、扰民乱规的涡镇豪霸。这并不符合革命历史题材的惯常叙事模式。即使是最重要人物井宗秀的死亡命运，也没有正史叙事中英雄人物一般所具有的悲壮结局与重大影响，而是就与普通众生一样，平平淡淡甚至窝囊随意地走向死亡。

因而，当作家抱着"现代性，传统性，民间性"的写作观念，企图通过自然—历史书写而为秦岭立"志"时，也必须时刻警惕因袭着历史与传统。也正是由于这种明确的自我意识，才使作家的襟怀意绪始终笼罩在现代与古典、文人小说与民间故事的复杂氛围中，而没有落入现代革命历史题材的叙事窠臼。自然原本并无崇高与卑微之别，就如历史并无伟大与平凡一样。作家对平凡事件、平凡人物、平凡爱情的倾心赞誉，正是革命历史小说发展至现代尾声时的独特基调。因此，在最宽泛的意义上，小说《山本》成为现代革命历史题材小说

---

[1] 贾平凹：《山本》，作家出版社2018年版，第526页。
[2] 贾平凹：《山本》，作家出版社2018年版，第10页。

的代表。

二、自然主义的冷描写抑或历史主义的热叙事:《山本》的叙事技巧问题

一部小说借助什么方式讲述对其有重大意义的东西,并非无关紧要。

在小说《山本》中,作者表面上同时使用自然主义的冷描写与历史主义热叙事两种叙事手法,但实际上,历史主义的热叙事,只是构成了小说叙事的"套子",自然主义的冷描写,才是小说真正的基调。一般而言,自然主义冷描写把现在解释为过去的周而复始,证明今天犹如昨天;历史主义热叙事则借古喻今,将历史视为变革当下的动力。前者的目的在于确定恒常,后者的目的则在于寻找变化;前者悬置对一切事物的价值判断,后者则抱有对自然与历史的无限深情。

《山本》的自然主义冷描写,第一,表现在对自然与历史场景的艺术化再现,反对观念先行的择舍与评判。在小说中,由众多自然物象引领思想作冷静描摹,反对热叙事的观念先行写作,历史观念与革命思想遂成首先弃逐的对象。小说中的秦岭,是巨大的自然之境,它静默无声,作家借用麻县长之口道出:"秦岭可是北阻风沙而成高荒,酿三水而积两原,调势气而立三都。无秦岭则黄土高原、关中平原、江汉平原、汉江、泾渭二河及长安、成都、汉口不存。秦岭其功齐天,改变半个中国的生态格局哩。"[①]作家的高妙之处在于:他既体现出涡镇所处的自然之境,又体现出涡镇风起云涌的社会之境,使小说形成一种一隐一显的互相照映结构。

事实上,我们在小说的后来发展中也看到,小说中所有的人物,都深陷于自然之境与社会之境的巨大夹壁与旋涡之中,他们向社会之境前进一步,便会向自然之境退后一步,从而使小说社会之境的呈现为狄奥尼索斯式的:奇诡、跌宕、激越、短暂;而自然之境则呈现为阿波罗式的:清丽、自然、沉静、永恒。

涡镇,作为巨大的社会之境,在作家的全知视角下被一步步拉近为自然之境:"涡镇之所以叫涡镇,是黑河从西北下来,白河从东北下来,两河在镇子南头外交汇了,那段褐色的岩岸下就有了一个涡潭。涡潭平常看上去平平静静,

---

[①] 贾平凹:《山本》,作家出版社2018年版,第300页。

水波不兴，一半的黑河水浊着，一半的白河水清着，但如果丢个东西下去，涡潭就动起来，先还是像太极图中的双鱼状，接着如磨盘在推动，旋转得越来越急，呼呼地响，能把什么都吸进去翻腾搅拌似的。据说潭底下有个洞，洞穿山过川，在这里倒一背篓麦糠，麦糠从一百二十里外的银花河里能漂出来。"①在这段话中，前半段是地理志式的白描，后半段是风物志式的书写；前半段是自然之境，后半段是社会之境，用自然之境映照社会之境，正好预示了后来围绕涡镇与秦岭而发生的世事变迁与人世沧桑。

也正是用自然之境映照社会之境的叙事技巧，使小说的叙事节奏呈现为一种赋格叙事。自然之境映照下的秦岭万千风物，与历史之境映照下的涡镇纷纭斗争，通过交叉铺展与反复闪回，提醒读者自然即历史、历史即现实的存在事实。而小说叙事中短兵相接式的人物对白，则较好地保留了物象当初出现在作家头脑中的印象。秦岭中万千自然动植物在小说中的反复闪回，也同时提醒读者明晰自然物象存在本身的意义。对自然物像与历史事件的一体式冷静描摹，也较好地阻断了历史主义主题与意识形态观念对二者的入侵，使小说呈现出一种超自然的镜面真实。留驻自然物象与历史事象而作同情理解，正是历史主义走向自然主义所必经的途径。简洁的描写虽然视觉单调，但大道原本至简，这是自然主义叙事追求的另一种真实。"林中树木巍然矗立，长相毗邻却彼此不识"，我们必须在自然与历史之境的照映中重思秦岭自然与涡镇世界之本，才有可能读出小说真正的意义。

如果我们借用米兰·昆德拉对卡夫卡《审判》的分析，也可以说，贾平凹通过自然之境照映社会之境的方式，创造了一种"极其非诗意世界的极其诗意形象"②。所谓"极其非诗意世界"，是指涡镇民众集体陷入中国现代革命伊始各派势力争斗的旋涡而无力摆脱，成为社会的帮凶或牺牲品；所谓"极其诗意形象"，是指作家虽未改变这非诗意世界的本质，但却以散文家的无形式与诗人的非理性而削减了革命乱世历史的重量，将自然的、超感性的乃至空幻的东西视为生命的本源而加以珍重。小说中那只"身子二分之一都是脑袋，脑袋的二分之一又都是眼睛"的黑猫，无数次面对世事纷扰，生灵涂炭，却永远睁大着眼睛，一动不动，正是作者为这个"极其非诗意世界"创造的"极其诗意形象"，其

---

① 贾平凹：《山本》，作家出版社2018年版，第3页。
② 米兰·昆德拉：《被背叛的遗嘱》，余中先译，上海译文出版社2003年版，第33页。

超越的形而上意义不言而喻。

自然之境照映下小说对自然与超感性乃至空幻东西本身诗意性的展现，冲淡了小说叙事的历史重量。小说中各色人物行动的深度，不是由事件的意义大小来决定的，而是由宗法乡土社会与革命历史关头深潜在人物内心的两种不同心理冲撞力量——天地自然伦理的原生态敬畏，与革命历史强力的无情裹挟——彼此冲撞与相互激荡的结果所决定的。历史事件虽然在表面上构成了小说的基本叙事内容，但是如果没有自然事象的拱围映衬，它就只是湮没于正史叙述中的零枝末叶。

而为了凸显这些历史事件，我们必须抱有最大的虔诚，放弃历史主义的观念先行而走向心灵的自然聆听。我们每一次聆听，都会唤醒记忆深处人性的自然脉络并将它重新铭刻在历史的荣光与警醒之中。阅读《山本》因而成为一种舍身具化的心灵参悟过程，它不是让我们知道了什么，而是让我们明白了什么。这是小说的自然主义冷描写中，对自然与历史场景的艺术化再现、反对观念先行写作的最大魅力。

第二，对人物情感与细节脉络的冷静描摹。稍有阅读经验的读者便不难看出，《山本》中的主要人物井宗秀与陆菊人，实为传统英雄佳人小说中的代表人物。

陆菊人与井宗秀之间，就男女关系而言，是传统的"发乎情止乎礼"的精神之恋，但在井宗秀身上，更多地寄托了陆菊人对亲情、友情、爱情的理解与希望。二人在情感上相互依存，精神上相互理解，生活上相互帮扶，又逐渐在世事纷纭中走向背离，最终随着井宗秀的骤死而归于寂灭。作家冷静地描写二人的关系，审视二人的一言一行，甚至不惜让井宗秀在女人面前无能、无后。小说中描写二人在庙里初见，陆菊人"起身便往殿门外走，脚在门槛上磕了一下，也没停顿，就下了台阶"[1]。"脚在门槛上磕了一下"表明陆菊人初遇镇上美男井宗秀时心里的慌张，但这种慌张，很快随着脚步"没有停顿"而得到化解。并不奇怪的是，小说接着描写井宗秀喊住陆菊人，陆菊人的反应也是"陆菊人脸上没有恼，也没有笑，定的平平的"[2]。在情节发展中，作者又描写了两段关于二人情感极富暗示性的细节描述，但叙述的笔触也是点到为止。如描写二人清早在

---

[1] 贾平凹：《山本》，作家出版社2018年版，第28页。
[2] 贾平凹：《山本》，作家出版社2018年版，第29页。

巷口偶遇的情景:"剩剩却顺手抓了井宗秀的围巾,说:我也要!井宗秀和陆菊人对视了一下就全愣住了。……井宗秀系好围巾,看着陆菊人,说:刚才我看着你身上有一圈光晕,像庙里地藏菩萨的背光。正说着,一股风从街面上嗖嗖地扫过来,腾起灰尘,……(陆菊人)说:别胡说!干你的事去吧。"[1]小说前文曾交代,井宗秀戴的"围巾",是陆菊人做新褂子时剩下的一尺布,井宗秀向陆菊人要来,用作围巾系在自己脖子上,其对陆菊人挚恋的情感不言而喻;当这种情感一经剩剩之口触发,就要撞出情感的火花时,作家却又极其冷静地将其掐灭:他一方面借用井宗秀之口,通过人物对白中的宗教神祇化解了二人肉身情感的唐突,另一方面,又企盼天意禳助,通过陆菊人之口,消弭了这种积酝已久的情愫。另一段细节描述出现在陆菊人给井宗秀介绍媳妇时的对白中:"陆菊人说:人不少。你告诉我,想要个什么样的?井宗秀说:就像你这样。陆菊人说:我给你说正经事!井宗秀说:我也是正经话,我找你这样的那不可能了。陆菊人倒一时没了话,……拉着剩剩就走了。"[2]小说通过陆菊人沉默的方式,防止了二人情感的即刻明朗化,表明作者此时的冷静与克制。即使是小说末尾描写陆菊人面对井宗秀之死,作家也用了极其克制的语调:"陆菊人站在井宗秀尸体前看了许久,眼泪流下来,但没有哭出声,然后用手在抹井宗秀的眼皮,喃喃道:事情就这样了宗秀,你合上眼吧,你们男人我不懂,或许是我害了你。现在都结束了,你合上眼安安然然去吧,那边有宗丞,……你们又在一块儿了。"[3]陆菊人对她与井宗秀的这段感情的隐忍、愧疚,都隐含在这段不动声色的描述中。

除了人物情感的冷静描写外,作品在细节描写方面,也用秦地方言讲述涡镇盛衰荣枯,书写人物命运多舛,传达一种超越个体、地域与语言的生命普济意义。小说中,作家对无数底层人物悲惨与悲剧命运作冷静书写与细致描写:掉进粪尿窖淹死的井掌柜,失足落井而遭到填埋的井宗秀媳妇,惨受剥皮的叛徒三猫,遭受剜眼活剐的邢瞎子,以及无数因枪击而脑浆迸裂的、断腿残臂或徒存头颅、手指、耳朵的各色人物。这种书写,不是让读者站在温和现实主义立场上,净化自我的心灵,对历史进行反思,而是要像莎士比亚和陀思妥耶夫斯基那样,扯去覆盖在我们心灵上的遮羞布,让每个人的心灵自然本然地显露

---

[1] 贾平凹:《山本》,作家出版社2018年版,第100—101页。
[2] 贾平凹:《山本》,作家出版社2018年版,第183页。
[3] 贾平凹:《山本》,作家出版社2018年版,第506页。

出来，露出恶与善的面貌。我们除了看到血腥的屠戮与奇怪的死亡外，还看到人在特定历史场景中以怎样狰狞的面目呈现，认识到我们在同样的历史场景中也极有可能就是导致悲惨与悲剧命运的同谋。从这个意义上说，作者的冷描写警醒我们，每个个体心灵与灵魂深处都有可能潜藏着罪恶与凶残，从而阅读小说就成了暴露自我、惩罚自我、治疗自我的重要方式；通过阅读，我们有罪的潜意识欲望，就有可能向神圣自然跃升。

当然，小说暴力美学式的冷描写以及由此带来的叙事价值真空，不宜简单理解为历史主义文学观念下的真实刻画与细节呈现，而应理解为作家对这种历史遭遇与人物命运的艺术辩解。那种旨在掠夺土地与财富的争斗，原本就将杀戮与劫掠视为自然手段，因而当争斗的结果如其所愿时，一切血腥的悲剧就不再显得触目惊心了。所以，血腥时时有，但血腥过后，人类依然绵延。而人类之所以能够绵延不绝，在作家看来，不仅因为人类有世俗的爱，而且也有大爱。为了实现这种大爱，小说别出心裁地安排了两位人物，一位是瞎子陈先生，另一位是哑巴宽展师父。陈先生医治涡镇居民的身体疾病，宽展师父医治涡镇居民的精神疾病。二人如同作家所描写的秦岭老爷池的净池鸟，不辞辛劳地衔去湖中片叶寸荑，如西西弗斯般日复一日，其行为无关乎生命福祉利禄，只为生命大爱洁净如初。

第三，在小说的情节线索与艺术手法方面的自然主义格调运用。从小说的情节线索来看，《山本》小说用的是白描绘画性的结构。作家通过小说背景向前景位移的方式，使小说叙事中呈现为一种自然主义的格调，从而区别于历史主义小说。历史主义小说一贯聚焦重要环境与英雄人物，以及人物事件在时间序列中的起因、经过、高潮、结局的线性铺写。小说《山本》围绕秦岭中的万千自然物象，围绕涡镇而展开的诸多血腥斗争，以中国画散点透视的方式，在小说中渐次铺开，小说的布局进而呈现为山之葳蕤的状态——每枝树木都是一个自在的生命体，每片林子又是每棵树奏响的自然交响曲，小说情节在看似无序中井然展开。

即使是小说讲述主人公井宗秀与陆菊人的成长变化，也并不表现为一个事件逐渐累积或情节的逻辑发展过程，而是体现为某一事件的自然顿悟或某种偶然。井宗秀得三分胭脂地而知自己必将经历非凡人生，陆菊人得铜镜而知自己的情感归宿，这当然不是情节设计的缺陷，而是作家感性自然人格长久累积撑破历史理性叙事后的一种艺术化表达。从阅读的角度看，当且仅当读者自然原初的感性生命基质冲破历史理性的层层包裹喷涌而出时，自然主义的叙事主题才会涌入读者的心里。

当然，为了实现作品情节线索的自然有序，作家在小说中也引入不少特殊的意象，如小说中代表涡镇魂魄的老皂角树，预示秦岭山高水长的吉祥鸟白鹭，以及随陆菊人而来的那只如神灵般静观时世的黑猫，它们具有超越小说所有叙事内容的力量。作为一个个音乐休止符，它们可以与作者、小说人物、读者毫无关联而自足存在，但一经放入小说，就成为小说情节线索起承转合的节点，将小说凝结为一自然节奏体。

小说自然主义叙事技法的另外两种表现，是作家对"反讽"与"出神"修辞手法的突出运用。

《山本》小说对自然神秘的尊崇冥想，对历史残忍的平静再现，虽然使作品获得了自然存在意识，但也有可能消解历史故事本身。为了平衡这种矛盾，作家不得不诉诸反讽与出神的艺术手法。

言在此而意在彼的反讽，是一种自然心灵在世俗社会的对等物。小说中的130庙的宽展师父、安仁堂的医生陈先生，作为涡镇精神治疗与肉体治疗的代表，他们与涡镇的生存斗争气氛格格不入，却既是作者为战争年代人性复归开出的药方，也是读者进入小说穿透历史所应依循的基本门径。

反讽在小说中突出地表现于作家对平川县麻县长人物命运的塑造上。麻县长是小说中着墨较多的人物，也是作者的影子。作为封建文人的最后代表，他有济民救世情怀，然而在军阀纷争的岁月，他又难抒其志。后因诸多变故从县城移署涡镇办公，倾心于对《秦岭志草木部》与《秦岭志禽兽部》编写。小说对麻县长的描写因袭古典文人小说宦海失意、寄情山水的俗套叙事，当然也可以理解为作家个体理性人格与文人志向的换喻式表达。但这种现代官员归返山林的田园牧歌式书写，属于现代革命历史小说已经抛弃的过去，即使在现代自然主义小说中，也属尚且陌生的未来。在麻县长身上，历史沉沦后的无家可归感，自然与政治边界游走的身份创伤感，唯有在他所倾心的秦岭草木鱼虫中，才能得到疗救。从"县长"到"方舆"先生的身份置换，正是政治身份放逐与历史话语流亡的最深刻符码表征，唯有在对自然的不断仿真中，他才有可能践行"犬儒主义式"的现代革命历史主体性。麻县长身份的尴尬，虽然只是现代革命政治碾压传统精英政治的结果,但麻县长对《秦岭志》的撰录本身,则是传统精英政治对现代革命政治的想象式胜利。这种胜利的意义就在于它欲表明:当一切曾经影响革命与历史的伟大人物与事件烟消云散之后,自然本身却无所改变地永恒在场。

隐藏在麻县长对秦岭风物深情眷恋的背后,是传统文人政治在现代革命旋涡中的末路。如何在文学中走出这种末路?作家在小说中祭出的方法便是"出神"。"出神是与现时瞬间绝对地视为同一,是对过去与未来的彻底遗忘。假如人们抹去未来与过去,现在的那一瞬间就处于空无的空间中,超然于生命及年代之外,超然于时间之外而独立于它。"[1]也就是说,小说中的"出神"是人物超越生命沉重的努力,是回归自然轻盈的沉醉。在《山本》小说中,作者借陈先生之口道出:"这镇上谁不是可怜人?到这世上一辈子挖抓着吃喝外,就是结婚生子,造几间房子,给父母送终,然后自己就死了,除此之外活着还有啥意思,有几个人追究过和理会过?"[2]无人"追究和理会"生存的意义,是民众超越生命沉重必须付出的精神代价。实际上在小说一开首,作家在描写陆菊人寄养到杨家做童养媳,就以全知叙事的口吻讲道:"她没有想着到了杨家要改变杨家的日子,就像黑河白河从秦岭深山里择川道流下来一样,流过了,清洗着,滋养着,该改变的都改变了和正改变着。"[3]一切顺其自然,正是人物"出神"的常态。

"出神"还表现在作家在小说中将自然空间与历史事件无限融合上。当作家把虚构的山之"本"——秦岭万千自然风物及其龙脉精神——作为承载叙事的空间,把发生在涡镇的战争与爱情作为充实叙事空间的仪式表征时,他就撑破了叙事空间的边界,走向了空无所有的未知时间。在这种时间中,战争变成了日常的事件,伦常变成了日常的争斗,它们都像飘浮的能指,回荡在山林日复一日地轮回中,并无终极的存在意义。小说中作家借用井宗秀做梦隐晦地表白了这一点:"(他梦见)无数的人便在云里往南行走,这些人他有认识的,更多不认识,但他知道这都是涡镇以前的人和现在的人,似乎还有以后的人。那时候他意识到这该是历史吧,那么,里边会不会有他呢?……他终于看到了他自己,他在队列中个头并不高大,还算体面,有点羞涩。他悬着的心总算放下

---

[1] 米兰·昆德拉:《被背叛的遗嘱》,余中先译,上海译文出版社2003年版,第90页。
[2] 贾平凹:《山本》,作家出版社2018年版,第50页。
[3] 贾平凹:《山本》,作家出版社2018年版,第5页。

来,就看着他们走出了南城门口外,走到了涡潭。涡潭在旋转,……口子越来越大,把来的人、牛、驴、断枝落叶和梁柱砖瓦都吸进去了。……一切全成了碎屑泡沫。"①可见,在"出神"中,一切伟大的与卑微的,最后都在自然时间与空间的无限融合中归于"碎屑泡沫"。

三、历史主义之轻与自然主义之重:《山本》的叙事价值问题

捷克小说家米兰·昆德拉曾说:"一部小说的价值,则在于揭示某种存在直至那时始终被掩盖着的可能性;换句话说,小说发现的,是在我们每个人身上隐藏着的东西。"②在米兰·昆德拉看来,小说所寻找的,应该是生存的未知面貌,而非历史事实的文学化记述。小说的美学价值,在于当我们读完小说后,心里能够自然滋生出小说中从未道出的东西,就如同曲终人散,但我们仍然留坐原地,久久不愿离去,我们会觉得每个音符都在生命的自由展开中成就了整体曲调,但又仍然是它自己。本文也倾向于认为,小说的终极美学效果,应是一种对人与万物存在的理解。伟大小说中的人物之所以能感染人,不是因为他干了惊天动地的事业,也不是因为他教给我们生存与成长的经验,而是因为他未加保留地展现了他自己的高贵与卑微、坚守与放弃,因而即使其脱离了生存的情境,仍然呈现为一种生命的轻盈与沉重的胶着状态。在《山本》小说中,这种伟大小说所应具有的胶着状态,是通过历史主义叙事之轻与自然主义叙事之重的叙事价值张力来实现的。

先说历史主义叙事之轻。小说中的历史主义叙事之轻是指处于特定历史境遇中的人的存在状况,亦即人并不拥有任何东西,他既不是自然的主人,又不是历史的主人,也不是他自己的主人,而是受某种未知与偶然力量驱使的存在境况。由于历史主义小说人物的命运常处于理性的链条上,人物行动是其心理逻辑的自然延伸,因而人物命运处于先验命定的领域。但生活中超越因果链条的瞬时起念、短暂决断,作为一种不可预知性存在于人心灵的深处,往往对于人物的行动与命运起到决定性作用。比如托尔斯泰小说中的安娜·卡列尼娜,她去火车站是寻找沃伦斯基的,然而突如其来的决断抓住了安娜,她选择了卧轨自杀。托尔斯泰用自然主义的超凡笔触,揭示了非理性、非逻辑在人的

---

① 贾平凹:《山本》,作家出版社2018年版,第195页。
② 米兰·昆德拉:《被背叛的遗嘱》,余中先译,上海译文出版社2003年版,第277页。

现实行动中起到的巨大作用。在小说《山本》中，我们也看到，生活的命运常由某些偶然事件而发生改变，揭示这个过程的存在之轻与对人物命运的影响之重，就成了小说所着力描写的地方。陆菊人不经意间戳破了凝结日月精华与龙脉气象的竹筒上的气泡，她的命运与涡镇的命运从此便被改变；涡镇的老皂角树自从挂了人皮鼓，树上从此不见任何鸟落过；县城的钟楼移建至涡镇，涡镇从此便奇事迭生；等等。一种超越历史事件现实的叙事之轻，常流淌在《山本》小说的事件与事象中。

历史主义叙事之轻还体现在作家对处于重要历史境遇中人物之死的超然笔触上。我们在《山本》中可以看到，所有的人物之死并无惊天动地之处，正如所有的生命最终都将走向死亡一样。小说中，作者从始至终一直以极其冷静与平淡的笔触表明：所有人物都欠自然一个死亡，不管如何走向死亡，最终都将走向死亡，只有自然永存。对于各色人物的死亡，作家不露声色，不作环境铺垫，不作气氛渲染，只有超然冷静的客观呈现：涡镇巨富岳掌柜遭绑票而死，小说的描述是："（蒙面人）说毕，用石头把他砸死。"[1] 预备旅攻打阮天保，阵亡五十一人，作家的描写是："一车厢平摆的人头"[2]。棺材铺杨掌柜在龙王庙被扭折的柏树压死，作家的记述是："杨掌柜没有气息，人是死的。"[3] 井宗丞被邢瞎子设计谋害，小说的记录是："邢瞎子把枪头顶着井宗丞的头扣了扳机，井宗丞一声没吭就掉下去了。"[4] 井宗秀遭阮天保暗杀，小说的描写是："再没有动，人就死了"[5]。麻县长在战乱中落足涡潭而死，小说的叙述是："还和蚯蚓笑了一下……瞬间里不见了，礼帽还在水面上浮着。"[6]

《山本》叙事价值的历史主义之轻，更为典型地体现在作家对战争与争斗的态度上。在小说中，所有发生的战争与争斗，像一种残忍武器，并非合理地屠戮所有人的生命与生活。所有深陷于战争情境中的逛山、刀客、土匪、革命军乃至妇孺老人，既是战争的受害者，也是战争的工具，他们都不得不臣从战争的逻辑。这让我想起柯勒律治在小说《昔日船工谣》中，曾以极端隐忍的方

---

[1] 贾平凹：《山本》，作家出版社2018年版，第66页。
[2] 贾平凹：《山本》，作家出版社2018年版，第371页。
[3] 贾平凹：《山本》，作家出版社2018年版，第374页。
[4] 贾平凹：《山本》，作家出版社2018年版，第462页。
[5] 贾平凹：《山本》，作家出版社2018年版，第505页。
[6] 贾平凹：《山本》，作家出版社2018年版，第517页。

式表明了这个道理。小说中的船工,一定要杀死那只信天翁,而他之所以要杀死那只信天翁,与船工本性的善恶无关,与信天翁好坏无关,而只是由于船工弓箭在手,下意识引发。射杀,是弓箭证明自己存在的唯一方式,正如死亡与悲剧,是战争证明自身存在的唯一方式一样。在《山本》小说中,遍地弥漫的饥饿、疾病、伤痛与血腥死亡,固然本身也构成了现实的苦难与历史的悲剧,但由于其都是出自社会革命法则与自然因果链条上的必然存在,因而并未给人带来沉痛的悲剧感。

正是在叙事价值上坚定的历史主义之轻取向,《山本》小说的叙事意图才最为鲜明地表现出来:历史事象争雄斗勇,随时随地因果相循,其价值意义并不在于成王败寇的历史后果,而是万物生命的终极平等。小说在情节跌宕起伏中流转湮失,在敷演出一幕幕纵横披离的历史大戏后,终归沉寂。当涡镇在炮轰中变成一堆尘土,"一堆尘土也就是秦岭上的一堆尘土么……屋院之后,逞强之后,远处的山峰峦叠嶂,以尽着黛青"。①当一切尘埃落定,大自然原来并未改变什么。只有当本该是历史之重而不是历史之重,本该是自然之轻而成了自然之重,小说才达到了最深沉的自然主义。小说中的自然主义等于现实中的历史主义。

再看自然主义描写之重。历史主义叙事之轻表明,对战争的认识在于化解战争的恐怖性,对历史的认识在于消解历史的确定性。《山本》小说中,作家一方面把现实的沉重交还历史,另一方面又通过自然的轻盈溶解历史的沉重。结果是,自然本身成了一种真正的沉重与值得珍视的存在。我们在小说中看到,作家对秦岭的万千自然景物,或喻于声,或方于貌,或拟于心,或譬于事,图状山川,影写景物,坚持一种自然主义的描摹叙述,坚信世界的秘密就藏于这些秦岭微小的草木鱼虫中。其表现在涡镇百姓言语行为织就的意义中,写作即是对存在世界秘密的揭示,这便是《山本》小说的自然主义描写之重。

小说所铺陈的山川草木、泉石激流与万千风物,作为一种自然之自然性,是作者自我心灵纵身大化后自然生命的原始呈现。当把更多的历史生命注入人类有限的自然空间,融入我们逼仄的心灵,我们才明白,我们与自然原本并无不同。正是这种既剥夺我们的自我又充盈我们的心灵的自然主义,才使读者在

---

① 贾平凹:《山本》,作家出版社2018年版,第520页。

阅读中不至于陷入虚无主义的情感泥淖。而我们在小说中分享自然的天性，摆脱时间流逝带来的生命恐惧，找回击中我们心灵的那个尘封的东西，发现我们的天性，这便是自然主义叙事之重的最高价值。

当然，小说中的自然主义之重并不限于描摹某种自然现实，如同小说中对秦岭山川草木、禽鸟鱼虫的风物志述那样，而是要揭示某种自然现实的存在真理，揭示在这种存在真理中人的感觉、经验的重要性，说明自然矛盾的永无化解性与生命意义的永无完成性。正因为如此，《山本》小说在作自然主义叙事时，往往要抓住自然物象在某一时刻的样貌，辅以人物的心理、意识、感想凝为一体，使短暂当下化为无限永恒，实现自然物象表里一体，人之眼耳鼻舌身意随物俱化的效果——无论是描写井宗秀骑在马上飞奔时对黑河白河的描绘："近处的白河先还是一片子玻璃、一片子星光，后来就成了丝的被子在抖，绸的被子在抖，连远处的山峦也高高低低一起跳跃。……而虎山上的云像染缸里拉出来的黑布迅速在空中铺展……黑云在垒堆，越垒越大，堆也越来越多。"[1] 为了迎接新女主人公花生出场，对花生家蔷薇的描摹："（井宗秀）突然闻到一股香气，看见旁边的院墙上蓬蓬勃勃涌了一大堆蔷薇……那花好像在院子里开得装不下了，就爆出了院墙。"[2] "（陆菊人）一时倒觉得那密密实实的花全都在绽，绽得是那么有力，似乎有着声音，在铮铮钣钣地响。"[3] 作者都将自然加上情感与心理的重量，说明人物情感与心理在建构自然主义之重中的分量。

小说中的自然主义之重还表现在作家超越历史事件而对自然本身的价值作终极追问上。小说中，秦岭万千物象与涡镇一众贤愚，在叙事中以自然平淡的样貌反复闪回，视点密集如雨，流转倾泻秦岭与涡镇的世事沧桑，透出作家对自然存在的独有体悟。在这个意义上，作者围绕故事而对小说背景和来源所做的"从哪里来，要往哪里去"的自然主义之重追问，并非形而上的哲学之语，而是个体携着沉重的历史行走到文明的十字路口时所自然萌发的生存追问。唯当个体肉身砥砺修行与族群记忆复活唤醒之际，作家与历史才能神遇而迹化；也唯有当秦岭的历史主义史传叙事转化为自然主义的文学故事，作家才能蜕去现实中难以言明的羁绊挂碍，让个体的生命与族群的命脉绽放出可能的自由

---

[1] 贾平凹：《山本》，作家出版社2018年版，第173—174页。

[2] 贾平凹：《山本》，作家出版社2018年版，第74页。

[3] 贾平凹：《山本》，作家出版社2018年版，第145页。

韵致。

《山本》中历史主义叙事之轻与自然主义描写之重的张力问题。卡尔维诺在《新千年文学备忘录》里曾举珀尔修斯砍下美杜莎头颅的例子，来说明小说叙事中轻与重的处理。卡尔维诺指出，为了不致遭受美杜莎直视后变成石头之重的厄运，珀尔修斯只能求助于最轻的事物，即风和云，然后通过间接观看镜中影像的方式，克服了变成石头之重的厄运。在卡尔维诺看来，"珀尔修斯的力量永远来自他拒绝直视，但不是拒绝他注定要生活于其中的现实。他随身携带着现实，把它当作他的特殊负担来接受"[1]。在小说《山本》中，为了克服死亡之重、历史之重、人物现实遭际之重，作者也是借用了"化重为轻"的写作技法。土匪五雷死之"重"，是通过割掉肉体尘根而获得灵魂之轻的；井宗秀死之"重"，是通过蛐蛐的一片繁响与纸烟闪烁的红光来减轻的；涡镇居民生活与命运的沉重，是通过老皂角树皂荚与陆菊人家黑猫宁静的眼神来减轻的；各色人物大大小小的诡异与惨烈死亡之重，是通过宽展师父吹颂轻灵的尺八来减轻的；涡镇遭受的灾难之重，是通过打铁花的轻盈、唱戏班的欢愉与地藏菩萨本愿经来减轻的。"轻"因而既是主人公克服生存之重的基本手段，也是作家以自然哲学的态度观看世界的方式。

在历史主义叙事之轻与自然主义描写之重之间，作家坚定地选择了后者。如同作家在后记中所说："《山本》里虽然到处是枪声和死人，但它并不是写战争的书，只是我关注一个木头一块石头，我就进入这木头和石头中去了。"[2]何以会如此？尊重历史事实固然重要，但作为作家，他更要对小说负责。因为小说不是历史的观念图解，而是对观念后面生活的不断发现。"小说绝不是观念的简单图解。它是对人类生活的创造性模仿，借此我们感到我们自己正在赋予我们自身的生活经验以某种意义。"[3]小说当然也运用了"史笔"，但它属"史诗"笔法，而非"史传"笔法。"史诗"笔法中，善良常战胜邪恶，正义也终将到来，一如小说结尾陆菊人、陈先生和剩剩，还有一个徒弟，作为弱者，最后都在炮火中存活下来一样。然而，历史本身常常并非如此，历史常在恶的因循中蹒跚前行，而自然则在最脆弱的处境中得到拯救，它常乞助于最柔软最易凋谢的事物之坚

---

[1] 卡尔维诺：《新千年文学备忘录》，黄灿然译，译林出版社2009年版，第4页。
[2] 贾平凹：《山本》，作家出版社2018年版，第525页。
[3] 布鲁克斯、沃伦：《小说鉴赏》，主万等译，四川人民出版社2019年版，第262页。

固性与恒久性。

当然,在小说《山本》中,自然存在与人的世俗生存由于历史事件的突兀到来而催生出悖论式反哺与感恩关系,历史主义叙事之轻与自然描写之重也从来没有像小说中的黑河与白河那样泾渭分明。相反,它们常常相遇,常常如黑河与白河交汇处的巨大漩涡,透出诡异与未知的力量。正因为如此,当作家运用历史题材来建构自然主义的终极主题时,他便使作品陷入语义的内在困境。如何克服这种困境?作者借助于自然主义之重的力量。因为在天竞强弱逻辑所编织的历史理性世界,自然主义之重的作用不仅在于其可以巧妙地规避历史题材所必备的价值判断,而且在于它可以诗意地拆掉历史理性的经纬,重新展现世界的复杂性、存在的可能性、人的未完成性与事物的未被决定性。自然主义小说写作的"艺术",因而常存在于行动逻辑破碎的地方与理性叙事断裂的地方,存在于情节铺展停止的地方与主题观念消解的地方,一句话,存在于未知的可能领域。我们在小说中看到,井掌柜遭受绑架,绑架人竟然是自己的亲儿子井宗丞;井宗秀让媳妇去后院水井打水,听到后院啊了一声,竟然没动;井宗丞作为红十五军团长,在毫无缘由的情况下,突遭内部清洗;井宗秀作为涡镇地方势力头领,在势力扩张、欲望膨胀到极致时,没有任何预示,就突然遇袭毙命;麻县长作为平川县行政首长,毫无缘由地滚下石堤,游向涡潭,消失于涡潭旋流中;就连龙王庙里的巨柏,也在毫无预兆的情况下,扭折倒下,还砸死了棺材铺老板杨掌柜……如此众多的不可思议的可能性,在小说中接二连三地发生,它提醒我们:"小说审视的不是现实,而是存在。而存在并非已经发生的,存在属于人类可能性的领域,所有人类可能成为的,所有人类做的出来的。小说家画出存在地图,从而发现这样或那样一种人类可能性。"[1]我同意米兰·昆德拉的这一看法,作家不是任何人的代言人,他甚至不是他自己的代言人,作家只有超越自己有意或无意的目的性之上,服从于小说自身的叙事逻辑或存在可能性,才能成为"小说的智慧"。

(原载《中国文艺评论》2018年第6期)

---

[1] 米兰·昆德拉:《小说的艺术》,董强译,上海译文出版社2004年版,第54页。

民间化历史叙述中的"感伤"

王光东

  贾平凹近年来创作的《老生》《山本》等作品，具有厚重苍凉的意蕴及"民间记忆"的生活形态，为新世纪文学提供了一种新的审美纬度。自从20世纪80年代开始，民间记忆在小说写作过程中就开始显示出强大的艺术魅力，但是不同的作家在写作中对"民间记忆"的内容的处理是不同的：张炜《古船》中的民间生活记忆与意识形态立场连接在一起，具有强烈的启蒙、批判思想；在寻根文学中，民间记忆中的历史和文化有着深度的呈现，但是这种民间记忆的指向性非常明确，那就是寻找中国文化区别于其他国别的独特性以及中国传统文化的现代性价值；莫言的《红高粱》及其后出现的韩少功的《马桥词典》、张炜的《九月寓言》等作品，对民间记忆中的生活、历史、文化采取了一种"民间叙述"的立场，也就是站在民间的立场而非政治意识形态、知识分子启蒙立场去处理民间记忆中的历史。

  这种民间叙述在如上作家中又分为两种类型：韩少功、张炜虽然在小说创作中采用民间叙述的方式，但仍然有着知识分子的精神思考，他们认同民间文化，是为了发现民间文化中的有益内容以滋养知识分子的灵魂，因此他们的民间叙述可以称作是知识分子的民间叙述；莫言与他们不同，莫言是民间社会中的一分子，在民间叙述上，他与老百姓处于同一价值体系，因此他对民间记忆中的历史生活的处理往往不带有过多"人为"选择的色彩。

  贾平凹新作《山本》对民间记忆中历史的处理方式和莫言接近，他像一个民间说书人，沉溺于民间记忆中的生活，讲述着老百姓遭遇的苦难、民间的人事，传达着源于民间生活的精神和信仰。

  莫言和贾平凹的不同之处在于：莫言在处理民间记忆中的历史时，具有奇异的想象力和超感官经验，而贾平凹是把民间生活的逻辑包含于小说艺术逻辑的过程中，其民间记忆是写实性的、日常性的。从这个意义上说，《山本》所提供的"民间叙述"文本,是一种新的审美纬度,这种美学特点在贾平凹的《老生》以及其他小说作品中也有呈现,但《山本》呈现得更为明晰和成熟。本文重点讨论贾平凹的这种民间化的历史叙述所体现出的历史情怀,以及对历史中"人心"的思考。

《山本》中的历史情怀是博大而又感伤的,它的博大是因为在历史时空中容纳了天地人、江河山川、万物众生,并把它们作为历史的一部分。它们的静穆、庄严、伟大、永恒与"人事历史"的复杂、多变、混乱、残酷等相纠缠,呈现出作家对"人事历史"的深刻"感伤"。在中国现当代文学史的发展过程中,"人事"与自然的关系的表现形式主要有两种:一种是以废名、沈从文、汪曾祺为代表的小说传统,在这一传统中,"人事"与自然之间的关系虽然时有冲突,但总体来说具有引人入胜的意境与和谐的美感;另外一种处理方式是在"人事"与自然的冲突中强化人的力量,自然成为衬托出人的精神和情感的外在背景,如邓刚的《迷人的海》、郑万隆的《老棒子酒馆》等作品。值得思考的是,贾平凹在《山本》中虽然构建了一个宏阔的叙述空间,天地人相互关联,但又似乎是疏离的,天地山河、万物众生的静默、永恒与丰富,映照着人世的混乱、人事的残酷。

贾平凹在《山本》的后记中说过这样的话:"那年月是战乱着,如果中国是瓷器,是一地瓷的碎片年代。大的战争在秦岭之北之南错综复杂地爆发,各种硝烟都吹进了秦岭,秦岭里就有了那么多的飞禽奔兽、那么多的魍魉魑魅,一尽着中国人的世事,完全着中国文化的表演。"由此可以说,《山本》重点写的是人事、世事,但秦岭山川万物的自然运行却是他思考社会、世事、人事的一个背景、一个出发点、一个可以安放灵魂的地方。可见,作家的感伤与民间化历史叙述中对"历史中存在的各种力量"的思考相联系。

《山本》对影响秦岭历史生活的各种政治力量的叙述,显然是放在一个更大的天地人的维度上观望的,不应用意识形态的方法去要求之。作者在小说中不具有强烈的意识形态立场,而是从一个"民间"的立场叙述着各种力量之间的冲突以及造成的历史后果。

《山本》中的保安队、预备团等势力彼此争斗,但这些在历史的日常生活中展开的时候,又与个人的生活需要和选择联系在一起,像保安队的阮天保去参加游击队,是由于保安队被预备团打败后没有更好的去处,他参加游击队后与井宗丞的矛盾又是源于家族之间的恩怨，而非真正的政治理想或立场的冲突；井宗秀成立的预备团原本是为了保护一方水土的平安，后来却演变为刚愎自用、不关心百姓生活疾苦的用权者。各种力量冲突的后果就是残酷、血腥的死亡和正常生活秩序的破坏。如贾平凹在《山本》的后记中所说："《山本》里没有包装，也没有面具，一只手表的背面故意暴露着那些转动的齿轮，我写的不管是非功过，只是我知道了我骨子里的胆怯、慌张、恐惧、无奈和一颗脆弱的心。"这种深刻的历史感伤中所包含的是对历史发展进程的反思以及窥见历史真相后的悲凉与茫然。

贾平凹历史的"感伤"情怀的产生与他的"史识"有密切的关系，所谓"史识"简单说就是对于历史的看法，当贾平凹从民间的角度去观照历史时，他思考的重心是普通百姓的命运与生命存在形态是怎样的。问题是，在社会剧烈动荡、时代翻云覆雨的过程中，普通人没有力量或很少有能力去主宰自己的生命和命运，他们会被各种影响历史生活的力量裹挟着，如蝼蚁被践踏。《山本》中的老百姓身处三种力量的纠缠中，他们又如何能把握自己的生活和命运呢？

从民间出发的"史识"是以普通人能否有美好的生活为社会好坏的判断标准的，但对于历史进程或社会变化，普通人通常没有能力主宰，这就必然使贾平凹的"史识"变得有点模糊。相对于那么多生命的毁灭，历史的是非功过他无法去作明晰的说明，因此，他在《山本》的后记中说："过去了的历史，有的如纸被糨糊死死贴在墙上，无法扒下，扒下就连墙皮一块全碎了。"作家无法对历史作明晰判断，那么作为作家的历史情怀也就必然具有了深刻的"感伤"内容——这种感伤是不能改变残酷历史的悲凉，是不能拯救生命消失的无奈，也是对历史何以如此的恐惧。《山本》里虽然到处是枪声和死人，但它并不是写战争的，是作家进入到历史生活的细微之处，对历史的感悟、对人的生命的理解、对人的精神与灵魂的思考。

《山本》中历史性的"感伤"自然与民间化历史叙述中所涉及的中国历史生活以及作家对于历史的理解有关，但从美学的意义上来说，贾平凹的创作是受到中国的明清小说和西方的现代主义文学影响的。李泽厚在《美的历程》中就深刻地阐述了明清浪漫文艺思潮所具有的感伤主义特征，《桃花扇》《长生殿》《聊斋志异》《红楼梦》等作品或写家国兴旺，或写情爱的悲欢离合，在朝代更迭、家族兴衰中透露出整个人生的空幻之感，它反映的是一个人处在一个虽表面繁荣、平静，但实际开始颓败没落的社会里所感到的命运哀伤。明清小说的感伤主义特点虽然与贾平凹《山本》的"感伤情怀"有着不同的内涵，但是这种"感伤"作为一种美学精神，与传统中佛道文化精神是有深刻的内在关联的。

《山本》中的儒、道、佛思想在深层次上影响着作者对历史的叙述及其历史情怀，由此我们可以看到这种文化情怀与传统文学之间的美学联系。《山本》的感伤是苍凉的、悲哀的、沉重的，在这种具有当代性的历史情怀的表达中，也可以看到西方现代主义的某些文化因素，西方现代主义的文化内涵及美学精神是复杂和多样化的，难以用简单的几句话说清楚，但在人与人、人与社会的关系上，他们基本上采取的都是一种"不信任"的态度，他们不信任其他人，反叛社会，个人陷于孤独、悲凉之中，作品往往呈现出"荒原"的悲哀与虚无之感。在《山本》中，那些在枪炮声中不断毁灭的家园、死去的生命，同样让我们有着阅读西方现代主义文学的某种感受。

对历史的感伤在文学创作中往往会导向对历史现实的批判，或者导向对有意义的历史精神、文化灵魂的追求。作家的感伤、悲哀之情的产生，意味着对人世生活的不满、失望，在创作中对于感伤的表达就有了对现实的批判。

《山本》对人心的权欲、贪欲、自私的批判，正是这种"历史感伤情怀"的延伸和深化。《山本》中塑造的宽展师父、陈先生和陆菊人的形象，具有更重要的文化意义。这些人物在历史的废墟中闪现出耀眼的光芒，这是儒、道、佛文化的力量，正是这种力量，使我们感受到历史中还有温暖，还有抹不掉的永恒精神，即民间生活世界中的美好精神；如果没有这种美与善的力量存在，民间记忆中的历史就只是事件的记录。

郎中陈先生显然具有道家的思想和智慧，他在乱世中化解人生的迷茫和困厄；宽展师父代表的则是涡镇人的生命救赎的力量。在小说中，花生问宽展师父《地藏菩萨本愿经》中写的是什么内容时，宽展师父在炕上用指头写道："记载着万物众生其生老病死的过程，及如何让人自己改变命运以起死回生的方法，并能够超度过世的冤亲债主，令其究竟解脱的因果经。"在宽展师父写下的这段话里可以看到，在涡镇的动荡苦难生活中，一种巨大的灵魂救赎的宗教力量，闪现着悲悯慈爱的光辉。

陆菊人是现实日常生活中的女性，她善良克己、乐于助人，在精神上与郎中陈先生、宽展师父有着深刻的内在联系，陈先生让她明晓人事，而宽展师父让她的心和菩萨联系在一起。她对井宗秀、对涡镇上活着的和死去的人,都有一种宽厚的仁爱之心,在现实生活中体现出了人道主义的崇高精神。这些人物形象身上体现出的美好文化精神,使《山本》这本具有感伤的历史情怀的小说具有了某种超越尘世生活的力量,也使我们在历史的民间生活中找到了可以安放灵魂的所在。"感伤"作为《山本》的历史情怀,其文学意义和文化价值也正在这里。

(原载《探索与争鸣》2018年第6期)

以山为本：作为一种象征的晚期风格

杨 扬

贾平凹的长篇新作《山本》，延续着《古炉》《老生》的写作路数，以酣畅淋漓的笔法，书写胸中的万里河山。只不过《山本》的体量更大，笔法更为细密，思考更为深远。

秦岭，是贾平凹心中挥之不去的"伟大的山"，故而他常带着一种历史感去写作。贾平凹像同时代的很多作家一样，关注身边的社会问题与人情世故，而其作品内容细节生动，现实感极强。商州的风土人情、一草一木，都在他的文学视野之内，他以清新、细腻、质朴的笔调创造了一个别样的艺术世界。而21世纪以来，贾平凹晚期风格的写作，似乎淡化了这种让人思绪万千的现实情感，目光从人世纠结转向高山大川、悠悠白云，视野开阔了许多。

一

1952年出生的贾平凹，除了他自己在《古炉》后记中叹息自己老了的话之外，好像还没有人认真地将他的暮岁与早年的创作对照起来思考。无论是追捧还是批评贾平凹的人，其中有不少怀念他的商州世界，感叹他自《废都》以来的种种变化。殊不知，转眼间，贾平凹已经六十六岁了。六十岁以后的人生感悟和二十多岁刚出道时的感受，对照之下，想必是有很多不同的。这不同之一，是历史感多起来了，不再纠缠于一人一事，或是强大的人间悲喜剧，而是希望从更为空阔高远的时空背景中体悟人生、看待人生和理解人生。照贾平凹在《山本》后记中所说，"山本，山的本来，写山的一本书"，"巨大的灾难，一场荒唐，秦岭什么也没改变，依然山高水长，苍苍莽莽，没改变的还有情感，无论在山头或河畔，即便是在石头缝里和牛粪堆上，爱的花朵仍然在开，不禁慨叹万千"。《山本》是一部书写历史的书，过去的人物故事满满当当地占据了小说的全部。或许在贾平凹心中，《山本》才真正显露了他的怀旧情感，他希望在这里痛痛快快地述说一下这辈子所理解和所想表达的东西。

历史的沧桑感当然与人物命运有关,如果照以往的小说叙述惯例,既然作品描写人物故事,那就应该将人物故事作为主线,贯穿到底,而且应该围绕陆菊人以及与其相关的男男女女,尤其是与她有情感关系的井宗秀等,写深写透。照沈从文的说法,就是要紧盯着人物来写,塑造出几个精彩的文学形象,就像早年贾平凹的小说《商州初录》《鸡窝洼的人家》一样。但《山本》似乎不是这样的写作路数。陆菊人是贯穿作品从头至尾的人物,但很难说其就是中心人物。井宗丞、井宗秀兄弟似乎更有可能成为作品的中心人物。但在小说中,贾平凹对于井家兄弟的处理,似乎也没有像以往那样浓墨重彩,而是轻轻拿起,轻轻放下。所谓轻轻拿起,是作品叙事时,对这两兄弟的故事叙事,是与其他众多人物故事穿插在一起,没有特别的篇幅予以强化。如井宗丞的故事,在作品的前半部分就结束了,作品只是轻轻交代一句:井宗丞死了。随后就转到接下去要讲的人物故事上。而井宗秀虽然占据了作品的绝大多数篇幅,但贾平凹对他的描写笔墨也是极其节省的,尤其是对他的情爱世界和死亡故事,几乎是淡到不能再淡了。井宗秀与陆菊人的情爱纠葛,如果放在贾平凹创作《废都》的阶段,估计会有很多铺陈和精彩的细节描写,但在《山本》中,字里行间看不到浓墨重彩的情爱细节,以至于含含糊糊、朦朦胧胧,只能让读者自己去体会和猜测。还有就是井宗秀的死,如果说井宗丞的死,作者处理得比较简洁快速,几句话带过就结束了,那么井宗秀的死与他哥哥的死,应该在处理上有所不同。这所谓的不同,就是井宗秀在整部小说中,占据了较多的篇幅和绝对重要的地位,但在处理他的死亡时,贾平凹同样吝啬文字。他对眼下读者熟悉的那种历史叙事是有所保留的,他不能认同那种聚焦一两个历史人物来书写历史的所谓历史题材作品,他希望将这样的英雄史观照耀下的文学叙事淡化掉,甚至是打散了,重新组合。这重新组合的方式,就是让英雄们融于历史的高山大河之中,像恒河中的沙砾那样存在着,随滚滚大江大河的泥沙一起,上下起伏,滔滔而去。贾平凹希望读者在他的历史叙事中,感受到那种茫茫苍苍、浩浩荡荡,前不见古人、后不见来者的气势和空阔,而不是像考古学家那样聚焦于一两件抽取出来的文物器件。

二

贾平凹的这种晚期风格在《古炉》中就有所呈现,只是最初的面目不像《山本》那样清晰。2011年《古炉》出版时,贾平凹在后记开首就说"五十岁后,周围的熟人有些开始死亡,去火葬场的次数增多,而我突然地喜欢在身上装钱了,又瞌睡日渐减少,便知道自己是老了"。随着自己老态的增加,记忆突然苏醒过来,而且控制不住,"记忆越忆越是远,越远越是那么清晰"。于是,"我产生了把我记忆写出来的欲望"。他记忆中的人物和事件,大都是"蚁众"以及如泥沙一样的小事,因此,他尝试用密集的人物故事来书写村史的《古炉》。但当时很多人对他的尝试保持着一种理解但不接受的态度。赵长天在《文汇报》发表《我所感的阅读的难度》,对贾平凹的《古炉》提出了批评意见,他认为贾平凹的创作意图可以理解,但其中的很多创作实际上在阅读中是难以接受的。这难以接受的内容之一,是一部长篇小说中拥有那么多的人物,而且这些人物的出场和结束,没有铺垫和交代,说来就来,说去就去,真正是来无影去无踪,让读者摸不着头脑。事实上,《山本》也是这样,上百个文学人物,绝大多数是来无影去无踪的,刚刚出场一下,就结束了,从此再也没有在小说中出现。对于这些文学人物的传统做法,要么不出现,要出场的话,总得聚焦一下,亮亮相。可贾平凹偏偏就是不聚焦这些人。所以,如果照以往历史小说的阅读方式来进入《山本》的话,会发觉你期待之中的人物,走着走着,就没有了下文,如井宗丞和他的妻子杜英的死亡,陆菊人的丈夫杨钟和麻县长等,也是如此。可能在很多人看来,这种处理方式容易陷入浮光掠影的浅表状况。但在贾平凹看来,或许历史行进的状态就是这样浮光掠影的,很多人物没头没脑地突然走进了历史的巨大旋涡之中,转了几下,沉下去,消失了,再也没有下文。

那些连贯的、有始有终的历史故事,其实很多都是编造和想象的产物,就像旧小说写到那些帝王将相的降生与落幕时,总喜欢讲一些不同平常的前兆和吉相,似乎这一切都是预先准备的。贾平凹在生命后半程,似乎体悟到历史发展的无序和突然,他想照着自己的这种生命体悟和历史感知来尝试一种历史书写。只不过他这十年之中前后之间的这种文学写作、思想的清晰度和文字的驾驭力,是在时间岁月中一点一点积累起来的。

三

贾平凹的晚期风格创作除了历史感强化、非聚焦式的人物描写之外，叙事的淡化、笔记体式的简短文体和意蕴的营造，成为小说追求的目标。贾平凹在同龄作家中，相对而言，是比较注重意蕴开掘的一位。很多评论都注意将他的小说与他的散文，进行互文阅读、对照。如果再加入贾平凹的书画创作经历，我以为或许更能增强人们对他晚期风格的理解和接受。近十年间，贾平凹在很多场合常常以书法家和书画家身份出场，我们可以看到贾平凹从中国传统书法、绘画艺术中，获得某种文化和审美方面的启悟。中国传统美学中，有"诗画同源"的说法，西方艺术史上，也有类似的理论观点，像西方美学经典作品《拉奥孔》就探讨了不同媒质之下，审美的异同和相互关系问题。贾平凹或许不像那些理论家那样能够将自己的思想在理论层面梳理得那么干净，但在传统书画的意蕴和创作中，他一定体悟到了很多中国式的思想资源和不同于以往作家追求的那种现代审美意蕴。譬如，他在创作《山本》时，一再说自己受老庄思想影响，但他又常常为老子和庄子的思想所困惑。老庄一家吗？老庄不一家吗？这些困扰学者和哲学家的专业问题，同样在阅读上困扰着贾平凹。但正如他在《山本》后记中所说，知识上的困惑对他而言，或许不能阻止他从别的层面来解读老庄。的确，贾平凹在生命意义上，感觉到老子和庄子对于生命状态有某种近似的理解和沟通。贾平凹的这种理解，事实上，在学术研究中也有学者强调过，譬如冯友兰在《中国哲学史》中，就认为老庄思想有矛盾和不同之处，但对生命的某种状态，又有相似的理解。冯友兰指出，"澹然独与神明居"一语，与"独与天地精神往来"之言，有相同的意义。贾平凹从老庄中所获得的启悟：第一，人生态度上透过老庄对"道"的论述，他感受到有比儒家"人道"更为辽阔的自然之道。换句话说，贾平凹从道家思想中，读到的是超越人道的价值意义。人在万千世界中，只是小小的一粒尘埃。尽管人很重要，但在大千世界之中，人只是一种微小的存在。所以，贾平凹看破"人的文学"，走向"道的文学"。这从根本上构成了他晚期风格的基调。第二，贾平凹是文学家，他的思想启悟最终要体现在审美创造上。从他晚期风格的意象呈现看，有不少评论都注意到作品中人物的某种怪异特征，如人物都是疯疯癫癫的，邋里邋遢，不修边幅，甚至是怪异得不合常理。《古炉》《老生》和《山本》中都有这一类人物形象。贾平凹的这一类处理手法，从审美来源看，中国古典绘画和书法中，不乏这类构图造像。典型的如宋代文人画和明末的八大山人的绘画，他们或者将人物画得很小很小，在空阔浩大的山水间，只占据尘埃一样的位置，或者就是形如枯木，神情古怪。如此古拙怪异，体现着道家艺术的审美理想。贾平凹希望自己的文学作品中也有类似的境界和类似的神仙人物，所以，晚期风格中的一系列人物都有某种文化基因上的相似性。这种类似，有点像毕加索的"蓝色时期"或"黑色时期"，冷峻中透露出一种超然的意蕴。

《山本》毫无疑义是最近这些年值得关注的一部长篇小说，成功不成功，喜欢不喜欢，已经不是最重要的问题，重要的是包括像贾平凹在内的一批新时期走上中国文坛的作家，经过了四十年小说写作的历练之后，创作并没有枯竭，相反，写作的欲望似乎被某种东西催生、呼唤起来。仅从贾平凹的作品数量看，在今天的中国作家中，绝对是惊人的。十年间出版有六十万字的《古炉》、二十二万字的《老生》和五十万字的《山本》。贾平凹的这种写作状态，并不完全是数量上的堆积，而是建立在他自己对文学写作的一种自信和坚决上。或许曾经一度，贾平凹对自己的写作还能不能维持下去，有那么一点疑惑。事实上，每一个成功的作家，在写作到一定年龄的时候，都会有不同程度的犹豫，但贾平凹的优势在于他能够在很短的时间内，摆脱掉这种犹豫，坚定地在写作中摸索自己的写作之路。相比之下，与贾平凹同期走上文坛的很多作家，今天已经不具备这种能力了。

（原载《探索与争鸣》2018年第7期）

随物赋形与晚期风格

王宏图

熟悉贾平凹创作轨迹的读者不难发现，他新近推出的长篇小说《山本》，与其2014年问世的《老生》在素材内容上一脉相承。《老生》围绕四个重大历史关节点上的事件，书写了中国20世纪的历史风貌。其第一个关节点便是二十世纪二三十年代老黑、雷布等人领导的秦岭游击队，到了《山本》中这一线索几乎是全盘复现，只是领导人换成了蔡一风、李得旺、井宗丞等人，而且贯穿了整部作品的始终。尽管《山本》情节的历史时间跨度远不及《老生》，但其篇幅长达五十万字，就作品规模体量而言，超越《老生》。

《山本》是一部书写贾平凹家乡秦岭地区的作品，最初他想给它取名为《秦岭志》，最终成稿时书名中虽然没有保留"秦岭"这一地名，但毋庸置疑的是，它是贾平凹创作灵感源泉之所在，是当代中国文学版图中一个引人瞩目的存在。正如福克纳笔下的美国密西西比河流域的约克纳帕塔法县和马尔克斯悉心描绘的马孔多小镇。贾平凹之所以能在数十年间保持旺盛的创作活力，推出一部又一部精品，与他和包括商州在内的秦岭地区有紧密的联系密不可分。

和贾平凹其他作品一样，《山本》吸引读者的与其说是曲折惊险的情节，不如说是其对日常生活场景与细节细致入微的展示。《山本》涉及的内容很广泛，有对二十世纪二三十年代涡镇人情风俗与山川风物的展示，对各种政治力量博弈争斗的描绘，登场的人物也是三教九流，可谓一部秦岭地区的百科全书。而对战争场面的描写占据了不少篇幅，但作者在后记中却明白无误地告诉读者，"《山本》里虽然到处是枪声和死人，但它并不是写战争的书"。鲜血淋漓的战斗场面固然惊心动魄，但贾平凹的出彩之处在于那貌似无关紧要的细节，它们并不位于事件的中心，而是处于不起眼的边缘地带和缝隙孔眼之间。

他以罕有的耐心，将庞杂繁多的日常生活细节连接在一起，促成了细节的连贯与完整。作者没有刻意编排扣人心弦的戏剧性冲突，在他眼里，锅碗瓢盆油盐酱醋,皆可化成文章。对这一美学追求,贾平凹在谈到《秦腔》时便表述得很明确:"这种不分章节,没有大事情,啰啰唆唆的写法,是因为那种生活形态只能这样,我最初的写法就是不想用任何方式,语言啊,哲学啊,来提升那么一下。"

贾平凹的这部小说在相当程度上直接承续了明清《金瓶梅》《红楼梦》等古典白话世情小说的风格。《山本》中写日常生活的章节与《金瓶梅》《红楼梦》的渊源关系自不待说,而写土匪战争的部分,实际上是用《金瓶梅》和《红楼梦》的笔法来写水浒英雄传。这些打仗的故事本身,你读了可能并不是很感兴趣,相反倒是打仗当中那些缝隙、那些碎片更能引起你的兴趣。人们要追问的是,贾平凹为什么采取这种世情小说的笔法风格,而不借用近现代的西方小说模式?稍加思考便可发现,这不是单纯的个人爱好,还与他的世界观、价值观有关。

在书的前书舌上印着一首他写的五言古诗,结尾两句为"世道荒唐过,飘零只有爱"。他在后记的一番话可作为此诗的佐证:"当这一切成为历史,灿烂早已萧瑟,躁动归于沉寂,回头看去,真是倪云林所说:生死穷达之境,利衰毁誉之场,自其拘者观之,盖有不胜悲者,自其达者观之,殆不值一笑也。巨大的灾难,一场荒唐,秦岭什么也没改变,依然山高水长,苍苍莽莽,没改变的还有情感,无论在山头或河畔,即便是在石头缝里和牛粪堆上,爱的花朵仍然在开,不禁慨叹万千。"

上述话语,不禁让人联想起苏东坡《前赤壁赋》中的警句:"盖将自其变者而观之,则天地曾不能以一瞬;自其不变者而观之,则物与我皆无尽也,而又何羡乎!"而王羲之脍炙人口的《兰亭集序》对生死大限、世事沧桑也发过一番感慨:"固知一死生为虚诞,齐彭殇为妄作。后之视今,亦犹今之视昔,悲夫!"尽管具体字句上有差异,但其世界观、价值观与贾平凹是息息相通的。因此,我们可以说他小说显露的风格形式并不仅仅是一个外在的装饰性因素,而是跟一种内在的文化精神联系共生共长,互为依存。它传达了中国文化的一种基本精神,不像基督教认为人生来就带有罪孽,我们应该受到上帝的惩罚,因此需要耶稣的拯救进入天堂,人生的最终目标寄寓于来世。但中国人也不完全是虚无主义的,我们糅合了儒家的入世与道家的出世观念,产生出一种平衡、富于理性的温情主义的人生观,也就是说对人世充满了眷恋,特别是儒家学说提倡介入人事，承担自己对社会对家族的责任。但同时我们并不畏惧死亡，因为我们知道它是天道。生命有成长发展衰亡的过程，总有一天个体生命将终结，但是基因将传到下一代身上。虽化为尘土，但是在后一代身上又得到复生。

这样一种人生观使我们对待死亡的态度跟基督教文化或其他文化都不一样。节哀顺变这个词语实际上是体现了中国人对待死亡的典型态度：亲人尤其是父母去世，没有哀感当然没有人性，但悲哀过分了，实际上是违反天道的，所以要节哀，顺应天地之道。

贾平凹这部作品（也包括以前有着相似主题的作品）之所以引起人们的共鸣，实际上是其传达出一种跟"五四"启蒙话语迥然不同的中国文化精神，在他的笔下，一度式微的古老中国文化精神复活了。

我从萨义德阐述的晚期风格这一术语来谈《山本》。贾平凹六十六岁了，但是他的创作力依旧很旺盛。如果我们从文学史方面来考察，可以将《山本》视为他的晚期作品。有些人对作家的晚期作品面露不屑之色，认定其是创造力衰退、无病呻吟、自我重复的大杂烩。但事情远远没有这么简单，在萨义德看来，许多大艺术家的晚期作品颇有可观之处，他还以此为主题写了论著。在萨义德眼里，不少艺术家晚期作品中显现出某种非尘世的宁静，是为艺术家一生的创作打上了圆满的句号，但更引人瞩目的是，诸多晚期作品中普遍存在着深刻的冲突和难以理解的复杂性，潜藏着不安宁的张力，先前作品中触及的诸多矛盾无从解决。此外，在风格上这些艺术家到了晚年变得更加不拘成法，无拘无束，狂放恣肆，浑然天成。

《山本》这部作品体现出晚期风格的许多特征。就男主角井宗秀这一人物形象来看，你可以把他看作绿林草莽英雄，也可以把他放在20世纪中国历史演变的复杂进程当中来考察，总之，他是一个含义丰富、多面体的人物形象。《山本》触及许多问题，既有对人性的审视，又有对乡土社会败落的悲悯。尽管描写的年代是二十世纪二三十年代，但乡村社会的解体实际上是与革命、社会变迁密切相关的。作者的悲悯当中有对我们古老文化传统的道德和精神价值衰败的哀挽，但是他又没有能力解决这些问题，实际上它们也很难有明确的答案。他面临的是我们面对的人性的共同处境，如果像儒家那样坚持入世，最后或许会碰得头破血流、血本无归，那还不如退隐山林，但退隐山林的个体又会缺乏成就感，无法得到别人的认可，所以常常会有一种空虚感、失落感。

很多读者在阅读《山本》时会感到一时间很难进入文本，除了贾平凹特有叙述方式的原因外，还与整部作品价值意蕴的暧昧性有关。如果它像政治报告、时政评论那么清晰的话，还要写小说干什么呢？人世间存在着一定的暧昧性，难以用黑白分明的语言来概括。这正是文学艺术的魅力所在。井宗秀在发家后干了很多残暴的事，如果用普遍的道德原则来评判，他当然是个坏人；但是你一旦落实到具体情境中，特别是他跟他哥哥的关系时，你可以看出这种暧昧性。他本人属于国民政府军队，与共产党游击队对抗；而他哥哥则是共产党游击队的首领之一。但当他哥哥被人暗杀了，他要为哥哥复仇，这时候传统的家族伦理就压倒了伦理理性。

和以往诸多作品相比，《山本》的文笔愈加不拘一格，愈加率性天成。贾平凹现在已达到无拘无束、自成法度的境界。如果批评家要用任何现成的模式规则来衡量这部小说，必然要碰壁，就像陈思和老师所说的，这部作品里含有无法模仿的磅礴的气象。

（原载《探索与争鸣》2018年第6期）

素材如何进入小说，历史又怎样成为文学

刘 艳

一

在解读《山本》之前，有必要回顾一下近年来尤其是近六年贾平凹的长篇创作。贾平凹2013年的长篇小说《带灯》开启了一个新的审美领域——"新乡镇中国"的文学书写，以当下现实主义对21世纪正在剧变中的中国进行独特审美思考和精神探寻，不仅从题材上是对其以往文学创作领域的突破，而且把"乡镇叙事"的地域审美书写拓展为整个"新乡镇中国"的整体性空间及其现代性命运的全息性精神呈现。[①]李遇春还将其称为"微写实主义"——对以往的现实主义书写的突破和越界。贾平凹的《带灯》等乡土小说，满怀对乡土中国所遭遇的经济极速发展乃至无数畸形现实的深刻思考和危机感，再或者是书写乡村文化传统是如何在文化消费主义面前不堪一击的。

2014年的《老生》，可视为贾平凹对百年乡土中国持续不断的沉思，小说以一位唱阴歌的乡村唱师为叙述视角，以四个相对独立的故事来讲述乡村社会的人事兴亡和发展变迁，串起百年现代中国成长的历史。2016年的《极花》则是一部关于女性被侮辱与被损害的戕害史，又是一部关于中国村庄最后身影的百科全书式的断代史，以选择逃离乡村去往城市却被拐卖到更偏僻乡村的农村知识青年胡蝶为叙述者，讲述地方"传统"权威如何被削弱和瓦解，乡村秩序如何变形和变质，农村知识青年如何成为上升无望的失败者，善良而怯懦的底层民众如何成为施暴者，最终缺少精神和信仰看护的中国农村如何成为涣散之乡和暴力之域。[②]关于中国农村的沦陷是20世纪90年代中期以来贾平凹小说集

[①] 张丽军：《新乡镇中国的"当下现实主义"审美书写——贾平凹〈带灯〉论》，载《文学评论》2014年第1期。
[②] 何平：《中国最后的农村——〈极花〉论》，载《文学评论》2016年第3期。

中书写的主题,他在《高老庄》《秦腔》《带灯》《极花》等作品中对其进行了持续而深刻的挖掘和揭示。

在这条蜿蜒绵长的写作脉络里,《山本》是自然而然生成的,可以见到与《老生》的气韵相通之处,但其气魄更大,也更加具有文学性和艺术性。对于《山本》这个书名,贾平凹在后记里有解释,但我个人可能还是更喜欢《秦岭志》。贾平凹从棣花镇、从商洛笔墨荡开去,写了关于秦岭的这本书。

但贾平凹的志向和志趣又不仅仅止于此。贾平凹为秦岭写志,其实就是为近代中国写志。秦岭是他窥见一段中国近代历史的切口,也只有秦岭的山高水长,苍苍莽莽,有这样深厚的历史底蕴、文化蕴藉,可以令作家达成这样的写作目的。《山本》不再像《老生》那样,时间跨度达百年,也不再是使用一个人的叙述视角,而是深入秦岭在二十世纪二三十年代的历史,多得数不清的细节性叙述使小说叙事丰盈起来。《山本》细腻充盈又气势恢弘,是对《老生》的超越。

我这里说贾平凹勾勒出了近现代中国史诗,并不是说要把《山本》去同历史史实一一比对。将《山本》归入历史题材,恐怕是有违作家写作初衷的。《山本》中所涉及的庞杂混乱的素材,该怎样处理?对作家来说是一个巨大的挑战。贾平凹在《山本》后记里说:"这些素材如何进入小说,历史又怎样成为文学?我想我那时就像一头狮子在追捕兔子,兔子钻进偌大的荆棘藤蔓里,狮子没了办法,又不忍离开,就趴在那里,气喘吁吁,鼻脸上尽落些苍蝇"。这是形象地说出了作家在处理庞杂、体量巨大的素材和如何处理历史和文学关系时的困顿。

一个并不太希望看到的情况是,当前评论和研究当中出现过多地将小说《山本》与历史作比对并剖析的情况。《山本》甫一面世,就在小说与历史关系问题上出现了两个层面的评论趋势:第一,是对《山本》与历史史实之间作考察和挖掘,这其中又包含两个维度,一个是将《山本》归入历史题材小说,考察它作为历史题材小说的意义和价值;另一个则是承认小说书写的是传奇,但仍然在考察"传奇如何虚构历史"的问题,依然认为《山本》体现了作家书写历史的真诚和雄心,有的人甚至将小说与当时秦岭红军的历史和中国二十世纪二三十年代的历史作比对和索隐式研究,甚至得出这样的结论:"历史从虚构那里学会如何用庄严的面相编织谎言,而虚构也会以谎言作为招牌重建一段历史。"[①]第二,

---

[①] 方岩:《传奇如何虚构历史——读贾平凹〈山本〉》,载《扬子江评论》2018年第3期。

与前一个层面的第二个维度相类,《山本》被归入"新历史主义"、历史的民间叙述之类的思想以及美学谱系而加以讨论,这其实是有违贾平凹创作初衷的,研究者当然也不能狭窄地将《山本》归为新历史主义小说。我们知道,20世纪80年代中后期开始的一段新历史主义的文学叙述,是有它的文学史意义和历史功绩的,其往往是以无数细节丰赡的叙述以及被原来的宏大历史叙事方式所忽略的文学与历史的一种叙述方式——以文学的方式重述历史,丰富了有关历史的文学叙述的文学性。

新历史主义的意图是要揭示被主流历史和话语叙述方式所一度忽略的民众生存本相、民族的生命史,比如,陈忠实的《白鹿原》、莫言的《丰乳肥臀》、张炜的《家族》和余华的《活着》《许三观卖血记》等。但新历史主义后来的弊端也是显而易见的:"由于其逐渐加重的虚构倾向,由于其刻意肢解历史主流结构的努力,而走向了偏执虚无的困境。……游戏历史主义不但是新历史主义的终极,同时也是它的终点和坟墓,从一定意义上说,正是这种过于偏执的游戏本身最终虚化、偏离和拆除了历史和新历史主义文学运动,这虽然是一个矛盾和一个悲剧,但却势出必然。"[①]

井宗秀和井宗丞是有原型的,其中的一些历史事件,似乎也是有原型可循。一些论者便颇费工夫地去探究这里面的究竟。这种对井宗秀和井宗丞原型的考证,在贾平凹看来,"其实是不必的。井宗秀和井宗丞是有原型的,但仅仅是攫取了原型极小极小的一些事,而最大的是通过那些历史人物了解那一时期政治、军事、经济、民生等一系列的社会情况,可以说从原型出发,综合了众多,最后与原型相差甚远"[②]。以正史、野史或者新历史主义小说的概念来解读和对待《山本》,都是把小说与历史之间作了过于牵强的联系和比照。《山本》虽然也展示了二十世纪二三十年代发生在秦岭的一些史实,但似乎更"是在天人之际的意义上考察历史、社会、人性种种方面的复杂的矛盾纠葛"。杨辉认识到:"整个作品的气象和境界与普通的历史小说还是很不一样的。"由于担心大家把复杂的问题看简单了,贾平凹自言:"我为什么要写这个题记,就是强调《山本》的目的,不

---

① 张清华:《中国当代先锋文学思潮论》修订版,中国人民大学出版社2014年版,第187、198页。
② 贾平凹、杨辉:《究天人之际:历史、自然和人——关于〈山本〉答杨辉问》,载《扬子江评论》2018年第3期。

是写秦岭那些历史,而是想从更丰富的状态中去写中国。"①从这个意义上讲,《山本》不是写历史的小说,不是传统和纯粹意义上的历史小说,也不是新历史主义小说。但这一点也没有影响《山本》的复杂、繁富与宏阔,一点也没有影响它的史诗性,因为它自带丰富性。说《山本》书写了二十世纪二三十年代近现代中国的史诗,是负责任的说法。这恰好可以解释,为什么陈思和先生认为《山本》是向传统致敬,他将《山本》与《水浒传》联系,认为《山本》深刻揭露了普通人性中的残酷基因。贾平凹本人则认为自己重点不是写战争,而是写"林中一花,水中一沙","《山本》不是写战争的书,只是我关注一个木头一块石头,我就进入这木头和石头中去了"。贾平凹坚定地认为:"从历史到小说,它有个转换问题。"贾平凹认为《红楼梦》教会了他怎么写日常生活;《三国演义》《水浒传》讲究传奇的东西,特别硬朗,故事性强,教会了他怎么把小说写得硬朗。细读《山本》就能真切体会到贾平凹的确是"在写法上试着用《红楼梦》的笔调去写《三国演义》《水浒传》的战事会是怎么样"②,而"现代性,传统性,民间性"的融合,也是清晰可见的。

二

《山本》这样的文学"史"观,落实到小说叙事上,也令《山本》与此前贾平凹小说的文本形式和叙事有些差别,小说叙事也更加繁复。正如贾平凹自己所说:"解读小说是有不同的角度的,有的小说可能结构简单些,从一两个角度就能说清。或许《山本》要复杂些,'正史''野史'说到底还是历史,而小说,还是那句大家都知道的话,是民族的秘史。这个秘史,不是简单地从'野史'和'正史'对立的角度说,而是说它还包含着更复杂的生活的信息。比如人的日常生活中的衣食住行、自然风物,以及二者之间的复杂关系等等这些历史顾及不到的细节。它们可能呈现出历史更为复杂的状态。"③还不仅仅止于此,《山本》的文学"史"观,还影响到了小说的叙事和文本形式。

---

① 贾平凹、杨辉:《究天人之际:历史、自然和人——关于〈山本〉答杨辉问》,载《扬子江评论》2018年第3期。

② 贾平凹、杨辉:《究天人之际:历史、自然和人——关于〈山本〉答杨辉问》,载《扬子江评论》2018年第3期。

③ 贾平凹、杨辉:《究天人之际:历史、自然和人——关于〈山本〉答杨辉问》,载《扬子江评论》2018年第3期。

如果说，此前的《带灯》《老生》《极花》等，还采用一定的章节设置的话；《山本》在小说文本和叙事形式方面，已经是章节全无，仅以"※※※"来区隔不同的叙事片段和作叙事转换。《山本》中的这种表现是贾平凹多年来小说叙事探索的一个自然而然的结果，而且是与他的《山本》所要表达的内容和素材处理等方面，都高度契合的。十几年前，贾平凹在《我心目中的小说——贾平凹自述》中，就已经明确提出了他认为"小说是一种说话"的小说创作理念："小说是什么？小说是一种说话，说一段故事"，"世上已经有那么多作家的作家和作品，怎样从他们的身边走过，依然再走——其实都是在企图着新的说法"。但是警惕于过度追求小说结构和技巧的小说写法，他特地举了一个例子："在一个夜里，对着家人或亲朋好友提说一段往事吧。给家人和亲朋好友说话，不需要任何技巧了"，"开始的时候或许在说米面，天亮之前说话该结束了，或许已说到了二爷的那个毡帽。过后一想，怎么从米面就说到了二爷的毡帽？这其中是怎样过渡和转换的？一切都是自自然然过来的呀！禅是不能说的，说出的都已不是了禅"。他特别强调："小说让人看出在做，做的就是技巧的，这便坏了。说平平常常的生活事，是不需要技巧，生活本身就是故事，故事里有它本身的技巧。"他反思了有人越是要打破小说的写法，越是在形式上想花样，就往往会适得其反，"因此，小说的成功不决定于题材，也不是得力于所谓的结构。读者不喜欢了章回体或评书型的小说原因在此；而那些企图要视角转移呀，隔离呀，甚至直接将自己参入行文等等的做法，之所以并未获得预期效果，原因也在此"。[①] 其实，贾平凹在这里不是说小说的题材和结构不重要，他真正在反思的是传统章回体和评书型小说已经不合时宜，而20世纪80年代中期以来，一些小说过于追求叙事形式的所谓探索和求新已经将小说写作置于叙事游戏的困境乃至死局。贾平凹在小说叙事上，作为一位几十年以来一直创作丰赡、走在内地文坛创作前沿的"超级劳模"型作家，对传统章回体和过于追求小说叙事先锋技巧，是一直注意的，并时时对自己的实际创作反思。这样就一点也不奇怪了，贾平凹近些年为什么在小说叙事上一路发生变化。而这变化，到了《山本》达到了某种程度上的极致，也可以说是一种炉火纯青的境界。而深层次的，除了"小说是一种说话"的创作理念，还有他对小说体式和小说叙事的一种自觉。

[①] 贾平凹：《我心目中的小说——贾平凹自述》，载《小说评论》2003年第6期。

对于文学应该有的"史"观,应该也是一直服膺他在《我心目中的小说——贾平凹自述》这篇文章当中所讲的"实与虚"的观念:"面对着要写的人与事,以物观物,使万物的本质得到具现。""生活有它自我流动的规律,顺利或困难都要过下去,这就是生活的本身,所以它混沌又鲜活。如此越写得实,越生活化,越是虚,越具有意象。""以实写虚,体无证有,这正是我的兴趣。"取消小说章节,整个小说全篇打通、贯通,无疑助益他达成了自己的写作目的。而吊诡的是,自言最不讲究小说体式和小说叙事技巧的贾平凹,却在《山本》中实现了小说叙事上新的尝试。虽然《山本》小说叙事完全不是20世纪80年代中期开始的那一段先锋派文学所呈现的叙事技巧和形式特点,但谁能说这不是一种新的、有益的小说形式方面的探索和创新呢?当很多学者和评论家譬如陈晓明教授近年来一直在担忧,20世纪90年代以来,还远未获得成熟圆融的西方现代小说经验的中国小说,如果一味地回归传统,写作态势会是怎样;当然,他也看到了如贾平凹、莫言等许多中国的优秀作家,仍然在寻求传统与现代融合的道路上孜孜以求,而他们对小说叙事的探索又何尝不是体现了一种小说创作形式创新方面的先锋探索精神呢?这种富有创新意识的探索精神,可能也恰恰是贾平凹的创作一直保持旺盛的生命力,一路发展而来终于产生了这部最具有大师气象的长篇小说《山本》的一个重要原因。

还可以很清楚地看到,《带灯》是分"上部山野""中部星空""下部幽灵"的,每部长短不同的段落前,会有无数"高速路修进秦岭""樱镇"等这样的小标题。《老生》分"开头""第一个故事""第二个故事""第三个故事""第四个故事""结尾"。《极花》里分"1夜空""2村子""3招魂""4走山""5空空树""6彩花绳"。《老生》《极花》每个叙事章节里,会以叙事区隔的标志"**"来区分不同的叙事段落。而《山本》已经取消了叙事的章节题目,仅以"※※※"来作不同的叙事片段的区隔。而且有意思的是,五十万字的庞大的小说叙事,被"※※※"区隔成了八十一个叙事片段。不知道这是不是贾平凹有意为之的,我想是的。

《山本》里的人经历九九八十一"难"才修成,而小说也一共经历了九九八十一个段落的叙事才完结。小说叙事虽看似圆满完成了,但是落实到每个人物和人物命运等,却未必圆满和完满。《山本》以事事处处很"实"的书写,表达了很多"虚"的东西和意象。于是,也就可以理解贾平凹所说的:"陆菊人和井宗秀是相互凝视，相互帮扶，也相互寄托的。如果说杜鲁成、周一山、井宗秀是井宗秀这个书中人物性格的三个层面，那么陆菊人和花生是一个女人的性格两面。我是喜欢井宗秀和陆菊人合二为一，雌雄同体。"[1]"以实写虚，体无证有"，有什么样的文学"史"观，就有了什么样的小说叙事。《山本》也就只会让陆菊人与井宗秀相互凝视而不会有真正的俗世男女情爱；小说安排陆菊人为井宗秀培养了一个女子"花生"嫁给他，而他却又失去了男人的性能力，花生与井宗秀也不能真正的结合。小说在叙事上处处呈现情节的非二元对立和非开端、发展、高潮、结局的情节完整性，比如剩剩腿跛了——一个长一个短，井宗秀安排人去找莫郎中给剩剩来治病，结果杨钟死了，冉双全则因误会失手打死了莫郎中，剩剩的跛脚再也无人能治。杨钟一直不是陆菊人心里所仰敬和喜欢的男人，但当杨钟死了，陆菊人又念起杨钟百般的好。在贾平凹看来，"我们曾经的这样的观念、那样的观念，时间一过，全会作废，事实仍在。历史是泥淖，其中翻腾的就是人性"[2]。贾平凹剪裁《山本》叙事，靠的是情节及其衔接点，但更是与他的小说观念、与他的小说所持有的文学"史"观相融合和吻合的。若对《山本》的小说叙事形式加以研究，会有更多更深的发现。

在《我心目中的小说——贾平凹自述》里，贾平凹自言：面对《阿Q正传》，"如果在分析人性中弥漫中国传统中天人合一的浑然之气，意象氤氲，那正是我新的兴趣所在啊"。而《山本》所透露出来的贾平凹的写作理念和文学"史"观，正是他想在生活物事人情的繁复和千头万绪当中，表现和探求一种意象氤氲、天人合一的浑然之境。《山本》叙事形式上的浑然一体，已经帮他实现这个夙愿了。

（原载《探索与争鸣》2018年第7期）

---

[1] 贾平凹、杨辉：《究天人之际：历史、自然和人——关于〈山本〉答杨辉问》，载《扬子江评论》2018年第3期。

[2] 贾平凹、杨辉：《究天人之际：历史、自然和人——关于〈山本〉答杨辉问》，载《扬子江评论》2018年第3期。

回归中国叙事传统的诸种可能

——论小说《山本》的文化追求

江腊生

近年来，中国经验的书写成为当下作家的主要追求目标。何为中国经验？不同的作家笔下有不同的表现。陈忠实的《白鹿原》中，家族生活的日常叙事取代了革命斗争的意识形态叙述，在打开的历史皱褶中，容纳一定人性的复杂。格非的"江南三部曲"《望春风》等通过算命、占卜、梦和意象等串联起家族社会的世情、世事和人情，向人们展示了命运的强大，使小说在重返时间的河流中具有了悲剧精神。迟子建的《额尔古纳河右岸》通过民间话语叙述了鄂温克族近代以来的百年历史变迁，全面呈现了鄂温克族的生活方式、风俗信仰等民族记忆与文化精神等。这些作品打开了中国文化想象的图景，从不同侧面展现了中国生活经验的复杂和文化记忆的丰富，并体现了鲜明的民族主体性。贾平凹也一直在以自我的方式言说中国故事。从早年的商洛地区，扩展到整个秦岭，从商州的诗意状态，到秦岭地区的纷争与喧嚣，无论是时空表现，还是人事纷争，都体现着贾平凹的野心十足。如果说《秦腔》《古炉》《老生》等在历史的钩沉中展示了民间的记忆，《高兴》《带灯》《极花》则揭示现实中的问题，那么，《山本》似乎兼顾二者，将整个秦岭的自然世界与人事世界打通。《山本》明明讲述的是一段民国史，却以"山之本来"的名义出现在读者面前。小说一方面书写了秦岭地区日常生活的鸡零狗碎，另一方面又展示了秦岭神秘的自然生态。其文洋洋洒洒五十多万字，将目标锁定在民国时代秦岭里的生生死死，荡漾出中国经验书写的文化圈层，也预示了当下小说回归中国小说叙事的诸种可能及其不足之处。

一、秦岭志与生态文化圈的建构

从当下的小说创作来看,自然风物入文,一方面体现了文学对自然生态的关注。随着工业化、城市化的快速发展,生态环境的不断恶化,关注自然生态与人类生存的关系,成为当下一些作家纷纷投向生态书写的外在驱动。另一方面也体现了文学对人的生存、人的命运走向的进一步理解。小说走进某一地域空间,辅以一些民族志、地方志的鲜活记载,书写自然之象,唤醒现代人遥远的文化记忆,正契合中国传统的文化审美兴趣的努力,也是中国当代文学走向主体成熟的路径之一。贾平凹自早年的"商州系列"开始,带着对乡土的亲切感,走进秦岭的山沟野壑,孜孜不倦地试图书写大山深处的美丽和神奇。山水自然、山地人家,与中国传统的"静""空"美学相互对应,再加上商洛独特的风土人情,营造出了一个丰富而独特的艺术世界。"商州也成全了我作为一个作家的存在。"[1]这种商州情结决定了秦岭等自然山水一直贯穿在贾平凹的创作中。阅读贾平凹《山本》的最大感受就是繁笔书写自然风物,将秦岭地区的动植物与人的活动打通,在一段民间野史的讲述中潜在地传达了一种人与自然相融的生态意识。继早年"商州系列"小说中的山野情趣后,贾平凹力图完成一本厚重的"秦岭志"。他在《山本》后记中阐明,他曾经企图把秦岭走一遍,整理出一本秦岭的草木记、一本秦岭的动物记,"没料在这期间收集到秦岭二三十年代的许许多多传奇"[2]。因此,小说中涉及了众多的动物、植物,将生生死死的传奇人事放在秦岭的动植物生态圈中加以考察。

小说将涡镇的人与物并置,构建成一个原生形态的秦岭世界。作家采用散点透视的写法,物由人出,人随物走,不失时机地繁笔展示所涉及的动植物。采药的白起为了能加入预备旅,向陈来祥不厌其烦地介绍忘忧草、绞股蓝、连翘、锁阳、锦灯笼草等。这些动植物知识成为他后来加入预备团的资本,也体现了秦岭人家凡草入药及对秦岭山水的亲和。杨钟和陈来祥在秦岭山中转悠着寻找游击队时,走进云寺梁这座山。作家大摆龙门阵,写出山中各种怪兽奇鸟。为了实现为秦岭立志的目的,作家设置了麻县长这个人物。作为一介文人,面对强横无理的军人、抢劫杀人的土匪逛山、杀富济贫播散革命火种的红军,麻

---

[1] 贾平凹:《贾平凹散文大系》第4卷,漓江出版社1999年版,第97页。
[2] 贾平凹:《山本》,作家出版社2018年版,第523页。

县长一筹莫展,无能为力。当井宗秀打败了县保安团后,将麻县长挟持到涡镇,并将县政府所在地设在了涡镇。麻县长每天研读《山海经》,到秦岭采集花草怡情,并在乱世之中倾心完成了《秦岭志草木部》《秦岭志禽兽部》两本书稿。其行为既有传统文人在战乱时期的退隐和无奈,又有作家化身完成秦岭志的文化追求。一方面,作家在这里不无得意地向读者介绍着秦岭深处商洛老家的奇异动植物,体现了作家对秦岭山水的了解和把握;另一方面则将秦岭人的生生死死与动植物的命运结合起来,体现了一种人与自然相互融合的生态观。

同时,文中在人物命运的节点处,作家总会安排相应的动植物出现,达到以物喻人的目的,人与自然相融,体现了中国文学的传统审美方式。"天地与我并生,而万物与我为一。"[①]在小说中,一切动植物都与人的命运相互关联。七彩的绶带鸟出现在涡镇,为井宗秀日后的发达作铺垫。当阮天保布下陷阱,通知井宗丞去山神庙开会时,路上遇到一簇水晶兰。这种水晶兰也叫冥花,意味着地狱之花。很快,井宗丞被阮天保杀害。井宗秀被暗杀之前,城隍院里到处爬满了老鼠。小说中的这些秦岭的动物、植物,以及与秦岭相关的地理、文化习俗,既是对涡镇人物命运的隐喻,也使《山本》成为一部富有传奇色彩的秦岭志。作者自述道:"在这个天地间,植物、动物与人是共生的。《山本》中每每在人事纠葛时,植物、动物就犹如一面镜子,呈现着影响,而有互相参照的意思。"[②]因此,小说中这些秦岭风物的出现,多与人的处境、心境、心理、情感及命运相关,有天人合一的传统哲学与美学意念隐伏其中。在今天城市化进程而带来人与自然失衡的状态中,小说将自然写意与生活写实紧密结合,体现了一种人事活动与动植物相互平等、相互对话的天地情怀。

贾平凹这种将自然风物融入个体生命的书写,并不局限于一般景物描写的氛围烘托,也不是借物抒情或托物寓意,而是视其为秦岭世界的主人公之一,将自然与个体平等并置,体现了一定的生态意识。但从小说整体来看,大量的自然风物进入文本,在类似地方志的罗织与介绍中,并没有传神动态地融入人的生存图景,构建起一个自然的生态圈。读者在阅读过程中,能感知人物的生死,对一些神奇的动物和植物感兴趣,却不能真正感受到这个生态圈的神韵。

[①] 汪鹏生、汪巧玲:《庄子》,暨南大学出版社2003年版,第37页。
[②] 贾平凹、杨辉:《究天人之际:历史、自然和人——关于〈山本〉答杨辉问》,载《扬子江评论》2018年第3期。

反思当下的现实生存状态,必然延伸到主体之外的自然风物、文化记忆等外向空间,从生命意识的源头把握人的精神走向。正如沈从文所说:"我是个对一切无信仰的人,却只信仰'生命'。"[①]在沈从文的小说中,暗含着一个人与自然精神互渗的传统文化结构,宁静秀美的自然环境使紧张的生命状态舒缓下来。《边城》中"两山多篁竹",《月下小景》中"装饰了遍地的黄花",勾勒出湘西世界中人与自然的平等和谐。沈从文笔下的动植物乃至大自然都有生命和尊严。可见,文学中真正的生态文化圈层的建构,必须建立在文学是人学的前提之上,必须将人与自然作为一个命运相关的整体,将自然之象与民族文化想象打通。真正的生态书写,并非仅仅在一定的空间容纳动植物和人,而是有机地将其融合在一起,构建一个既属于世俗世界又属于想象世界的艺术空间。

二、生存智慧与天地之道

在中国,讲述故事的方式有很多种。作家既要区别于过去宏大叙事框架下的讲述方式,又要注入民族文化的元素,以确保中国文学的主体性。很多作家结合自己的生存空间,走进属于自我的"马孔多"艺术世界,以传统的神秘巫术文化来丰富笔下的中国故事。莫言笔下的"高密东北乡",陈应松的"神农架",贾平凹的"秦岭地区",迟子建的"大兴安岭",陈忠实的"白鹿原",等。在这些作家各自的故事中,可以发现很多神秘幻象、民间巫术等文化元素或生活经验,呈现出斑斓绚丽的艺术空间。越是传统神秘的,就越属于中国气象。于是,在文化人类学的视野下,充分调动乡村世界传统、神秘的文化记忆,讲述属于民族生活空间内部的世俗故事和历史进程,正是当下作家创作的重要路径之一。

沿着《古炉》《老生》等小说的路径,贾平凹的《山本》继续走在民间历史的道路上,在建构秦岭志的冲动中,呈现涡镇人的生活状态。秦岭的生生死死,并没有被纳入宏大的正史叙述,而是进入一个神秘且令人敬畏的天地之道。在这个神秘且令人敬畏的天地之道中,人性欲望的膨胀与动植物的生生死死连在一体,每一个生命个体的活动都与外在的自然世界相互联结,每一个历史事件的背后,都有某一生命个体的偶然。作品采取了"史传"传统,以小见大地截取

---

① 沈从文:《水云》,见《沈从文全集》第12卷,北岳文艺出版社2002年版,第128页。

涡镇上的一段民国史，滤去其党派之争的意识形态味道，而代之以古老的神秘巫术贯穿于现代进程中。这些神秘的巫术文化一方面为小说增添了神秘奇幻的想象画面，将现实生活的僵硬进行软化，另一方面则体现了民族生存的根本。

"陆菊人怎么能想得到啊，十三年前，就是她带来的那三分胭脂地，竟然使涡镇的世事全变了。"《山本》的这一开篇，如同《百年孤独》的开头："许多年以后，面对行刑队的时候，奥雷良诺·布恩迪亚上校一定会想起父亲带他去看冰块的那个遥远的下午。"这种回溯性的叙事方式，接通了过去、现在、将来，一段关于二十世纪二三十年代秦岭山中风云变幻、苍凉悲壮的故事由此展开。正如戴维·洛奇所说，"小说的开头就是一个门槛，是分隔现实世界与小说家虚构的世界的界线。因此，正如俗语所说，它应该'把我们引进门'"[①]。于是，小说通过陆菊人陪嫁的三分胭脂地而将涡镇的历史纷争笼罩在神秘的氛围中。在秦岭山中，每一个生命的活着、死亡都与政治派别、正义与非正义无关，他们活着很简单，死去很容易。每一次战争都没有那么多的智谋，也没有那么多的氛围渲染，一切都如自然界一样自然、简单、干脆。如：杜英在和井宗丞做爱的时候被蛇咬死；井宗丞被邢瞎子一枪打在脑袋上，掉下山崖而死；井宗秀也在家中被阮天保暗枪打死，没有吭一声。除了陆菊人、宽展师父、陈先生、剩剩活下来，涡镇上的其他人都死了。小说"试图从天、地、人的角度来写出那段动荡岁月中的历史和错综复杂的人性，挖掘人与人、人与万物之间的感情，张扬苦难之中的真正大爱"[②]。整个涡镇的起起落落，既有世俗生存中人性欲望的无限膨胀，也有因为陆菊人而起的天地之道的神秘牵引。我们从一个秦岭小镇的命运变幻，看到了民族生存的艰辛和超强的民族生命韧性。

在这些生存叙事中，作家偏爱书写大量的神秘幻象，努力将人事物象置于文化人类学的视野中考察，短短二十多年的历史连通着悠远而古老的文化世界，扩大了想象的空间。"伟大的小说家们都有一个自己的世界，人们可以从中看出这一世界和经验世界的部分重合，但是从它的自我连贯的可理解性来说它又是一个与经验世界不同的独特的世界。"[③]周一山会听鸟语、狗叫，然后根据听

[①] 戴维·洛奇：《小说的艺术》，王峻岩等译，作家出版社1998年版，第3页。
[②] 贾平凹：《作家要保持对生活的"饥饿感"》，载《华商报》2018年4月13日。
[③] 勒内·韦勒克、奥斯汀·沃伦：《文学理论》新修订版，刘象愚等译，浙江人民出版社2017年版，第208页。

到的内容，作出决策。本质上这是周一山利用种种神秘力量背后给人带来的恐惧及威权，来实施自己的计谋。村民从老皂角树下走过，只有德行好的人，才会有皂荚落下。当井宗秀在涡镇兴建钟楼快完工时，木匠严松被预备旅的人打了一顿，受了委屈的他便在最后的工序中，"爬上檩条，却偷偷把一块削成尖头的木楔插在檩条下"。因为他"耿耿于怀着柳家的儿子无故地打了他，更怨恨了巩百林、赖筐子下狠手扇掉他的门牙，他就要报复，尖头木楔能使钟楼有邪气，而邪气会影响涡镇"[1]。于是，涡镇最后毁于炮弹的轰炸而归于一片瓦砾，就有了严松的私人原因。这些带有巫术性质的神秘幻象，往往以仪式化的形式出现，具有权威性、道德化、日常性的特点。显然，"由巫、史走向的是充满理性精神的道德——伦理本性的建立"[2]。这是一种从道德话语层面对民众行为的规约。日常生活的神秘性，既有历史的理性，又有个体的情绪。不难看出，贾平凹在书写民族秘史时，在随意点染乡间神秘的乐趣时不知如何面对现代性，对人性欲望的无限膨胀感到恐惧，只好虚拟一个神秘的天地之道来呼唤敬畏。贾平凹坦言："这样的写法是比较难写的，需要有细节而产生真实感和趣味性，又要保持住节奏。"[3]这些星星点点的神秘巫术来自乡间生活的智慧与经验，既有生活的质地感和真实感，又给读者带来了猎奇的趣味性。但是，这些神秘的巫术构成的天地之道，并不能真正决定秦岭这段历史的走向，也无法代表一个民族文化的全部。这不仅阉割了文学中最具活力的部分，而且容易走向历史循环论之中，最终被绝望与邪气所笼罩。

相比而言，陈应松将古老传统的楚地神秘文化融汇到其"神农架系列"创作中，为读者营造了一幅巫风弥漫、神秘莫测的奇诡画面。陈应松说："谈论鬼魂是我们楚人对故乡某种记忆的寻根，并对故乡保持长久兴趣的一种方式。"人每天有四个小时会变牲口，山谷中找不到光源的光束，望粮山上看到天边的一片麦子，这些自然风物的神秘，与"楚人崇巫鬼"的传统民风习俗相互融合，真实展现了神农架山民生活情状，体现的是一种城乡文化冲突之下对农民生存状态的悲悯，其背后指向的是对当下社会发展的焦虑。迟子建的小说则建立在一

---

[1] 贾平凹：《山本》，作家出版社2018年版，第474页。
[2] 李泽厚：《由巫到礼 释礼归仁》，生活·读书·新知三联书店2015年版，第33页。
[3] 贾平凹、王雪瑛：《声音在崖上撞响才回荡于峡谷——关于长篇小说〈山本〉的对话》，载《当代作家评论》2018年第4期。

个深厚民族信仰的前提下，书写大兴安岭地区少数民族内部神秘神奇的原始生活图景，也向读者展示了这一和谐图景逐渐消失的过程。在《额尔古纳河右岸》中，自然和人都充满着神性。狩猎、祭祀、丧葬、饮食，都充满了对自然的敬畏和尊重，萨满身上的神秘力量，来自于大自然，也体现了人与自然的和谐。迟子建认为："面对越来越繁华和陌生的世界，曾是这片土地主人的他们，成了现代世界的'边缘人'，成了要接受救济和灵魂拯救的一群！我深深理解他们内心深处的哀愁和孤独！"[①]作家在强烈民族信仰的神秘巫术文化图景中，更多地表达了对民族文化及人类生存的未来的忧思。然而，小说《山本》中关于秦岭地区的乡野神秘，就像秦岭的草木比比皆是，却没有足够的氛围营造，难以构成艺术世界与现实世界之间的张力效果。如此一来，尽管神秘可以构成刺激但不再"惊人"时，自然的神秘和生命的韧劲也就变成了"不过如此"。读者似乎可以看见一个秦岭本地的老者带着读者，不无得意地介绍当地的神奇之处，在创作意图上更多表现为一种山野古风中的炫奇。

此外，陆菊人是按照男性中心话语塑造出来的一个女性，也是民间生活智慧的体现。按照小说中周一山所说，陆菊人是"好风水"。"家里的风水其实就是女人，女人好了家旺，女人不好了家败。"在形象设置上，陆菊人完全是一个日常生活智慧的集中体现者。如在将花生打造成井宗秀的完美女人时，陆菊人手把手教花生怎么做饭，传授一些家传养生偏方。这些养生保健之道和持家度日的生活智慧，既体现了作品贴地而行的写作姿态，也体现了民间最为简单实用的生活哲学。对井宗秀而言，陆菊人几乎集情人、母亲和地母形象为一体。因为陪嫁来的三分胭脂地，井宗秀慢慢从一个名不见经传的画匠，成为涡镇的霸主。其中神秘的召唤赋予了井宗秀成事的动力。陆菊人在家里吃饺子的细节，直接体现了男女之间情欲的暧昧与冲动。陆菊人与井宗秀之间的情爱故事，本该是小说中集中展示人性冲突的地方，却很快在男性中心话语的支配下中止了，如她喜欢英俊潇洒的井宗秀，却因为嫁给了杨钟而需从一而终。陆菊人在生活上、经济上帮助和资助井宗秀，努力将其推到高峰，并劝阻他滥杀无辜，不要大兴土木、兴建戏台等。当井宗秀最终一意孤行时，她让花生将铜镜带给井宗秀，以示劝谏。另外，陆菊人坐上井宗秀为其搭建的高台，俯瞰整

---

① 迟子建：《额尔古纳河右岸》，北京十月文艺出版社2003年版，第255页。

个涡镇的一切,俨然幻化为一个母亲形象。她不厌其烦地教授花生一些男女之道。"遇着男人,即便是做了夫妻,女的都不要黏人,把男人黏得紧或者啥事都管,虽然你一心为他好,他也会反感。女人不能使强用狠,你把你不当个女人看待,丈夫就也不会心疼你"。①陆菊人以这些方式和方法来调教花生,将其调教成井宗秀的太太。当井宗秀骤然死后,陆菊人用手抹着井宗秀的眼皮,喃喃道:"事情就这样了宗秀,你合上眼吧,你们男人我不懂,或许是我害了你。现在都结束了,你合上眼安安然然去吧"。②显然,陆菊人这样一个女性的生命轨迹和处世之道,既不同于传统女性的伦理化叙述,也不同于新女性的个性化叙述,而是遵从民间生活的实用主义智慧,构建出一个既能主内,又能主外的完美形象。

  这种实用主义智慧,体现在众多人物身上,体现在朴素平等的生活上。作家坦言:"《山本》里虽然到处是枪声和死人,但它并不是写战争的书,只是我关注一个木头一块石头,我就进入这木头和石头中去了。"③作家执意透过秦岭的木头和石头,钻进秦岭的民间生活世界,书写民族生活状态。虽然小说紧贴自然生活的经验世界,寻找生活的鲜活与热度,但缺乏诗意想象的俊逸。实用的生活经验能够增加作品的思想厚度,倘若没有思想的照亮和整合,生活经验便有可能停留在混沌而散乱的状态,读者阅读起来粲然一笑,却远离了形而上的哲学思考。毕竟,文学不是为了演绎生活的现实功用性,而是为了表现生活的精神引领性。

三、中国经验书写的"文化"符号化

  为了消除现实生活的坚硬,作家往往借助于一定的文化意象或符号,纵向伸入中国传统文化资源,开掘其中的文化深意,从而体现其中国经验书写的努力。当代文学中,当首推阿城、韩少功等人的寻根文学。韩少功指出:"文学有'根',文学之'根'应深植于民族传统文化的土壤里,根不深,则叶难茂。"④寻根文学认为自"五四"以来,民族文化传统已经断裂。"'五四运动'曾给我们

---

① 贾平凹:《山本》,作家出版社2018年版,第327页。
② 贾平凹:《山本》,作家出版社2018年版,第506页。
③ 贾平凹:《山本》,作家出版社2018年版,第525页。
④ 韩少功:《文学的"根"》,载《作家》1985年第4期。

民族带来生机,这是事实。但同时否定得多,肯定得少,有隔断民族文化之嫌,恐怕也是事实?'打倒孔家店',作为民族文化最丰厚积淀之一的孔孟之道被踏翻在地,不是批判,是摧毁;不是扬弃,是抛弃。痛快自是痛快,文化却从此切断。"[1]因此,向乡野和传统深处挖掘文化,恢复文化断裂带,重建民族文化,成为寻根文学的创作目的。同时不难看出,这些创作当中难以掩饰的文化焦虑,使其无法从容大气地面对中国传统文化和乡野民俗文化,无法做到生活表现与文化呈现的自然融合。真正立足本民族文化传统,大气圆融地书写中国故事的创作当推陈忠实的《白鹿原》。作家将厚重复杂的儒家文化根植于深厚的黄土地上,白鹿原上的生生死死,既有传统文化精神的贯穿,又有生命个体的冲动,还有政治潮流的裹挟,共同完成了中华民族生存世界中精气神的表现。《白鹿原》中的文化,始终与文学表现的对象相互融合,文化既是小说的主人公,又是小说厚重的氛围,它渗透在每一个人物的日常生活中,又直接贯穿白鹿原的历史进程。类似的创作还有王安忆的《长恨歌》、迟子建的《额尔古纳河右岸》等。

从贾平凹的创作轨迹来看,从早期的改革题材创作到《废都》《秦腔》《带灯》《高兴》,再到《极花》,追求的是现实意义与时代价值,"商州系列"《古炉》《老生》,再到《山本》,追求的是融风物、历史与人性一体的蛮荒混沌的"文化风蚀感"。他的小说总是会设置一些人物形象或文化符号,用以承载一定的文化理念或文化追求。如《古炉》中的蚕婆、善人,《极花》中的老老爷和麻子婶,《老生》中唱丧歌的唱师,这些人物身上,体现了作家对民间社会历史形态的理解和对民族文化的寄托。在《山本》中,人们的生生死死,并无正义与非正义的界限,与自然界中任一动植物一样,掠夺、杀戮、死亡,仿佛一个蛮荒时代的历史呈现。贾平凹巧妙地使历史、人性、生态、生活智慧相互结合,使小说既有密集惊人的生生死死的叙述,又氤氲着神秘而富有定数的文化气息,从而构成对现实生存的文化救赎。就《山本》,我们在下面具体来说。

首先,《山本》表现为历史叙述的空间化。无论如何,《山本》的解读都离不开对《白鹿原》的参照,以民间小史解构宏大正史的套路基本一致。但贾平凹小说自《美穴地》《老生》到《山本》,其中的历史观不属于进化论的简单想象或阶梯式的跨越,也不属于循环论的历史观,而是一个没有时间的生态叙述空

---

[1] 郑义:《跨越文化断裂带》,载《文艺报》1985年7月13日。

间。成中英指出:"中国的是形象语言,西方的是声音语言……形象语言是空间性的……声音语言则是时间性的。"[1] 中国语言的形象思维决定了中国传统诗学想象和表达世界的方式也是一种历史空间化的叙述。在小说中,作家仿佛用电影中的长镜头将秦岭大地上的土匪、国民政府的保安团、红军游击队之间的拉锯战,长时间停留在涡镇这个空间,讲述涡镇人的生生死死。各种奇闻逸谈、古事旧闻夹杂其中,构成叙事上历史时间的"凝滞"与空间的"延宕"。作家站在一个文化怀旧的历史基点,将重心放在对这段历史的起起落落的审视上,关注的是众多个体的生生死死,而非对历史未来的展望。小说中没有意识形态话语的束缚,没有历史理性的规约,但遵循着一个巨大无形的序。

小说以民间巫术的方式推出普通人井宗秀,表面上看是坚持陆菊人认同的唯英雄史观——陆菊人清楚地知道世道混乱的原因。小说在神秘的氛围中建构英雄时,又一个个解构了他们,说明英雄最后归于秦岭大地的尘土之间。如果说,《白鹿原》在民族秘史的宏大框架下,容纳了家族史、革命史、个体的性史和心灵史,其中有传统文化人格的魅力、族文化世界的复杂和政治的冲动;那么,小说《山本》将秦岭的生态视为历史叙述的整个空间。众多人物的死去,如同大自然中的一棵植物和一个动物,他们受天数决定,没有情绪氛围的渲染,一个个死得简单干脆。这些个体生命的存在与死亡,并无任何道德情怀、生存伦理的理由。整个小说就是一个秦岭生态系统的弱肉强食。在神神秘秘地展示这些生生死死的生命轨迹中,小说毫无进步地保留了传统经典《水浒传》的缺陷,没有足够的人性反思与历史反思。贾平凹自言:"《山本》中随时有枪声和死亡,因为这是在那个兵荒马乱的年代,之所以人死得那么不壮烈,毫无意义,包括英雄井宗秀和井宗丞,就是要呈现生命的脆弱,审视人性中的黑暗和残酷。越是写得平淡,写得无所谓,我心里也越是充满着战栗、悲号和诅咒。"[2] 但问题就是小说止步于战栗、悲号和诅咒,而缺乏对历史层面的反思与对生命情怀的感念。作家曾在《老生》的后记中写道:"这期间,我又反复读《山海经》,《山海经》是我近几年喜欢读的一本书,它写尽着地理,一座山一座山地写,一条水

---

[1] 成中英:《中国语言与中国传统哲学思维方式》,载《哲学动态》1988年第10期。
[2] 贾平凹、王雪瑛:《声音在崖上撞响才回荡于峡谷——关于长篇小说〈山本〉的对话》,载《当代作家评论》2018年第4期。

一条水地写，写各方山水里的飞禽走兽树木花草，却写出了整个中国。"① 同样，《山本》在秦岭志的空间叙事中，迷恋的是涡镇这个空间内众多包括人在内的自然生物的生生死死，却在一个"空灵之境"中隐去每个生命发出的声音，即动物和植物的声音、男女个体内在的声音，以及历史车轮前行的隆隆声。每一个生命的出生、死去都没有大悲，也没有大喜，就像皂荚从树上掉下一样，悄无声息。因而文本中缺失了情感的贯穿和精神的超越，无法凸显出主体的气息。

其次，支撑《山本》的还有出世的道佛文化。在一个充满生生死死、打打杀杀的形而下的世俗世界中，这两种略带形而上意味的文化为小说提供了一定想象的空间，将现实的生存世界荡漾开来，从而体现人性的波澜与历史的浮沉。其中有陈先生的安仁堂、宽展师父的地藏王菩萨庙。陈先生和他的安仁堂体现的是一种道家文化，而宽展师父和地藏王菩萨庙则代表着一种佛教文化。这两种文化都与现实的生存哲学保持着一定的距离，但却是陆菊人、井宗秀等凡人所要寻求的。作家把陈先生设定为一位不为物所累的瞎子，因为"五色令人目盲"。他在处理两个邻居因为一棵花椒树的纷争时，给出的主意就是彻底砍去。作为郎中的陈先生，一方面固然是在为涡镇的人们疗治着身体上的各种疾患，另一方面却以其特别的智慧启发着芸芸众生该如何去应对各种难事，开悟人生哲理。陆菊人、井宗秀和其他镇上人，只要遇上人生难题，就会跑到安仁堂的陈先生这里来请教。当陈先生最后说，"一堆尘土也就是秦岭上的一堆尘土么"。这位瞎眼的智者在解决人生种种难题时，是回到了脚下的土地。如果说，陈先生是以道家的文化来化解生活的艰难困厄，那么宽展师父的作用则是在纷乱的世界中救赎人们的灵魂。"宽展师父是个尼姑，又是哑巴。"小说与宽展师父紧密相关的有两种意象，一是地藏王菩萨庙，二是尺八。贾平凹之所以要在涡镇安放这么一座地藏王菩萨庙，其用意显然是要借此来化解涡镇的苦厄。尺八，是一种竹制的传统乐器，以管长一尺八寸而得名，专为死去的灵魂超度。宽展师父和她的地藏王菩萨庙以及尺八，为深陷苦难的涡镇普通民众所提供的，就是一种宗教上的救赎。贾平凹在《山本》后记中强调："《山本》里没有包装，也没有面具，一只手表的背面故意暴露着那些转动的齿轮，我写的不管是非功过，只是我知道了我骨子里的胆怯、慌张、恐惧、无奈和一颗脆弱的

---

① 贾平凹：《老生》，人民文学出版社2014年版，第291页。

心。我需要书中那个铜镜,需要那个瞎了眼的郎中陈先生,需要那个庙里的地藏菩萨。"①不难看出,文中陈先生和宽展师父的存在,明显带有一种现世救赎的宗教文化意味。

最后,《山本》中体现着命数文化。《山本》写历史,不是透过涡镇的动荡来揭示历史发展的客观规律,而是联系着神秘遥远的命运天数来看涡镇历史上的人与物。老子《道德经》第五十八章写道:"祸兮,福之所倚;福兮,祸之所伏。孰知其极?其无正也。正复为奇,善复为妖。人之迷,其日固久。"②郭志诚等认为,"人为自然界天与地作用的产物,人在天地间生存、运动;宇宙万物都在时间与空间中运动,人、天、地及宇宙万物的运动无一不受着一种'数'的制约"③。因此,福与祸,在整个小说中相互成因果又相互对立,相互转化,遵循一种看不见的秩序。正如涡镇的涡潭一样,"涡潭平常看上去平平静静,水波不兴,一半的黑河水浊着,一半的白河水清着,但如果丢个东西下去,涡潭就动起来,先还是像太极图中的双鱼状,接着如磨盘在推动,旋转得越来越急,呼呼地响,能把什么都吸进去翻腾搅拌似的"④。每一个生命个体就在涡潭这样的历史旋涡中旋转着,最后被全部吞噬进去,化为秦岭的一把尘土。当陆菊人发现自己家的三分地是美穴时,她让父亲将地作为嫁妆给她,想的是夫家未来的发迹。然而杨钟烂泥扶不上墙,阴差阳错这块地成为井掌柜的墓地。于是,井宗秀在涡镇起事,把麻县长挟持到涡镇,将涡镇改成了县城。在涡镇上,他组建茶行,修建钟楼、戏台,改造街巷,并在沿街的家门口挂上马鞭,宠幸镇上的女人。这一切命运的福祸相倚预示着井宗秀的即将走向末路。果然,在固若金汤的涡镇上,井宗秀居然在家中被暗杀,而且是一枪毙命。同样,井宗丞灭了保安团十二人,还缴获一挺机枪,但很快被阮天保以清算的名义杀害。整个涡镇上的其他人物,比如杜鲁成、周一山、陈来祥、杨钟等,都是时代中的小人物,他们如狗般地活着,最后全部毁于涡镇的炮轰之中。命运书写还集中在铜镜、耍铁礼花等意象上。铜镜源于胭脂地,因为井宗秀对陆菊人的爱慕而转赠给她。其后,井宗秀权欲熏心,陆菊人送还给井宗秀,让他照镜自省。镜子既是情感的

---

① 贾平凹:《山本》,作家出版社2018年版,第526页。
② 陈鼓应:《老子今注今译》,商务印书馆2003年版,第284页。
③ 郭志诚等:《中国术数概观·卜筮卷》,中国书籍出版社1991年版,第7页。
④ 贾平凹:《山本》,作家出版社2018年版,第3页。

见证，也是命运的写照。耍铁礼花是涡镇最热闹的场面。众多乡民纷纷拿出绝技，整个晚上一片火花飞舞，铁水飞溅。井宗秀光着头赤着膀子，在降落的火花中蹦跶开来，俨然一个火人。这个热闹的场面犹如《红楼梦》中元春省亲一般，预示着后来的命运悲剧。因此不难发现，贾平凹《山本》创作中多处继承沿用了传统小说的叙事手法，体现了他对中国命数文化的理解和传承。

于是，作家在构建秦岭这样自然态的生存空间时，秉持"秦岭即中国"的理念，在中国传统儒道释文化方面做足文章，丰富小说的文化内涵与增强作品的哲学高度。然而，小说中的文化应该是一种集自然、世情、人情于一体的文化，是文学人生内涵中自然包含的且为作家自然揭示出来的文化，而不是那种为了强化作品的文化韵味而在文学表现中加以炫目的文化。按照书中呈现的山野世界，应该更多地蕴含神秘巫术和生命原始力的一面，而非深厚传统浸染的儒释道文化。因此，小说《山本》中这种传统文化生态的建构，明显带有人为植入的嫌疑。如果说陈先生作为一个乡村世界的老中医还显得妥帖，那么如同"妙玉"一般气质的宽展师父则明显不具备乡土中国的特征，而是从《红楼梦》等传统小说借鉴而来的。小说只是继承了传统小说的形，却忽视了一定的现实依托，这些救赎符号，就像脸谱上粘贴的胡须一样是表面的。

在小说喧嚣纷乱的世俗世界，陈先生的理念是回归尘土，宽展师父的救赎是安妥人的灵魂。但他们真的能够救赎吗？在作家笔下这个纷乱无常的悲剧世界中，作家借助这些人物，力图完成精神的救赎或寻找人生的答案。然而，这些人物没有思想的波澜，没有心理的纠结，仿佛从古老的画面上拓下来，再进入小说的秦岭世界。这些人物的特点就是在无常的乱世之中保持"静"，用来体现作品回归传统小说叙事的境界，可仔细品味却发现么也没有。本质上这些人物就是文化符号，它们在小说世界中飘飘忽忽，既没有在行为和心理上产生美学效果，也不能引起读者精神上的震撼和对历史的反思——小说的魅力不在于标榜文化，而是要在生活的真实中表现文化精神。

（原载《文学评论》2018年第6期）

附录

研究总目

魏锋：《贾平凹力作〈山本〉新鲜出炉》，载《现代文化企业》2018年第C1期。

周俊生：《贾平凹是作家中的劳动模范》，载《深圳商报》2018年2月6日。

方岩：《传奇如何虚构历史——读贾平凹〈山本〉》，载《扬子江评论》2018年第3期。

贾平凹、杨辉：《究天人之际：历史、自然和人——关于〈山本〉答杨辉问》，载《扬子江评论》2018年第3期。

程娟娟：《论贾平凹〈山本〉中的神秘主义叙事》，载《河北科技大学学报（社会科学版）》2018年第3期。

邰科祥：《三品始知味风景在路途——贾平凹〈山本〉的"看点"》，载《商洛学院学报》2018年第3期。

翟星宇：《〈山本〉的民间叙事研究》，载《山西青年职业学院学报》2018年第3期。

孟繁华：《秦岭传奇与历史的幽灵化——评贾平凹的长篇小说〈山本〉》，载《当代作家评论》2018年第4期。

韩蕊：《〈山本〉的死亡叙事及其文学史意义》，载《小说评论》2018年第4期。

张文诺：《多少兴亡事，都付秦岭中——从〈山本〉看贾平凹的历史想象》，载《小说评论》2018年第4期。

陈思和：《试论贾平凹〈山本〉的民间性、传统性和现代性》，载《小说评论》2018年第4期。

王光东：《贾平凹的〈山本〉与作为审美形态的"民间记忆"》，载《小说评论》2018年第4期。

鲁太光、杨少伟：《有山无本 一地鸡毛——关于贾平凹长篇小说〈山本〉的讨论》，载《长江文艺评论》2018年第4期。

贾平凹、王雪瑛：《声音在崖上撞响才回荡于峡谷——关于长篇小说〈山本〉的对话》，载《当代作家评论》2018年第4期。

陈思广、李雨庭：《文学版图的新拓展——谈贾平凹长篇小说〈山本〉》，载《小说评论》2018年第4期。

张英芳：《论〈山本〉中声音的混响与和鸣》，载《小说评论》2018年第4期。

王尧：《关于〈山本〉的阅读笔记》，载《小说评论》2018年第4期。

吉平、胡晋瑜：《〈山本〉：意象建构与空间书写》，载《小说评论》2018年第4期。

李然：《〈山本〉：贾平凹的"秦岭志"》，载《湘江周刊》2018年第4期。

郜元宝：《"念头"无数生与灭——读〈山本〉》，载《小说评论》2018年第4期。

张晓琴：《山之本相，史之天窗——论〈山本〉》，载《当代作家评论》2018年第4期。

吴义勤、王金胜：《历史叙事与写意山水——〈山本〉论之一》，载《当代作家评论》2018年第4期。

王春林：《历史旋涡中的苦难与悲悯》，载《收获》2018长篇专号春卷。

李星：《一部意蕴深广的百年之忧——读贾平凹长篇新作〈山本〉》，载《文学报》2018年第4期。

杨光祖、张亭亭：《挣扎、欲望与消费写作——贾平凹长篇小说〈山本〉论》，载《文艺理论与批评》2018年第4期。

唐小林：《贾平凹为何越写越差？》，载《文学自由谈》2018年第4期。

陈思和：《民间说野史——读贾平凹新著〈山本〉》，载《收获》2018长篇专号春卷。

陈思和：《向传统小说致敬——关于贾平凹新著〈山本〉》，载《书城》2018年第5期。

黄东光：《匠心独运的"秦岭百科全书"——读著名作家贾平凹新作〈山本〉》，载《绿叶》2018年第5期。

王菊：《一部厚重而饱满的长篇力作——贾平凹〈山本〉学术研讨会综述》，载《文艺报》2018年5月4日。

徐勇：《三部曲，或精神重建——关于贾平凹的〈山本〉》，载《中国艺术报》2018年5月23日。

刘杨：《追求与困顿：论贾平凹的乡土书写》，载《文学评论》2018年第6期。

马英群、韩鲁华：《原本的茫然——〈山本〉阅读札记之一》，载《文艺争鸣》

2018年第6期。

谷鹏飞：《历史主义抑或自然主义：评贾平凹〈山本〉的叙事史观》，载《中国文艺评论》2018年第6期。

江腊生：《回归中国叙事传统的诸种可能——论小说〈山本〉的文化追求》，载《文学评论》2018年第6期。

贾平凹、韩鲁华：《天地之间：原本的茫然、自然与本然——关于〈山本〉的对话》，载《小说评论》2018年第6期。

吴义勤、王金胜：《抒情话语的再造——〈山本〉论之二》，载《文艺争鸣》2018年第6期。

王菊：《论〈山本〉的动植物描写及其文学意义》，载《小说评论》2018年第6期。

王宏图：《随物赋形与晚期风格》，载《探索与争鸣》2018年第6期。

陈晓明：《"土"与"狠"的美学——论贾平凹叙述历史的方法》，载《文学评论》2018年第6期。

宋炳辉：《最具"中国性"的个人写作如何同时面对两个世界》，载《探索与争鸣》2018年第7期。

刘艳：《素材如何进入小说，历史又怎样成为文学》，载《探索与争鸣》2018年第7期。

杨扬：《以山为本：作为一种象征的晚期风格》，载《探索与争鸣》2018年第7期。

张晓辉、程革：《苍莽之中现大爱——〈山本〉叙事伦理的建构》，载《文艺争鸣》2018年第8期。

李喜娜：《暴力叙事与诗意书写——贾平凹小说〈山本〉中的叙事策略研究》，载《黑龙江工业学院学报（综合版）》2018年第10期。

张钧钧：《〈山本〉的秘密：贾平凹小说新作的两处存疑》，载《中国图书评论》2018年第11期。

赵文阁：《山之本记——评〈山本〉》，载《出版广角》2018年第12期。

房存：《贾平凹的精神寻根再出发——作为"文学地方志"的〈山本〉》，载《兰州学刊》2018年第12期。

翟星宇：《〈山本〉的空间叙事研究》，载《黑龙江工业学院学报（综合版）》2018年第12期。

鲁太光：《价值观的虚无与形式的缺憾——论贾平凹的长篇小说〈山本〉》，载《文艺研究》2018年第12期。

杨剑龙：《写出"一地瓷的碎片年代"——贾平凹长篇小说〈山本〉的叙事结构》，载《名作欣赏》2018年第28期。

杨剑龙、郝瑞娟、李秀儿：《对革命或历史正义性的反思——贾平凹长篇小说〈山本〉三人谈》，载《曲靖师范学院学报》2019年第1期。

翟星宇：《历史回眸中尽显苍凉——论〈山本〉的苦难与人性书写》，载《陕西广播电视大学学报》2019年第1期。

栾梅健：《俊逸 疏朗 传奇——论贾平凹〈山本〉的艺术特色》，载《南方文坛》2019年第1期。

董雯婷：《秦岭的传奇性书写——论贾平凹新作〈山本〉》，载《商洛学院学报》2019年第1期。

贺仲明：《思想的混乱与自我的复制——对〈山本〉文学价值的重新考量》，载《南方文坛》2019年第2期。

刘安琪：《"秦岭志"如何成为"山本"——论〈山本〉的方志书写》，载《理论界》2019年第2期。

周思明：《〈山本〉的老毛病与新问题》，载《文学自由谈》2019年第2期。

徐翔：《从〈老生〉到〈山本〉：贾平凹的秦岭史志书写》，载《西安建筑科技大学学报（社会科学版）》2019年第2期。

陈佩娟：《天命、自然和个人意志——对贾平凹小说〈山本〉主题的探究》，载《安康学院学报》2019年第2期。

王宏妍：《凡鸟偏从末世来——〈山本〉中陆菊人形象解读》，载《顺德职业技术学院学报》2019年第2期。

江河：《历史·世相·美学——贾平凹长篇小说〈山本〉读札》，载《安康学院学报》2019年第2期。

何玉立、黄静：《论贾平凹新作〈山本〉的暴力书写》，载《西安建筑科技大学学报（社会科学版）》2019年第2期。

李小奇：《贾平凹小说〈山本〉自然书写的文化原型》，载《商洛学院学报》2019年第3期。

张欢：《山为本：中国"山文化性"的多重言说——评贾平凹长篇小说〈山

本〉》，载《文艺评论》2019 年第 3 期。

米佳丽：《〈山本〉的叙述策略分析》，载《安康学院学报》2019 年第 4 期。

杜睿：《原始意象与巫鬼图腾——贾平凹〈山本〉的新"乡土"书写》，载《新疆大学学报（人文社会科学版）》2019 年第 4 期。

马杰、李继凯：《贾平凹长篇小说副文本研究——以〈山本〉为例》，载《中国当代文学研究》2019 年第 4 期。

李小奇：《〈山海经〉对贾平凹小说创作的影响——以〈老生〉〈山本〉为例》，载《商洛学院学报》2019 年第 23 期。

金鑫、张小涓：《浅析贾平凹〈山本〉女性叙事手法》，载《北方文学》2019 年第 8 期。

孙晴：《试论贾平凹〈山本〉中人物群像》，载《湖北经济学院学报（人文社会科学版）》2019 年第 8 期。

郝洁如：《隐藏的民间秘史——贾平凹〈山本〉解读》，载《名作欣赏》2019 年第 27 期。

王雪瑛：《民间视角、秦岭价值与人的命运——评贾平凹的长篇小说〈山本〉》，载《名作欣赏》2019 年第 28 期。